高青丘集

〔明〕高啓 著
〔清〕金檀 輯注
徐澄宇 沈北宗 校點

下

上海古籍出版社

高靑丘集卷十二

五言律詩

草堂夜集

山家具雞黍，夜與故人期。暫喜逢歡會，都忘在亂離。火寒移坐密，燭盡得詩遲。莫聽高城角，明朝別又悲。

過胡博士郊居 原注：「胡善筮。」

頭白蘭陵客，一統志：「常州武進縣，晉置南蘭陵郡，梁改爲蘭陵縣。」幽居共一村。老來吟力退，貧去告身存。唐書：「文武官皆給告身，以符而印其上，謂之告身。」夕吹鳴梨葉，秋泉注稻根。時因來問筮，獨叩樹間門。

送茅侯

欲知難別意，孤櫂去還停。候吏分遙邏，離人雜醉醒。城臨秋水渡，樹帶夕陽亭。後夜看吟燭，憐君宿郡廳。

孤雁

衡陽初失伴，歸路遠飛單。度隴將書怯，見卷四池上雁。排空作陣難。王勃滕王閣詩序：「雁陣驚寒，聲斷衡陽之浦。」呼羣雲外急，弔影月中殘。不共鳧鷖宿，蒹葭夜夜寒。

曉步園池

髮隨秋葉落，心共曉雲舒。稍改新題句，渾忘舊讀書。林爭移樹鳥，池響食萍魚。無限悠然意，涼天獨步餘。

次韻過建平縣　建平屬廣德州

縣雖三戶小，史記項羽本紀：「楚南公曰：『楚雖三戶，亡秦必楚。』」注：「三戶，楚三大姓：昭、屈、景也。」地僻罷兵防。茶市逢山客，楓祠祭石郎。一統志：「宋石公弼知廣德縣，有政績。」雲埋鳴澗斧，沙膠度谿航。應愛青山好，經過駐旅裝。

鵲軒 有序

金華朱少府，生時有鵲集于庭後樹，每歲生日，輒一來。其母濱歿，鵲悲鳴久之而去，因以名軒。識其思母之意云。

神鵲曉鳴枝，飛來自有期；門前懸矢日，見卷十一「張仙神像」。堂上捧樽時。詎信填河事，淮南子：「烏鵲填河而渡織女。」寧歌繞樹詩。見卷八中秋玩月。只憐君望斷，風木助餘悲。見卷二風樹操。

寄杜二進士

花開寄別離，花落正相思。交誼多年見，鄉愁近日知。我方淹上國，君豈老明時。試問江干閣，同登復共誰？

雨篷

楚雨滿汀洲，瀟瀟灑客舟。夢驚孤枕夜，愁掩一篷秋。葦葉寒相戰，灘聲暗共流。此時湘浦上，同聽只沙鷗。

聽秋軒爲僧賦

西澗秋聲起，涼風助振號。數禽翻樹裏，一作杪。萬葉下亭皐。初訝來山雨，還疑捲一作沸。浪濤。老僧方入定，終夜任蕭騷。

杏花飛燕圖

雙飛如翩捷，終日幾西東。尾拂花梢露，身翻柳絮風。入簾時趁蝶，歸壘每銜蟲。何處長相見？佳人院落中。

扇

皎皎復團團，何人剪素紈？郷嬛記：「沈休文雨夜齋中獨坐，風開竹扉，有一女子攜絡絲具，入門便坐。風飄細雨如絲，女隨風引絡，絡繹不斷，若眞絲焉。贈沈曰：『此謂冰絲，贈君造以爲冰紈。』沈後織成紈製扇，當夏日，甫攜在手，不搖而自涼。」驅蠅〔校記〕大全集作「螢」，竹素軒本同。臨几席，撲蝶近闌干。似月驚朝見，生風變夏寒。時移當自棄，見卷一班倢伃。莫怨繪乘鸞。江淹班婕妤詩：「紈扇如團月，出自機中素。畫作秦王女，乘鸞向煙霧。」

新荷

如蓋復如鈿，初生雨後天。葉低浮水上，一作面。莖弱裊風前。乍覆游魚戲，難藏宿鷺眠。佳人休便折，留蔭採蓮船。

鷺

雪羽獨修修，按：李昉名白鷺曰雪客。閑情戀遠洲。聲沉煙浦晚，影度月灘秋。避棹驚時起，窺魚立未休。蒹葭同夜宿，應只許沙鷗。

馬

名駒產渥洼，杜甫詩：「飄飄西極馬，來自渥洼池。」牽出萬人誇。逸足輕千里，高鬉散五花。杜甫高都護驄馬行：「五花散作雲滿身，萬里方看汗流血。」畫斷：「唐人尙剪騣馬，三騣者曰三花、五騣者曰五花。」城南遊紫陌，塞上踏黃沙。不受蠻奴策，驕嘶向日斜。

梧桐

井邊雙玉樹，高翠自生涼。影散秋雲薄，聲喧夜雨長。疎英飄碧簟，亂葉響銀牀。李白詩：「梧桐落金井，一葉飛銀牀。」綠綺誰能斲？持將奏鳳凰。

圍棋

偶與消閒客，圍棋向竹林。聲敲驚鶴夢，局罷轉桐陰。對坐忘言久，相攻運意深。此間元有樂，何用橘中尋？見卷八「書夢龍根」注。

池上晚酌

夕陽初雨後，團扇送涼過。竹裏方歸鳥，沙邊尚浴鵝。脫巾懸峭壁，流斝逐回波。六逸當年樂，唐史：「李白、孔巢父、韓準、裴政、張叔明、陶沔，居徂徠山，號『竹溪六逸』。」何如此處多。

簟

蠻藤巧織成，乍展覺涼生。紋蹙寒波細，光搖夜月明。坐令葵扇棄，晉書謝安傳：「鄉人有罷中宿縣者，還詣謝安，安問其歸資，答曰：『有蒲葵扇五萬。』安乃取其中者捉之，京師士庶競市，價增數倍。」眠稱石牀平。王維詩：「雨花應共石牀平。」須信南軒下，炎天夢亦淸。

射柳

演繁露：「射柳，本古之躤柳。折柳環插毬場，軍士馳馬射之，其鏃甚闊，射之即斷。」

風焌畫旗張，將軍集射場。馬驕嫌轡急，人勇喜弓強。但見靑條折，那知白羽翔？見卷四贈馬冠軍。三軍歡笑處，巧中勝穿楊。

流螢

熠燿復靑熒，流光不自停。暗飛如避月，遠墮欲隨星。穿樹臨幽檻，緣莎集小庭。莫將羅扇撲，囊取照遺經。晉書車胤傳：「胤博學多通，家貧，不常得油，夏月則練囊盛數十螢火以照書，夜以繼日焉。」

水殿圖

越絕書：「吳王起姑蘇臺，立春宵宮，爲長夜飲。作天池，池中作靑龍舟，日與西施爲水嬉。」李白詩：「風動荷花水殿香，姑蘇臺上宴吳王。」

波影繞闌干，淸虛似廣寒。龍城錄：「上皇與申天師、道士鴻都客，八月望日夜，三人同在雲上遊。月中見一大宮，榜曰『廣寒清虛之府』。」荷香臨檻挹，庾信詩：「荷香薰水殿。」月色捲簾看。夜靜聞清吹，涼多却素紈。宴酣思薦鱠，吳越春秋：「子胥歸吳，吳王聞將至，治魚爲鱠。過時不至，魚臭。須臾子胥至，闔閭出鱠而食，不知其臭。吳人作鱠者，自闔閭之造也。」銀縷簇金盤。見卷五遊寶積山。

新蟬

翾翾乍離脫，咽咽試初鳴。隔葉棲身穩，移柯忽意驚。亂催窗日墮，微喚浦風生。何待當秋聽，今朝已感情。

林間避暑

自愛蠻藤滑，閒舒臥石苔。松風催一作驅。暑去，竹月送涼來。石氣生琴薦，皮日休詩：「蟲絲度日縈琴薦。」泉香入茗杯。却憐行路子，愁暍向黃埃。

送劉省郎出佐邊郡

符券前軍重，唐書百官志：「門下侍郎二人，掌貳侍中之職，侍中闕，則涖封符券給傳驛。」衣冠上客才。地圖連異壤，星次出中台。晉書天文志：「三台六星，上中下，兩兩相居，起文昌列抵太微。一曰天柱，三公之位也。在人曰三公，在天曰三台。」蘇頲贈彭州權別駕詩：「祇道歌謠迎半刺，徒聞禮數揖中台。」暮雨車投峽，秋風扇却埃。省中梧樹在，杜甫詩：「掖垣竹埤梧十尋。」鳴鳳會重來。

湓浦琵琶圖

一統志：「湓浦，在九江府城西。」又：「琵琶亭，在城西大江濱。唐司馬白居易送客湓浦口，夜聞鄰舟琵琶聲，問之，乃長安娼女嫁于商人，爲作琵琶行，後人因以名亭。」

秋夜相逢處，閨愁雜宦情。四絃風共拂，見卷八夜飲丁二侃宅。兩棹月同明。司馬青衫濕，白居易琵琶行：「座中泣下誰最多？江州司馬青衫濕。」佳人白髮生。至今湓浦上，楓葉尙哀聲。

金人馬圖

名王愛遊獵，初試射鵰弓。白草秋原曠，黃沙晚塞空。琵琶應漢女，騕褭是胡驄。歸醉葡萄綠，見卷八葡萄酒。穹廬在月中。

夜訪芭蟾二釋子因宿西澗聽琴

清夜獨幽尋，巖扉落葉深。許攜陶令酒，來聽穎師琴。韓愈有聽穎師彈琴詩。又李賀有聽穎師彈琴歌。人醉月沉閣，烏啼風滿林。應留西澗水，千載寫餘音。

錢塘送馬使君之吳中

樟亭離席散，杭州府志：「樟亭，在錢塘縣舊治南五里，今浙江驛，其故址也。」遙發畫轓車。謝承後漢書：「鄭弘遷淮陰太守，行春大旱，隨車致雨。白鹿方道，挾轂而行。弘怪問主簿黃國：『鹿爲吉爲凶？』國拜賀曰：『聞三公車轓畫作鹿，明府必爲宰相。』」飛雉新阡麥，見卷二秋江曲。啼鶯故苑花。杭州府志：「西湖十景有柳浪聞鶯。」望山登郡閣，行水到田家。莫道凝香句，韋應物郡齋燕集詩：「兵衞森畫戟，燕寢凝清香。」蘇州宦蹟志：「韋嗜詩，吳中目爲詩仙。蓋其畫戟清香之辭，最爲警策。府治後有凝香堂，以奉韋應物、王仲舒、白居易、劉禹錫、范仲淹五賢像于內。」前人獨可誇。

與劉將軍杜文學晚登西城

木落悲南國，城高見北辰。飄零猶有客，經濟豈無人？鳥過風生翼，龍歸雨在鱗。相期俱努力，天地正烽塵。

和周山人見寄寒夜客懷之作

亂世難爲客，流年易作翁。百憂尋歲暮，孤夢怯山空。門掩雲峯裏，燈明雪竹中。無因乘夜訪，相慰一尊同。

哭臨川公

身用已時危，衰殘況病欺。竟成黃犬歎，史記李斯傳：「斯與其中子俱執，顧謂曰：『吾欲與若復牽黃犬，出上蔡東門逐狡兔，豈可得乎？』」莫遂白鷗期。東閣圖書散，西園草露垂。無因奠江上，應負十年知！

一窗秋影

修竹與疎桐，秋陰接桂叢。並生金井側，同映綺疏中。隱匿纔籠霧，交橫忽颭風。不須懷故館，月落井成空。

早春侍皇太子遊東苑池上呈青坊諸公 「青坊」，見卷七酬謝翰林。

銅輦出紆徐，陸機詩：「撫劍遵銅輦。」注：「銅輦，太子車飾。」春宮晝講餘。竹書紀年：「周穆王居春宮。」又：「太子宮。」戟傾郎將衞，通典：「凡郎官皆主更直，執戟宿衞諸殿門以侍衞之，故通謂之侍郎。」簡授大夫書。謝惠連雪賦：「歲將暮，時既昏。寒風積，愁雲繁。梁王不悅，遊于兔園；俄而微霰零，密雪下，王乃授簡于司馬大夫曰：

『爲寡人賦之。』」草長園鳴鹿，冰開沼躍魚。從遊伴商皓，見卷五用里村。忝竊愧何如！

題谿山小隱

何處谿山隱？衡門對野橋。晚風攜鶴子，見卷九和衍上人觀梅。春雨種魚苗。避暑錄話：「浙東人率以陂塘養魚，乘春魚初生時，取種于江外，長不過寸，以木桶置水中，細切草爲食，如食蠶，謂之魚苗。」小徑斜通竹，疎籬曲護蕉。人生閑自足，不問楚辭招。杜甫詩：「要歸歸未得，不用楚辭招。」

城西客舍送周著作祗

客中寒食後，惆悵送君違。花隱歸城旆，風吹渡水衣。夜窗炊黍散，春苑鬭茶稀。茶錄：「建安鬭茶，以水痕先沒者爲負，俟久者爲勝。故較勝負之說曰：『相去一水兩水。』」范仲淹鬭茶歌：「鬭茶味兮輕醍醐，鬭茶香兮薄蘭芷。」誰念西齋雨，相思獨掩扉。

兵後出郭

俯仰興亡異，青山落照中。民歸鄰樹在，兵去壘煙空。城角猶悲奏，江帆始遠通。昔年荆棘露，又滿闔閭宮。

謝賜衣

臚呼遙捧賜，唐書儀衞志：「朝日，御史大夫領屬官至殿西廡，從官朱衣傳呼，促百官就班。」服拜望蓬萊。香帶爐煙下，賈至詩：「衣冠身惹御爐香。」光迎扇月開。庾信詩：「歌聲上扇月。」奇紋天女織，新樣內工裁。周禮：「典絲掌絲入而辨其物，頒絲于外、內工。」注：「外工，外嬪婦也。內工，女御也。」被澤徒深厚，慚無奪錦才。唐書宋之問傳：「武后遊洛南龍門，詔從臣賦詩；左史東方虬詩先成，后賜錦袍。之問俄頃獻，后覽之歎賞，更奪袍以賜。」杜甫詩：「詩成奪錦袍。」

西清對雨

上林賦：「青龍蚴蟉于東廂，象輿婉僤于西清。」注：「西清者，西廂中清淨處也。」

楚臺雲起遠，漢苑雨來微。曉濕宮城旆，寒霑陛楯衣。說苑：「紈素綺繡，靡麗堂楯，從風雨弊，而士曾不得以緣衣。」溝中隨葉墮，爐畔帶煙飛。坐詠西清暇，君王召對稀。

夜宿太廟齋宮

烏散廟堧空，漢書晁錯傳：「內史府居太上廟堧中，門東出不便，錯乃穿門南出，鑿廟堧。」淸香肅閟宮。太常齋禁密，漢書百官公卿表：「奉常，秦官，掌宗廟禮儀。景帝中六年，更名太常。」後漢書周澤傳：「常臥病齋宮，其妻哀澤老病，關問所苦，澤大怒，以妻干犯齋禁，收送詔獄。時人爲之語曰：『生世不諧，作太常妻。一歲三百六十日，三百五十九日齋。』」列祖享儀崇。井叩銅瓶月，墀鳴玉珮風。聽鐘候車駕，庭燎已燑燑。詩：「庭燎之光。」

送秦主客遷侍儀使

新唐書百官志：「主客郎中、員外，各一人，掌諸蕃朝見之事，蕃客請宿衛者，奏狀貌年齒。」鄭谷寄同年禮部趙郎中詩：「小儀澄澹轉中儀。」按：「唐人謂禮部郎中爲中儀，員外郎爲小儀，亦曰少儀。」

蕃客來會識，衣冠上國風。承恩趨北闕，罷直出南宮。導駕爐煙裏，催班漏點中。蘇軾詩：「曉風宮殿夢催班。」時清多奏頌，還向閤門通。

春日退直呈禁署諸公

待詔直東華，見卷七睡覺。歸休每日斜。職連詞客苑，俸入酒胡家。辛延年詩：「調笑酒家胡。」檐網長縈絮，庭甎欲過花。唐書李程傳：「學士入署，常視日影爲候。程性懶，日過八磚乃至，時號八磚學士。」韓偓詩：「日過八花磚。」知君未出院，應草侍中麻。見卷九送王孝廉。

送張司勳赴寶慶同知

周禮夏官：「司勳，掌六卿賞地之法，以等其功。凡有功者，銘書于王之太常，祭于大烝，司勳詔之。」一統志：「寶慶府，屬湖南。」

乍出司勳幕，還乘別駕車。按圖猶漢地，輸布盡蠻家。元史泰定帝紀：「致和元年，雲南安陸塞土官岑世宗，與其兄相攻，籍其民三萬二千戶來附，歲輸布三千匹。」山熱蛇懸樹，柳宗元詩：「陰森野葛交蔽日，懸蛇結虺如蒲萄。」江晴鶴浴沙。郡樓回首處，北斗近京華。

寓天界寺

雨過帝城頭，香凝佛界幽。果園春乳雀，花殿午鳴鳩。萬履隨鐘集，千燈入鏡流。法苑珠林：「明月寶珠及摩尼珠等，用爲塔燈。」禪居容旅跡，不覺久淹留。

送前進士夏尚之歸宜春 江西袁州府宜春縣

凄涼庾開府，周書庾信傳：「信，字子山，南陽新野人，仕梁，襲爵武康縣侯。梁亡，仕魏爲弘農守，遷驃騎大將軍開府儀同三司，進爵義城縣侯。作哀江南賦。」杜甫詩：「清新庾開府。」老去復如何？故國歸鴻少，新朝振鷺多。詩：「振鷺于飛，于彼西雝。」注：「此二王之後，來助祭之詩。」菊荒應自歎，陶潛歸去來辭：「三徑就荒，松菊猶存。」麥秀竟誰歌？書大傳：「微子朝周，過殷故墟，乃爲麥秀之歌。」相送堪愁思，蕭蕭楚水波。

早出鍾山門未開立候久之

關吏收魚鑰，芝田錄：「門鑰必以魚，取其不瞑目，守夜之義。」趨朝阻向晨。忘鳴雞睡熟，倦立馬嘶頻。柝靜霜飛堞，鐘來月墮津。可憐同候者，多是未閑人！

雪夜宿翰林院呈危宋二院長

偶伴王摩詰，王維，字摩詰，有同崔員外秋宵寓直詩。寒宵宿禁林。院鈴風外靜，戎幕閒話：「翰林院有懸鈴，以備中夜警急，文書出入，則引索以代傳呼。」韓渥詩：「坐久忽聞鈴索動，玉堂西畔響丁東。」宮漏雪中沉。絳蠟銷吟燭，青綾擁賜衾。見卷六永上人紙帳。明朝陪賀瑞，謝惠連雪賦：「盈尺則呈瑞于豐年。」銀闕曉光深。

自天界寺移寓鍾山里

移寓鍾山里，開軒見翠微。寺僧違乍遠，鄰父識猶稀。愛讀明開牖，防偷固設扉。晉書王獻之傳：「夜臥齋中，有偷人入其室，盜物都盡，獻之徐曰：『偷兒，青氈我家舊物，可特置之。』羣偷皆走。」誰言新舍好，畢竟未如歸。

夜逢故郡賀冬至使胡浦二博士同宿

會宿本無期，忻逢兩舊知。問年驚別久，候曉畏朝遲。寒澀高城漏，陽迴上苑枝。明朝使事畢，歸騎又天涯。

至日夜坐客館

久客漸忘家，今宵忽感嗟。旅蹤猶泊梗，陽氣又吹葭。後漢書律曆志：「候氣之法，爲室三重，戶閉，塗釁必周密，布緹縵室中，以木爲案。每律各一，內庳外高，從其方位，加律其上。以葭莩灰抑其內端，案律而候之，氣至者灰散。」杜甫詩：「刺繡五紋添弱線，吹葭六琯動飛灰。」巷屋門封雪，鄉關路遶沙。閨中想逢節，也解憶京華。

送鮑翰林遷官陝右

姓譜：「鮑熲，字尙絅，歙人。洪武初，薦修元史，陞翰林修撰，出爲耀州同知。」

鑾坡初罷直，西去惜離羣。載筆唐供奉，褰帷漢使君。後漢書賈琮傳：「琮爲冀州，傳車垂赤帷裳。琮曰：『刺史當遠視廣聽，糾察美惡，何垂帷裳以自掩乎？』命褰之。」濁流河驛雨，詩注：「涇濁，渭清。」一統志：「二水皆在西安。」高樹嶽祠雲。按：「太華山在華陰縣。」公暇應懷古，登臨賦夕曛。

送姚架閣 見卷五

芳晨悵別筵，新柳驛亭前。客散春城酒，人登暮雨船。江樓先見日，郡界遠臨邊。到後安民俗，應知從事賢。隋書百官志：「從事，爲從九品。」世說：「習鑿齒史才不常，宣武器之，未三十便爲荆州治中。鑿齒謝牋云：『不遇明公，荆州老從事耳！』」

送曾主簿之平樂 廣西平樂府平樂縣

路出桂江東，一統志：「在梧州府城西。」鄉音想未通。蛇飛山苦霧，鵬運海多風。木魅長欺客，寰宇記：「平樂府城東榮山，上有九峯，險不可陟。嘗有木客，形似小兒，行坐衣服，不異于人，時出市易作器，人亦無別。」鮑照蕪城賦：「木魅山鬼，野鼠城狐；風嗥雨嘯，昏見晨趨。」花蠻少學農。炎徼紀聞：「古稱八蠻，其文面尤異者，則有飛頭、鑿齒、鼻飲、花面、赤裩之屬。」縣廳何處在？椰葉晚陰中。見卷六送袁憲史。

桓簡公廟 晉書：「桓彝，字茂卿，譙國人，爲宣城內史。蘇峻攻涇縣，彝力守經年，城陷，死。

賊平，追贈廷尉，謚曰簡。咸安中改贈太常。」一統志：「靈惠廟，在涇縣西，祀晉宣城內史桓彝。」又：「桓彝墓在府城北。」

荒林慘淡中，石馬欲嘶風。見卷一野田行。功在山留碣，威存廟挂弓。飢鴉迎祭客，走鼠駭巫童。千載宣城道，人憐內史忠。

送陳則

挾策去誰親？侯門不禮賓。愁邊長夜雨，夢裏少年春。白居易詩：「還有少年春氣味，時時暫到夢中來。」樹引離鄉路，花驕失意人。一杯歌短調，相送欲沾巾。

暮春送陳郎中出守檇李

出幕方爲郡，行車動畫輪。圖書歸省吏，風俗問州人。塘水龍鱗細，城槐兔目新。博物志：「槐葉生五日曰兔目，十日曰鼠耳。」莫言花已盡，君到自陽春。開元遺事：「人謂宋璟爲『有脚陽春』，言所至之處如陽春煦物也。」

送楊從事從軍

南風薰一作動燕麥，爾雅翼注：「雀麥即燕麥。」李白詩：「燕麥青青遊子悲。」送子悵如何！迢遞戎車役，淒涼橫笛一作吹。歌。天籠平野迥，山繞古關多。莫笑書生怯，能當曳落河。見卷十寄陶生。

送王員外遷崇教 原注：「崇教，典僧官。」

能書晉公子，晉書王獻之傳：「幼時學書，其父羲之從後掣其筆不得，歎曰：「此兒後當復有大名。」」清宦稱高情。海樹朝帆遠，江風夏服輕。官從三省去，唐書劉祥道傳：「三省都事、主事、主書，比選補，皆取流外有刀筆者。」案：三省，謂中書、黃門、尚書也。僧出萬山迎。誰說簪纓累？名林得按行。

吳中送顧生歸海陵 一統志：「揚州泰興縣，隋海陵地。」

涼風初變柳，歸興片帆孤。家向三秋到，田經幾歲蕪。舊音猶帶楚，新夢未離吳。明日江南北，相思有雁無？

園中

席煖林中憩，衣涼水上歸。腐瓜蟲食徧，空樹鶴巢稀。邂逅幽尋得，參差薄願違。喜無來往者，秋草沒園扉。

送前國子王助教歸臨川

去國獨依依，羈臣淚滿一作濕。衣。夢中燕月遠，一作冷。望裏楚山微。世變人驚老，身全詔許歸。舟前楓葉落，應到故園扉。

送潘巡檢之閩中

續通考：「明於外府州縣關津要害處所，設巡檢一員，率領徭編弓兵二三十人，專務巡緝盤詰。」

京師到閩海，秋色幾程餘。莎栅山兵守，後周書李遠傳：「嘗校獵于莎栅，見石于叢蒲中，以爲伏兔，射之而中，鏃入寸餘。」榕林島戶居。蘇軾詩：「忽行榕林中，跨空飛拱枅。」嵇含草木狀：「榕葉如木麻，其蔭十畝。」曉衙雞應鼓，晚邏騎隨車。清世元無盜，將軍好讀書。

送思上人

釋妙聲送思上人游方詩序：「吳郡思上人，業天台氏之學，主長洲文殊寺數年，人從而化者甚衆。今乃棄去，翛然山水間，如不繫之舟，行空之雲，何可羈也。」

名林雖盡廢，南去只隨緣。野飯晨留鉢，城鐘夜到船。虎馴應畏法，朝野僉載：「空如禪師入陸渾山，坐蘭若，虎不暴。山中偶見野豬與虎鬭，以藜杖揮之曰：『檀越不須相爭。』即分散。」鳥喚不驚禪。他日期相見，高峯舊塔前。

宴王將軍第

流水通侯第，行雲傍妓臺。雨催牙仗散，禮含文嘉：「牙旗者，將軍所建也。」風引羽觴來。曲學移聲按，詩隨得韻裁。莫令遊宴歇，次第過花開。

送朱從事之吳興

釋褐方從宦，揚雄解嘲：「或釋褐而傅。」國朝會要：「興國二年，始賜呂蒙正等釋褐，後遂爲例。」青山故郡鄰。草深湖帶雨，花暗驛藏春。鼓聚祈蠶女，陸游詩：「戶戶祈蠶喧鼓笛。」舟逢射鴨人。見卷二。幕中應待久，徒此惜離辰。

和友人過采石　一作和包師聖同知過采石

山暝斷磯頭，猿聲兩岸愁。柳間娼女酒，月下估人舟。擒虎嗟橫渡，隋書韓擒傳：「高祖大舉伐陳，擒率五百人宵濟采石，守者皆醉，擒遂取之。」本名擒虎。騎鯨憶醉遊。見卷十鳳臺圖。停橈正懷古，風急葦花秋。

詠柳

何恨苦長顰，纖姿嫵媚春。慣愁行路客，羞比舞筵人。亂葉斜斜雨，狂花衰衰塵。殘蟬來噪日，應落漢潭濱。

無題

顧影出中堂，長眉學內妝。古今注：「魏宮人好畫長眉。」本爲戚里婦，不是狹斜娼。扇撲園中蝶，箏彈陌上桑。相逢不敢笑，只恐斷君腸。

京師寓廨三首

誰言舊隱非？靜里且相依。綠樹城通苑，青山寺對扉。官閒休直早，客久夢還稀。是物春來典，杜甫詩：「朝回日日典春衣。」唯存舊賜衣。

其二

幾夜頻聽雨，經春不見花。蘼蕪青渚燕，楊柳白門鴉。李白詩：「何處最關情？烏啼白門柳。」

拙宦危機遠，工吟癖性加。閒坊車馬少，不似住京華。

其三

寂寞過芳時，幽懷只自知。袖無投相刺，梁書諸葛璩傳：「江祀薦璩于明帝曰：『璩安貧守道，悅禮敦詩，未嘗投刺邦宰，曳裾府守。』」篋有寄僧詩。鼠跡塵凝帳，蛙聲雨到池。疏慵堪置散，韓愈進學解：「投閒置散，乃分之宜。」不敢怨名卑。

送舒徵士考禮畢歸四明 一統志：「寧波府，唐曰明州，四明山在府城西南。」

寄語闕門吏，休輕尙布衣。叔孫聊應召，漢書叔孫通傳：「爲博士，說高祖起朝儀，采古禮，與秦儀雜就之。始用于長樂宮，自諸王以下，莫不震肅，拜通爲奉常。」周黨竟辭歸。見卷三隱逸。赤日京塵遠，蒼煙海樹微。送君還自歎，老却故山薇。

陪客登陶丘

相逢俱失意，此地偶同遊。獨樹邀人去，王褒詩：「平原看獨樹。」斜陽爲客留。依村煙景夕，近水竹聲秋。漫有歸歟歎，何山是故丘？

王公子宅五月菊

秋英忽夏發，宛在阿戎家。晉書：「王渾子戎，年十五，阮籍謂渾曰：『濬沖淸爽，非卿倫也，與卿言，不如與阿戎語。』」細認驚初見，高吟喜共誇。不依寒竹雨，欲映午榴霞。我意甘遲暮，尊前有此花。

送周復秀才賦行李中一物得紈扇

不畫乘鸞女，見前扇。應憐素質新。霜機驚落早，風塵讓揮頻。席上曾歌怨，見卷一婕好怨。李商隱詩：「燭分歌扇淚。」窗間或掩顰。溫子昇詩：「妖姬掩扇歌。」何如爲君子，遠路障埃塵。

送流人

漢條應偶觸，元史劉秉忠傳：「有犯于民，設條定罪。」蠻俗未能語。海近風多颶，山昏瘴似嵐。行衝哀甸虎，一統志：「雲南永昌軍民府，古哀牢國，故云哀甸。哀牢，本名安樂，夷語訛爲哀牢。」食畏蠱家蠶。周禮：「庶氏掌除毒蠱。」宋史太祖紀：「徙永州諸縣民之畜蠱者三百二十六家于僻處，不得復齒于鄉。」虛谷閒鈔：「鄒閬臨晨啓戶，見一小篋子，開視，乃白金酒器數十事，挈歸，覺股上有物蠕蠕然動，金色爛然，乃一蠶也。友人有識者曰：『此所謂金蠶蠱也。能入人腹中，殘嚙腸胃，復完然而出。』」鄉國何年返？懸知老日南。漢書地理志：「日南郡，故秦象郡，武帝元鼎六年更名。」注：「言其在日之南，所謂開北戶以向日者。」

贈張省郎

漢署早爲郎，長遊鳳沼傍。獨孤及詩：「公遊鳳凰沼。」雞知壺水候，李白詩：「銀箭金壺漏水多。」馬識火城光。國史補：「每元日冬至立仗，大官皆備珂傘，列燭有至五六百炬者，謂之火城。宰相將至，衆皆滅燭避之。」蘇軾詩：「萬人爭看火城還。」每載趨曹筆，漢官儀：「八座受成，事決於郎，下筆爲詔策，出言爲詔命。」時熏直省香。漢官儀：「其入直臺廨，給侍史一人，女侍史二人，皆選端正妖麗，執香爐、香囊，燒熏護衣服。」梅堯臣詩：「官奴休執燭，侍史正薰衣。」邊書無一羽，漢書高帝紀注：「檄者，以木簡爲書，長尺二寸，用徵召也。有急事，則加以鳥羽插之，名曰羽書。」冠蓋得一作日。翺翔。

送瀚公住靈巖

離宮遊路絕，名寺道場開。我昔題詩去，師今說法來。茱萸垂澗戶，菡萏發池臺。興壞俱空幻，登臨不用哀。

送宿衛將出守鄧州

晉書武帝紀：「置中軍將軍以統宿衛。」一統志：「鄧州，春秋時鄧侯國，秦爲穰邑，漢爲穰縣，屬南陽府。」

中郎身領仗，見卷一長安道。宿衛在承明。漢書嚴助傳：「君厭承明之廬。」注：「石渠閣外，直宿所止曰廬。」舊射雙鵰落，新乘五馬行。官儀：「漢制九卿則二千石，以右驂。太守四馬而已，其有加秩中二千石者，乃右驂，故以五馬爲太守美稱。」遯齋閒覽：「漢時朝臣出使，爲太守增一馬，故曰五馬。」紅雲遙魏闕，白水近穰城。鄧州志：「州東新野縣，屬鄧州，縣有白河。」好勸諸年少，春來賣劍耕。

甘露寺

一統志：「在鎮江府北固山上，吳甘露中建，因名。內有梁武帝書『天下第一江山』六字。」

勝地江山壯，名林歲月遙。刹藏京口樹，見卷五。鐘送海門潮。一統志：「海門縣屬通州，今沒于海。」月黑龍光發，天清蜃氣銷。本草：「蜃，蛟屬，能吁氣成樓臺城郭之狀，將雨即見，名蜃樓，亦曰海市。」何當尋很石，一統志：「很石，在甘露寺內，石狀如羊，相傳諸葛孔明坐其上，與孫仲謀計攻孟德者。」閒坐話前朝。

送張羽後夜坐西齋

閒齋聽鐘坐，憂緒悵多端。鳴雁雨中急，離人江上寒。秋燈下木葉，夜艇隔風湍。別後情蕭索，方知舊會歡。

徐山人別墅

茶香孤墅發，竹色四鄰分。埽地侵蟲字，文心雕龍：「鳥鳴似語，蟲葉成字。」開窗散鳥羣。樹涼池過雨，苔潤石生雲。我出無車馬，偏宜訪隱君。金蘭集補遺改本：「吾憐孺子宅，門對晚山曛。客去尊留月，僧來榻埽雲。茶香孤嶼發，竹色四鄰分。莫厭頻相過，言懷少似君。」

客館秋懷

獨臥愁空館，牆陰野豆開。暑將潮氣斂，秋與竹聲來。身賤多違志，時清少棄材。慚非張仲蔚，門戶有蒿萊。皇甫士安高士傳：「張仲蔚，平陵人，所居蓬蒿沒人，不治榮名，時人莫識。」

秋夜宿周記室草堂送王才

相別還相戀，秋宵暫對牀。人情貧後見，客況醉中忘。池柳疎含吹，唐太宗雨詩：「濛柳添絲密，含吹織空羅。」江雲薄護霜。離舟待明發，愁思劇茫茫。

江上雨

冥冥衆樹昏，浩浩一江渾。急有迴風韻，輕無入霧痕。鳥啼叢竹嶺，人臥落花村。門巷春泥滑，誰來共酒尊？

送賈二進士歸省

年少擅詞華，曾看手八叉。見卷十送張貢士。晨裝歸路雨，春酒別筵花。馬帶雲過嶺，人同燕到家。罷官趨覲好，不是謫長沙。漢書賈誼傳：「誼爲長沙王太傅，渡湘水，爲賦以弔屈原曰：『恭承嘉惠兮竢罪長沙。』」

贈衍師

石橋尋禮罷，啓蒙記注：「天台山楢溪水險，前有石橋，徑不盈尺，長數十丈，下臨絕澗。」歸住白雲層。法悟經慵讀，年衰塔倦登。青苔生砌錫，見卷九送證上人。黃葉翳龕燈。我欲相依老，前身恐是僧。

送錢氏兩甥度嶺

吏送投荒去，應歸下瀨營。漢書武帝紀：「甲爲下瀨將軍下蒼梧。」注：「瀨，湍也。吳越謂之瀨，中國謂之磧。」李嶠凱旋詩：「倘想江陵陣，猶疑下瀨師。」一家十口散，萬里兩身行。洞僚欺商市，集韻：「西南夷謂之僚。」山魈喚客名。抱朴子登涉篇：「山精形如小兒，獨足向後，夜喜犯人，名曰魈。呼其名則不能犯也。」江邊南望泣，不盡渭陽情。

送客歸閩省親

秋城聞暮砧，歸思忽盈襟。客久依人遍，親衰念子深。青山分嶺路，紅荔到鄉林。蔡襄荔枝譜：「其實廣上而圓下，大可徑寸，有五分；香氣清遠，色澤鮮紫，膜如桃花紅。」皮日休詩：「紅荔懸纓絡。」菽水還堪樂，禮記：「啜菽飲水，盡其歡，斯之謂孝。」何須季子金？

圓明佛舍訪呂山人 姑蘇志：「圓明寺，在吳江縣二十三都。」

憐君不出院，結夏與僧同。荆楚歲時記：「四月十五日，天下僧尼就禪刹掛搭，謂之結夏。」徐賁詩：「不出眞如結夏僧。」陰竹行廊遠，香花掩殿空。飯分齋鉢裏，書寄藏函中。白居易自記：「文集有五本，一本在廬山東林寺經藏院。一本在蘇州南禪寺經藏內。」茶宴歸來晚，雲仙雜記：「錢起，字仲文，與趙莒爲茶宴；又嘗過長孫宅，與朗上人作茶會。」西林一磬風。

答宗人廉夜飲王氏池亭見懷

遙聞池上酌，涼夜失炎天。酒碧傾當竹，衣香坐近蓮。沿波人弄月，翻樹鳥鳴煙。座上誰相憶？惟應是惠連。南史謝方明傳：「子惠連，年十歲，能屬文，族兄靈運嘉賞之，云『每有篇章，對惠連輒得佳語』。嘗于永嘉西堂思詩，竟日不就，忽夢見惠連，即得『池塘生春草』，大以爲工。」

賦得蟬送別

疎槐細柳中，涼占一枝風。蛻出形猶弱，驚飛響未終。雨來林館靜，日下驛門空。離管尊前發，淒涼調正同。

何隱君小墅

移家營別墅，一徑竹扉開。泉滿疏渠放，花多借地栽。壁間田器掛，窗裏浦帆來。自戀幽居樂，誰言是棄材。

贈張明府

聞道彈琴處，呂氏春秋：「宓子賤彈琴而治單父。」門前柳帶沙。海珍通估市，湖税減漁家。暮港迷荷葉，秋田間豆花。亂來無此地，君政亦堪誇。

送唐博士肅移家檇李

列朝詩傳：「肅字處敬，會稽人，至正己亥中江浙鄉試，授黄岡書院山長，轉嘉興儒學正。洪武初，召修禮樂書，擢應奉翰林文字，兼國史院編修官。以疾失朝，罷歸里，謫佃濠之瞿相山，歲餘卒。」

楊柳發初齊，春陰廢苑西。故人乘醉別，新鳥傍愁啼。舟重全家去，詩多一路題。杏花開北郭，誰復共招攜？

贈妓

補注：開元遺事：「都下名妓楚蓮香者，國色無雙，每出入，則蜂蝶相隨，以慕其香也。」

樂籍小名收，牧豎閒談：「元和中，成都樂籍薛濤者，善篇章，足辭辨。」按：王銍有侍兒小名錄。侯家舊主謳。漢書衞皇后傳：「后字子夫，爲平陽主謳者，既飲，謳者進，帝獨悦子夫，遂入宮。」笑能撩客喜，醉肯逐人留。蝶識薰香氣，鶯慚度曲喉。更憐語酒令，賓退錄：「後漢賈逵，嘗作酒令。唐最盛。本朝歐公作九射格，不別勝負，飲酒者皆出於適然。陳述古亦嘗作酒令，近李如圭作漢酒令，今館閣有小酒令一卷。」少日住揚州。杜牧詩：「十年一覺揚州夢，贏得青樓薄倖名。」

送顧倖之錢塘

之官即勝遊，送別漫多愁。草色荒宮燕，槐陰遠驛騶。湖通朝汲井，潮動夜眠樓。早向臨平過，杭州府志：「臨平山，屬仁和縣。」荷花已欲秋。

答高廉同飲後見寄

竹林清暑宴，見卷三隱逸王績。客散獨歸時。愁寄歡餘別，醒慚醉後詩。蟬催斜景急，鳥度廣川遲。何事聞鐘處，勞君尙遠思。

沈徵士鉉野亭　見卷六

淸時猶在野，獨臥見高情。移艇聞煙唱，鉤簾看雨耕。江晴雙鸛下，樹晚一牛鳴。回首徒相憶，柴車不入城。高士傳：「何默嘗躡草屩，乘柴車。」

題醫師王隱君墓表後

孤舟别楚水，客鬢已蒼蒼。竟賦招魂些，虚傳續命方。悲風柏隴小，積雨藥園荒。生滅雖能悟，看碑亦感傷。

贈朱山人

老來嫌衆累，依澗獨開房。積雨苔生桁，古樂府東門行：「還視桁上無懸衣。」迴風葉滿牀。學僧持淨律，傳燈録：「無上菩提被，于身爲禪説，于口爲法行，于心爲律。」指月録：「淨律淨心，心卽是佛。」避客録奇方。唐書陸贄傳：「贄旣放荒遠，常闔戶，人不識其面，爲古今集驗方五十篇示鄉人云。」若問塵中事，無聞不是忘。

谿上

檇李詩繫作查家蕩。附考：蕩在嘉善縣北，多藕花。

秋色共谿長，遊人語笑涼。萍開天倒影，蓮墮水流香。魚罶和星漉，禽罝帶雨張。從今搖桂櫂，九歌：「桂櫂兮蘭枻。」不必問瀟湘。

次韻楊儀曹雨中

唐書百官志：「武德三年，改儀曹郎曰禮部郎中。」

雨中池閣曉，淸簟薦文漪。陰恐晴期遠，寒疑暑候遲。荷高擎欲折，柳重舞難攲。應阻陪高詠，開簾看散絲。張協詩：「密雨如散絲。」

寄錢塘諸故人

年少客名都，狂遊每共呼。荷深筝在舫，竹靜矢鳴壺。宋徽宗詩：「定邀朋侶戲投壺。」明月潮千里，殘陽雨半湖。故人能念否？歡意近來無。

送烏程馮明府

烏程，湖州附郭。

青山若下南，一統志：「湖州長興，有上若、下若水。」一騎入晴嵐。縣治琴聲古，泉香酒味甘。吳地理志：「吳興烏程縣，酒有名。」郡國志：「古烏巾，程林居此，能醖酒，因以名酒。」竹欄春護鴨，葦箔夏分蠶。馬祖常詩：「葦門仍葦箔。」大小馮君後，前漢書：「馮野王與弟立，皆奉世子也。立爲五原太守，徙西河上郡，治行與野王相似。民歌之曰：『大馮君，小馮君，兄弟繼踵相因循，聰明賢知惠吏民，政如魯衞德化鈞，周公康叔猶二君。』」傳家爾最堪。

喜了上人見過

幾時西澗別，忽喜過家園。澹泊林間供，虛空世外言。豆花零晚架，瓜蔓絡秋垣。莫厭頻相過，衡門久息喧。

病目

閉目洗黃連，本草綱目：「黃連主治熱氣、目痛、眥傷、淚出，明目。」深窗坐兀然。未忘聽鳥興，暫絕看花緣。問女知檐日，嗔奴畏竈煙。願因無見處，得證定心禪。

病目不飲

患目未全明，醫教謝麴生。開天傳信記：「葉法善居玄眞觀，嘗有朝客十餘人詣之，滿坐思酒，忽有人叩門，云『麴秀才』，傲睨直入，法善密以小劍擊之，隨手喪元，墜于階下，化爲瓶榼，一坐驚遽，視其處所，乃盈瓶醲醞也。咸大笑，飲之，醉而撫其瓶曰：『麴生風味，不可忘也。』」暫從彭澤止，蘇軾詩：「多病仍逢止酒陶。」恐學左丘盲。太史公自序：「左丘失明，厥有國語。」壁下蘭尊掩，林間藥臼鳴。坐聽連日雨，何物慰閒情。

賦得蟹送人之官

吐沫亂珠流，無腸豈識愁？抱朴子：「山中辰日稱無腸公子者，蟹也。」香宜橙實晚，劉克莊詩：「香切橙黄蟹正肥。」肥過稻花秋。陸龜蒙蟹志：「江東人云：『稻之登也，率執一穗以朝其魁，然後從其所之，蚤夜鶩沸，指江而奔，漁者緯蕭承其流而障之，名曰蟹斷。』」出簖來深浦，隨燈聚遠洲。本草：「蟹性走明。」郡齋初退食，可怕有監州。歸田錄：「國初，通判常與知州爭權，每云：『我是郡監。』有錢昆者，餘杭人也。浙人嗜蟹，常求補外，郡人問其所欲，曰：『但得有螃蟹無通判處則可。』至今人以爲口實。」

江上早發

蒼蒼汀霧起，何處望高城？游子曉初發，居人寒未耕。犬鳴林月落，魚躍浦風生。已有先行者，煙中聞棹聲。

客舍喜姪庸至

客裏逢人喜，相過況阿宜。按：杜牧姪，小字阿宜。遠遊驚歲晚，多難惜門衰。帆落江橋近，鐘來野店遲。一杯燈下語，渾似在家時。

哭周記室

萬里一羇臣，悲歌楚水春。漫期重會面，竟作永傷神。主祭惟孤姪，收詩有故人。獨揮聞笛淚，見卷四魏使君。斜日下西鄰。

過永定廢寺

姑蘇志：「永定教寺，在吳江縣莊浦村。」

亂後僧何去？門閑落葉時。晝昏秋蠹老，齋斷午禽飢。罷說傳心法，猶看賜額碑。不知興壞理，來此豈無悲？

楓橋送丁鳳

紅葉寺前橋，停君晚去橈。醉應忘世難，歸不計程遙。山隱初沉日，風催欲上潮。離魂來此處，還似灞陵銷。

盜發漢侍中許馘墓

在宜興。周必大遊山集：「度周橋，訪後漢許太尉馘墓，有古翁仲，龜趺大墩相連，漸爲邑人斸掘。」

古冢竟誰穿？虚傳錮最堅。玉魚宵已出，杜甫詩：「昔日玉魚蒙葬地，早時金椀出人間。」石獸曉猶眠。長夜俄看日，幽臺不掩泉。須知摸金者，陳琳爲袁紹檄豫州文：「操又特置發丘中郎將、摸金校尉，所過隳突，無骸不露。」亦到漢陵前。

過海昌贈李侯

開廳晝下簾，秋色滿疎髯。耿湋詩：「疎髯似積霜。」久戍殘兵老，多貧長吏廉。陰風潮動郭，晴日地生鹽。三老相逢說，禮記：「食三老、五更于大學。」月令章句注：「三老，國老也。五更，庶老也。」年來戶牖添。

送易從事祖飲南渚

「祖飲」見卷四送徐七山人

疎楊映老荷，別處最秋多。送客年年路，愁人日日波。霞明添醉色，風急斷離歌。莫爲官程促，青山易看過。

題張靜居畫

楚客寫荆岑，秋雲隔浦陰。人家連橘塢，水廟映楓林。亂後淸遊歇，愁邊遠色深。相看休向晚，怕有峽猿吟。

夜懷王校書

燈暗獨吟餘，疎桐月滿除。劉兼詩：「月移花影過庭除。」蟲寒初入戶，鼠餓欲侵書。河漢三更望，江湖兩地居。相思無去夢，今夜恨何如！

答陳則見寄

何由慰遠思，獨詠寄來詩。行路方難日，清秋欲盡時。江多驚雁火，樹少宿烏枝。早晚如相見，應憐有鬢絲。

煮藥

葉燥井泉清，山窗藥在鐺。燈前看火候，枕上聽潮聲。味熟吟方就，香來病已輕。何時采芝朮，養得羽翰成。

夜投西寺

江月上秋衣，來敲遠寺扉。棲禽驚客至，睡僕訝僧歸。鐘度行廊盡，燈留浴院微。非無招旅館，禪寂願相依。

送石明府之崑山

茂苑行春罷，攜琴又向東。潮聲數里外，山色半城中。帆帶桃花雨，陸龜蒙詩：「銅瓶淨貯桃花雨。」衣翻柳葉風。風土記：「河朔春時疾風，數日一作，三日乃止，曰吹花擘柳風。」島夷聞善政，爲有舶船通。太倉州志：「太倉，故爲崐山州治，海在州城東七十里，外通琉球、日本等六國，故太倉南關謂之六國馬頭。」

過城西廢塢

亂前遊最熟，亂後問都迷。園散栽花戶，林荒采菊蹊。廢泉流圃淺，斜日下城低。唯有煙中鳥，迎人似一作依。舊啼。

送范架閣赴嘉禾兼簡李使君 一統志：「嘉興府，三國吳曰嘉禾。」

陸相祠前路，嘉興府志：「陸宣公祠，在府治西。」孤舟欲上時。空江難晚別，荒郡易秋悲。月送潮生早，雲隨雁去遲。幕中知有子，太守只題詩。

喜吕山人見過江館

非君憐夙契，誰肯顧柴門？日短淸江路，風高大樹村。見卷四渡吳淞江。交呈新著槀，同發舊藏尊。莫便尋歸櫂，心懷未盡論。

贈鄰友　一作答丁校理見貽

同居一塢中，只隔水西東。林近書燈露，溪迴酒舫通。放鳧長合隊，移竹每分叢。只恐君徵起，難期作兩翁。

雨中就陳卿飲酒醉歸聞丁二臥病客樓賦此寄慰

我醉聽歌後，君愁臥病中。山雲秋郭暗，江雨夜樓空。短燭知頻剪，淸樽恨不同。題詩非檄手，那得愈頭風。三國志：「曹操病頭風，讀陳琳所作檄，翕然起曰：『此愈我病。』」

送醫士宋君徙居江上

詩瓢與藥囊，唐詩紀事：「唐球隱居蜀之味江山，爲詩撚槀爲圓，納大瓢中。臨沒，投瓢于江曰：『斯文苟不沉沒，得者方知吾苦心爾！』至新渠，有識者曰：『唐山人瓢也。』」此去一作件。卽行裝。跡隱名猶在，交親意未忘。剔芸繙舊帙，續博物志：「芸香辟紙魚蠹，故藏書室稱芸臺。」嘗草試新方。春水孤舟起，還來問竹房。劉長卿詩：「竹房遙閉上方幽，苔逕蒼蒼訪昔遊。」

屏居

飲水依道者，心淸無衆喧。幽花落半樹，疎雨過荒園。看山易云夕，尋澗偶窮源。欲喩靜中趣，居然忘我言。

立秋日

碧天收夏色，節氣變淸商。暑自今宵伏，風從此日涼。金莖初有露，玉氣未成霜。嗃日幷淒雨，潛催草木黃。

效唐人贈邊將

翩翩越騎將，後漢書百官志：「越騎校尉一人，比二千石。」注：「取其才力超越也。」負勇出山西。漢書趙辛傳贊：「秦漢以來，山東出相，山西出將。」射虜誇猿臂，史記李將軍列傳：「廣爲人長猿臂，其善射亦天性也。」封侯賭馬蹄。候烽河外暗，伏幟草中低。欲雪憑陵恥，須禽左谷蠡。匈奴列傳：「匈奴世傳官號，置左右賢王、左右谷蠡王，最爲大國。」

送董湖州

五馬貴專城，花兼赤綬明。後漢書輿服志：「諸侯王赤綬四乘。」政條民乍識，賦籍吏初呈。山籠輸茶至，溪船摘芰行。非將苕霅水，誰比使君清？

晚次西陵館　見卷三夜抵江上候船

西馬倦嘶風，蕭蕭逐轉蓬。杜甫詩：「轉蓬行地遠。」地經兵亂後，歲盡客愁中。晚渡迴一作隨。潮急，寒山舊驛空。可憐今夜月，相照宿江東。

送顧別駕之邊郡

故人雖盡別，相去獨君賒。緣路雲千堠，臨邊樹一家。渡江船載馬，到館燭驚鴉。莫歎孤城廢，春來尚有花。

送僧恬歸靈隱 杭州府志：「景德靈隱禪寺，在武林山之陰。晉咸和元年，梵僧慧理建，名靈隱。宋景德四年，改景德靈隱禪寺，寺前冷泉亭，在飛來峯下，唐白居易有記。」

遊方應未久，柳色變新年。在路逢春雪，還山訪冷泉。鐘催投寺錫，燈照泊江船。法意休多問，無言卽是禪。

江上寄王校書行

寥落舊歡違，江邊獨掩扉。鄰家聞暮笛，客舍試春衣。宿鳥歸山亂，行人渡水稀。相思比花絮，斜日繞城飛。

送越將罷鎮

楚客佩吳鴻，李白結客少年場行：「匕首插吳鴻。」注：「吳鴻，鉤名。」臨邊最有功。讀書圍壁裏，賭酒射堂中。旆出莎城雨，笳吹柳浦風。越人相感意，應與暮潮東。

送王稹赴大都 原注：「至正庚子作。」袁桷上都華嚴寺碑：「宗王殊邦，奉貢效牽，咸會同于開平，由是定爲上都，大興爲大都，兩京之制，協于古昔矣。」

王郎歌莫哀，見卷十一吳中逢王才。且酌姑蘇臺。獨客自傷別，諸侯誰愛才？關河千里去，宮闕五門開。禮記注：「天子五門，皐、雉、庫、應、路也。」白居易詩：「一條星宿五門西。」未肯輕齊虜，漢書陳平傳：「上怒罵劉敬曰：『齊虜以口舌得官，今乃妄言沮吾軍。』」新從下土來。

送孫主簿之德清　原注：「孫善琴。」

山水匝秋城，君行思已清。道逢迎吏拜，田雜戍人耕。地遠知邊信，家貧稱縣名。應攜一琴去，相和長官鳴。

留別李侯

梅發津亭北，春隨使節迴。線多遊子服，孟郊詩：「慈母手中線，遊子身上衣。」酒滿故人杯。鐘送橫江雨，車盤出峽雷。李商隱詩：「車走雷聲語未通。」平生感知己，臨別更徘徊。

寄熹公

禪居紫閣陰，洛陽伽藍記：「景明寺複殿重房，青臺紫閣。」欲去問安心。野岸隨流曲，山門隱樹深。千燈燃雨塔，一磬出風林。想見跏趺處，雲多不可尋。

送王才歸錢塘

南歸猶落魄，北上已蹉跎。草草官亭酒，勞勞客路歌。親知今日少，山水故鄉多。匕首空留在，酬恩竟若何？

送長洲周丞陞吳縣令

青山隔苑橋，改邑去非遙。官食新添俸，民傳舊布條。稻花迎午放，荷葉待秋彫。寂寞長洲路，空聞五袴謠。後漢書廉范傳：「范，字叔度，爲蜀郡太守。成都舊制，禁民夜作，以防火災。范乃毀削前令，但嚴使儲水而已。百姓爲便，乃歌之曰：『廉叔度，來何暮？不禁火，民安作，平生無襦今五袴。』」

冬至夜喜逢徐七

君來同客館，把酒夜相看。動是經年別，能辭盡夕歡？雪明窗促曙，陽復座銷寒。杜甫詩：「冬至陽生春又迴。」世路今如此，懸知後會難。

送史丞之海門

原注：「史，淮東人。」「海門」見前甘露寺注。

黄茅連霧雨，此地久荒涼。日出嵎夷遡，書：「分命羲仲，宅嵎夷，曰暘谷，寅賓出日。」江通渤澥長。改官非謫宦，到邑是還鄉。海上遙聞說，歸人已裹糧。

夜雨宿東齋

砌冷一蛩急，窗虚諸葉稀。蕭條風雨夜，幽臥掩牀幃。鄰杵聽初歇，齋燈看尙一作向。微。忽憂歲暮事，聊食故山薇。

師山周君一作周伯常。客濠上思歸未得因畫舊隱圖求余賦詩

姑蘇志：「師山，吳縣十都村名。」一統志：「鳳陽府，隋、唐、宋曰濠州。」

幾年留客舍，千里念家山。得向圖中見，猶勝夢裏還。菊畦經雨廢，薜屋帶雲關。楚奏無窮意，王粲賦：「鍾儀幽而楚奏兮，莊舄顯而越吟。」相忘賴此間。

微恙江館夜作

寒燈坐江館，愁逼歲闌珊。苦恨應催老，微痾似忌閒。雞前星列屋，雁外月臨灣。明日將求藥，身猶懶入關。

逢李止冰道人

吹簫月滿舟，何處昔頻遊？后土瓊花觀，春明退朝錄：「揚州后土廟瓊花，或云自唐所植，即李衛公所謂玉蕊也。」仙人黃鶴樓。別來應未老，道在復何求？相見俄還去，江城楓葉秋。

冬至夜雨感懷

節序關何事？徒令百感生。升沈當世事，存歿故人情。寒壯微陽氣，風疎緩漏聲。他年說今夜，聽雨宿南城。

過戴居士宅

江邊戴顒宅，南史：「顒，安道之子，宅在嵊縣剡山下，乃郄超捐千緡所築。又徙居吳下，士人共爲築室壘石，栽花辟徑，琴尊造訪者無虛日。」地好愜幽尋。高樹藏卑屋，新篁補舊林。鳥成留客語，雲作護花陰。不負滄洲約，重來論夙心。

歸鴉

啞啞噪夕暉，爭宿不爭飛。未逐冥鴻去，長先野鶴歸。荒村流水遠，古戍淡煙微。借問寒林樹，何枝最可依？

晚坐南齋寫懷二首

雁過南齋暮，魂銷默坐中。賤貧長作客，愁病欲成翁。窗灑侵燈雨，庭翻走葉風。山妻猶解事，未遣酒尊空。

其二

歲景看垂暮，羈蹤歎屢遷。有身能去俗，無術但論天。菊老江城酒，牀寒客舍氈。愁中還一笑，兒女滿燈前。

臘月廿四日雨中夜坐二首

不興貧後歎，每動醉中吟。涉難知天意，居閒長道心。雁聲隨雨到，鬢色與年侵。獨想平生事，蕭然坐夜深。

其二

身退惟宜靜，謀疎且任眞。樓空三日雨，書亂一牀塵。丘隴多良友，江湖獨放臣。莫嗟年景暮，轉眼是新春。

書曹谷才世訓詩後爲其子季常作

綠野高人第，淸門舊相家。史記：「惠帝二年，曹參入相。」篇章存月露，隋書李諤傳：「連篇累牘，不出月露之形。」翰墨走龍蛇。曹唐遊仙詩：「大篆龍蛇隨筆札。」作戒言惟切，詒謀歲已賖。過庭雖有訓，得與共傳誇。

題山居圖爲僧賦

行負貝多書，酉陽雜俎：「貝多樹，出摩伽陀國，西土用以寫經。」青山別舊廬。亂尋安土避，貧借破菴居。吟苦非愁裏，禪癯似病餘。思歸休看畫，來去盡空虛。

題華氏瑩芝檜圖

誰指牛眠處，晉書：「陶侃微時，丁艱，將葬，家中忽失牛，不知所在，遇一老父謂曰：『前岡見一牛眠山阿中，其地若葬，位極人臣。』言訖不見，侃尋牛得之，因葬其地。」江山地最靈。氣鍾孤檜碧，祥表五芝青。神農經：「五色神芝，皆聖王休祥。」影動春雲亂，香敷曉露零。知君家種德，曾讀墓前銘。

賦得銅人贈醫士

舊鑄明堂像，唐書刑法志：「太宗嘗覽明堂針灸圖，見人五臟皆近背，針灸失所則致死，詔罪人無得鞭背。」新圖太史書。元史竇默傳：「默，字子聲，廣平肥鄉人。母死，南走渡河，依母黨吳氏；醫者王翁妻以女，使業醫，轉客蔡州，遇名醫李浩，授以銅人針法。走德安，孝感令謝憲子，以伊洛性理之書授之。乃北歸大名，與姚樞、許衡朝暮講習，至忘寢食。世祖即位，召拜翰林侍講學士，後累贈太師，封魏國公，謚文正。」體成金冶內，左傳「形民之力」注：「言國之用民，當隨其力任，如金冶之器，隨器而制。」穴試石砭餘。漢書藝文志：「周度箴石，湯火所施。」注：「箴，所以刺病也。石，謂砭石，即石箴也。古者攻病則有石，今其術絕矣。」摩狄年空老，後漢書薊子訓傳：「人于長安東霸城，見子訓與一老翁共摩挲銅人，相謂曰：『適見鑄此，而已近五百歲矣。』又謂之銅狄。」求仙事亦虛。「承露盤」、「銅人」見卷一長安道注。君懷濟人意，爲此竟何如？

夏景園廬

門掩一齋空，幽懷獨坐中。本同趨府客，見卷四送黃主簿。偶似灌園翁。高士傳：「陳仲子，齊人也，楚王聞其賢，欲以爲相，遣使聘，仲子遂逃去，爲人灌園。」魚鬭萍溪一作池。雨，蟬嘶柳巷風。未須論夙志，聊復去樊籠。劉秉詩：「皐禽爭肯戀樊籠？」

寄題崇明學宮天心水面軒

崇明，屬蘇州，今屬太倉。邵雍詩：「月到天心處，風來水面時。」

夜氣虛明際，齋宮息衆喧。詠餘風度瑟，坐久月當軒。雲淨無留翳，池清有活源。朱子詩：「問渠那得清如許？爲有源頭活水來。」心知此時意，欲論竟何言。

送柔上人得船字

叢林初結夏，見前圓明佛舍。東去又飄然。罷說天台講，一統志：「天台縣北國清寺，舊名天台。隋煬帝爲智顗禪師建，唐一行禪師于此學算，後有異僧寒山、拾得。」行參雪竇禪。景德傳燈錄：「明州雪竇山常通禪師，邢州人，出家參長沙岑和尚，後住洞山石霜，而法無異味。光啓中，領徒至四明，郡守請居雪竇，鬱然盛起。」蘇軾詩：「他日徒參雪竇禪」。殘經松一作林。下几，遠磬月中船。不用空悲別，師今絕妄緣。

中秋琵琶洲宴集得紅字

按：王賓吳中古蹟詩序：「有琵琶亭在舊治通判西，水清列可釀酒。」

香霧夕濛濛，孤高桂樹東。影疎林際月，涼近水邊風。重露流杯綠，繁星亂燭紅。明年江海上，高會與誰同？

悼女

保養常多闕，艱難愧我貧。悽悽臨歿語，的的在生親。遺佩寒江月，殘燈夜室塵。中郎他日稟，後漢書蔡邕傳：「初平元年，拜左中郎將。」「蔡文姬」見卷十贈錢文則。留付與何人？

亂後經婁江舊館

此地昔相依，重來事已非。新年芳草遍，舊里熟人稀。遠燕皆巢樹，見卷十次韻楊孟載。閑花自落磯。一作擁扉。遺蹤竟難覓，愁步夕陽歸。

悼顧宜人

避亂應千里，悲離復幾年。塵埃初嫁鏡，雨雪未歸船。有子隨行旐，潘岳寡婦賦：「飛旐翩以啓路。」無人與葬錢。唐書郭元振傳：「郭震，字元振，魏州貴鄉人，以字顯。少有大志，十六與薛稷、趙彥昭，同爲太學生。家嘗送資錢四十萬，會有縗服者叩門，自言五世未葬，願假以治喪。元振舉與之，無少吝，一不質名氏。稷等歎駭。」束芻何處弔？詩：「生芻一束，其人如玉。」後漢書徐穉傳：「郭林宗有母憂，穉往弔之，置生芻一束于廬前而去。衆怪不知，林宗曰：『此必南州高士徐孺子也。』」衰草暮江邊。

過劉山人園

欲問幽棲處，花蹊逐澗迴。夕煙羅幕卷，春雨藥房開。野鶴知琴意，山蜂給酒材。城中少閑客，誰解引車來？

次韻楊禮曹移疾之作

養疾深扉掩，還應謝俗交。鳥多風和語，葵晚雨緘苞。印向閒廳鎖，鐘聞近寺敲。相思愁暮靄，高樹古城坳。

送周履道入郭

離羣方感愴，況復與君違。花隱歸城旆，風吹渡水衣。須知喧寂異，莫訝往來稀。今夜空齋雨，誰憐獨掩扉？此與前城西客舍送周砥似複。

雨齋獨坐寫寄友〔校記〕三十家作「雨齋書寄楊孟載。」

動與世相妨，端居學坐忘。見卷十醉後走筆。雨來池上樹，煙起竹間房。屋鳥非晴弄，蘭花是晚芳。尋山期已阻，遙望奈蒼蒼。

次韻酬西園公

林驚緣樹鼠，池響食萍魚。月戶雙砧落，風亭一簟舒。體便淸夏健，髮映早秋疎。本自無愁事，何煩酒破除？韓愈詩：「破除萬事無過酒。」

聞鄰家琵琶有感

淸唱合琵琶，當年碧玉家。見卷一碧玉歌。弄殘催酒急，抱重向燈斜。白居易詩：「千呼萬喚始出來，猶抱琵琶半遮面。」久別愁江樹，重聽隔院花。淚多思舊事，不是客天涯。

書王生扇

素質粉藤光，蒲葵詎可方？見前簟注。當懷驚抱月，見前扇注。灑面怯沾霜。宜助驅蠅用，羞隨走馬狂。漢書：「張敞爲京兆時，罷朝，走馬章臺街，自以便面拊馬。」注：「便面，所以障面，蓋扇之類也。」過時甘自棄，不怨井梧黃。

送胡鉉一作銓。遊會稽紹興府屬

山水獨行遍，苕溪仍剡溪。衣逢新火滅，蘇軾詩：「三見清明改新火。」舟渡雜花迷。黃絹尋碑讀，一統志：「曹娥碑，在紹興府城東南江上。」注見卷二主客行。紅裙賭墅攜。晉書謝安傳：「寓居會稽，每遊賞，必以妓女從。」「賭墅」見卷四燕客。清遊不能共，腸斷聽猿啼！槎軒集作「蘭亭舊基在，觴咏付新題。」

送陳少府赴嘉定蘇州府屬，今隸太倉州。

雨歇桑陰路，爭迎紺幰車。隋書儀禮志：「幰車，三品以上，青幰朱裏，五品以下，紺幰碧裏。皆白銅裝。」潮多田水滿，城小井煙疎。夜戶猶聞犬，春濤欲上魚。期君布新政，去卜海濱居。

報恩寺逢蔣主簿就送還如皋

姑蘇志：「報恩講寺，在城北陲，故呼北寺，即通玄寺舊基。吳越錢氏移支硎山報恩寺改建于此，浮圖十一級，兵燹後，行者金大圓募建九級。」一統志：「如皋，屬揚州，戰國楚地。」

貪語酒寒頻，新年見故人。別時煙寺晚，歸路雪江春。造次燈前面，蒼茫船上身。明朝楚花發，莫歎縣廚貧。

贈姚東曹

後漢書百官志：「太尉公屬，東曹主二千石長吏遷除及軍吏。」

爐氣拂春衣，分曹直省闈。相門旄節重，郎舍簡書稀。夜直聽鐘度，晨朝策馬飛。共憐王掾少，晉書王珣傳：「珣與謝玄爲桓溫掾，俱爲溫所敬重。嘗謂人曰：『謝掾年四十擁旄仗，王掾當作黑頭公。』」粉署有光輝。

鍾山雪霽圖

山勢識龍蟠，香臺擁翠巒。張說詩：「禪室從來雲外賞，香臺豈是世中情？」草堂猿嘯晚，蕙帳鶴驚寒。雲擁梁僧塔，苔封宋帝壇。俱見卷九遊鍾山。昔年遊歷處，今向畫中看。

周輿裔墓

原注：「在虞山東。宋高宗憫公殉節，給轉字圩山地十四畝勅葬焉。」此從姑蘇雜詠補入。

高宗南渡後，觀察死封疆。畫策無遺算，禽胡不避強。數窮身遇害，名重骨猶香。賜葬虞山勝，恩褒萬古揚。

高青丘集卷十三

五言律詩

送吳縣令遷松陵

山縣彈琴罷，江城露冕初。華陽國志：「郭賀，字喬卿，爲荆州刺史，有殊政；明帝到南陽巡狩，賜三公服，敕行部去襜露冕，使百姓見之，以彰有德。」夏霖湖更闊，朝日市長虚。柳下催耕鼓，桑間問俗車。秋風莫思去，客館有鱸魚。

寄沈達卿校理

風雨清明後，春寒未一作尙裌衣。閉門聽鳥盡，入寺看花稀。獨酌愁難去，相思夢欲飛。艱難宜數見，何事却長違？

贈呂醫

藥院閉閑朝，煙生積劵燒。柳宗元宋清傳：「疾病疕瘍者，就清求藥，雖不持錢，皆與善藥，積劵如山，或不識，遙與劵，不爲辭，歲終，輒焚劵。」求眞遊嶽遍，訪病出城遙。收糓寧煩僕，尋苓或遇一作伴。樵。世方多內熱，莊子：「吾朝受命而夕飲冰，我其內熱歟！」一匕儻能消。

次韻陳留公見貽湖上行屯之作

前漢書趙充國傳：「分屯要害。」又：「兵耕曰屯田。」

湖陰巡壘罷，緩服上仙舟。南史沈慶之傳：「劉湛被收之夕，上開門召慶之，慶之戎服履韎縛袴入，上見而驚曰：『卿何意乃爾急裝？』慶之曰：『夜半喚隊主，不容緩服。』」景好看宜晚，詩淸賦爲秋。葉應隨鳥散，山欲趁波流。亦有東遊興，空憐未得酬。

雨後飲西園偶然亭

晚酌櫻桃下，歡來不奈春。那知醉後客，猶是亂中人。雨霽飄還細，花寒破未勻。江皐舊遊處，回首莫沾巾。

鄰家桃花

春色東家出，相窺似有心。曲垣遮自短，别院閉還深。影動疑人折，香搖妒蝶尋。好風時解意，吹片拂羅襟。

和王止仲校理夜坐

池暝花如霧，蒼蒼月照開。梁空雙燕宿，簾暗一螢來。兵散誰家笛，人違此夜杯。如何對清景，愁思却相催。

答陳校書客懷

同患君尤甚，時難覺意眞。愁邊長夜雨，夢裏少年春。遊遠荒家業，交疎困路塵。一杯歌短調，誰聽不沾巾！此首與卷十二送陳則一首似重。

酬余左司

門巷接垂楊，同鄰忘異鄉。兒親欣見熟，僕立厭言長。讀借風牀簡，杜甫詩：「風牀展書卷。」

炊分雨碓粱。亂來成久别，能不爲情傷？

宿道王蘭若　釋氏要覽：「梵言阿蘭若，唐言無諍，一云閒靜處。」

借榻到僧扉，雖安未是歸。暝禽愁雪意，夜篠助風威。燈盡思燃帶，見卷七早發土橋。衾寒起覆衣。不知孤棹去，明夕更何依？

與詩客七人會飲余司馬園亭　原注：居皆在北郭。

情與酒兼和，園亭駐晚珂。家同榆社近，史記封禪書：「高祖初起，禱豐枌榆社，天下已定，詔御史，令豐謹治枌榆社，常以四時春以羊彘祠之。」注：「社在豐東北。或曰枌榆，鄉名，高祖里社。」人比竹林多。短景催長宴，醒吟雜醉歌。亂離歡易失，無厭數相過。

登西澗小閣

層檻構雲牢，杜甫詩：「棧雲闌干峻，梯石結構牢。」清寒灑客袍。石稜添澗險，閣勢借峯高。風竹驚棲鳥，霜藤縋飲猱。欲題因境勝，不敢易揮毫。

江上答徐卿見贈

煙樹近松陵，扁舟晚獨乘。江黄連渚霧，野白滿田冰。往事愁人問，虚名畏客稱。無才任蕭散，敢望鶴書徵？見卷十一嫣雉子。

除夕客中與家兄守歲

雨雪遠村中，猿鳴旅館空。守爐銷夜漏，范成大有除夕地爐書事詩。停燭待春風。有恨能催老，無文解送窮。韓愈有送窮文。却憐今夕酒，還得弟兄同。

南溪晚歸

流水出雲根，遙通古寺門。山深僧少俗，人靜市如村。馬渡知長淺，魚行見不渾。多情溪上月，歸路照黄昏。

丁孝廉惠冠巾

知試山人服，冠巾遠寄重。佳名因子夏，見卷九治冠梁生。舊製學林宗。後漢書郭泰傳：「泰嘗於羊士諤詩：「應喜脫朝簪。」期上華陽峯。見卷十登句容塔。王禹偁竹樓記：「戴華陽巾。」陳梁遇雨，巾一角墊，時人乃故折巾一角，以爲『林宗巾』。」裹映秋吟鬢，攲宜晚醉容。朝簪今已解，

西園閑興二首

看到竹過鄰，園林獨臥身。鳥聲閑似野，人意倦如春。殘雨驚池樹，斜陽照隙塵。如何堂上客，不及燕來頻。

其二

當路鬬追攀，端居自掩關。聽鐘知近寺，看畫憶登山。曉櫛風林下，宵吟雨閣間。天應憐我懶，獨與少年閑。

送謝恭

姓譜：「謝恭，字元功，徽之弟，能詩。所著有蕙庭集。」

涼風起江海，萬樹盡秋聲。搖落豈堪別，躊躇空復情。帆過京口渡，砧響石頭城。爲客歸宜早，高堂白髮生。

步至東皐

斜日半川明，幽人每獨行。愁懷逢暮慘，詩意入秋淸。鳥啄枯楊碎，蟲懸落葉輕。如何得歸後，猶似客中情。

郊墅雜賦十六首

江水舍西東，鄰家是釣翁。路痕深草沒，井脈暗潮通。潯陽記：「孫權自標井地，掘之，正得故井；井甚深，大江中風浪，此井輒動。」籬隔蔬邊雨，門開竹下風。不因時賣畚，晉書：「王猛少以鬻畚爲業，嘗有老人貴買其畚，無直，猛至其家，深山見一老父踞胡牀而坐，十倍償畚直，遣人送之，猛出顧視，乃嵩高山也。」何事入城中？

其二

此鄉堪避地，亂後戶翻增。俗美嫌欺客，年豐愛施僧。帶星耕處軛，古詩：「牽牛不負軛。」照雪紡時燈。且作求田計，元龍豈我能？三國志：「許汜與劉備語曰：『汜見陳元龍，自上大牀，客臥下牀。』備曰：『天下大亂，君須憂國忘家，乃求田問舍，言無可采。如我自臥百尺樓，臥君于地下矣！奚但上下牀之間哉？』」

其三

幽事向誰誇？孤吟對晚沙。浣衣江動月，繫艇岸垂花。行蟻如知路，歸鳧自識家。一尊茅屋底，隨意答春華。

其四

春泥桑下路，孤策自扶行。身賤知農事，心閒見物情。鳥鳴風欲起，牛飯月初生。漸喜無人識，何煩易姓名？

其五

移家到渚濱，沙鳥便相親。地僻偏容懶，村荒却稱貧。犬隨春饁女，雞喚曉耕人。願得無愁事，閒眠老此身。

其六

紛紛謝人役，寂寂戀吾居。細雨春雩後，左傳：「龍見而雩。」斜陽社飲餘。岸花飛趁蝶，池葉墮驚魚。好了公家事，休令吏到廬。

其七

路迂橋斷處，門靜犢眠時。孤墅藏羣柳，諸田灌一陂。僮閒春作少，婦懶午炊遲。誰道花源好？還令太守知。

其八

虛閣近鳴湍，應宜把一竿。雨傷春麥爛，風折晚蒲乾。抱甕臨江汲，莊子：「子貢過漢陰，見一丈人，方將爲圃畦，鑿隧而入井，抱甕而出灌。子貢曰：『有械於此，一日浸百畝，夫子不欲爲乎？』爲圃者曰：『有機事者，必有機心，吾不爲也。』」攜書入寺看。自慚何獨幸，世難此偷安。

其九

亂渚交交白，平蕪漫漫青。賣薪沙店遠，祈穀水祠靈。密雨侵蓑重，微風過網腥。江邊多酒伴，春去不曾醒。

其十

入夜潮侵戶，經秋雨壞垣。里人淳少訟，田父醉多言。稻蟹燈前聚，見卷十二賦得蟹。莎蟲機下喧，詩：「六月，莎雞振羽。」自應耽野趣，不是戀鄉園。

其十一

欲沽嗟市遠，煙火隔江波。客到寒齋少，人歸晚渡多。汙書燈燼落，驚枕艣聲過。豈敢愁荒寂？時危免負戈。

其十二

野色迴蒼蒼，開門葉滿塘。僧來雙屐雨，漁臥一船霜。靜裏修香傳，宋洪芻有香譜，葉廷珪有名香譜。閑中錄酒方。平生當世意，到此坐成忘。

其十三

紅樹南江近，青山北郭遙。江清目渺渺，九歌：「目眇眇兮愁予。」林冷髮蕭蕭。食膾知晨釣，聽歌識暮樵。尋常送歸客，不過水西橋。

其十四

何處可徘徊？林間共水隈。夜歸家犬識，春睡野禽催。有地唯栽藥，無村不見梅。興來惭獨飲，時喚老農陪。

其十五

狂多愛出遊，日日問江頭。小草皆春意，遙山自晚愁。酒中時有得，物外復何求？不詠騷人調，蘼蕪任滿洲。

其十六

居似臨邛宅，史記司馬相如列傳：「文君謂長卿曰：『第俱如臨邛，從兄弟借貸，猶足以爲生，何至自苦如此？』相如與俱之臨邛。」耕非鄠杜田。宋書地理志：「陝西路鄠杜、南山，土地膏沃。」一統志：「鄠杜，右扶風縣名，今屬鳳翔。」杜甫詩：「杜曲幸有桑麻田。」已償輸稅米，未覓賣文錢。陸龜蒙詩：「唯我有文無賣處，筆鋒銷盡墨池荒。」把卷憐長日，看花愧少年。翛然閉門處，楊柳桔槔邊。見卷十桼薖。

采香逕　原注：「在香山之旁，吳王種香於此，使美人采之。」

晨妝出采芳，零露溼紅裳。種徙山中品，熏傳海外方。抱筐歸蕙逕，焚鼎薦蘭堂。未足娱君寢，西施體自香。飛燕外傳：「帝語樊嫕曰：『后雖有異香，不如婕妤體自香。』」

響屧廊

原注：「在靈巖山，吳王使西子步屧於此。寺中今以圓照塔前小斜廊爲之。」

廊虚應屧鳴，響細識腰輕。誰道吳強國，唯銷舉足傾！苔間滅故跡，月下歇餘聲。此夕人空聽，山僧曳履行。

臨頓里十首

原注：「在城東，舊爲吳中勝地，陸魯望所居也。皮、陸有詩十首咏之，余悉次其韻，蓋彷彿昔賢之高致云」。姑蘇志：「吳王時，嘗逐東夷，頓軍于此，設宴餉之，故名。今有臨頓橋。」

聞說橋東地，高人舊隱居。養生應有道，覓舉絕無書。俱見卷三隱逸陸龜蒙。愛救黏絲蝶，嗔驚出水魚。時尋戴顒宅，見卷十二戴居士宅。自駕短轅車。妒記：「王丞相導，以曹夫人性甚忌，乃密營別館，衆妾羅列。曹氏聞，大恚，自出尋討；王亦遽命駕，乃以麈柄驅牛，得先至。蔡司徒謨聞而笑之，故詣王公謂曰：『朝廷欲加公九錫。』王謂信然，自敍謙志。蔡曰：『不聞餘物，唯聞有短轅犢車、長柄麈尾。』王大愧。」

其二

應愛山齋好，秋風不捲茅。鑿渠侵螘穴，移樹帶禽巢。人世眞浮梗，萬白詩：「半生江海同浮梗。」吾生豈繫匏？孫逖詩：「時淸豈繫匏？」不逢皮從事，一統志：「皮日休、羅隱、顔蕘、吳融，皆爲龜蒙益友，而皮、陸唱和尤多。」皮日休傳：「咸通八年進士第，崔璞守蘇，辟軍事判官。」誰結歲寒交？

其三

載酒攜山榼，安琴製石牀。梟眠皆傍母，蜂去自從王。爾雅翼：「蜂以千百數，中有大者爲王，羣蜂舁之，從其所往。」穀雨收茶早，梅天曬藥忙。不扶靈壽杖，廣志：「九眞出靈壽杖。」注：「靈壽，木名，似竹有枝節，長不過八九尺，圍三四寸，自然合杖制，不須削治。」筋力老能强。

其四

自少圖名意，誰言世不知。僧求開寺記，客送買山資。細雨魚生子，斜陽燕哺兒。平生無事迫，辛一作心。苦爲尋詩。

其五

斬伐憑樵斧，經綸在釣車。蘇軾詩：「風靜平湖響釣車。」薄雲還露月，小雨不妨花。酒債應多處，詩名自一家。虛煩時主召，懶脫故衣麻。陸龜蒙傳：「後以高士召，不至。」

其六

長物元無有，晉書王恭傳：「嘗從會稽至都，王忱訪之，見恭所坐六尺簟；忱謂其有餘，因求之，恭輒以送之，遂坐薦上。忱聞而大驚，恭曰：『吾平生無長物。』其簡率如此。」何勞犬護扉。借看高士傳，晉書皇甫謐傳：「謐著高士、逸士、列女等傳。」唐書藝文志：「習鑿齒襄陽耆舊傳五卷，又逸人高士傳八卷。」陸龜蒙傳：「借人書，篇帙壞舛，必爲輯褫刊正。」學製道人衣。窗破容螢入，船空載鶴歸。定緣幽事繞，不是宦情微。

其七

澹泊心情在，蕭疎鬢影殘。引泉規作沼，留筍待成竿。自洗沾泥屐，誰收掛壁冠？陸游詩：「那得重彈掛壁冠。」毛公新有約，月夜禮天壇。見卷五毛公壇。

其八

沐罷便輕幘，消搖詠晚天。淸風蘇病鶴，驟雨禁鳴蟬。舊史堆緗素，北史高道穆傳：「詔祕書圖籍及典書緗素，多致零落，可令道穆總集帳目，編比次第。」新經錄洞玄。黃庭內景經：「治生之道了不煩，但修洞玄與玉篇。」誰知城郭裏，別自有林泉。

其九

汨汨泉通圃，蕭蕭柳映門。折花搖樹影，踏藕損蓮根。饑鴨呼歸艦，新蠶試浴盆。王周詩：「村女浴蠶桑柘綠。」屋前高石在，知是鬱林孫。姑蘇志：「鬱林石，在婁門。吳時鬱林太守陸績罷政歸，官廉無裝，舟輕不能道海，取石爲重，世愛其廉，號鬱林石。績，龜蒙遠祖。」

其十

茶租催未得，陸龜蒙傳：「嗜茶，置園顧渚山下，歲取租茶，自判品第。」菊餌服還能。列仙傳：「文賓取嫗數十年輒棄之，後嫗老，年九十餘，復見賓年更壯。賓教令服菊地膚、桑上寄生松子以益氣，嫗亦更壯，復百餘歲。」行古時人笑，文工造化憎。陸龜蒙傳：「居松江甫里，多所論撰，文成，竄稿篋中，或歷年不省，爲好事者盜去。得書，熟誦乃錄，讎比勤勤，朱黄不去手。」貧留漁艇載，見卷三隱逸注。老謝鶴書徵。陸龜蒙傳：「李蔚、盧攜素與善，及當國，召拜左拾遺，詔方下，龜蒙卒。」誰識先生樂，悠然臥枕肱。

春申君廟

原注：「在子城内西南，卽舊城隍神廟也。楚封春申君于吳，故祀之。」一統志：「宋時以祈禱有應，封英濟王，元爲城隍廟。」

封吳開巨壤，相楚服强鄰。名重三公子，賈誼過秦論：「齊有孟嘗，趙有平原，楚有春申，魏有信陵。」謀疎一婦人。史記春申君列傳：「楚考烈王無子，春申君患之。趙人李園，求事春申君，進其女弟，卽幸于春申君，知其有身；園乃與其女弟謀，乘間說春申君曰：『妾自知有身矣，而人莫知，君進妾于王，王必幸妾，妾賴天有子男，則是君之子爲王也。』春申君大然之。乃出李園女弟，謹舍而言之楚王。王召幸之，遂生子男，立爲太子，以園女弟爲后，園用事，恐春申君語洩，陰養死士，殺春申君以滅口。」畫幃留古像，珠履絶遺塵。史記春申君列傳：「客三千餘人，其上客皆躡珠履。」簫鼓時迎祭，還憐舊邑民。

吳女墳

原注：「在閶門外，闔閭女也。因悅童子韓重不得而死，王舞鶴于市送之，今有舞鶴

橋。」吳越春秋：「闔閭女曰勝玉。王與夫人及女會食蒸魚王前，嘗半而與女，女怒曰：『王食魚辱我。』乃自殺。闔閭痛之，葬于閶門外，鑿池積土，文石爲椁，題湊爲中，以金鼎、玉柸、銀尊、珠襦之寶送女。乃舞白鶴于市，令民隨觀，使男女與鶴俱入羨門，因發機掩之。」錄異傳：「吳王夫差小女曰玉，與韓重交，私許爲妻。重學于齊魯，父母求昏于王，王怒不與，玉結氣而死，葬閶門。重歸，哭泣往弔，見玉墓側贈明珠，重見王說之，王怒其發冢盜珠，重脫走墓所訴玉；玉因梳妝見王，王驚愕悲喜，夫人聞之，出而抱之，正如煙然。」附載顧崧齡姑蘇咏古詩注：「瓊姬自來並無有指作紫玉之說，余以紫玉墓，樂府所傳，定爲名墓，而志書不載，甚至有以紫玉事，誤注于闔閭女墓者，尤爲荒悖。元高槎軒女墳詩，遂仍其誤，致不免後人訾議。今以瓊姬爲即紫玉者，在古書原無所據，蓋以其爲夫差之女，且瓊字之義，與紫玉字義略通，遂爲想當然之說，稽古者勿泥而議之。」

魚燈照豔魄，見卷九穆陵行。夜冷珠衣薄。白玉土中薶，紅蘭霜後落。不乘臺上鳳，見卷一鳳臺曲。空舞橋邊鶴。韓重未歸來，泉宮秋寂寞。

眞娘墓 原注：「在虎丘寺西，吳名妓也。」

金釵葬小墳，楊柳寺前村。已斷花間信，空歸月下魂。山鶯留曲韻，草露帶啼痕。車馬逢寒食，還來酹酒尊。

鱸鄉亭

原注：「在吳江，以陳文憲公詩語名也。」見卷十送張倅之雲間。

獨上鱸鄉亭，秋風南浦生。載誦黃花句，張翰雜詩：「黃華如散金。」晉書藝文傳論：「季鷹縱誕一時，不邀名爵，黃花之什，清發神府。」遙思張步兵。晉書張翰傳：「翰有清才，善屬文，而縱任不拘，時人號爲『江東步兵』。」天空白水遠，日墮赤楓明。我亦東歸客，一壺宜醉傾。

堯峯院

姑蘇志：「横山，府城西南二十里，在姑蘇山東。其西有岷山、花園山、堯峯山，唐免水院在焉。今稱堯峯寺，有清輝軒、碧玉沼、多境巖、寶雲井、白龍洞、觀音巖、偃蓋松、妙高峯、東齋、西隱十景，今並廢。」

堯帝何年到？名猶在此峯。巖留千尺井，寺廢一作發兩時鐘。僧出因尋菌，賈島詩：「采菌依餘枿。」人來爲看松。白雲深洞裏，聞有聽經龍。幽怪錄：「無言和尙講法華經，有老翁立聽畢，乘風雲而去，衆驚問之，曰：『洱水龍也。』」

慧聚寺次張祜韻

寺見卷五。唐張祜詩：「寶殿依山險，凌虛勢欲吞。畫簷齊木末，香氣壓雲根。遠景窗中岫，孤煙竹裏村。憑高聊一望，歸思隔吳門。」

煙斂城初出，潮來野欲吞。危樵緣磴角，倦衲憩松根。刹表藏林寺，鐘聞隔水一作海。村。畫龍飛去久，見卷五。空掩殿堂門。

石屋 原注：「在天平山。」

雙崖立幽闢，一洞開深宇。青嶂近爲鄰，白雲閒作主。不受杜陵風，杜甫有茅屋爲秋風所破歌。可避河朔暑。典略：「袁紹三伏晝夜酣飲以避暑，故河朔有避暑飲。」華棟幾回新，渠渠獨千古。詩：「於我乎夏屋渠渠。」

贈竹里子

弭楫望迷林，張協七命：「弭檝乘波。」閒爲淇澳吟。君家不可見，但聽煙中禽。日落浦雲遠，雨餘江水深。非同抱淸節，歲晏復誰尋？

送金判官之吳江

送客常苦愁，送君愁最劇。地爲江上縣，近我鄉中宅。霜晴橘熟秋，水冷楓飄夕。難遂去帆東，京華坐微役。

漁

泛泛滄波裏，全家寄一船。曾來屈澤畔，楚辭：「屈原既放，行吟澤畔，漁父見而問之。」或到杏一作孔。壇邊，莊子漁父篇，見卷九會宿成均。蓑帶春江雨，榔鳴晚浦煙。見卷九送證上人。得魚尋水店，换酒不論錢。

又

浮生何處好？只在水雲鄉。榔起鳴秋月，綸收向夕陽。箬篷幽夢熟，銅斗醉歌長。見卷八題劉松年畫。不是煙波樂，那能與世忘。

樵

慣識山中路，崎嶇每獨尋。穿雲衝過虎，伐樹起一作散。棲禽。斧礪溪邊石，衣懸谷口林。逢仙休看弈，甲子易駸駸。

又

山中朝佩斧，遠路入煙蘿。伐木驚禽起，穿雲畏虎過。石根供倦憩，谷口應高歌。莫看仙人弈，歸來恐爛柯。見卷十一醉樵。此首疑即改本。

耕

江皐聞布穀，荷耜出柴門。春暖烏犍快，蘇軾詩：「却下關山入蔡州，爲買烏犍三百尾。」自注：「黄州出水牛。」朝晴綠樹繁。深耕行別隴，待饁望前村。自得龐公計，遺安與子孫。

又

春郊起東作，耒耜出柴荆。柳下烏犍健，桑間布穀鳴。家人供遠餉，刺史勸深耕。已卜豐年候，朝來好雨晴。

牧

一笛去茫茫，平郊綠草長。但知牛背穩，應笑馬蹄忙。度隴衝朝雨，歸村帶夕陽。相逢休挾策，回首恐亡羊。莊子：「臧與穀二人，相與牧羊，而俱亡其羊。問臧奚事，則挾策讀書；問穀奚事，則博塞以遊。二人者事業不同，其於亡羊均也。」

又

自誇黄犢健，登隴共揮鞭。笛弄將斜日，蓑披欲斷煙。歸鴉流水外，疎樹舊莊前。應笑侯門客，騎驢走歲年。

夜起觀月

一春夜多雨，今宵初月明。窗間幽夢覺，起憶故園行。露下花微萎，煙中鳥忽鳴。誰同賞清景？惆悵倚前楹。

贈劉醫師

君有抱朴意，晉書葛洪傳：「自號抱朴子，因以名書。」高齋長晏如。壺中仙姥酒，見卷九蔡經宅。案上神農書。蒸朮曉煙裏，斸苓春雨餘。起疾多傳妙，慚予才自疏。

舟中早行

隆隆津鼓動，梅堯臣詩：「漁陽三疊音隆隆。」陳孚詩：「渡頭動津鼓。」江火留餘閃。人家未起耕，近水寒扉掩。船開鳧鴨散，樹吐煙霏斂。東郭去方遙，青山見孤點。

春日懷諸親舊

楊柳燕差差，鄰家換火時。春寒添客思，夜雨減花枝。涉世悠悠夢，懷人的的思。古讀歌曲：「的的兩相憶。」出遊無舊侶，空館獨題詩。

江上見逃民家

清時無虐政，何事竟拋家？鄰叟收飢犬，途人折好花。林空煙不起，門掩日將斜。四海今安在？歸來早種麻。

晚晴東皐步眺

江明片雨收，岑參詩：「江村片雨外。」樹暗一村幽。籬落疎麻長，九歌：「折疏麻兮瑤華。」田畦曲水流。禽聲初變夏，謝靈運詩：「園柳變鳴禽。」麥氣欲成秋。月令：「孟夏之月，靡草死，麥秋至。」閒步看時物，今朝散旅憂。

賦得戟門送陳博士

周禮天官掌舍：「為壇壝宮棘門。」注：「棘門，以戟為門。」通典：「晉武帝初置國子博士，歷代並有。」泳化類編：「洪武初名國子學，設博士、助教、學正、學錄、典書、典錄等官。」

聖廟儼王宮，重關盛一作肅。衞同。儒冠趨內外，武仗列西東。乍啓鳴鐘始，將扃徹俎終。莫言牆九仞，還有此能通。

櫻桃

密綠映圓紅，枝頭的的同。熟迎梅實雨，落値柳花風。美女名偏稱，十六國春秋：「鄭氏名櫻桃，晉冗僕射鄭世達家妓也。在中偎妓中，石虎甚寵惑。」李商隱詩：「何因古樂府，亦有鄭櫻桃？」流鶯啄未空。高誘淮南子注：「含桃，櫻桃也。以其爲鶯所含食，故曰含桃。」憶曾一作嘗。春薦後，禮記：「仲夏之月，羞以含桃，先薦寢廟。」漢書叔孫通傳：「惠帝嘗出遊離宮。通曰：『古者有春嘗果，方今櫻桃初熟，願陛下取獻宗廟。』上許之。諸果獻由此興。」捧賜出深宮。拾遺錄：「後漢明帝于月夜宴羣臣于照園，太官進櫻桃，以赤瑛爲盤，賜羣臣。月下視之，盤與桃同色，羣臣皆笑曰：『是空盤。』」

金進士葵軒

張適甘白集書後：「金玫，字德進，號劬生，蘇人，後爲長洲縣庠甫里書院西學校訓導，闢軒于所居之側，曰葵軒。」

幽園夏雨歇，葵綠乍翻風。獨向羣芳後，閒依萱草叢。槎軒集此下有「山艾葉映綠，海榴花競紅」一聯，編入五言古。敷榮午簟側，流馥夜窗中。應有傾陽意，說文：「黃葵常傾葉向日，不令照其根。」

將君心正同。

次倪雲林韻

雲林已白頭，猶有晉風流。愛寫滄洲趣，閒來玄館遊。茶煙秋淡淡，竹雨暮修修。欲向南溪一作池。水，長留青翰舟。說苑：「鄂君子晳之泛舟于新波之中也，乘青翰之舟。」

登南樓看雨有懷

清曉看江雨，獨登江上樓。人煙與草樹，蕭瑟滿城秋。砧響寒稍急，鴻聲哀更流。故人隔楚塞，西望忽成愁。

晚霽獨酌南樓

倦客豈還客！故鄉非異鄉。鱸肥蓴菜紫，雁到柳條黃。湖闊已秋雨，樓高猶夕陽。登臨何必賦？文選登樓賦注：「當陽縣城樓，王仲宣登之而賦。」把酒據胡牀。晉書：「庾亮在武昌，登南樓據胡牀，談詠竟夕。」

追挽恭孝先生二首

婁堅王常宗小傳：「王彝，字常宗，其先蜀人。元末，父恭孝先生爲崑山縣學訓導，因東下留家焉。」姑蘇人物傳：「王彝，父允中，教授崑山，遂居于崑，又徙嘉定。少貧，讀書天台山中，師事孟長文。長文爲金履祥弟子，故學有端委。」

閩一作關。洛遺風在，按：學者稱濂、洛、關、閩。濂謂周敦頤，字茂叔，居濂溪，稱濂溪先生。洛謂程顥，字伯淳，稱明道先生；弟頤字正叔，稱伊川先生；居河南。關謂張載，字子厚，僑寓關中鳳翔郿縣橫渠嶺之南，故稱橫渠先生。閩謂朱子，字元晦，父松爲延平尤溪尉，生熹，寓居崇安，晚徙建陽考亭。河汾舊業傳。唐書王續傳：「續兄通，隋末大儒也。聚徒河、汾間，倣作六經，又爲中說以擬論語。」書攻藏簡後，孔安國尙書序：「秦始皇滅先代典籍，焚書坑儒，我先人用藏其家書于屋壁。漢興，濟南伏生，年過九十，失其本經，口以傳授，裁二十餘篇；以其上古之書，謂之尙書。百篇之義，世莫得聞，至魯共王好治宮室，壞孔子舊宅，以廣其居，於壁中得先人所藏古文虞、夏、商、周之書，及論語、孝經。」易究出圖先。繫辭：「河出圖，洛出書，聖人則之。」曉禁辭持橐，南史劉杳傳：「博綜羣書，沈約、任昉以下，每有遺忘，皆訪問焉。周捨問杳：『尙書著紫荷橐，相傳云挈囊，竟何所出？』杳曰：『張安世傳云：持橐簪筆，事孝武皇帝數十年。韋昭、張晏注幷曰：橐，囊也。簪筆以待顧問。』」寒廳戀坐氈。臨危誰復似？身與敕俱全。

其二

北闕書空上，東川教自陳。可當衰亂日，復喪老成人。堂靜懸魚絕，漢紀：「羊續爲廬江太守，丞饋魚，受而不食懸之，後復饋，續出前懸魚示之。丞慚而止。」墳荒下馬頻。傳家欣有子，婁堅王常宗小傳：「洪武二年，徵海內文學之士，纂修元史，先生與高太史啓同應召，史成，當得官翰林，以疾乞歸。」執筆際昌辰。北史李彪傳論：「執筆立言，遂成良史。」

題宋迪晚煙歸舍圖

圖繪寶鑑：「宋宋迪，字復古，以進士擢第爲郎，師李成畫山水，運思高妙，筆墨清潤。」

落日下嵐嶺，行人逢已稀。隔煙望田舍，映水掩荆扉。鳥亂夕林暗，草多秋逕微。家人應候我，賣畚郭中歸。見前郊墅雜賦。

贈東菴道者

雙樹夾成戶，翻繹名義集：「娑羅樹，東西南北四方各雙，故曰雙樹。」一溪流繞家。埽林留迸筍，張祜詩：「迸筍斜穿戶。」汲水帶浮花。經勸里人讀，藥從山客賒。已無喧寂念，默坐對鳴蛙。

樂圃三首

姑蘇志：「樂圃在清嘉坊北，朱長文所居。中有高岡、清池、喬松、壽檜，此地在錢氏爲金谷園；其父光祿卿始得之，長文營以爲圃，幷自作記。鄉人尙其名德，知州章岵表爲樂圃坊，有遂經堂、華嚴菴、招隱橋、見山岡、琴臺、鶴室、墨池、筆溪及西圃草堂，共二十景。元末，張適築室于上，題曰樂圃林館。與高季迪、倪元鎭、陳麟、謝恭、姚廣孝賡和爲十詠。」此三首從姑蘇志補。

林塢通幽闃，山明雲出溪。門無俗客至，池有水禽啼。對酌山花下，李白詩：「兩人對酌山花開。」行吟野竹西。石牀春寂寂，苔色映青藜。

其二

開軒時野眺，山色翠迢遙。屛結霜中檜，圖開雪裏蕉。夢溪筆談：「予家所藏摩詰畫袁安臥雪圖，有雪中芭蕉。」煖煙初扇圃，野水欲平橋。曳杖閑來往，時挑酒一瓢。

其三

幽居無灑掃，風景自翛然。紅溼花間雨，青分柳外煙。山窗捫蝨坐，晉書王猛載記：「桓溫入關，猛被褐詣之，捫蝨而談當世之事，旁若無人。」石榻枕書眠。自得閒中趣，栽花疊錦川。

送人戍梁谿　見卷四贈惠山醫僧。明史稿張士誠傳：「元至正十六年九月，太祖遣徐達等攻常州，士誠遣兵來援。」此首從樸軒集補。

沙寒馬屢嘶，曉度錫山西。古壘殘兵衞，荒田健婦犂。杜甫詩：「縱有健婦把犂鋤。」雨多弓力軟，霜重鼓聲低。路近非邊塞，香閨莫夜啼。

五言排律

月夜遊太湖

欲尋林屋隱，見卷五太湖。還過洞庭遊。遠水初涵夜，長天盡作秋。湖如青草闊，荆州記：「巴陵有青草湖。」月似白蓮浮。盧仝月蝕詩：「初疑白蓮花，浮出龍王宮。」萬壑風傳笛，李中詩：「風笛起漁舟。」三更斗挂舟。葉應隨鳥散，山欲趁波流。此聯重前次韻陳留公之作。浩蕩吾何適？鴟夷不可求！見卷五太湖。

詠夏冰

寒收凝凍井，晚薦納涼宮。抱潔存天質，銷炎奪化工。氣蒸金盌潤，色映玉盤空。弱藻含猶在，纖塵隔未通。非山寧可倚？通鑑：「或勸陝郡進士張彖謁楊國忠，彖曰：『君輩倚楊右相若泰山，吾以爲冰山耳！若皎日既出，君輩得無失所恃乎？』遂隱居嵩山。」是水復當融。照夜何須月，驚秋詎待風。製屏應不隱，一作穩。作珮定難攻。容貌淸誰並，晉書衞玠傳：「玠風神秀異，妻父樂廣，有海內重名，議者以爲婦翁冰清，女婿玉潤。」仙肌瑩自同。莊子：「藐姑射之山，有神人焉，肌膚若冰雪。」宜涵筠簟素，李商隱詩：「冰簟且眠金縷枕。」愁逼桂爐紅。王維詩：「買香然綠桂。」願解行人渴，分貽道路中。

題黄鶴山人畫

圖繪寶鑑：「王蒙，字叔明，吳興人，趙文敏甥也。館于山，故號黄鶴山樵。善山水，甚得巨然用墨法。」

何處畫相同？湘南與峽東。江來落日外，山出杪秋中。綠桂騷人宅，青蓮釋子宮。鐘鳴樵谷暗，船散市橋空。風樹驚猿落，煙蕪去鳥通。平生遊楚興，對此轉無窮。

賦得履送衍上人

穩稱遊方脚，蘇軾詩序：「其蕭然一行脚僧，但喫須酒物耳。」新編楚岸蒲。南史張孝秀傳：「入匡山修行學道，常冠穀皮巾，躡蒲履。」滑欺峯頂石，危怯世間途。輕曳愁妨蟻，宋史程頤傳：「頤進講，色甚莊，繼以諷諫，聞帝在宮中盥而避蟻，問：『有是乎？』曰：『然。誠恐傷之耳。』頤曰：『推此心以及四海，帝王之要道也。』」高飛笑化鳧。見卷九洞庭山。上堂聲每衆，度嶺影還孤。著處朝行道，抛時夜結趺。空山欲相訪，落葉去踪無。韋應物詩：「落葉滿空山，何處尋行跡？」

聞蛙

何處多啼蛤？蘇軾詩：「稻涼初吠蛤。」注：「嶺南呼蝦蟆爲蛤。」本草：「大其聲則曰蛙，小其聲則曰蛤。」荒園暑潦天。股跳泥活活，白居易詩：「泥蛙入戶跳。」形蔽草芊芊。野遠呼相應，窪深樂自專。斜陽漁罩外，細雨客燈前。莫問官私地，晉書：「惠帝在華林園聞蛙聲，問左右曰：『此鳴者爲官乎？爲私乎？』賈胤對曰：『在官地者爲官，在私地者爲私。』」聊占水旱年。吳中田家五行：「三月三日聽蛙聲，午前鳴者，高田熟，午後鳴，低田熟。」章孝標詩：「田家無五行，水旱卜蛙聲。」晴思蒲葉渚，王建詩：「蛙鳴蒲葉下。」涼憶稻花田。高士聽空愛，南齊書：「孔稚珪，字德彰，風韻清疎，不樂世務，門庭之內，草萊不剪；南有山池，春日蛙鳴，或問之曰：『欲爲陳蕃乎？』稚珪笑曰：『我以此當兩部鼓吹，何必期效陳仲舉？』」按：陳蕃有惄蛙說。遷人食未便。韓愈對柳柳州食蝦蟆詩：「余初不下咽，近亦能稍稍，常恐染蠻夷，失平生好樂。」灑灰誰解去？周禮蟈氏：「掌去鼃黽，焚牡鞠，以灰灑之則死。」安我夜窗眠。

聖壽節早朝

明典彙：「洪武二年九月十八日聖壽節，前一日，丞相汪廣洋率百官請行慶賀禮。」

天啓聖圖昌，杜甫詩：「聖圖天廣大，宗祀日光輝。」流虹叶夢祥。帝王世紀：「少昊母曰女節，黃帝時有大星如虹，下流華渚，女節夢接之，意感而生少昊。」飛龍起江左，戰馬放山陽。書：「歸馬于華山之陽。」御柳垂閶闔，仙桃熟建章。武帝內傳：「七月七日，王母至，自設天廚；又命侍女更索桃果，須臾，以玉盤盛仙桃七顆呈王母。母以四顆與帝，三顆自食，帝收其核欲種之，母曰：『此桃三千年一生實，中夏土薄，種之不生。』」遠人陳貢篚，近侍浥爐香。金鏡千秋錄，唐書張九齡傳：「千秋節，公卿並獻寶鑑，九齡上事鑒十章，號千秋金鑑錄，以伸諷諫。」瑤池萬歲觴。穆天子傳：「觴西王母于瑤池之上。」後漢書班超傳：「超上疏曰：『目見西域平定，陛下舉萬年之觴，薦勳祖廟，布大喜于天下。』」小臣歌拜手，堯日正舒長。

洪武二年十月甘露降後庭柏樹上出示侍從臣啓獲預觀嘉瑞因賦詩頌之

宋濂甘露頌序：「洪武二年十月十三日，膏露降于乾清宮後苑蒼松上，特勅中官折示禁林諸臣。」

和氣融爲液，五經通義：「和氣精液凝爲露。」中宵墜碧天。光溥高柏上，何法盛晉中興書：「甘露者，仁澤也。其凝如脂，其甘如飴，耆老得敬，則松柏受之。」瑞發內庭前。見日朝還泫，經風晚盡堅。芳穠蜂蜜滑，的皪蚌珠圓。厚澤歌難喻，沉疴飲易痊。洞冥記：「東方朔得玄露、青露，盛青琉璃器，各受五合，以獻武帝。帝徧賜羣臣，得嘗者，老者皆少，疾者皆愈。」願言同聖德，濡沃遍周埏。正韻：「埏，地際也。八埏，地之八際。」

冬至車駕南郊

明典彙：「洪武二年冬至，祀昊天上帝于圜丘，奉仁祖配位。」

駕動百靈呵，袁桷七觀：「五岳贊襄，百靈護呵。」齋宮午夜過。禮行因日至，樂奏合雲和。見卷五吳王郊臺。配祖崇周典，禮祭法：「郊祀后稷，以配天；宗祀文王于明堂，以配上帝。」祈年陋漢歌。漢書禮樂志：「武帝定郊祀之禮，乃立樂府，作十九章之歌。以正月上辛用事甘泉圜丘，使童男女七十人俱歌。」璧陳孤月滿，周禮：「大宗伯以蒼璧禮天，黃琮禮地。」燎發衆星羅。「燎」見卷五吳王郊臺。秩秩威儀盛，穰穰福祉多。慶成應預喜，四海沐恩波。

禁中雪

君王元尙儉，臺殿忽瓊瑤。環素凝宮沼，飛花綴苑條。坊雞驚曙早，仗馬喜寒驕。金扇開時看，薩都剌觀駕春游詩：「雙鳳曉開金翅扇。」丹墀掃後朝。臺司呈賀表，韋莊詩：「玉函瑤檢下臺司。」按：漢以司徒、司空、太尉爲三司。樂部奏仙謠。須信陽光近，都先別處消。

封建親王賜百官宴

明泳化類編：「洪武三年四月，封子㰘等十人及姪孫守謙爲王，禮成告廟，宴羣臣奉天門文華殿。」

漢運初興日，周藩並建年。史記周本紀：「封功臣謀士，師尙父爲首封，封於營丘，曰齊；封弟周公旦於曲阜，曰魯封；召公奭於燕封；弟叔鮮於管；叔度於蔡；餘各以次受封。」左傳：「並建宗室，以藩屏周。」辨方分社土，周禮：「惟王建國，辨方正位。」書：「列爵惟五，分土惟三。」漢舊制：「天子大社，以五色土爲壇，封諸侯者取方面土苴以白茅授之，故謂之授茅土。」當陛列宮縣。周禮地官小胥：「王宮縣，諸侯軒縣。卿大夫判縣，士特縣。」注：「宮縣，四面皆縣，如宮有牆也。」上相傳金册，中官闢綺筵。誓期山作礪，見卷八鐵券歌。恩瀉酒如川。仙李千枝茂，韓偓詩：「仙李濃陰潤，皇枝密葉敷。」天潢幾派連。張衡賦：「乘天潢之汎汎兮。」注：「天潢，天津也。」唐太宗詩：「疎派引天潢。」百僚咸醉喜，拜舞赤墀前。〔校記〕「辨方分社土」下注文引「書」二句原缺，依原刻本補。

送安南使者杜舜卿還國應制　幷序

安南初入貢，朝廷遣翰林學士張以寧齎詔，册其主爲王，及境而薨，其世子遣舜卿來告哀，且請命，及還，命朝臣賦詩送之。一統志：「安南，廣西、雲南界，濱海，古南交地，秦屬象郡。漢武帝平南越，置交阯、九眞、日南三郡。唐改交州。明洪武初歸附，賜安南國王印，王姓陳氏。」列朝詩傳：「張以寧，字志道，古田人，登泰定丁卯進士。至正中，官翰林學士承旨，拜祭酒。國初歸附，爲侍講學士。三使安南，卒，所著有翠屏集。」

南粵知文化，來庭喜最先。詩：「徐方來庭。」明泳化類編：「是時安南首先納款，太祖喜，因著爲訓，不許後人伐其國。」地書通漢日，貢紀入周年。號册纔臨境，容衣忽掩泉。韓愈挽辭：「容衣入夜臺。」使蒙天語唁，宋濂送杜舜卿序：「舜卿告哀于朝，帝帥羣臣素服受見西苑，慰問良久，藹然傷悼，遂親爲文以祭。」嗣許國封傳。泳化類編：「安南國王陳日煃，遣陪臣同時敏等朝貢，遂請封爵。洪武己酉六月，遣侍讀學士張以寧、典簿牛諒封日煃爲安南王。比至，日煃卒，弟日熞遣迎誥印乞嗣，以寧不許曰：『奉詔封爾先君，非世子也，當再請。』日熞又遣少中大夫杜舜卿等請于朝，遂封日熞爲王。」曉闕晴飛鳳，王維詩：「雲裏帝城雙鳳闕。」炎溪晚墮鳶。元稹詩：「炎溪暑不徂。」後漢書馬援傳：「援曰：『當吾在浪泊西里間，下潦上霧，毒氣熏蒸，仰視飛鳶，跕跕墮水中。』」往來時物異，存歿聖恩全。詔去開蠻霧，帆歸望海天。但修忠順節，世業自綿延。

送高麗賀正日使張子溫還國

明泳化類編：「壬子，高麗王顓遣禮部尙書吳季南、工部尙書張子溫來朝貢。」

丹鳳雲中闕，玄菟海外城。見卷二朝鮮兒歌。新陽初獻歲，唐德宗詩：「獻歲視元朔，萬方咸在庭。」遠使盡朝京。卉服充王貢，書：「島夷卉服。」珠旒仰聖明。後漢書輿服志：「冕係白玉珠爲十二旒，以其綬采色爲組纓。」花飛辭上國，日出指歸程。書：「海隅出日，罔不率俾。」車餞都亭曉，漢書疏廣傳：「故人邑子，設祖道供張東都門外，送者車數百兩。」史記司馬相如列傳：「相如往舍都亭。」注：「臨邛郭下之亭。」帆開島嶼晴。莫辭頻入賀，寶曆萬年盈。徐陵檄周文：「主上恭膺寶曆，嗣奉瑤圖。」

送鮑修撰出官關中

一統志：「西安府，秦曰關中。」

辭朝西入陝，車發動征塵。小麥行時熟，啼鶯別處頻。關前周故尹，史記老子列傳：「老子居周，久之，乃遂去至關，關令尹喜曰：『子將隱矣，彊爲我著書。』」注：「關令尹喜者，周大夫也，與老子俱之流沙，莫知其所終，亦著書九篇，名關尹子。」灞上漢遺民。見卷三隱逸。直院青綾舊，見卷六賦永上人紙帳。臨川赤組新。山連樂遊苑，一統志：「樂遊原，在西安府南，樂遊廟在曲江北，亦曰樂遊苑。」樹繞富平津。晉書杜預傳：「預以孟津渡險，請建橋于富平津。及成，帝從百寮臨會，舉觴屬預曰：『非君，此橋不立也。』」君去方年少，還能論過秦。賈誼作過秦論。

送恩公還江心寺

浙江通志：「寺在溫州府城北江中，有東西二塔，一名龍翔興慶院。宋建炎初，高宗航海，駐蹕於此，御書清暉、浴光二軒扁，刻于石。」

上人居寶地，王勃龍懷寺碑：「香城寶地，左右林泉。」勝處似金山。一統志：「金山，在鎭江府城西北江中。」宋周必大筆錄：「此山大江環繞，每大風四起，勢若浮動，名浮玉山。唐有裴頭陀于此開山，得金，賜名金山。」樓閣開天界，波濤隔世寰。鐘聞孤嶼外，刹出亂雲間。螺女晨修饌，見卷九聖姑廟。龍君夜叩關。

見卷四贈惠山醫僧。遊方來暫會，辭闕去難攀。舊業菱生沼，離程柳暎灣。衣霑爐氣出，船載磬聲還。施貝來江估，持經化島蠻。諸緣除未早，半偈悟猶艱。李端贈隱禪師詩：「半偈傳初盡，羣生意未迴。」安得如康樂，南史謝靈運傳：「靈運性豪侈，衣服多改舊制，世共宗之，咸稱謝康樂也。」謝玄，封康樂縣公，故世稱靈運亦謂康樂；靈運，玄之孫也。好游山，永初三年，出爲永嘉郡守，有登江中孤嶼詩。登臨此共閒。

喜楊滎陽赴召至京過宿寓館

忽作天涯會，渾銷歲暮哀。高城三鼓動，虛館一尊開。鄰馬嘶空櫪，江鴻過廢臺。飲餘寒色退，談絕雨聲來。涉患功名倦，忘歸故舊猜。闕前新應召，須讓子雲才。

戲嬰圖

芍藥風欄側，梧桐露井旁。嬌嬰爭晚戲，少婦鬭春妝。共詫珠生蚌，見卷十一張仙畫像。還憐玉產岡。王安石崑山詩：「玉人生此山，山亦傳此名。」自注：「世傳陸氏家生機、雲，故名崑山，言生玉也。」半披文錦褓，戴表元和得子詩：「錦褓看爭羨。」斜佩紫羅囊。晉書謝幼度傳：「少好佩紫羅香囊，叔父安患之，而不欲傷其意，因戲賭取，即焚之。」額髮葳蕤短，胸胞細膩光。庭前王氏子，南史王僧虔傳：「父曇首，與兄弟集會，子孫任其戲。適僧達跳下地作彪子。時僧虔累十二博棊，既不墜落，亦不重作。僧綽採蠟燭珠爲鳳凰，僧達奪取打壞，亦復不惜。伯父弘歎曰：『僧達俊爽，當不減人，然亡吾家者，必此子也。僧虔必至公，僧綽當以名義見美。』」陌上衞家郎。見卷一洛陽陌。弱草身眠軟，芳英手弄香。隨人貪作劇，鄧文原詩：「仙人好幻多戲劇。」避伴學迷藏。致虛雜俎：「明皇與玉眞恒于皎月之下，以錦帕裹目，在方丈之間，互相捉戲，謂之捉迷藏。」莫撲花蝴蝶，宜爲蠟鳳凰。見上。塗添雲母粉，列仙傳：「方回，堯時隱人也。堯聘以爲閭士，鍊食雲母粉。」顏氏家訓：「梁朝全盛之時，貴游子弟，多無學術，莫不熏衣剃面，傅粉施朱。」浴試水沉湯。本草：「木之心節，置水則沉，故名沉水，亦曰水沉。」麟送徐卿宅，南史徐陵傳：「陵，字孝穆，年數歲，釋寶誌摩其頂曰：『天上石麒麟也。』」杜甫徐卿二子歌：「孔子釋氏親抱送，並是天上麒麟兒。」蘭生謝傅堂。謝玄傳：「與從兄朗爲叔父所器，曰：『子弟亦何預人事？而欲使其佳？』玄曰：『如芝蘭玉樹，欲使生于階庭爾。』」愛均看總好，年並比誰長。驥種雖難匹，蘇軾詩：「象賢眞驥種。」鵷雛已作行。楊巨源詩：「桂林枝上得鵷雛。」欣君得此畫，眞是夢熊祥。

翫花池 姑蘇志：「在靈巖山。」

桃枝兼杏枝，春色繞宮池。正愛紅繁處，還憐綠淨時。花香泛幽沚，媚影照淸漪。垂條看妓折，墮蕚見魚吹。杯涵明月瀉，舟逐彩霞移。水流花落盡，君王醉不知。

送高麗貢使還國

鳳闕層霄上，菟城積水東。大君方啓運，絕域盡朝宗。錫命分青土，趨班列紫宮。船歸瞻出日，帆挂候西風。雨露何沾渥，華夷已混同。聖心非悅貢，明泳化類編：「上諭中書省臣曰：『高麗貢使煩數，一歲迭至，宜令三歲一聘，或比年一聘，貢物產布十疋足矣，丞相其以朕意諭王。』」惟念遠人忠。

韓蘄王墓　原注：「在靈巖山西麓，有穹碑在焉。」姑蘇志：「紹興二十一年，王薨，賻祭極優渥，使徐伸護葬，縣令執役。御題神道碑云：『中興佐命定國元勳之碑。』碑高十餘丈。」

宋室中興日，將軍武略優。宋史韓世忠傳：「金人與劉豫合兵入侵，世忠親提兵至大儀，遂擒撻孛也；復親追至淮，金人驚潰，溺死甚衆。捷聞，論者以此舉爲中興武功第一。」功宜超賈鄧，後漢書：「永平中，顯宗追感前世功臣，乃圖畫鄧禹、賈復等二十八將于南宮雲臺。」名恥並張劉。宋史：「南渡名將：張俊、韓世忠、劉錡、岳飛，四人並稱。」白馬空南渡，晉書元帝紀：「太安之際童謠云：『五馬浮渡江，一馬化爲龍。』及永嘉中，帝與西陽、汝南、南頓、彭城五王獲濟，而帝竟登大位焉。」稗史：「康王質于金，與太子同射，三矢皆中。金太子意選宗室長于武藝者爲質，留之無益，故高宗由是得逸，間道奔竄，假寐崔府君廟，夢神人曰：『金人追且至，備馬門首，王宜亟行。』康王驚覺，踴躍南馳七百里，既渡河，而馬不前，視之則泥馬也。」張翥宋行宮詩：「豈知白馬興王日，又到紅羊換劫年。」此謂高宗南渡。黃龍竟北遊！宋史岳飛傳：「直抵黃龍府，與諸君痛飲爾。」注：「府在遼東開元城外。」楊子承詩：「玉簫吹暖錢唐月，誰念黃龍慘暮笳？」此謂徽、欽北征。誓擒諸部種，還報兩宮仇。宋史韓世忠傳：「兀朮窮蹙求會語，世忠曰：『還我兩宮，復我疆土，庶可相全。』」朝使頒金册，韓世忠傳：「世忠兵僅八千餘，拒金人十萬，帝凡六賜札褒獎，拜檢校少保。」邊人識錦裘。韓世忠傳：「世忠圍淮陽，堅守不下。初金人約以受圍一日，則舉一烽，至是六烽俱舉，兀朮與劉猊皆至；世忠求援張俊，俊不從，乃勒陣向敵，遣人語曰：『錦衣驄馬立陣前者，韓相公也。』或危之。對曰：『不如是，不足以致敵。』敵果至，殺其導戰二人，遂引去。」躍戈衝野陣，韓世忠傳：「賊將苗翊、馬柔吉負山阻河而陣，軍小却，世忠舍馬操戈而前，瞋目大呼，挺刃突前，賊辟易，遂敗。」橫棹截江流。韓世忠傳：「金既得建康，由廣德破臨安。世忠謀截金人歸師，以前軍駐青龍鎮，中軍駐江灣，後軍駐海口。金兵至、則世忠已屯焦山寺。兀朮約日大戰，梁夫人親執桴鼓，至數十合，金兵終不得渡。請盡歸所掠假道，不許；請獻名馬，又不許。撻辣在雍州，遣孛菫太一來援，相持黃天蕩四十八日，孛菫軍江北，兀朮軍江南，世忠以海艦進泊金山，授健卒以鐵綆貫大鈎，敵舟譟而前，海舟分兩道出其背，每縋一綆，則曳一舟沉之。」殘虜亡魂走，韓世忠傳：「兀朮在世忠上流，潛於半夜鑿渠三十里，次日風止，乘小舟得絕江遁去。先是，世忠料敵至，必登金山廟，觀我虛實，預遣百兵伏廟中，百兵伏岸側，約聞鼓聲，內外合擊，果有五騎闖入，伏發，僅得二人，逸其三；中有絳袍玉帶墜馬復馳者，詰之，乃兀朮也。」中原指掌收。未終藩閫寄，韓世忠傳：「檜收三大將權，拜樞密使，公連疏乞解兵柄，罷爲醴泉觀使。」已惑廟堂謀。坐散熊羆士，書：「如熊如羆。」甘臣犬豕酋。和戎詞易屈，杜甫詩：「魏絳已和戎。」復漢志難酬！曾鞏隆中詩：「垂成中興業，復漢臨秦川。」闕聳吳山曉，方輿勝覽：「吳山，在錢塘縣南，上有伍子胥廟，命曰胥山。」此謂高宗駐蹕臨安。陵荒鞏樹秋。一統志：「鞏縣，屬河南府，周鞏伯邑。宋太祖昌陵、太宗熙陵、眞宗定陵、仁宗昭陵皆在焉。」廉頗歸未老，見卷六寄王孝廉乞貓。按：蘄王薨于紹興二十一年八月，年六十三。罷于紹興十一年，年五十三。自是杜門謝客，絕口不言兵，時跨驢攜酒，從一二奚童，縱游西湖以自樂。澹然若未有權位者，平時將佐，罕見其面。郭令罷誰留？通鑑：「肅宗乾元二年，郭子儀爲東畿等道元帥，魚朝恩惡子儀，因相州之潰，短之于上，召還，以光弼代之。初，子儀之被召也，士卒涕泣，遮中使請留，子儀紿之曰：『我餞中使耳。』因躍馬而去。」折檻言徒切，見卷十張中丞廟。宋名臣言行別集：「王既不主和議，又切諫，以中原豪傑，莫不延頸以俟弔伐，若自此與和，人情銷弱，國勢萎靡，誰復振之？再上章，力陳秦檜誤國，辭意剴切。」韓世忠傳：「會檜命棄山陽，移屯鎮江，世忠奏金人詭詐，恐以計緩我師，乞留此軍，遮蔽江淮。又言王倫、藍公佐交割河南地界，乞令明具無反覆文狀，以爲後證，章凡十數上，皆慷慨激切，帝率優詔褒答，然不能用，後果咸如其言。」藏弓勢可憂。見卷十一走狗塘。俄看星隕壘，晉陽秋：「有星赤而芒角，自東北西南流，投于亮營，三投三還，往大還小，俄而亮卒。」永使陸沉州。見卷一永嘉行。感慨思前代，淒涼弔古丘。劍花蘊虎氣，見卷五虎丘。碑蘚剝螭頭。石騎嘶風雨，山僧護櫝楸。鼓旗何寂寂？簡册漫悠悠。父老悲猶在，英雄事已休。棲霞嶺前墓，一統志：「岳武穆墓，在杭州棲霞嶺下。」宋高宗時，飛慨然有恢復中原之志，卒爲秦檜所中，死葬于此。今其墓上木枝皆南向，識者謂其忠義所感云。」聞說更堪愁！

石井泉

原注：「在虎丘山，四面石壁天成，張又新品爲第三泉。」蘇州府志：「石井泉，俗名觀音泉。」虎丘志：「陸羽石井在劍池旁經藏後，大石井，面闊丈餘，嵌巖自然，上有石轆轤，泉

出石脈中，甘冷勝劍池；作屋覆之，別爲亭，井旁作烹茶宴坐之所。」

淸泉一作源。生石脈，冷逼煮茶亭。淨映銀牀色，見卷十二梧桐。明開玉鑑形。路鐸詩：「平分玉鑑漁村晚。」分秋歸客鼎，汲月貯僧瓶。樹影沉泓碧，苔文漬壁淸。熱中嘗可滌，醉後漱堪醒。品第宜居首，誰修舊水經？

焚香

艾蒳山中品，見卷一美女篇。都夷海外芬。洞冥記：「都夷香如棗核，食一片則歷月不飢。」龍洲傳舊採，香譜：「龍涎，于香品中最貴重，出大食國，海旁有龍氣籠山間，其下有龍蟠臥，土人更相守視，雲散龍去，往採可得，其遺涎多亦不過數兩。」燕室試初焚。奩印灰縈字，許渾詩：「香印風吹字半銷。」爐呈玉鏤文。乍飄猶奄冉，陸游詩：「藤花奄冉香。」將斷更氤氳。薄散春江霧，輕飛曉峽雲。銷遲憑宿火，度遠託微薰。著物元無跡，游空忽有紋。天絲垂裊裊，池浪動沄沄。異馥來千和，香譜：「峨眉山孫眞人，然千和之香。」祥霏却衆葷。爾雅翼：「西方以大蒜、小蒜、興渠、慈葱、茖葱爲五葷；道家以韭、蒜、芸臺菜、胡荽、薤爲五葷。」嵐光風卷碎，花氣日蒸醺。燈灺宵同歇，茶煙午共紛。褰帷嫌放早，香譜：「吳行止仲爲從官，見蔡京，京諭女童使焚香，久之不至，已而報香滿，蔡始捲簾，則見香氣自他室出，靄靄若雲霧，座客幾不相覩，而無煙火之烈，旣歸，衣冠芬馥。」引匕記添勤。梧影吟成見，莊子：「儻然立于四虛之野，倚于槁梧而吟。」鳩聲夢覺聞。

陸游詩：「扇墮巾攲午夢回，鳴鳩又喚雨絲來。」方傳媚寢法，拾遺記：「吳孫亮有寵姬四人，合四氣香，皆殊方所獻，凡經踐履安息之處，香氣沾衣，經年不歇，名曰『百濯』，復目其室曰『思香媚寢』。」靈著辟邪勳。瑞應圖：「天漢二年，月支國貢神香，凡三枚，狀如燕卵，大如囊，帝以付外庫，後長安大疫，宮人得病者多，使者請燒香一枚以辟疫氣，帝然之，宮中病者皆起，香聞百里。」杜陽雜編：「同昌公主出降，乘七寶步輦，四面綴五色香囊，囊中辟寒香、辟邪香、瑞麟香、金鳳香，異國所獻也。」小閣清秋雨，低簾薄晚曛。情惭韓掾染，晉書賈充傳：「韓壽美姿貌，充女見而悅焉，潛通音好；時西域貢奇香，一著人則經月不歇，帝惟賜充，充女密盜以遺壽。」恩記魏王分。陸機弔魏武帝文序：「魏武帝遺令云：『餘香可分與諸夫人，諸舍中無所爲，學作組履賣也。』」宴客留鴛侶，白居易詩：「好去鴛鸞侶。」招仙降鶴羣，洞冥記：「武帝起招仙閣，上燒荃蘼香，燒粟許，其氣三月不絕。」又：「降眞香出黔南，其烟直上，能感仙靈，召鶴來降。」曾攜朝罷袖，杜甫詩：「朝罷香烟攜滿袖。」尙浥舞時裙。前人詩：「香風颺舞裙。」囊稱縫羅佩，見前戲嬰圖。篝宜覆錦熏。楊維楨詩：「幾隨錦被暖香篝。」畫堂空擣桂，蘇軾詩：「擣殘椒桂有餘辛。」素壁漫塗芸。杜陽雜編：「元載造芸輝堂于私第，芸輝，香草名也。出于闐國，其香潔白如玉，入土不朽爛，舂之爲屑，以塗其壁，故號芸輝堂焉。」本欲參童子，洞仙傳：「童子先生者，于狄山學道，修治契鈐經得仙。」何須學令君？襄陽記：「劉季和，性愛香，嘗如廁，還輒過香爐上；主簿張坦曰：『人名公作俗人，不虛也。』季和曰：『荀令君至人家坐席三日香，謂我何如令君？』坦曰：『醜婦效顰，見者必走，公欲坦遁去耶！』季和大笑。」忘言深坐處，端此一作已。謝塵氛。

詠夢

的的緣愁得，岑參詩：「邊城夜夜多愁夢。」濛濛與醉和。蘇舜欽詩：「枕畔冷香通醉夢。」輕隨雲浩蕩，陳書徐陵傳：「陵母臧氏，嘗夢五色雲化而爲鳳，集左肩上，已而誕陵。」暗越嶺嵯峨。蘇軾詩：「故山不可到，飛夢隔五嶺。」夜店嗟偏短，陸游詩：「孤榻昏昏夜店燈。」春閨想最多。關山歸識路，顧況詩：「獨夢關山道。」江渚去凌波。洛神賦：「凌波微步，羅韈生塵。」梁落中宵月，見卷九和衍上人觀梅。樓橫欲曙河。「天河」，見卷三擬古。隔簾休警鶴，風土記：「白鶴善警，八月白露降，流于草葉，滴滴有聲，即鳴。」近燭任飛蛾。古今注：「飛蛾善拂燈，一名火化，一名慕光。」遊遠寧煩載，趙嘏詩：「便應憑夢過重湖。」穿深豈畏訶。岑參詩：「別君只有相思夢，遮莫千山與萬山。」寒驚瑤作障，劉允濟詩：「虛牖風驚夢，空牀月厭人。」暖戀錦成窩。秦觀詞：「驚夢春風錦幄。」蝶蝴誰家信，莊子：「昔者，莊周夢爲蝴蝶，栩栩然蝶也。」鴛鴦別浦歌。李賀詩：「好作鴛鴦夢，南城罷擣碪。」靜嫌風動竹，鬧怯雨鳴荷。寂歷窗扃紙，一作綺。沈與求初寒詩：「紙窗寂歷風竹嘯。」低遲帳捲羅。鮑照古詞：「羅帳空卷舒。」知情唯枕共，枕中記：「道士呂翁，得神仙術，遊邯鄲道中，遇少年盧生，以囊中枕授之，生枕而夢，一生榮辱備歷，欠伸而寤，黃粱尚未熟也。」送恨忽鐘過。元稹詩：「娃兒撼起鐘聲動，二十年前曉寺情。」縞袂香猶在，趙師雄事，見卷九梅雪軒。朱絃字不磨。太平廣記：「李生者，其舅盧，有道術，謂李生曰：『求得善箜篌者，令侍飲。』生視箜篌上有朱字云：『雲中辨江樹，天際識歸舟。』後李生娶陸長源女，乃所見于舅家者；

問有何能？曰：『善笠簑。』取而視之，朱字宛然。」蘇軾聽琵琶詩：「夢回只記歸舟字，賦罷雙垂紫錦條。」記來還彷彿，尋去已蹉跎。張耒詩：「高眠尋斷夢，鄰樹已烏驚。」宿燼芬餘麝，方干詩：「濃麝分香入四鄰。」殘妝暈淺螺。石孝友詞：「釵鳳搖金，髻螺分翠。」憂歡情總幻，金剛經：「一切有爲法，如夢幻泡影。」離合事皆訛。池上吟芳草，見卷十二答宗人廉。庭前覓舊柯。異聞錄：「淳于棼飲槐下，醉歸臥，夢二使曰：『槐安國奉邀。』指古槐入穴中，曰：『大槐安國。』王曰：『南柯郡不理，屈卿爲守。』累日達郡，及寤，尋古槐下穴，明朗可容一榻，有一大蟻，乃王也；一穴直入南枝，卽南柯郡。既因思是種，周禮：「筮人掌夢，三曰思夢。」張泌詩：「幽窗漫結相思夢，欲化西園蝶未成。」復念睡爲魔。傳燈錄：「秀師曰：此無山林木怪，睡翻作魔也。」易斷俄如此，難憑竟若何！陽臺莫重問，千古笑巫娥。見卷一。

答胡博士留別二十韻

分省人物考：「胡翰，字仲申，金華人。自幼聰睿，遊學浦陽，博覽經史，登許文懿公門，南北士皆願與交；以所著文進之文獻黃公、待制柳公，皆稱許不容口。洪武初，聘至金陵，授衢州敎授，纂修元史，賜白金文幣以歸。素嗜山水泉石，晚歲卜居三洞之上，幅巾短杖，徜徉終日焉。」

世緒名臣後，聲華俊士前。禮記：「司徒論選士之秀者，而升之學，曰俊士。」唐書選舉志：「唐制取士之科，其目有秀才、有明經、有俊士、有進士。」棘場曾中的，五代史和凝傳：「天成中，知貢舉，時進士浮薄，喜爲喧譁，以動主司。主司每放牓，則圍之以棘，閉省門，絕人出入，以爲常。凝撤棘開門，而士皆肅然無譁，所取皆一時之秀。」按：唐閱試禮部日，以棘圍之。芹水舊鳴絃。詩：「思樂泮水，薄采其芹。」遠道秋風褐，空齋夜雨氈。唐書鄭虔傳：「虔爲廣文館博士，時號鄭廣文，在官貧約，甚澹如也。杜甫贈以詩曰：『才名四十年，坐客寒無氈。』」倦遊驚齒暮，多難喜身全。孤客愁王粲，魏志王粲傳：「粲，字仲宣，徙居長安，蔡邕見而奇之；時邕才學顯著，貴重朝廷，常車騎塡巷，聞粲在門，倒屣迎之。司徒辟召，除黃門侍郎，不就，乃之荆州依劉表；表以粲貌寢而體弱，不甚重也。後太祖辟爲丞相掾，拜侍郎。」諸生老鄭玄。後漢書鄭玄傳論：「鄭玄括囊舊典，網羅衆家，删裁繁蕪，刊改漏失，自是學者，略知所歸。」未應心戚戚，還是腹便便。見卷四始遷西齋。杜曲無歸業，見前郊墅雜賦。成都有卜錢。高士傳：「嚴遵，字君平，賣卜成都市，日得百錢自給。」我方辭闕下，君尙隱江邊。久話燈催剪，頻過榻解懸。擇鄰欣得地，結友愧忘年。南史何遜傳：「遜弱冠舉秀才，范雲見其對策，大相稱賞，因結忘年交。」牧逕依門轉，漁梁近渡連。舊盟尋白鳥，黃庭堅詩：「此心期與白鷗盟。」餘俸買烏犍。見前耕。流水空塘樹，疎林破屋煙。詎憂窮作祟，但欲醉成仙。政爾交歡密，俄然別恨牽。湖山入苑路，雞犬載家船。離索方堪歎，分攜益可憐！殊鄉難託主，薄俗易輕賢。寒浦通潮處，春城罷雪天。梅花未宜折，荆州記：「陸凱自江南以梅花一枝寄長安與范曄，贈以詩曰：『折梅逢驛使，寄與隴頭人。江南何所有？聊贈一枝春。』」持送只詩篇。

送高郎中 以下二首從楼軒集補

雙騎出前驅，爭看璽在車。見卷一洛陽陌。初離中侍幕，宋史職官志：「政和二年，以中侍大夫易景福殿使。」趙師良勸講箴：「下臣執經，敢告中侍。」復接舍人廬。唐書百官志：「中書省舍人六人，起居舍人二人，通事舍人十六人。」綬色春宜酒，爐氛夕戀裾。同官聯劍佩，侍史直圖書。雲氣通高閣，花陰宿廣除。省中詩滿篋，知是秉綸餘。

送周檢校使高麗

東望玄菟境，見卷二朝鮮兒歌。孤帆有去人。未容辭遠使，方要接殊鄰。乞水從山媼，占風問海神。王庭依舊障，估市集遙津。地作先朝俗，花同內域春。煩君修聟好，玉帛自茲頻。

高青丘集卷十四

聯句

舞劍聯句

與會稽張憲夜飲觀銅臺李壯士舞劍而作。「張憲」、「銅臺」，俱見卷四。

晚陌息鳴鑣憲，秋城起嚴柝。登堂欣有會啓，顧座歎無樂。豪賓奉觴壽憲，壯士掉箭作。李賀公莫舞歌：「腰下三看寶玦光，項莊掉箭欄前起。」韻生颸拂鐔啓，莊子：「周宋爲鐔。」注：「鐔，劍鼻也。」文綴星輝鍔。廣韻：「鍔，劍端。」吳越春秋：「伍子胥過江，解其劍與漁父曰：『此劍中有七星北斗。』」拭土色纔動憲，雷煥外傳：「煥豐城獄得劍，取南昌西山黃白土拭之，光豔照耀。張華更以華陰赤土磨之，鮮光愈亮。」暎火光轉爍。異聞集：「薛俠者，獲一銅劍，長四尺，劍連於靶，靶盤龍鳳之狀，左文如火，光彩灼爍。」寒瀉走澗泉啓，衞象詩：「鷫鸘新淬劍光寒。」明懸溜簷澤。劉峻金華山栖志：「懸溜瀉于軒甍。」王逸九思：「冰凍兮洛澤。」注：「水結也。」徒誇刀瑩膏憲，見卷一劉生。漫詫匕淬藥。見卷一結客少年場。腥疑人血乾啓，錢太初劍詩：「得自猿公手，屠姦血未乾。」威攝鬼蹤鑠。雄聞莊子說憲，按：莊子有説劍篇。醉想王郎斫。見卷十一吳中逢王才南歸。聯翩倏鴻騫啓，樂府雜記：「舞者，樂之容也，或象驚鴻，或如飛燕。」奮迅仍雀躍。莊子：「鴻濛方將拊髀雀躍而遊。」來如龍出淵憲，去若蛇赴壑。王渥詩：「冉冉年光赴壑蛇。」疾驚雷破山啓，莊子：「疾雷破山，風振海而不能驚。」又：「此劍一用，如雷霆之震也。」廣異記：「農夫耕地得劍，賈胡售之百萬，農夫問故，曰：『此名破山劍。』」怒訝風捲漠。海錄碎事：「胡風似劍鏤人骨。」初馳帆縱張憲，柳貫詩：「張帆得順風，飛鴻與爭疾。」忽注弩弛彍。文同詩：「破若勁弩彍。」陰陽變開闔啓，潮汐隨進却。高步赴節同憲，奇形分狀各。斜迴象翼蔽啓，史記項羽本紀：「項莊拔劍起舞，項伯亦拔劍起舞，常以身翼蔽沛公，莊不能擊。」曲踊肖拏攫。左傳：「魏犨束胸見使者曰：『以君之靈，不有寧也。』距躍三百，曲踊三百。」注：「距躍，超越也。曲踊，跳踊也。」法書要錄：「若擒虎豹，有強梁拏攫之形。」欻驚西方帝憲，李賀劍歌：「提出西方白帝驚。」凜怖東海若。見卷三登海昌城樓。韓愈聯句：「電刀驅海若。」屋翻影紛綸啓，杜甫詩：「高浪垂翻屋。」地殷勢揮霍。正韻：「殷，音隱，雷發聲也。」張衡西京賦：「跳丸劍之揮霍。」酉陽雜俎：「老人紫衣朱鬟，擁劍七口，舞于中庭，迭躍揮霍。」亂思突騎奔憲，後漢書耿弇傳：「弇按劍曰：歸發突騎，以轔烏合之衆，如摧枯折腐耳。」低見饑隼掠。旁分萬矢斷啓，前拉千槍拓。韓愈聯句：「雷鼓揭千槍。」出堪劫齊壇憲，見卷四詠荆軻。立可當蜀閣。見卷三過硤石。澤聞蛇嫗啼啓，「高祖斬蛇」見卷十一贈劉生歌。路遇猿翁搏。吳越春秋：「范蠡謂越王曰：『(楚)(越)有處女，出于南林之中，願君問以手戰之道。』女將見，道逢老人，自稱猿公，曰：聞子善爲劍，願一觀之。因拔竹枝，女郎接其末，公操其本，而女因舉杖擊之；猿公飛上樹，變爲白猿。女去見越王，王命五校之高才習之，當此之時，皆稱越女劍。」江總白猿傳：「或舞雙劍，環身電飛，圓光若月。」斬闕豁然判憲，抱朴子：「沉閭、巨闕，斬闕之良也。」擊柱鏗爾著。漢書叔孫通傳：「高帝悉去秦儀法，爲簡易。羣臣飲爭功，醉或妄呼，拔劍擊柱。」陸疑濤涌牀啓，曹唐買劍詩：「略抛牀下怕泉流。」宵駭虹闖幕。祥驗集：「韋皐鎮蜀，與賓客宴，忽虹蜺自空而下，垂首于庭，霏然若晴霞狀，久而方去。」警棲已翻翻憲，墜槁俄索索。顚旭曾悟書啓，見卷八草書歌。俠軻記爭博。史記刺客列傳：「荆軻嘗游過榆次，與蓋聶論劍，蓋聶怒而目之。去榆次，遊于邯鄲，魯句踐與荆軻博爭道，魯句踐怒而叱之，荆軻默而逃去。」目花匪酒湎憲，杜甫飲中八仙歌：「眼花落井水底眠。」膚栗似裘薄。見卷十雪海。忠義氣盡張啓，姦邪膽俱落。唐書：「李祐入朝，違詔進奉，侍御溫造彈之，祐待罪股戰曰：『吾夜踰蔡州城擒吳元濟，未嘗心動，今日膽落溫御史矣。』」歐陽修劍詩：「姦兇與佞媚，膽破骨亦驚。」不從玉玦計憲，項羽本紀：「項王卽日留沛公與飲，范增數目項王，舉所佩玉玦以示之者三，項王默然不應；范增起出，召項莊謂曰：『君王爲人不忍，若入前爲壽，壽畢，請以劍舞，因擊沛公于坐殺之，不者，若屬皆且爲所虜。』」欲定銅槃約。見卷四感舊。未數大娘強啓，明皇雜錄：「時有公孫大娘者，善舞劍，能爲鄰里曲及裴將軍滿堂勢、西河劍器渾脫遺，妍妙皆冠絶于時。」終勝處女弱。見上「猿翁」注。季路袖手欽憲，家語：「子路戎服見孔子，拔劍舞之曰：『古之君子，以劍自衞。』子曰：『古之君子，忠以爲質，仁以爲衞，不善則以忠化之，寇暴則以仁禦之，何必恃劍？』子路攝齊受教。」裴旻汗顏怍。名畫記：「開元中，裴旻善舞劍，吳道玄觀旻舞畢，揮毫益進。」疾視誰敢當啓？不成我慚學。史記項羽本紀：「項籍少時學書不成，去學劍，又不成。項梁怒之，籍曰：『書足以記姓名而已，劍一人敵，不足學，學萬人敵。』于是項梁乃教籍兵法，籍大喜，略知其意。」勇夫怒生癭憲，魏志賈逵傳注：「逵在弘農，與典農校尉爭公事，不得理，乃發憤生癭。」韓愈聯句：「怒癭爭碨磊。」恐僕戰成瘧。功收刺虎奇啓，史記張儀列傳：「卞莊子欲刺虎，管豎子止之曰：『兩虎方共食牛，牛甘必鬬，鬬則大者傷，小者亡，從而刺之，一舉必有雙虎之名。』」志感聞雞惡。晉書祖逖傳：「與司空劉琨，俱爲司州主簿，共被同寢，中夜聞荒雞鳴，蹴琨覺曰：『此非惡聲也！』因起舞。」暫停月徘徊憲，庾肩吾詩：「樓上徘徊月。」賈餗太阿賦：「環分圓月，終疑映月之流。」既罷天寂寞。崆峒詎必倚啓，杜甫詩：「防身一長劍，將欲倚崆峒。」氛祲行可廓。魏文帝書：「僕有劍一枚，用給左右，以除妖氛。」戩妖正思今憲，松窗雜記：「進士趙顔，得一軟障，圖婦人甚麗。畫工曰：『此名眞眞，呼之百日則應，以百彩灰灌之卽活。』顔如其言，果活。友人曰：『此妖也，余有神劍可斬之。』」斷佞猶慕昨。「朱雲請劍」，見卷十張中丞廟。會合固有期啓，見卷五劍池。死生良欲託。「季札繫劍」，見卷四魏使君見示舊贈詩。寧憂武庫災憲，晉書：「太康三年，武庫火，中書監張華列兵防衛，見高祖斬蛇劍，穿屋飛去，莫知所向。」但俟凶門鑿。淮南子：「將已受斧鉞，乃鑿凶門而出。」注：「凶門，北出門。將軍之出，以喪禮處之，以其必死也。」慷慨勿悲歌啓，淋漓且酣酌憲。

劍池聯句

與張憲、金起、王隅同賦。

飛梁上當空憲，直壁下插水。兩樹交古陰啓，孤亭倒清泚。章應物詩：「清泚階下流。」初至意已愜憲，再陟神亦靡。氣銷淵龍藏起，見卷五虎丘。骨朽山虎死。蒼崖出仙詩隅，見卷五幽獨君。金藏閟僧史。陸游詩：「補成僧史可藏山。」伯圖渺何在憲？世事倏如此！佳遊信難遭啓，壯志良未已！凭欄瞰神州起，見卷一永嘉行。樹羽訝軍壘。杜甫詩：「樹羽臨九州。」未覩煙塵清隅，且耽林壑美。臨風揮一觥憲，憩石脫雙履。鶯啄朱果殘啓，蜂抱黃英委。琴咽斜陽蟬憲，棋戰欲雨蟻。李商隱詩：「鬧若雨前蟻。」溽暑避松筵啓，楊子方言：「扇，自關而東謂之箑，自關而西謂之扇。」輕涼透藤椅。范成大詩：「新涼生簟藤。」瞑目思黑甜憲，蘇軾詩：「一枕黑甜餘。」潛心翫玄旨。唐書藝文志：「韓莊老子玄旨八卷。」籟響破虛寂啓，香飄聞旖旎。司馬相如傳：「旖旎從風。」注：「旖旎，阿那也。」飯鐘隔煙來憲，樵笛呼月起。整轡戒僕夫啓，捫鞭謝釋子。庖聲吠喧呵起，詩：「無使尨也吠。」騎影歸迤邐。餘戀尙眷然隅，重來那復爾！明發抗塵容，何由繼芳趾憲？

病柏聯句

與靑城杜寅、鄰郡徐賁遊白蓮寺，見病柏而作。

抱質雖輪囷，鄭陽上梁王書：「蟠木根柢，輪囷離奇。」託根何坎坷寅？揚雄河東賦：「瀸南巢之坎坷兮。」一作軻。

死色見已深，生意存猶頗啓。老枿焦半身，餘葉禿偏髻賁。禮內則：「翦髮爲髻。」注：「髻，小兒所遺髮也。」恩謝漢陵春，見卷一劉生。災非陸渾火寅。按：韓愈有陸渾山火詩。柯傾痺待扶，節漏瘡思裹啓。下窾封蚍蜉，爾雅：「蚍蜉，大螘。」注：「俗呼爲馬蚍蜉。」韓愈詩：「蚍蜉撼大樹，可笑不自量！」上穴綴蜾蠃寅。詩：「螟蛉有子，蜾蠃負之。」爾雅注：「即細腰蜂也。」風欺聲吿哀，雨冒汗憎顆寅。說文：「顆，小頭也。」蟄空虵喜容，攀脆猿愁墮啓。將斲豈中梁？莊子：「見大木焉，仰而視其細枝，則拳曲而不可以爲棟梁。」三輔黃圖：「漢武帝建柏梁臺，以香柏爲梁也。」欲刳詎宜舸寅？易：「刳木爲舟。」詩：「汎彼柏舟。」蓋瘁缺青葱，梢枯辭猗儺寅。詩：「隰有萇楚，猗儺其枝。」乏子供爐焚，蘇軾詩：「坐對柏子香。」無陰庇牀坐啓。蠹盡啄鳥飢，巢傾蹪雛跛寅。臞形慘若尫，蘇軾詩：「孤僧瘦欲尫。」突腹瘇如果寅。莊子：「腹猶果然。」藤纏偶假妝，薜剝每慚裸啓。主惜覬匠顧，陸龜蒙詩：「從遭匠石顧。」樵窺避僧邏寅。「邏」，見卷八會飲城南。土瘠力易衰，巖危勢難妥寅。殺懼苦霜仍，春秋定公元年：「冬十月，隕霜殺菽。」醫期甘露可啓。梁昭明太子啓：「甘露入頂，慧水灌心。」成器未爲福！禮：「玉不琢，不成器。」不材反逃禍寅。莊子：「山中之木，以不材得終其天年。」依林尙支撐，范成大詩：「檈楣共突兀，鬼神相支撐。」亞石猶磊砢寅。世說：「和嶠少有風格，庾顗見而歎曰：『嶠森森若千丈松，雖磊砢多節目，施之大廈，有棟梁之用。』」閱歲失貞姿，承陽愧纖朶啓。操幸孔語稱，杜甫病柏：「歲寒忽無憑，日夜柯葉改。」名負杜吟播寅。杜甫古柏行：「孔明廟前有老柏，柯如青銅根似石；霜皮溜雨四十圍，黛色參天二千尺。」敢要秦樹封，史記：「秦始皇上泰山封祀，風雨暴至，休于樹下，因封其樹爲五大夫。」孰效禹梅鎖寅？四明圖經：「鄞縣大梅山頂，有梅木，伐爲會稽禹廟之梁；張僧繇畫龍其上，夜或風雨，飛入鏡湖，與龍鬬。後人見梁上水淋漓，始駭異之，以鐵索鎖于柱。然今所存，乃他木，猶絆以鐵索，存故事耳。」蟠深漫欲踞，架重寧堪荷啓？氣同生固均，數異測誠叵賡！膏乾燃不明，屑墜掃還夥賡。客憐弔賦悲，童棄培功惰啓。終護竟煩誰？今看幸遭我賡。

風雨聯句

與會稽張憲，在報恩佛寺遇風雨而作。寺見卷十二。

盲風簸天興憲，禮記：「仲秋，盲風至。」涷雨翻海瀉。爾雅：「暴雨謂之涷。」注：「今江東呼夏月暴雨爲涷雨。」離騷云『令飄風兮先驅，使涷雨兮灑塵』是也。」魚鰕落半空啓，蘇軾連雨漲江詩：「龍卷魚鰕幷雨落。」蛟龍鬬中野。杜甫雨詩：「牛馬行無色，蛟龍鬬不開。」勢吞九河黃憲，功潤千里赭。怒疑決沙囊啓，史記淮陰侯列傳：「龍且與信夾濰水陣，韓信乃夜令人爲萬餘囊，滿盛沙，壅水上流，引軍半渡擊龍且。」振訝摧屋瓦。史記廉頗藺相如列傳：「秦軍鼓譟勒兵，武安屋瓦盡振。」橫行天兵駃憲，韓愈詩：「散燒煙火宿天兵。」大笑電母哆。神異經：「東荒山中有大石室，東王公居焉。與玉女投壺，設有入不出者，天爲之笑，開口流光，今電是也。」蘇軾詩：「揮駕雷車呵電母。」廣韻：「哆，脣下垂貌。」乾坤發生多啓，道路暍死寡。潦漲濤涌川憲，旱去煙滅冶。按：爐鑄謂之冶。谷號竟誰嘘啓？木撼不自把。神靈眞恍惚憲，造化非苟且。初占月離畢啓，詩：「月離于畢，俾滂沱矣。」又駭泗沒社。史記封禪書：「宋太丘社亡，而鼎沒于泗水彭城下。」必變其聖乎憲！

弗迷唯舜也。陰岑氣如炊啓，高葉聲若打。詩話：「王禹錫賀春雨詩云：打葉雨拳隨手重。」陽烏韜不見憲，乾鵲噤皆啞。本草釋名：「鵲性惡濕，故謂之乾。」重翳晦復明啓，餘點歇還灑。雖悅灌園人憲，高士傳：「於陵仲子，爲人灌園。」應愁渡江者。世說：「衞洗馬初欲渡江，語左右曰：『對此茫茫，不覺百端交集！』」郭珏復愁詩：「江雨舟無渡。」侍王笑楚賦啓，見卷一巫山高。及我慚周雅。詩：「雨我公田，遂及我私。」避思泰山顚憲，見前病柏。戰憶昆陽下。後漢書光武帝紀：「光武與莽戰于昆陽，莽兵大敗，會大雷風，屋瓦皆飛，雨下如注。」雄夫七易失啓，見卷十醉後走筆。吝士蓋難假。家語：「孔子將出而天雨。門人曰：『商有蓋，請假焉。』孔子曰：『商爲人短于財，吾聞與人交者，推長而違短，故久；吾非不知商有蓋，恐不借而彰其過也。』」既霑想大田憲，大田詩：「既霑既足。」廣庇思亘廈。文同讌思堂記：「築隆址，植亘廈。」桔槔向晚停啓，紈扇未秋捨。亂號官私蛙憲，見卷十三聞蛙。莫辨去來馬。杜甫秋雨歎：「去馬來牛不復辨。」臥驚浪喧耳啓，歸恐泥沒踝。袁桷行路難：「重車沒踝路莫尋。」勿憂卷茅屋憲，見卷十醉後走筆。且喜憩蘭若。見卷十三。民期歲有登啓，國荷天錫嘏。沛澤宜載歌憲，新篇試姑寫啓。

虎丘聯句

與潯陽張羽、太原王行、郯郡徐賁遊虎阜，用壁間顏魯公韻作。唐顏眞卿刻清遠道士詩因而繼作：「不到東西寺，于今五十春。竭來從舊賞，林壑宛相親。」吳子多藏日，秦皇厭勝辰。劍池穿萬仞，盤石坐千人。金氣騰爲虎，琴臺化若神。登壇仰生壹，捨宅歎珣珉。中嶺分雙樹，迴巒絕四鄰。窺臨江海接，崇飾歲時新。客有神仙者，於茲雅麗陳。名高淸遠峽，文聚斗牛津。跡異心寧間，聲同質豈均。悠然千載後，知我挹光塵。」

山遊期屢阻，風雨過今春羽。偶逐林泉賞，仍同里閈親行。樹重迷卓午，李白詩：「飯顆山頭逢杜甫，頭戴笠子日卓午。」花盡謝芳辰啓。事往非前代，僧逢是故人賁。金精銷虎氣，見卷五虎丘注。寶藏衞龍神羽。幽怪錄：「開元中，葉天師講經于明州奉化縣，忽一老翁來禮，自云守藏龍，守此千歲，方免炎河之罰；今爲胡僧咒水欲殺。天師以符救之。」妖魄憐埋玉，見卷六眞娘墓。仙詩看勒珉行。見卷五虎丘。年登廚有供，村遠寺無鄰啓。池古寒泉定，林暄夏果新賁。井名猶記羽，見卷十三石井泉。樓姓尙題陳羽。虎丘志：「初寺僧取水劍池，登降甚勞。宋隆興二年，陳敷文出錢二十萬，跨兩崖建樓其上，爲井幹，以便汲，因名陳公樓。」步策方循澗，迴橈已待津行。緣雖喧寂異，妄本去來均啓。摩壁追高韻，應慚繼後塵賁。

蓮房聯句

與金華宋璲、張孟兼作。按：璲，學士子，中書舍人。孟兼，禮部主事。

露冷鏡湖秋璲，波涼練塘曉。盤翻綠雲稠兼，錦破朱霞少。新苞顆微綻啓，餘葩莖尙嫋。瘦繭綴寒蠶璲，陳高詩：「結實吐秋繭。」齊民要術：「永嘉有八輩蠶，九月績寒蠶。」尖喙啄靑鳥。漢武故事：「七月七日，忽有青鳥飛集殿前。東方朔曰：『此西王母欲來。』有頃，王母至，三青鳥夾侍王母旁。」下惟玉龍眠兼，清異錄：「崔遠家墅在長安城南，就中禊池產巨藕，貴重一時，相傳爲禊寶，又曰玉臂龍。」中有瓊絲裊。朱超道詩：「摘除蓮上葉，拖出藕中絲。」擎重柄欲折啓，含深睛尚窅璲。孤懸類覆杯兼，雙立疑擢表啓。初成欣雨滋兼，漸老怯風掉啓。多子同根榮啓，張籍采蓮曲：「秋江岸邊蓮子多。」獨婦專房悄璲。楊炯詩：「蓮房若箇實。」妝卸失娉婷啓，徐鉉詩：「醉折荷花想豔妝。」歌來逢窈窕璲。許渾詩：「吳娃齊唱采蓮歌。」剖心效諫忠兼，孟郊詩：「道證青蓮心。」並頭呈瑞兆啓。邵堯夫雙頭蓮詩：「漢殿嬋娟雙姊妹，天台縹緲兩神仙。當時儘有風流格，謫向人間作瑞蓮。」褭蹄密竅剜璲，韻會：「褭蹄，金名。」漢書武帝紀：「太始二年，獲白麟，以饋宗廟。渥洼水出天馬，泰山見黃金，故名黃金爲麟趾褭蹄以協瑞焉。」魚目微光皎啓。任昉到記室牋：「惟此魚目，唐突璵璠。」珠珥落槃多啓，瑤軫貯囊小璲。李白詩：「拂霜弄瑤軫。」空實外莫辨，甘苦中自了。剝殘星滿地，采盡香餘沼啓。雕筵飣戢戢，「飣」見卷八中秋翫月。玉蟲攢擾擾。韓愈詩：「囊裏排金粟，釵頭綴玉蟲。」逡看出小艇，薦喜對清醥兼。新嘗勝江芡，遠覓迷水蓼。搴芳想夏初啓，感物傷秋杪。聊茲發吳詠啓，一覽煙水渺璲。

六言律詩

瓊姬墓

原注：「夫差女也。」見卷十三吳女墳。

夢別芙蓉殿頭，墮釵零落誰收？土昏清一作青。鏡忘曉，月冷珠襦恨秋。麋鹿昔來廢苑，牛羊今上荒丘。香魂若怨亡國，莫與西施共遊。

甫里即事四首

原注：「甫里，在松江之上，陸魯望所居也。余寓其北渚，頗擅煙波之勝，爲賦六言四首。」甫里志：「今崑山縣，用直鎮。」

長橋短橋楊柳，前浦後浦荷花。人看旗出酒市，鷗送船歸釣家。風波欲起不起，煙日將斜未斜。絕勝苕中劉曲，金虀玉鱠堪誇！南部煙花錄：「南人魚鱠，細縷金橙拌之，號爲金虀玉鱠。」

其二

唼唼綠頭鴨鬬，翻翻紅尾魚跳。沙寬水狹江穩，柳短莎長路遙。人爭渡處斜日，月欲圓時大潮。宋姚寬論潮：「日者，衆陽之母，陰生于陽，故潮附于日。月者，太陰之精，水者陰類，故潮依于月，隨日而應月，依陰而附陽，盈于朔望，消于朏魄，虛于上下弦，息于輝朒，故潮有大小焉。」我比天隨似否？甫里志：「陸龜蒙宅，卽白蓮寺西邊一帶。龜蒙，一號天隨子。高翰林啓宅在靑丘里。」扁舟醉臥吹簫。

其三

江廟〔校記〕列朝詩集作「上」。漁郎晚祭，津亭〔校記〕列朝詩集作「頭」。估客朝過。鐘邊山遠水遠，篷底風多雨多。饑蟹銜沙落斷，黠禽啖竹窺羅。丫頭兩槳休去，劉禹錫詩：「丫頭小兒蕩畫槳。」爲唱吳儂櫂歌。蘇軾詩：「語音猶是帶吳儂。」

其四

橫網不遮過客，渡船時載歸僧。炊菰飯勝炊稻，采蓮歌似采菱。煙外晚村弄笛，沙邊夜店停燈。短蓑醉拍銅斗，見卷八劉松年畫。我亦年來稍能。

七言律詩

大駕親祀方丘選射齋宮奉次御製韻　明法傳錄：「洪武三年六月，親祀地祇于方丘。」禮記射義：「天子以射選諸侯卿大夫士。」

奠璧方壇曉祝鳌，「奠璧」，見卷十三車駕南郊。漢書：「文帝詔：『吾聞祠官祝鳌，皆歸福于朕躬，不爲百姓，朕甚媿之。』」豹竿風動從靈祇。「豹竿」見卷一上之回。「靈祇」見卷三寓感十六。獻符多士歌昌運，漢書天文志：

「漢元年十月，五星聚于東井，此高皇帝受命之符也。」後漢書光武紀：「光武先在長安時，同舍生彊華，自關中奉赤伏符曰：『劉秀起兵捕不道，四夷雲集龍鬭野，四七之際火爲主。』」扈蹕諸蕃覩盛儀。上林賦注：「後從曰扈。」夏官隸僕注：「蹕，謂止行者清道也。」郊射貫侯初復古，儀禮鄉射禮：「凡侯，天子熊侯白質，諸侯麋侯赤質，大夫布侯，畫以虎豹；士布侯，畫以鹿豕。」詩：「射則貫兮。」汾祠獲鼎未云奇。漢書：「武帝得汾陰寶鼎，藏于甘泉，羣臣上壽賀：『陛下得周鼎。』吾丘壽王曰：『非周鼎。』上怒。對曰：『天祚有德，寶鼎自出。此天以與漢，是漢鼎非周鼎也。』上曰：『善。』」山川效順年多穀，神答皇心定有期。

奉迎車駕享太廟還宮

鳴蹕聲中曉仗迴，錦裝馴象踏紅埃。漢書武帝紀：「南越獻馴象。」半空雲影看旗動，滿道天香識駕來。漢酎祭餘清廟閉，史記平準書注：「漢儀注：王子爲侯，侯歲以戶口酎黃金于漢廟，皇帝臨受獻金以助祭。」舜衣垂處紫宮開。七略：「王者體天而行。明堂之制，內有太室，象紫微宮。」春秋合誠圖：「紫宮，大帝室也。」禮成海內人皆慶，獻頌應慚自乏才！

晚登南岡望都邑宮闕二首

落日登高望帝畿，龍蟠山下見龍飛。見卷七寓天界寺。雲霄雙闕開黃道，漢書天文志：「日有中道。中道者，黃道也。」沈佺期詩：「池開天漢分黃道。」煙樹三宮接翠微。東京賦：「乃營三宮，布政頒常。」沙苑馬閒秋獵罷，唐書高祖紀：「武德六年，如華陰，獵于沙苑。」天街車鬭一作響。晚朝歸。元稹連昌宮詞：「楊家諸姨車鬭風。」明朝欲獻昇平頌，還逐仙班入瑣闈。

其二

秦金不厭氣佳哉，見卷十一登金陵雨花臺。紫蓋黃旗此日開。見卷四感舊。殘雪已銷鳷鵲觀，見卷一雨雪。浮雲不隱鳳凰臺。見卷六送袁憲史。山如洛下層層出，江自巴中渺渺來。一統志：「大江源出巴蜀岷山，合湘、漢、豫章諸水，來自都城之西南，經西北，過鎭江，東流入海。」六代衣冠總成一作塵。土，見卷六卞將軍墓。幸逢昌運莫興哀。

奉天殿進元史 明紀事：「吳元年九月甲戌朔，太廟成。癸卯，新內三殿成，曰奉天、華蓋、謹身；左右樓曰文樓、武樓。後爲宮，前曰乾淸，後曰坤寧。」從信錄：「洪武二年八月，元史成，李善長等奉表進。」

詔預編摩辱主知，眞德秀大學衍義表：「不量菲薄，欲效編摩。」布衣亦得拜龍墀。書成一代存殷鑒，從信錄：「洪武二年二月，詔修元史。詔李善長監修，召宋濂、王褘爲總裁，徵汪克寬等十六人同纂修。開局天界寺。克寬等至，上諭之曰：『今命爾等纂修，以備一代之史，務直述其事，毋溢美，毋隱惡；庶合公論，以垂鑒戒。』」朝列千官備漢儀。後漢書光武帝紀：「光武行司隸校尉，置僚屬，時三輔吏士見之，皆歡喜不自勝。老吏或垂涕曰：『不圖今日，復見漢官威儀！』」漏盡秋城催仗早，唐制：殿下兵衛曰仗。儀衞志：「朝會之仗，三衞番上，分爲五仗，皆帶刀捉仗，列於東西廊下；每日以四十六人立內廊閤外，號曰內仗，朝罷放仗，天子出則有細仗黃麾仗。」燭光一作明。曉殿卷簾遲。宋史呂端傳：「眞宗既立，垂簾引見羣臣，端平立殿下不拜，請卷簾升殿，審視，然後降階，率羣臣拜呼萬歲。」時清機務應多暇，閣下從容幸一披。

九日陪諸閣老食賜糕次謝授經韻

宋史：「九日以花糕、法酒賜羣臣。」漢書：「黃霸治尚書。宣帝時爲大中大夫，以選授皇太子經。」

叨陪講席接詞曹，曉禁霜花點素袍。宋祁九日食糕詩：「飈館輕霜拂曙袍，糗餈花飲鬬分曹。」院貯圖書西掖靜，「西掖」，見卷七送禮部傅侍郎。雲連宮殿北山高。故園莫憶黃花酒，內府初嘗赤棗糕。歲時雜記：「二社，重陽，尚食糕，而重陽爲盛，大率以棗爲之。」最愛鳳毛今復見，南史：「謝靈運子鳳，鳳子超宗，有文詞，帝大嗟賞，謂謝莊曰：『超宗殊有鳳毛，靈運復出。』」便令池上一揮毫。見卷九送王孝廉。

送沈左司從汪參政分省陝西汪由御史中丞出

唐書百官志：「尚書省有左右司郎中。」

重臣分陝去臺端，公羊傳：「自陝而東者，周公主之；自陝而西者，召公主之。」賓從威儀盡漢官。四塞河山歸版籍，漢書項籍傳：「關中阻山河四塞。」周禮天官小宰：「聽閭里以版圖。」注：「版，戶籍也。」百年父老見衣冠。函關月落聽雞度，孟嘗君傳：「夜半至函谷關，關法：雞鳴出客。客有善雞鳴者，野雞皆鳴，遂度關。」華嶽雲開立馬看。見卷十送張倅。知爾西行定回首，如今江左是長安。

吳僧日章講師赴召修蔣山普度佛事既罷東歸送別二首

釋鑑稽古續集：「用拙法師，諱祖儞，字日章，常熟張氏子。嗣法於竹屋淨法師，出世永定教寺，繼遷崑山廣孝、嘉定淨信，主教吳中垂五十年。洪武初，預選高行，有旨就天界寺說法，上數召入禁中，奏對稱允，加賜慈忍法師之號，後賜歸故里。」一統志：「鍾山，在應天府東北，漢秣陵尉蔣子文逐盜死于此，吳大帝爲立廟。子文祖諱鍾，因改蔣山。」

萬人擁座聽潮音，首楞嚴經：「發海潮音，遍告同會。」寶刹曾迂玉駕臨。唐太宗詩：「寶刹遙承露。」佛法曉敷三藏祕，岑參題讀經堂詩：「結宇題三藏。」帝恩春及九原深。禮記：「趙文子與叔譽，觀乎九原。」鍾山坐處花頻雨，見卷十一登雨花臺。練浦歸時樹欲陰。唐書地理志：「潤州丹陽有練湖。」擬問楞伽嗟已別，「楞伽」，見卷五。楚江飛錫暮沉沉。「飛錫」，見卷五答衍師。

其二

故鄉未解識淸容，却在金陵闕下逢。中禁曾分齋鉢飯，唐書李泌傳：「出入中禁，事四君。」上方時叩講筵鐘。許渾詩：「上方有路應知處，疎磬寒蟬第幾重。」一帆細雨迢迢浦，半塔斜陽靄靄峯。相送師歸忽多感，飛雲亦戀舊依松。

清明呈館中諸公

新煙著柳禁垣斜，劉長卿淸明詩：「萬井出新煙。」杏酪分香俗共誇。玉燭寶典：「今人寒食日，煮麥粥，研杏仁爲酪，以餳沃之。」白下有山皆繞郭，淸明無客不思家。卞侯墓上迷芳草，見卷六卞將軍墓。盧女門前暎落花。江寧府志：「三山門外，昔有妓盧莫愁家，此有莫愁湖。」喜得故人同待詔，擬沽春酒醉京華。

金陵喜逢董卿併送還武昌

兵後匆匆記別離，兩年音問不相知。武昌樓下初來日，「庾亮南樓」見卷四始遷西齋。幕府山前忽見時。江寧府志：「幕府山，在江寧府西，晉元帝初渡江，丞相王導建幕府其上。」上國花開同醉少，大江潮落獨歸遲。莫嗟握手還分手，此會從前豈有期？

送易左司分省廣西

朝廷特念遠氓深，畫省分官出桂林。漢官典職：「尚書省皆以粉壁畫古賢列士，曰畫省。亦曰粉省。」賈誼過秦論：「南取百越之地，以爲桂林象郡。」油幕乍開依漢節，韓愈詩：「從軍固云樂，談笑青油幕。」漢書張騫傳：「匈奴留騫十餘歲，予妻，有子。騫持漢節不失。」卉衣時到貢蠻金。後漢書南蠻傳贊：「鏤體卉衣。」許棠詩：「王租只貢金。」四時花發山多暖，半日嵐開市尚陰。虞帝祠前黃竹裏，一統志：「虞帝祠在桂林府城北。」李嘉祐詩：「青楓黃竹入袁江。」相思莫聽鷓鴣吟。見卷二春江行。

送王檢校錡赴北平

「王錡」，見卷七天界玩月注，同修元史者。「檢校」，見卷七。一統志：「保定府蒲城縣，漢北平地。」

半年同舍客京華，看遍龍河寺裏花。江寧府志：「護龍河，宋鑿，即舊城外三面濠也；今自昇平橋達于上元縣後，至虹橋南出大市橋而止。」纔進史書朝日下，錢起詩：「臣心堯日下。」便紆官綬去天涯。秦觀詩：「錦覆郎官綬。」平蕪遠塞秋驅騎，衰柳遺宮晚噪鴉。莫道窮邊戍久別，待君歸草玉堂麻。見卷九送王孝廉。

京師秋興次謝太史韻

柳外秋風起御河，京華客子意如何？伎同南一作北。郭知應濫，韓非子：「齊宣王好竽，必三百人合吹；南郭先生不知竽者，而之三百人之中，以吹竽食祿。宣王薨，後王曰：寡人好竽，欲一一吹之。南郭乃逃。」錢珝表：「試吹必濫，比南郭之先生。」俸比東方愧已多。見卷一東門行。梁寺鐘來殘月落，見卷七贈楊滎陽。漢宮砧斷早鴻過。不材幸得同趨闕，幾度珊珊候曉珂。耿湋詩：「珊珊動曉珂。」

送祠江瀆使者

明典彙：「洪武二年正月，命都督孫遇仙等十八人祭天下嶽鎮海瀆之神。三年六月，躬署祝文，遣官詣嶽鎮海瀆，以更定神號告祭。」

源發岷峨萬里通，見上晚登南岡。函香迢遞問齋宮。神馳白馬靈光近，史記：「武帝臨瓠子河決，沉白馬玉璧。」祝奉玄牲禮秩崇。周禮牧人：「望祀，各以其方之色牲毛之。」注：「望祀嶽瀆也。」閻隨侯西嶽望幸賦：「於是牲用特，酒尚玄。」驛下換船潮湧日，廟前沉璧水迴風。重煩使者徼多福，南國無疵黍稌豐。

送葉判官赴高唐時使安南還

高唐州，屬山東東昌府。「安南」，見卷十三。

銅柱崖前使節過，後漢書馬援傳：「援到交阯，立銅柱，爲漢之極界。」貢隨歸騎入京多。一官暫遣陪成瑨，後漢書黨錮傳：「汝南太守宗資，任功曹范滂；南陽太守成瑨，亦委功曹岑晊。二郡爲謠曰：『汝南太守范孟博，南陽宗資主畫諾。南陽太守岑公孝，弘農成瑨但坐嘯。』」片語曾煩下趙佗。漢書陸賈傳：「高祖使賈賜趙佗印爲南越王，佗留與飲，數月，曰：『越中無足與語，至生來，令我日聞所不聞。』賈卒拜佗爲南越王，令稱臣，奉漢約。高帝大悅，拜賈爲大中大夫。」曉拜賜衣辭絳闕，秋催征棹渡黃河。政餘好賦登臨詠，聞說州人最善歌。孟子：「緜駒處于高唐，而齊右善歌。」

衍師見訪鍾山里第

風雨孤舟寄一僧，遠煩相覓到金陵。靑衫愧逐塵中馬，白拂看麈座上蠅。盧綸白蠅拂歌：「華堂多衆珍，白拂稱殊異。」事去南朝猶有恨，夢歸北郭已無憑。文章何用虛叨祿，只合從師問上乘。傳燈錄：「頓悟自心，本來清淨，元無煩惱、無漏智，不自具足，此心卽佛，依此而修者，是上乘禪。」

寄題安慶城樓

層構初成百戰終，明紀：「元至正十八年正月，陳友諒陷安慶，元守將淮南行省右丞余闕死之。十九年八月，明遣徐達攻安慶，斬友諒參政郭泰，克潛山；友諒憤潛山之敗，乃詐以會軍爲期，自至安慶，趙普勝出迎，友諒殺之。時安慶爲長江上流要地，先是普勝守之，頗難攻取，友諒殺普勝，用別將守安慶，而以普勝部將張志雄帥兵從侵建康，志雄怨友諒，故龍江之戰無鬭志，來降，因獻取安慶之策，我師遂克安慶。命巢湖將僉院趙伯仲守之，尋爲張定邊所破，安慶復陷。二十一年，太祖帥師伐漢，拔江州，友諒走武昌，諸將旋師攻安慶，下之。」憑高應喜楚氛空。左傳：「子木至自陳，晉、楚各處其偏，伯夙謂趙孟曰：楚氛甚惡，懼難。」山隨粉堞連雲起，杜甫詩：「城欹連粉堞，岸斷更青山。」江引淸淮與海通。一統志：「安慶府形勝，淮服屏蔽，江介要衝。」遠客帆檣秋水外，殘兵鼓角夕陽中。時淸莫問英雄事，回首長煙滅去鴻。

送鄭都司赴大將軍行營

上公承詔出蓬萊，王維詩：「金貂列上公。」立馬風煙萬里開。賜履已分無棣遠，左傳：「賜我先君履，東至于海，西至于河，南至于穆陵，北至于無棣。」舞干還見有苗來。書：「帝乃誕敷文德，舞干羽于兩階，七旬有苗格。」牙前部曲多收績，東京賦：「牙旗繽紛。」注：「古者天子出，建大牙旗，竿上以象牙飾之。」「部曲」，見卷一將軍行。幕下賓僚更倚才。後夜軍門知子到，郎星應是近三台。後漢書明帝紀：「館陶公主爲子求郎，不許，而賜錢千萬。謂羣臣曰：『郎官上應列宿，出宰百里，有非其人，則民受其殃，是以難之。』」「三台」，見卷十二送劉省郎。

送朱謝二博士進賀冬至表赴京師聽宣諭畢還吳

驛騎雙馳捧綠章，李肇翰林志：「凡道觀薦青詞文，用青藤紙，朱字，謂之綠章。」李賀有綠章封事詩。都門逢舊喜洋洋。小儒方幸瞻天近，遠使初來賀日長。唐雜錄：「唐宮中以女功揆日之長短，冬至後日晷漸長，比常日增一線之功。」仗下丹墀晴雪盡，西京賦：「青瑣丹墀。」注：「丹漆地，故稱丹墀。」朝回紫陌曉塵香。承宣歸去難留駐，鄭谷詩：「仗入乍承宣。」乞報平安到故鄉。

送丕上人還四明育王寺一統志：「寧波府阿育王寺，在阿育王山中。晉義熙初建，一名廣利寺，梁武帝賜今名。寺有阿育王所造眞身舍利塔，又有宸奎閣，貯宋神宗御書，蘇軾作記。」

解夏還尋舊寺棲，釋苑宗規：「四月十五日，僧家結夏，天下僧尼此日就禪剎掛搭，謂之結制，即結夏也。夏乃長養之節，在外行恐傷草木蟲類，故九十日安居。至七月十五日散去，爲解夏，又謂解制。」張弌詩：「廬山解夏洪山去，自到山邊葉已飄。」滿船黃葉過長溪。袈裟影入秋山遠，舍利光懸夜塔低。法苑珠林：「舍利者，西域梵語，此云骨身。舍利有三種：一骨舍利，色白；二髮舍利，色黑；三肉舍利，色赤。若佛舍利，椎打不破，若弟子舍利，椎擊便破。」徐陵雙林碑：「如法燒身，一分舍利起塔於冢，一分舍利起塔在山。」鵝識講時常繞聽，兩京記：「淨影時僧慧遠，養一鵝，每聞講經，入堂伏聽，若說他事，鳴翔而去。」猿知定後不驚啼。却慚擾擾塵中客，覺路如今去尚迷。

送吳生赴汴省其父指揮

一統志：「開封府，隋曰汴州。」

都亭槐雨淨朝埃，「都亭」，見卷十三送高麗使。蘇州府志：「城西北隅有都亭橋。」賈島詩：「槐雨滴稀疏。」彩服逢秋試剪裁。定遠未歸雙節在，後漢書班超傳：「投筆西征，封定遠侯。」「雙節」，見卷十一南園。孝廉初去一船開。晉書張憑傳：「憑詣劉惔，惔處之下坐，神意不接，憑欲自發而無端。會王濛就惔清言，有所不通，憑于末坐判之，言旨深遠，一坐皆驚；惔延之上坐，清言彌日，留宿至旦，遣之。憑還船，須臾，惔傳教覓張孝廉船，召與同載。」城依梁苑煙中閉，見卷一行路難。河繞隋堤樹裏來。開河記：「隋大業年開汴河，築堤自大梁至灌口，龍舟所過，香聞百里，今名隋堤。」家慶拜餘尋舊跡，孟浩然詩：「明朝拜家慶，須著老萊衣。」敖器之詩話：「唐人與親別而復歸，謂之拜家慶。」夕陽騎馬過繁臺。一統志：「繁臺，在開封府城東南，即吹臺也。師曠建，梁孝王增築之。」

客舍夜坐

樓角聲殘鎖禁城，岑參詩：「禁城春色曉蒼蒼。」燈花半落夜寒生。啼鴉井上驚風散，殘雪窗前助月明。清世莫嗟人寂寞，中年漸怯歲崢嶸。鮑照賦：「歲崢嶸而催暮。」酒杯詩卷吾家物，客裏相親倍有情。

送鄭山人聽宣諭後歸東陽 東陽屬金華府

閤門傳詔山人拜，見卷十一嫣蜓子歌。淸曉蓬萊望彩霞。布褐朝天纔赴闕，王維詩：「鄙哉匹夫節，布褐將白頭。」蒲帆帶雨又還家。李端詩：「海雨細如絲，蒲帆輕似葉。」沈侯詠罷樓沈月，一統志：「金華八詠樓，在府治西南，沈約爲東陽守，建此樓，賦八詠，時稱絕唱。」婺女妝殘廟掩花。一統志：「金華山在金華城北，金星與婺女星爭華，故名。」無限朝廷仁恤意，殷勤歸向老農誇。

春來

客愁擬向春來減，春到愁翻倍舊時。走馬已無年少樂，聽鶯空有故園思。日光畠畠濃熏草，杜甫詩：「畠畠行雲浮日光。」注：「畠，音杳，明也。」風力颸颸緩墮絲。辟歷溝南酒家路，江寧府志：「霹靂溝，在鍾山南麓，宋時三月三日祓濯于此。」共誰來往問花枝！

送賈文學以郡薦赴禮部試畢歸吳

西馬都門候曉開，吳公新薦賈生來。漢書賈誼傳：「河南守吳公聞其秀才，召置門下，文帝聞吳公治平爲天下第一，徵爲廷尉。乃言誼年少，頗通諸家之書，文帝召爲博士。」郡中方待傳經業，杜甫詩：「劉向傳經心事違。」闕下先稱射策才。漢書音義：「作簡策難問例，置案上，在試者意按射取而答之，謂之射策。」寒食杏花江店雨，春衣柳絮驛程埃。慚予東掖叨陪講，李嘉祐送王諫議詩：「高車左掖臣。」按：東掖，漢宣政殿左掖，陪講，陪太子講也。難把長干送別杯。

休沐日期衍公游北山不果獨臥齋中

休沐欣逢一日閒，擬邀禪客共登山。兩節未許尋蘿逕，孤枕應須掩竹關。歷歷遠峯塵土外，蕭蕭深屋草萊間。安眠却勝清遊樂，覺看斜陽燕子還。

送内兄周誼還江上

憶奉綸音趣赴朝，曾煩遠送過楓橋。雲山方恨成睽阻，雪夜俄來伴寂寥。吳苑疎鐘沉晚樹，楚江歸榜逐寒潮。情親海内如君少，敢惜離魂爲一銷。

夜聞吳女誦經

雲窗月帳散花多，韓愈華山女詩：「雲窗霧閣事恍惚。」羅隱七夕詩：「月帳星房次第開。」閒讀金經夜若何！劉禹錫陋室銘：「可以調素琴，閲金經。」嬌舌乍彈鶯學語，元稹詩：「新鶯語嬌小。」芳心已定井銷波。孟郊列女操：「波瀾誓不起，妾心井中水。」尼師曾教青蓮偈，釋典有比丘尼。權德輿詩：「嘗通內典青蓮偈。」女伴徒爲白苧歌。見卷一。聽處若迷空色相，心經：「色卽是空，空卽是色。」應須愁殺病維摩。李商隱詩：「維摩一室雖多病，亦要天花作道場。」

送趙使君致仕歸別業

久仕江湖白髮長，今年得許乞身章。歐陽修詩：「晚節恩深許乞身。」吏收封印朝辭郡，漢書陳平傳：「平懼誅，迺封其金與印，使使歸項王，而平閒行仗劍亡。」人賀懸車晚在鄉。漢書薛廣德傳：「廣德乞骸骨，賜安車駟馬，黃金六十斤，東歸沛，太守迎之界上，沛以爲榮，縣其安車。」家篋已添新著稿，白居易醉吟先生傳：「好事者相遇，必爲之先拂酒罍，次開詩篋。」官衫未歇舊熏香。南風別墅初歸處，李商隱詩：「煙波別墅醉。」應坐肩輿看種秧。蘇軾詩：「肩輿任所適。」

遊南峯寺有支遁放鶴亭 見卷五南峯寺

每向人間望碧峯，石門今得問幽踪。路緣風磴泠泠策，一作葉。杜甫詩：「窈窕入風磴。」湛方生賦：「杖輕策以行游。」寺隔煙蘿杳杳鐘。窗下鳥來多墜果，亭前鶴去只高松。一龕願借依香火，白居易詩：「思結空門香火緣。」莫道詩人非戴顒。見卷十二過戴居士。

送鄰僧淡雲歸笠澤　見卷五太湖

往來海上獨離羣，雅稱身名是淡雲。經院葉深秋講散，香臺鳥下午齋分。坐間山偈曾同說，白居易詩：「雪中重寄雪山偈，問答殷勤四句中。」別後鄰鐘不共聞。笠澤到時尋舊業，菱池漠漠雨紛紛。

次韻楊孟載署令雨中臥疾

雙桐分蔭曉池清，乍喜新晴覺病輕。蛛曳林風吹欲斷，鷺經沙雨洗偏明。吟多稍怯臨窗寫，臥久渾忘出市行。不道春歸踰一月，起聞歌鳥尚疑鶯。

送呂志學秀才入道

學禮茅君便入山，黃冠初著稱清顏。唐書李淳風傳：「淳風父播，仕隋高唐尉，棄官爲道士，號黃冠子，以論譔自見。」杏園不羨龍頭貴，秦中歲時記：「進士杏花園初會，謂之探花宴，以少俊二人爲探花使，徧遊名園。若他人先折得名花，則二使皆有罰。」梁顥及第謝恩詩：「也知年少登科好，爭奈龍頭屬老成！」蓬島應思鶴背閒。南唐近事：「盧山道士，忽有鶴降，道士喜謂可上升，命山童乘之至斃。陳杭詩云：龍腰鶴背俱無力，傳語麻姑借大鵬。」窗下棄檠辭婦去，韓愈短燈檠歌：「牆角君看短檠棄。」壇前受籙拜師還。上清玉晨道君紀：「受籙紫皇，受書玉虛，眺景上清，位司高仙。」白雲知勝青雲好，白居易詩：「昔日青雲意，今移向白雲。」揮手從今謝世間。

送胡簿之陽朔 縣屬廣西桂林府

幾年桂管去人稀，舊唐書：「江源多桂，故秦立桂林郡。武德四年置桂州總管府，後置桂管經略觀察使，治桂州。」白髮憐君獨遠違。過海定尋迴估舶，出京纔脫舊儒衣。祠羞荔子傳巫語，縣閉榕陰放吏歸。見卷十二送潘巡檢。亦欲居夷嗟未得，漫看鴻鵠向南飛。

謁甫里祠

甫里志：「祀唐賢陸龜蒙魯望也。祠在白蓮寺西，先生卒後葬其傍，遂廟食焉，即其故宅也。」

衣冠寂寞半塵絲，想見江湖獨臥時。遁跡虛煩明主詔，見卷十三臨頓里。感懷猶賦散人詩。見卷三隱逸。釣魚船去雲迷浦，鬬鴨闌空草滿池。見卷五鬬鴨篇。芳藻一杯誰爲奠，鼓聲只到水神祠。甫里志：「水仙廟，即唐儀鳳間儒生柳毅也。今爲上元鄉土社神，載邑志。里中廟在白蓮寺西，已廢爲僧舍，公詩正指此也。」

送恩禪師弟子勤歸開元寺

原注：「寺有二石佛，自海上浮至。」姑蘇志：「開元禪寺，在盤門內，吳孫權母吳夫人捨宅建，永禪師開山，名通玄寺。寺有石佛二，相傳晉建興二年，滬瀆海口漁者，見神光照水徹天，旦而視之，乃二石像浮水上。吳人朱膺等迎入城，置通玄寺，其後漁者復于此獲帝青石鉢，遂併以供佛。唐開元中，改今額，舊在城北陲，同光中，錢氏遷置于此。元至治間，寺燬，僧光雪牕、恩斷江重建，又取韋詩『綠陰生晝寂』之語，作綠陰堂，並虞集爲文。」

山衲經寒補雜繒，馬戴寄僧詩：「久披山衲壞。」漢書東方朔傳：「館陶公主請賜將軍、列侯、從官金錢、雜繒各有數。」白雲高寺遍尋登。法身已證浮來佛，宗旨曾傳化去僧。歸過江城誰施飯？定依舊院自懸燈。明朝應恨千峯阻，欲問楞伽已不能。

送何記室遊湖州

暮雨關城獨去遲，少年心事劍相知。故人當路輕貧賤，倦客逢秋惡別離。疎柳一旗江上酒，亂山孤棹道中詩。水嬉散後湖亭廢，張協七命：「乘鶂舟兮爲水嬉。」此去煩君弔牧之。唐詩紀事：「杜牧佐宣城幕，遊湖州，刺史崔君張水嬉，使州人畢觀，令牧間行閱奇麗，得垂髫者十餘歲。後十四年，牧刺湖州，其人已嫁生子矣。乃悵而爲詩曰：『自是尋春去較遲，不須惆悵怨芳時。狂風落盡深紅色，綠葉成陰子滿枝。』

江上寄丁校理昆季

望裏煙生是子家，草堂應近鶺鴒沙。詩：「脊令在原，兄弟急難。」杜甫詩：「草黄騏驥病，沙暖脊令寒。」江汀每恨無舟渡，野墅空憐有酒賒。半雨暮成風外雪，孤梅春動臘中花。相思尙隔前村遠，獨倚柴門數去鴉。

送顧軍咨歸梁溪

新柳休攀短短條，離愁似雪未能銷。春迴廢苑還芳草，人渡空江正落潮。德曜宅前今獨去，見卷三隱逸梁鴻。平津門下舊相招。見卷四贈陶篷先生。重來莫在花開後，擬聽狂歌醉幾朝。

白蓮寺次韻杜進士喜余見過話舊之作

不辭鳴棹遠相尋，欲向江齋伴旅吟。百事未成年已長，幾時纔別夏將深。萱留倦蝶連池綠，樹帶殘鶯滿寺陰。恐被老僧嫌滯礙，舊游休說更傷心。

期徐七遊雲巖

憶與青山別幾時，雲松應恨鶴歸遲。少知學道貧非病，家語：「子貢相衛，結駟連騎過原憲，憲攝敝衣冠見之。子貢曰：『子病乎？』憲曰：『無財者謂之貧，學道而不能行謂之病。若憲，貧也，非病也。』」閒愛談禪偈是詩。白居易贈永灌上人詩：「正傳金粟如來偈，何用錢塘太守詩？」女浣曉江煙淼淼，正韻：「音眇，大水也。」人行暮苑麥離離。明朝風雨還同往，恐負高僧石上期。甘澤謠：「李源與圓澤爲忘年交，自荆州上峽，見婦人錦襠負罌而汲。圓澤曰：『是某託身之所，更後十二年，杭州天竺寺外與君相見。』是夕，圓澤亡。後十二年，源詣餘杭，赴其所約，有牧豎歌竹枝詞，乃圓澤也。歌曰：『三生石上舊精魂，賞月吟風不要論。慚愧情人遠相訪，此身雖異性常存。』歌畢，拂袖而去。」

賦得寒山寺送別

姑蘇志：「寒山禪寺，在閶門西十里楓橋下，宋太平興國初節度使孫承祐建；浮圖七層，相傳寒山、拾得嘗止此，故名。」

楓橋西望碧山微，寺對寒江獨掩扉。船裏鐘催行客起，塔中燈照遠僧歸。漁村寂寂孤煙近，官路蕭蕭衆葉稀。須記姑蘇城外泊，烏啼時節送君違。

聞朱將軍戰歿　羣雄事略：「徐達攻湖州，張士誠遣平章朱暹及五太子率兵屯舊館，爲常遇春、薛顯所敗。暹，字秦仲，載啓詩。」

江浦戈船赤幟稀，通典：「伍子胥有戈船，以載干戈，因謂之戈船。」史記淮陰侯列傳：「選輕騎二千人，人持一赤幟，從間道萆山而望趙軍。誡曰：『趙見我走，必空壁逐我，若疾入趙壁，拔趙幟，立漢赤幟。』」孤軍落日陷重圍。鏡中蛇墮占應驗，前定錄：「袁安叔遇異人得書云：每受一命即開一幅。累仕皆驗，一日，晨起巾櫛，一物墮鏡中，如蛇而有四足，驚仆而疾，數日卒；留書尚多，其妻開視之，皆空紙也，最後一幅畫蛇盤鏡中而已。」牙上梟鳴事已非。晉書張重華傳：「重華以謝艾爲中堅將軍，擊麻秋；夜有二梟鳴于牙中，艾曰：『梟，邀也，六博得梟者勝，今梟鳴牙中，克敵之兆。』于是進戰，大破之。」殘卒自隨新將去，老親空見舊奴歸。聞雞此夜誰同舞？見前舞劍聯句。西望秋雲淚灑衣。

送何明府之秦郵　原注：「何，淮東人，已三爲縣令。」一統志：「高郵縣，明洪武初改高郵府爲州，以高郵縣省入。戰國屬楚，秦爲秦郵。」

馬前風葉助離聲，楚驛都荒不計程。一令尚淹三縣事，幾家曾見十年兵？夕陽遠樹煙生戍，秋雨殘荷水繞城。父老不須重歎息，君來應有故鄉情。

過野寺次韻徐廉使琰舊題

杭州府志：「徐琰，字子方，號養齋，東平人。翰林承旨王磐薦其才，至元中，拜浙西肅政廉訪使，有文學名，東南人士重之。」

使節城東按部迴，曾將從吏到香臺。秋林數騎蕭蕭去，晚澤孤鴻嗷嗷來。蘿雨濕衣溪路轉，柏風吹燭殿門開。當年物色雖留與，杜甫詩：「登臨多物色，陶冶賴詩篇。」題壁慚無子美才。杜甫夔府咏懷詩：「東郡時題壁。」

送滎陽公行邊

風卷雙旌雪覆韉，遠騎白馬出行邊。兵馳空壁三千幟，見前聞朱將軍戰歿。客宴高堂十萬錢。南史到撝傳：「撝資藉豪富，厚自奉養，供一身一月十萬。」杜甫飲中八仙歌：「左相日興費萬錢，飲如長鯨吸百川。」屛裏舊圖魚復陣，一統志：「夔州奉節縣，周之魚復國，有諸葛武侯八陣圖蹟。」燈前新注豹韜篇。按：太公六韜有豹韜。功成他日論諸將，只有荀郎最少年。晉書荀羨傳：「荀羨，字令則，遷徐州刺史，時年二十八，中興方伯，未有如羨之年少者。」

登涵空閣

原注：「在靈巖寺。」

滚滚波濤漠漠天，曲欄高棟此山顛。置身直在浮雲上，縱目長過去鳥前。數杵秋聲荒苑樹，一帆暝色太湖船。老僧不識興亡恨，只向遊人說往年。

婁江寓舍喜王七隅見過却送還郭

送君只過孝廉橋，蘇州府志：「外跨塘永慶橋，過東沿官塘第五橋，名孝廉。」不似君來訪我遙。路未同歸鴻杳杳，門方孤掩竹蕭蕭。遠愁忽與鐘聲至，殘醉微兼燭燼銷。莫道扁舟難重過，寒江日日有迴潮。

送葉卿還隴西公幕兼簡周軍咨

落日關城動鼓笳，遠遊憐汝尚無涯。壯身漫託三公府，歸夢難尋萬里家。投驛暮山燈照葉，待潮秋渡棹粘沙。軍中記室如相問，只說愁吟對菊花。

范文正公祠 原注：「在天平山，公祖父冢在祠前，乃置義莊在山下，子孫至今守之。」

開閣陳書對御筵，共言天子得時賢。宋史范仲淹傳：「元昊請和，召拜樞密副使，歐陽修復言有宰相才。仲淹固辭曰：『宰相可由諫官得乎？俟帝親除，然後拜。』帝方銳意太平，數問當世事，開天章閣，引輔臣條對，仲淹乃上十事。」才陪上相趨廷內，續通鑑：「慶曆三年八月，以范仲淹參知政事。」遽撫豪羌出塞邊。續通鑑：「慶曆四年六月，爲陝西河東宣撫使。初，仲淹忤呂夷簡，放逐者數年，及陝用兵，帝以士望所屬，用之。與富弼同輔政。初，石介奏記于弼，責以行伊、周之事。夏竦怨介，欲因是傾弼等，乃使女奴陰習介書，改伊、周爲伊、霍；又僞作介爲弼撰廢立詔，飛語上聞，帝雖不信，而弼與仲淹恐懼不自安，適聞契丹伐夏，遂請行邊。」松柏自依先隴廟，稻禾猶滿義莊田。古來直道難終合，何必深嗟慶曆年？

丁令威宅　原注：「在陽山，有煉丹井在焉。」

令威作仙上天去，舊宅留在青山阿。千年宅廢但遺井，何處更聞華表歌？南陌黃塵足去客，東流碧海絕迴波。鶴歸重覽應惆悵，地上丘墳今又多。

辭戶曹後東還始出都門有作

詔貳民曹出禁林，說文：「貳，副益也。」官制沿革：「漢民曹，隋民部，唐避太宗諱，改曰戶。」陳辭因得解朝簪。離騷：「就重華而陳辭。」臣材自信元難稱，聖澤誰言尚未深。遠水江花秋艇去，長河宮樹曉鐘沈。還鄉何事行猶緩？爲有區區戀闕心。

寄余左司

何處吹愁角一聲，大江東岸呂蒙營。一統志：「呂蒙城，在嘉魚縣石頭口，孫權征零陵時築。」天隨流水茫茫去，月共長庚耿耿明。詩：「東有啓明，西有長庚。」虜意有圖秋暫息，客魂無定夜還驚。欲陪醺酒樓船座，蘇軾前赤壁賦：「釃酒臨江，橫槊賦詩。」借問風潮早晚平。

聞家兄謫壽州 屬鳳陽府

別來未省去何投，書到方知謫壽州。覽俗自堪傷遠抱，一作客。聽音誰解釋羈憂。長淮波浪應愁渡，故國江山只夢遊。未有萬回飛往術，傳燈錄：「萬回禪師，姓張，九歲乃能語；兄戍西安，父母遣問訊，朝往暮返，以萬里而回，因號萬回。」魂銷空望楚雲秋。

吳城感舊

城苑秋風蔓草深，豪華都向此銷沉。趙佗空有稱尊計，史記文帝本紀：「後六年，南越王尉佗，自立爲武帝。」明紀：「元至正二十三年，張士誠自號吳王。」劉表初無弭亂心。季漢書內傳：「劉表爲荆州刺史，自保境內，曹操與袁紹方相持于官渡，紹遣人求助，表許之而不至，亦不佐操；從事中郎韓嵩、別駕劉先說表曰：『豪傑並爭，兩雄相持，天下之重，在于將軍，將軍若欲有爲，起乘其弊可也，若不然，固將擇所從。』表不能用。」明紀：「至正二十年閏五月，陳友諒既陷太平，僭僞號；遣使約張士誠同入寇，士誠齷齪自固，不敢應。」半夜危樓俄縱火，明紀：「張士誠城破，積薪齊雲樓下，驅羣妾侍女登樓，令養子辰保縱火焚之。」十年高塢漫藏金。見卷四桃塢送別。廢興一夢誰能問？回首青山落日陰。

喜幼文北歸

風塵萬里損光輝，舊面相逢却訝非。在路定留經處詠，還家猶著去時衣。久留遠土蟲蛇雜，忽解高羅雁鵠飛。尙念梁園三二客，與君同去不同歸。

送宋孝廉南康葬親 一統志：「南康，春秋爲吳、楚，戰國屬楚。」

長揮客淚楚雲東，故國江山百戰中。遺柩一作櫬。十年嗟未掩，歸舟千里喜纔通。遠途敢避風濤惡，舊隴應知草樹空。料得南岡廬宿處，夜深猿鳥泣西風。

送王孝廉遊京回錢塘

客遊南北再逢春，幾驛煙花一騎塵。觀國舊逢朝闕使，易：「觀國之光，利用賓于王。」還家今作渡江人。雪迎酒氣消應早，柳逐歌聲發更新。此日腰間垂赤組，不須猶愧故鄉親。

感懷次蔡參軍韻

擊筑無人識漸離，客依孤館獨淒其。著書未解成新語，史記陸賈列傳：「高帝謂賈曰：『試爲我著亡秦所以失天下，我所以得之者何？』陸生乃爲粗述存亡之徵，凡著二十篇，號曰新語。」把酒聊因覓舊知。燕塞風多寒水急，梁園雪早凍雲凝。杜牧詩：「臘雪一尺厚，雲凍寒頑癡。」年來只念江東去，下馬碑陰看色絲。「曹娥碑」見卷二主客行。

寄錢塘方員外

尋常此別事難同，不意音書得再通。君病尚留多難後，我吟方向亂愁中。殘煙廢郭山猶在，落日空城歲欲窮。借問西湖舊梅樹，如今還剩幾多叢？

秋日江館詠懷

十年世事漸多更，自歎而今豈後生。未有佳兒書漫讀，世說：「張蒼梧乃張憑之祖，嘗語其父曰：『我不如汝。』憑父未解所以，蒼梧曰：『汝有佳兒。』憑時年數歲，斂手曰：『阿翁豈宜以子戲父。』」既無俗客酒頻傾。煙生遠塢聞雞唱，潮落平沙見蟹行。秋後思歸凡幾度，夕陽江上望高城。

得亡友周履道記室在縶所詩次韻

擬出罝羅再卜鄰，死生俄判兩吟身。百年豈料逢今日，四海何由見此人。吳地有園花已盡，楚山無塚草空新。一篇幽憤時時讀，風雨寒燈夜獨親。

答呂志學山人見寄

一罷僧房看竹期，行吟何處復相隨？煙波遠渚難尋路，風雨幽窗忽送詩。故舊誰非嗟別者，鄉園同是憶歸時。莫愁孤館春寥落，且向江干避亂離。

送殷孝章赴咸陽教諭

太倉州志：「殷奎，字孝伯，一字孝章，端厚沉默，性復穎悟；初受易於盛德瑞，既受春秋於楊維楨，刻意學古，澹然無進取意。浙東僉憲孛朮魯昱聞奎名，舉教席，不起。至正丙申，州治復崑山，有司延致訓導儒學，奎以侍養便，始應命。洪武初，新學制。四年，以教有成，舉教諭，試吏部高等，司選者將例授奎郡縣職，奎力以母老辭，弗意，遂調西安之咸陽；獨以母老道遠，弗克就養，抑鬱成疾而卒。門人私謚曰文懿先生。」

獨抱遺經出董帷，見卷四停君白玉巵。秋風匹一作送。騎入關遲。用儒幸際千年會，造士欣爲一縣師。鴻雁雲低秦壘角，牛羊草沒漢陵碑。宦遊兼得觀形勝，莫向尊前歎別離。

送基上人希載赴天界

水郭春寒壓柳絲，扁舟遙送道林支。見卷五南峯寺。日邊金界曾遊地，一作遊應徧。雪後滄江欲渡時。一作渡較遲。座近一作藹。香爐朝聽一作演。法，蘇軾詩：「聽法來天女。」窗傳鉢韻夜談詩。見卷五答衍師叩鉢注。龍河舊日棲禪侶，見前送王檢校錡。想拂雲牀正待師。

寄永寧丁明府兼簡達君先生

原注：「永寧，屬洛陽。丁近布平盜浚渠之功。達君，前進士，寓其邑。」

政成百里自材優，蜀志蔣琬傳：「諸葛亮請曰：蔣琬社稷之器，非百里之才。」莫厭青袍映白頭。盜散山棚城少閉，唐書呂元膺傳：「東畿西南通鄧、虢，川谷曠深，多麋鹿，人業射獵，趫悍善鬭，號曰山棚。元膺募爲三河子弟，使衞官城。」蘇軾詩：「山棚盜散人安寢。」渠通田澮水多流。考工記匠人「匠人爲溝洫」：「畎之水，達于遂，遂之水，達于溝，溝之水，達于洫，洫之水，達于澮，澮之水，則專達于川。」陸渾莊上雞鳴午，一統志：「河南府嵩縣陸渾山，漢末高士胡昭隱此。」緱嶺祠前鶴去秋。一統志：「河南府偃師縣緱山，周靈王太子升仙之所，上有操，嘗作月蝕詩，譏元和逆黨。韓愈爲洛陽令，稱其工詩。有曰：『玉川先生洛城裏，破屋數間而已矣。』

石室、飲鶴池。」沽酒更須煩縣令，洛中時伴玉川遊。唐書盧仝傳：「仝，懷慶濟源人，號玉川子，博學有志

江山一作秋江。晚眺圖

一髮青山斷雁邊，周權詩：「青山一髮認邳州。」洛宮樓閣暮雲連。「洛宮」，見卷二竹枝詞。煙波彷佛江南意，嵐柳依稀峽外天。釣艇歸時風動葦，僧鐘起處日沉煙。觀圖忽起滄洲想，身墮黃塵又幾年！

江上春日遣懷

江上逢春已兩回，客中時序苦相催。蛛營戶網蟲初出，雀借簷巢燕未來。年少卽閒眞信拙，詩成雖好可言才？如今欲向南鄰叟，旋乞垂楊繞舍栽。

別江上故居

家具初移借釣船，孟郊詩：「借車載家具，家具少于車。」臨行魚鳥亦悽然。城南徙舍惟三里，渚北閒居已二年。花墅回看春水外，草堂留掩夕陽邊。多慚父老相留意，來去聊隨大化遷。

永樂禪寺

姑蘇志：「寺在吳江縣雙楊村。」

鬢隨鶴羽總秋零，幾日江行思渺冥。夜臥客舟聞詠史，晉書袁宏傳：「宏有逸才，曾爲咏史詩，是其風情所寄。少孤貧，以運租自業。謝尙時鎭牛渚，秋夜乘月，與左右泛江；會宏在舫中諷詠，聲旣清會，詞又藻拔，遂駐聽久之，遣問焉。答曰：『是袁臨汝郎誦詩。』卽其咏史之作也，卽迎升舟，與之談論，申旦不寐。」朝過僧榻共談經。沙洲雨足蓴初紫，羅隱詩：「盤擎紫線蓴初熟。」林塢霜遲橘尙青。王羲之帖：「奉橘三百枚，霜未降，未可多得。」後欲尋公曾到處，留詩應共竹間亭。

高青丘集卷十五

七言律詩

送人出鎮 一作送陳總戎

家出山西負勇名，見卷十二效唐人贈邊將。擁旄方見去專城。唐詩紀事：「崔魏公鉉，久居廊廟，三擁節旄，宣宗嘗謂侍臣曰：『崔鉉眞貴人。』」風生曉帳旌旗動，月落寒譙鼓角淸。史記陳涉世家：「守丞與戰譙門中。」注：「譙門謂門上爲高樓以望遠者耳。樓一名譙，故謂美麗之樓爲麗譙。」「鼓角」，見卷三夜抵江上候船。麟閣封侯新寵一作初受。任，漢書：「宣帝圖功臣霍光等十一人於麒麟閣。」鴈門擒虜舊功成。史記李將軍傳：「嘗爲隴西、北地、鴈門、代郡、雲中太守，皆以力戰爲名。」如今四海無征戰，雅詠投壺樂太平。後漢書祭遵傳：「遵爲將軍，取士皆用儒術，對酒設樂，必雅歌投壺。」

送周省郎之海虞判官

黃茅連野邑城荒，佐邑初煩舊省郎。雁起海風吹暮角，雞鳴關月照晨裝。讀書臺下逢人少，蘇州府志：「梁昭明太子讀書臺，在常熟縣致道觀後之東。」又：「常熟縣唐狀元陸器讀書臺，在河陽山中。」濡墨廳中憶尉狂。唐書張旭傳：「爲常熟尉，有老人陳牒求書，宿昔又來，旭怒其繁，責之，老人曰：『見公筆奇妙，欲以藏家耳！』」「濡墨」見卷八草書歌。君到官曹無事日，一尊爲我酹斜陽。

次張子宜園居二首

列朝詩傳：「張適，字子宜，吳人。洪武初以秀才舉擢工部都水郎，以病免；得朱長文樂圃故地，與周正道、陳惟寅輩，觴詠自得。復以明經舉授廣西理問，歷滇池魚課、宣課二司大使，衣食不給，竟死于官。」

見山岡下竹蒙蘢，見卷十三樂圃。亂後池塘野水通。身影步隨花影日，鬢絲吹傍釣絲風。已知處世愁無益，更覺全生醉有功。誰道閒官貧去甚，春來未典舊焦桐。後漢書蔡邕傳：「吳人有燒桐以爨者，邕聞其爆聲曰：『良材也。』請削爲琴，尾尙焦，故名焦尾。」陸游詩：「典到琴書事可知。」

其二

早回高步謝天衢，漢書敍傳：「攀龍附鳳，並乘天衢。」應戀閒園景趣殊。養鶴階除長得伴，種魚池沼不輸租。蘇軾詩：「下有種魚塘。」按：范蠡有種魚經。官曹自古皆詩客，蘇軾詩：「詩人例作水曹郎。」注：「王禹偁作孟賓于詩集序云：『古之詩人，多求水部，何遜、張籍、孟賓于是也。』」家世當年本釣徒。見卷三隱逸張志和。苦欲相尋阻泥潦，滿林煙雨聽啼鴣。

遷城南新居

辛苦中年未有廬，東西長寄一囊書。未能避俗還依俗，堪信移居更索居。葉滿隣園煙冪冪，竹連僧舍雨疎疎。何須許伯長安第，漢書蓋寬饒傳：「平恩侯許伯入第，丞相、御史、將軍、中二千石皆賀，寬饒不行，許伯請之，迺往，從西階上，東嚮特坐。許伯自酌曰：『蓋君後至。』寬饒曰：『無多酌我，我迺酒狂。』」注：「許伯，皇太子外祖也。」此屋翛然已有餘。韓愈詩：「此屋豈爲華，於我自有餘。」

贈醫師王立方

醫得河間第五傳，姓譜：「劉守真，河間人，名完素。早遇陳希夷，服仙酒醉覺，得悟素問玄機，著原病式一卷、宣明論五卷。」尋師曾上海門船。龍方試後應多驗，見卷四贈惠山醫僧。鶴骨癯來已欲仙。李商隱嬌兒詩：「不然神仙姿，不爾燕鶴骨。」渡澗斸苓朝帶雪，隔林蒸朮午生煙。詩人亦有相如渴，西京雜記：「相如素有消渴疾，及還成都，悅文君之色，遂發錮疾，乃作美人賦以自刺。」李商隱詩：「侍臣最有相如渴，願賜金莖露一杯。」願乞丹砂舊井泉。抱朴子：「臨沅廖氏，世世壽考，後徙去，他人居之，復多壽考，疑其井水赤，掘之，得古人所埋丹砂數十斛。」

吳縣庠訓導徐君善醫常起人疾求詩贈之

解榻高齋晝日遲，坐談周孔雜軒岐。按：軒、岐，黃帝、岐伯。仙人方在應藏枕，漢書郊祀志：「大夫劉更生，獻淮南枕中洪寶苑祕之方。」注：「苑祕者，言祕術之苑囿也。」博士經横每下帷。見卷四停君白玉巵。池上采芹風起處，階前曬藥雨收時。病痊不使人栽杏，神仙傳：「董奉居廬山，爲人治病輒愈，重者種杏五株，輕者一株。」只要新題滿卷詩。

挽瞿隱君 一作翟孝廉

壯志蹉跎爲亂離，蒼天不肯見清時。樓前鶴去飛雲遠，墓上人來宿草衰。親老還揮思子淚，弟愁長詠哭兄詩。兩年頻送交遊歿，不似夫君最可悲！

次韻靈隱復見心長老見寄兼簡泐禪師

列朝詩集：「來復，字見心，豐城人，族姓黃氏。禮南悅楚公爲師，蚤有詩名，遊燕都，親炙虞文靖公、歐陽文公諸君子，與張潞公交尤厚。復航海至鄞，于雙林之定水寺止焉。洪武初，與泐季潭，用高僧召至京，授僧錄司左覺義，詔住鳳陽槎芽山圓通院。二十四年，坐胡黨伏法，年七十三。詩文有蒲菴集。」又：「宗泐，字季潭，臨海人，族姓周氏。八歲從中天竺笑隱訢公學佛，二十受具，從智開山于龍翔，寓意詞章，尤精隸古，虞文靖、黄文獻、張潞公皆推重爲方外交。洪武初，詔舉高行沙門，師居其首，命住天界，領右街善世。居無何，奉旨佚老，歸槎峯，絕江至江浦石佛寺，示微疾，留三日，沐浴念佛，泊然而寂。世壽七十四，夏六十。」

高堂鐘鼓毒龍驚，王維詩：「安禪制毒龍。」又劉禹錫詩：「獨向昭潭制惡龍。」皆謂禪家降伏其心也。曾布袈裟海上城。洛陽伽藍記：「佛在烏場國行化，龍王瞋怒，興大風雨，佛身袈裟表裏通溼；雨止，佛在石上東面而坐，曬袈裟，年歲雖久，炳然若新。」廬嶽禪師傳法印，徐陵書：「峯號香爐，依然廬嶽。」廬山記：「山有東西林寺，慧遠居東林。」宋史藝文志：「宗美禪門法印傳五卷。」王縉大證禪師碑：「達摩傳大通，大通傳大照，相傳如滴，密付法印。」道園學士許詩名。案：虞道園，仕至奎章閣學士。幾趨北闕瞻天近，獨坐南屏對月明。杭州府志：「南屏山，在慧日峯後。」書到喜聞雙徑老，一統志：「徑山，在餘杭縣，乃天目山之東北峯，有徑通天目，故名。又稱雙徑。」雨華新散滿瑤京。

稚齋爲陳山人賦 一作雅宜山居爲陳惟寅題

華屋雖存忍獨居，愁瞻松柏漫踟躕。夕陽馬下高人墓，夜雨烏啼孝子廬。異苑：「東陽顏烏，以純孝著聞，後有羣烏銜鼓集顏所居之村，烏口皆傷，一境以爲慈烏銜鼓，欲令至孝遠聞，即于鼓處置縣，名爲烏傷。」

王莽改爲孝烏，今名義烏。」地掩衣冠魂去後，家留圖籍手編餘。元方應有無窮意，後漢書陳紀傳：「紀，字元方，遭父憂，每哀至，輒歐血絕氣，殆將滅性。豫州刺史嘉其至行，表上尚書；董卓入洛陽，就家拜五官中郎將，不得已到京師，遷侍中，出爲平原相。」陌上何年重駕車？世說：「陳太丘詣荀朗陵，貧無僕役，使元方將車，季方持杖後從，長文尚小，載著車中。」

追次唐人韻

任俠平生慕灌夫，見卷一游俠篇。每思鳴劍起伊吾。後漢書傳贊：「臧宮、馬武之徒，撫鳴劍而抵掌，志馳于伊吾之北矣。」歌調錦瑟初移柱，李商隱詩：「錦瑟無端五十絃，一絃一柱思華年。」陳後主舞媚娘樂府：「留賓乍拂絃，託意時移柱。」笑擲金盤已作盧。晉書劉裕傳：「在東府聚樗蒱大擲，一判應至數百萬，餘人並黑犢，惟劉裕及毅在後，毅次擲得雉，大喜，褰衣繞牀叫曰：『非不能盧，不事此耳！』裕因挼五木，久之曰：『老夫試爲卿答。』既而四子俱黑，一子轉躍未定，裕厲聲喝之，即成盧焉。」買妾競誇燕地女，古詩：「燕、趙多佳人，美者顏如玉。」求官不事霍家奴。漢書霍光傳：「愛幸監奴馮子都，常與計事。」辛延年羽林郎詩：「昔有霍家奴，姓馮名子都。」灞陵獵罷歸衝雪，笑殺詩人撚凍鬚。盧延讓詩：「吟安幾個字，撚斷數莖鬚。」

喜聞王師下蜀

明紀事：「洪武四年春正月，上命湯和爲征西將軍，周德興、廖永忠爲左右副將軍，率京衛、荆、湘舟師，由瞿塘趨重慶；傅友德爲前將軍，率河南、陝西步騎由秦、隴趨成都。六月，明昇詣永忠軍，全城納款。八月，明昇至京師，封歸義侯。」

蜀國兵銷太白低，見卷四感舊。將軍新拜漢征西。浮橋已毀通江鷁，後漢書吳漢傳：「進軍攻廣都，燒成都市橋，乘利遂將步騎二萬餘人，進逼成都，阻江北爲營，作浮橋。」明紀事：「永忠進兵瞿塘關，山峻水急，蜀人設鐵索浮橋，横據關口，舟不得上；乃密遣壯士數百人，舁小舟踰山度關，出其上流，人持糗粮、帶水筩，以禦飢渴。山多草木，令將士皆衣青蓑衣，魚貫出巖石間，蜀人不覺也。度已至，乃率精鋭出黑葉渡，分爲兩道，夜五鼓，以一軍攻其陸寨，一軍攻其水寨；攻水寨將士皆以鐵裹船頭，置火器而前。黎明，蜀人盡鋭來拒，永忠先破其陸寨，揚旗鼓譟而下，蜀人出其不意，大駭，而下流之師，亦擁舟急擊，發火炮火筒夾攻，大破之。鄒興中火箭死。遂焚其三橋，斷其横江索，擒同簽蔣達等八十餘人，斬首千餘級，溺死者無算。飛天張、鐵頭張等皆遁去。」司馬相如子虛賦：「浮文鷁。」注：「鷁，水鳥也。畫其象于船頭。」進鼓初鳴突水犀。越語：「今夫差衣水犀之甲者，億有三千。」注：「犀形似豕而大，今徼外所送有山犀，有水犀，水犀之皮有珠甲，山犀則無。」不假五丁開道遠，十三州志：「秦惠王未知蜀道，刻石牛五頭，置金于尾下，言此天牛，能糞金，蜀人信之，令五丁共引牛成道，致之成都，秦因使張儀伐之。」俄看萬甲積山齊。後漢書：「樊崇迺將盆子及丞相徐宣等降，積兵甲宜陽城西，與熊耳山齊。」張説郭知運碑：「積甲山齊而有餘。」從今險阻無人恃，夷貢南來盡五溪。一作絡鞮。後漢書馬援傳：「武威將軍劉尚，擊武陵五溪蠻夷，深入軍沒援絕，因復請行，遂將十二郡募及弛刑四萬餘人征五溪。」注：「五溪，在今辰州界。」

送倪賢良歸吳門 〔校記〕詩綜作「逢倪徵士。」

數千里外久相違，十八灘頭偶獨歸。名勝志：「贛水，在萬安者有十八灘。」蘇軾詩：「七千里外二毛人，十八灘頭一病身。」自說病來辭幕府，只因愁絕念庭闈。吳歌重把還鄉酒，蠻布猶穿過嶺衣。六一詩話：「蘇子瞻得西南夷人所賣蠻布弓衣，其文織成梅聖俞春雪詩。」話盡三年遊歷事，滿庭風雨送斜暉。

贈林泉民張夢辰次張貞居韻 列朝詩傳：「張樞，字夢辰，陳留人，徙家華亭，築室曰讀書莊。與諸弟倡和爲樂。兼工行楷。陶南村贈詩云：『幅巾短杖林和靖，斗酒長篇李謫仙。』可想見其風致也。人高之，稱曰林泉民。」

雨船幾度載狂客，詩卷平生隨老翁。林下自成麋鹿友，世間相去馬牛風。左傳：「風馬牛不相及。」曉窗炊熟露葵紫，秋寺寫殘霜葉紅。唐書鄭虔傳：「好書無紙，慈恩寺有柿葉數屋，遂借居，日書殆徧。」他日誰修耆舊傳，著君應在隱淪中。

倚樓二首

西館樓前見雁行，桂花初白柳枝黃。凭欄有客迎秋思，捲箔誰家出晚妝？未放離魂尋楚雨，已看歸鬢點吳霜。李賀還自會稽歌：「吳霜點歸鬢。」自憐對酒還惆悵，不及分司御史狂。唐詩紀事：「杜牧爲御史，分務洛陽時，李司徒愿罷鎭閒居，聲伎豪侈，洛中名士咸謁之。李高會朝客，以杜持憲，不敢邀致，杜遣座客達意，願預斯會；李不得已，邀之。杜獨坐南向瞪目注視，引滿三巵，問李云：『聞有紫雲者孰是？』李指之。杜凝睇良久曰：『名不虛傳，宜以見惠。』李俯而笑，諸妓亦回首破顔，杜又自飲二爵，朗吟而起：『華堂今日綺筵開，誰喚分司御史來？忽發狂言驚滿座，兩行紅粉一時迴。』意氣閒逸，旁若無人。」

其二

漠漠疎煙丹樹開，火經城苑減樓臺。雨初過處千山出，人正愁時一雁來。秋色自隨砧杵動，夕陽又被鼓鐘催。詩成未盡登臨意，獨向蒼茫首重回。

闔閭墓　吳越春秋：「闔閭之葬，穿土爲山，積壤爲丘，發五都之士十萬人，共治十里，使象運土，鑿池四周，廣六十里，水深一丈，銅槨三重，傾水銀爲池六尺，黃金珍玉爲鳧雁，扁諸、盤郢、魚腸之劍在焉。葬之三日，金精上爲白虎踞墳，故曰虎丘。」

水銀爲海接黃泉，一穴曾勞萬卒穿。漫設深機防盜賊，難令朽骨化神仙。空山虎去秋風後，廢樹烏啼夜月邊。地下應知無敵國，何須深葬劍三千？

西塢

空山啄木聲敲鏗，花落水流縱復横。松風吹壁鶴翎墮，梅雨過溪魚子生。捫蝨新語：「江湖二浙，四五月間，梅欲黄而雨，謂之梅雨。」尚有人家機杼遠，更無塵土衣裳輕。斜陽已沒月未出，樵子歸時吾獨行。

過海雲院贈及長老 院，見卷四徐山人紫藤塢注。列朝詩傳：「愚菴禪師及公，名智，吳縣人，海雲院高僧。」

衲擁寒雲老一丘，遊方無夢轉悠悠。茶香吹過前林晚，菜葉流來別澗秋。舊拂講餘懸壁上，殘經定後落牀頭。紫藤塢裏歸逢雪，煨芋曾煩慰客愁。「煨芋」，見卷八遊虎阜。

送錢塘守

繁華莫歎異昇平，到郡初煩露冕行。見卷十三送吳縣令。幕下吏書催署字，唐書王鉷傳：「鉷于第左建大院，文書叢委，吏爭入求署一字，累數日不得者。」劉禹錫詩：「案牘來時惟署字。」湖中妓舫歇歌聲。湖來兩渡皆侵岸，日落諸山半入城。休沐南屏煩一到，松間尋我舊題名。

張山人見訪留宿草堂

夕陽欲沒靜沙墟，喜子能來慰索居。生事蕭條慚客裏，交情契闊歎兵餘。買魚急喚臨江艇，炊黍深開暎竹廚。屈指故人能幾在，莫辭同醉臥田廬。

陪臨川公遊天池

騎馬尋幽度嶺遲，老僧不識使君誰。門開紅葉林間寺，泉浸青山石上池。殘果已收猿食少，枯松欲折鶴巢危。壁間不用題名字，無限蒼苔沒舊碑。

客舍歲暮

空江寒雨送淒涼，離舍無多卽異鄉。井臼尙勤慚德曜，見卷三隱逸梁鴻。音書未至憶平陽。李白寄東魯二稚子詩：「嬌女字平陽。」心輕別歲憑年少，夢喜還家及夜長。自笑病來詞賦拙，嬾從枚叟客遊梁。漢書枚乘傳：「乘字叔，淮陰人也。從梁孝王遊，梁客皆善屬詞賦，乘尤高。」

江上晚眺懷王著作

渡頭西望足離情，晚水寒山雪後淸。鷗立斷冰流漸遠，鴉隨殘照去還明。漁人笛過風生浦，估客帆迴樹繞城。范蠡祠前春意動，見卷七送顧式歸吳注。思君欲放酒船行。

答徐七記室病中作

空齋孤枕積書間，淸瘦憐君變舊顏。累少亦憂今日亂，病多應賴此身閒。朝辭鄰友看花去，晚候家僮買藥還。知是苦吟猶未廢，水邊深樹掩柴關。

遊雲巖值雨

深殿幽廊暎竹開，鳥聲忽斷雨聲催。蘚生偏上題詩壁，虎丘志：「按虎丘石壁題名可考者，昉於元微之見劉夢得詩，而宋、元人題名在劍池東崖，亡慮百數，苔蘚皴剝，多漫漶不可識。」花落還臨說法臺。林下聞鐘諸客散，磵邊汲水一僧來。晚晴更好看山色，西閣憑闌獨未迴。

送張徵君南遊

故人多去不堪留，況復看君更遠遊。流落正逢搖落景，亂離還值別離愁。夕陽亭上匆匆酒，寒雨江邊渺渺舟。此後衡門應獨掩，詩篇寂寞有誰酬？

宿張氏江館

極浦荒雲一櫂行，遠投江館駐宵程。客中得酒銜悲喜，亂後逢人說死生。木葉未空寒鳥聚，海潮欲上曙雞鳴。政憐此地無驚擾，歸夢如何又入城！

再遊南峯

放鶴亭前落葉重，吟身獨上夕陽峯。遠村近浦分諸樹，後嶺前山應一鐘。高閣倚殘歸鳥過，空林行盡老僧逢。支公駿馬嗟何處，石上莓苔沒舊蹤。

送李使君鎮海昌

原注：「州有雙廟。」

海風千里捲雙旌，按轡初聞屬部淸。人雜島夷爭午市，潮隨山雨入秋城。鳴狐不近睢陽廟，史記陳涉世家：「又間令吳廣之次近所旁叢祠中，夜篝火狐鳴，呼曰：『大楚興，陳勝王。』卒皆夜驚恐。」「睢陽」，見卷十張中丞廟。突騎猶屯廣利營。「李廣利」，見卷一從軍行。肯埽帳中容我醉，夜深燃燭臥談兵。

賦得惠山泉送客遊越

雲液流甘漱石牙，吳筠有廬山雲液泉賦。蘇軾詩：「揚州雲液却如酥。」潤通錫麓樹增華。「錫山」，見卷五。汲來曉冷和山雨，飲處春香帶澗花。合契老僧煩每護，蘇軾集：「愛玉女洞中水，恐後復取而爲使者見紿，因破竹爲契，使寺僧藏其一，以爲往來之信，遂戲謂之『調水符』。」修經幽客記曾誇。張又新水說：「慧山泉第二。」送行一斛還堪贈，往試雲門日注茶。一統志：「雲門寺，在紹興府城南雲門山，晉王獻之居此，嘗有五色祥雲，詔建寺，號雲門。今名廣孝寺。」歸田錄：「草茶盛於兩浙，日注第一。」會稽志：「日鑄嶺，在會稽縣東南，產茶奇絕。日鑄，歸田錄書爲日注。」

寄題張著作青山隱居

一統志：「青山，在長興縣南，山有石竇，通太湖及洞庭山，冬月常暖，色如黛青。」

霞映青山似赤城，見卷四空明道人。歸棲聞已謝時名。半湖殘雨收虹影，幾樹斜陽帶鳥聲。竹下逢僧投杖揖，蘿間候客抱琴行。平生應笑王夷甫，末路方言少宦情。晉書王衍傳：「東海王越之討苟晞也，衍以太尉爲太傅軍司，及越薨，衆共推爲元帥，衍以賊寇鋒起，懼不敢當，辭曰：『吾少無宦情，隨牒推移，遂至于此，今日之事，安可以非才處之？』俄而舉軍爲石勒所破，排牆填殺之。」

送胡孝廉布東遊

春色偏傷楚客心，日斜芳草鷓鴣吟。山遮故國千重影，雲度長江一片陰。少婦自挑燈下錦，晉書竇滔妻蘇氏傳：「滔被徙流沙，蘇氏思之，織錦爲迴文旋圖詩以贈，滔宛轉循環以讀之，詞甚悽惋。」黄滔詩：「玉窗挑錦佳人老。」諸侯誰贈橐中金？漢書陸賈傳：「高祖使陸賈賜尉佗印爲南越王，佗賜陸生橐中裝直千金，他送亦千金。」送行只恨華觴淺，不似同袍别意深。

夜雨不寐

雨窗燭盡漏迢迢，秋滿牀幃酒易消。蟋蟀催寒輸絡緯，「絡緯」，見卷四暮歸。梧桐鬧雨勝芭蕉。漸知老去非前日，豈信愁來是此宵？莫聽曉鐘聊穩睡，久居閑退罷趨朝。

煮雪齋爲貢文學賦禁言茶

自埽瓊瑶試曉烹，石爐松火兩同清。旋渦尚作飛花舞，袁桷詩：「撫俗水旋渦。」沸響還疑灑竹鳴。不信秦山經歲積，一統志：「鳳翔府郿縣太白山，關中諸山，莫高于此，積雪六月不消。」俄驚蜀浪向春生。杜牧詩：「漢水横衝蜀浪分。」一甌細啜真天味，蔡襄詩：「靈泉出地清，嘉卉得天味。」却笑中泠妄得名。一統志：「中泠泉在鎮江西北，水記云：劉伯芻以揚子江中泠水爲第一。」

晚香軒

不畏風霜向晚欺，獨開衆卉已凋時。地荒老圃苔三徑，節過重陽雨一籬。秋色蒼茫人少醉，寒香落寞蝶先知。陸游詩：「寒蝶猶依晚菊花。」山翁獨念同衰晚，坐對幽軒每賦詩。

次韻倪雲林見寄二首

老來詩陣尙堂堂，歐陽修詩：「詩陣誰教主將壇。」孫子：「勿擊堂堂之陣。」過宿曾留讓大牀。見卷十三郊墅雜賦。病驥可堪迷遠道，溫庭筠啓：「枯魚被澤，病驥追風。」孤桐一作松。只合在高岡。蕭蕭塵鬢驚寒色，渺渺雲山斂夕光。莫道欲歸無好處，便尋勾漏與華陽。晉書葛洪傳：「洪欲煉丹，聞交阯出丹砂石，求爲勾漏令。」梁書陶弘景傳：「上表辭祿，止于句曲山，恒曰：此山下是第八洞宮，名金壇華陽之天。乃中山立館，自號『華陽隱居』。」

其二

草滿當年食客堂，一身投老寄僧牀。秋風吟怨衰蘭浦，李賀詩：「衰蘭送客咸陽道。」暮雨行愁苦竹岡。見卷十一「五禽言泥滑滑」注。任曠豈能諧薄俗？養和且爲駐頽光。養生論：「守之以一，養之以和。」酒錢十萬今誰送？杜甫詩：「賴有蘇司業，時時與酒錢。」獨嗅黃花對夕陽。

答韓長司用韻見贈并柬滕用衡「用衡」，見卷十一。

昔年載橐侍明堂，「載橐」見卷十三追挽恭孝先生。每見論邊近御牀。杜甫詩：「去歲茲辰捧御牀。」入幕乍參飛騎將，唐書兵志：「貞觀十六年，始置左右屯營于玄武門，領以諸衞將軍，號飛騎。」還家新卜臥龍岡。名勝志：「臥龍岡，在南陽府西南七里，草廬在其內；時人以孔明爲臥龍，因號其岡云。」姑蘇志：「臥龍街横亘吳城中，東爲長洲界，西爲吳縣界。」秦山暮隔關雲遠，吳地秋涵海日光。共語東西遊宦事，里中今喜有南陽。漢晉春秋：「諸葛家于南陽之鄧縣，在襄陽城西，號隆中。」諸葛亮出師表：「臣本布衣，躬耕南陽。」

答張文伯用韻見贈

早年說法已升堂，夜雨長連聽雨牀。珥筆便堪趨禁省，見卷七送禮部傅侍郎。振衣何必上重岡？左思詩：「振衣千仞岡。」半簾藥氣疎煙退，滿屋書聲落月光。愧我飄零荒舊學，酒徒相逐醉高陽。

喜逢賀叔庸送還錢塘

暫來還去獨翩翩，賀監淸狂已欲仙。唐書賀知章傳：「知章遷賓客，授祕書監，自號『四明狂客』及『祕書外監』。」三日小樓延解榻，見卷四始還西齋。幾人還浦送回船。雁呼舊侶投雲外，梅試初花在雪前。歸去西湖柳邊宅，定娛鶴髮慶新年。歐陽修詩：「錦衣白日還家樂，鶴髮高堂獻壽時。」

子祖授生

原引：二月二日，子祖授生，其母嘗夢一姥跪捧以獻孕，而既生，太守魏公來賀，聞其啼，甚奇之。余年三十八歲，始有是兒，不能無喜，故賦詩。

他日愚賢未可知，眼前聊復慰衰遲。人間豚犬應誰子，吳歷：「曹公見權軍伍整肅，歎曰：『生子當如孫仲謀，劉景升兒子若豚犬耳。』」天上麒麟豈我兒。見卷十三戲嬰圖。夢兆先占神媼送，夷堅志：「翟楫五十無子，繪觀音像祈子，妻夢白衣婦人以盤擎一兒授之，遂生兒。」戴表元得子詩：「試啼賓錯愕，獻夢媼勤渠。」啼聲還得使君奇。晉書桓溫傳：「溫生未期，溫嶠見之曰：『此兒有奇骨，可試使啼。』及聞其聲，曰：『眞英物也。』」樂天從此休長歎，已有人傳柏匱詩。白居易題文集櫃詩：「破柏作文櫃，櫃牢柏復堅，收貯誰家集？題云白樂天。我生業文字，自幼及老年，前後七十卷，小大三千篇。誠知終散失，未忍遽棄捐；自開自鎖閉，置在書帷前。身是鄧伯道，世無王仲宣。只應分付女，留與外孫傳。」

喜張太常謁告歸途一作南歸省墓。見訪雨中留宿話舊

長嗟遠別望京城，忽喜相逢駐驛程。問舍求田慚我鄙，見卷十三郊墅雜賦。還家上冢羨君

榮。唐明皇詔：「寒食上墓，禮經無聞，近代相承，沿以成俗；士庶有不合廟祭者，何以用展孝思？宜許上墓。」寒廳聯句圍爐坐，韓愈詩：「勸來得晤語，勿憚宿寒廳。」虎丘聯句見卷十四。晚陌趨朝並轡行。舊事重談眞若夢，江湖夜雨一燈明。

御溝 見卷七

春含禁柳綠相和，縈貫天津若絳河。晉書天文志：「天津九星橫河中，一曰天漢，一曰天江，主四瀆津梁」。武帝內傳：「上元夫人遣一侍女問云：上問起居，遠隔絳河，擾以官事，遂替顏色。」派出宮牆流葉斷，太平廣記：「唐僖宗時，于祐於御溝中拾一紅葉題詩，祐亦題一葉置溝上流，宮女韓夫人拾之。後帝放宮女三千人，祐娶韓成禮，各于笥中取紅葉相示，乃開宴曰：『予二人可謝媒人。』韓氏曰：『一聯佳句隨流水，十載幽思滿素懷。今日却成鸞鳳友，方知紅葉是良媒。』」源通靈沼躍魚多。曲迂月下龍舟轉，清照雲間雉扇過。唐書儀衞志：「大繖二，雉尾扇八。」古今注：「雉尾扇，起于殷世，高宗時有雊雉之祥，服章多用翟羽。周制，以爲王后夫人之車服，輿車有翣，即緝雉羽爲扇，翣以障翳風塵也。」行客何須問深淺，長流不盡似恩波。

雲巖訪蟾公値雨留宿次周記室壁間韻

日暮松間兩屐過，嬾殘不出近如何？見卷八游虎阜「煨芋」注。鐘聞下界歸人少，白居易詩：「上界鐘聲下界聞。」燈照空林落葉多。別後有思還是妄，定中無想不成魔。傳燈錄：「大珠和尚云：起心是天魔，不起心是陰魔，或起或不起是煩惱魔，我正法中無如是事。」山靈盡意相留客，暗雨斜風滿薜蘿。

送任兵曹赴邊

少年恥著惠文冠，漢書張敞傳：「敞弟武，拜爲梁相，敞問武欲何以治梁，武謙不肯言。敞使吏送至關，戒吏自問武，武應曰：『馭黠馬者利其銜策。梁國大都，吏民彫敝，且當以柱後惠文冠治之耳。』秦時獄法，吏冠柱後惠文，武意欲以刑法治梁。吏還道之，敞笑曰：『審如掾言，武必辦治梁矣。』」幕下時時把劍看。官燭未銷雞送曉，軍笳忽動馬嘶寒。關連雲樹征途迥，塞接霜蕪戰地寬。見說長平門下客，漢書衞青傳：「青取河南地爲朔方郡，以三千八百户封青爲長平侯。」奇材唯有一任安。史記衞青列傳：「大將軍青日退，而驃騎日益貴。舉大將軍故人門下多去事驃騎，唯任安不肯。」

吳下逢梁賓客子天爵復送還會稽

分省人物考：「梁貞，字叔亨，新昌人。元至正中，授太平路儒學教授。洪武初，拜太子賓客兼祭酒，掌監事。初，國學既建，諸博士皆就職，胄子在内府者，令布衣高啓、謝徽教之。至是諸生方序立右順門內，貞傳旨下，勅諸生出受業太學，歲賜衣以爲常。三年九月，坐事放歸田里，後卒于家。」

識君京國暫相從，別去堪憐此再逢。共把一杯官市酒，初聞半夜客船鐘。吳洲雁落潮痕淺，越嶠猿啼樹影重。曾作尊翁舊僚屬，臨分離恨倍人濃。

次韻俞士平見寄

一櫂滄浪兩鬢絲，豫章老客苦相思。一統志：「九江府，漢屬豫章。」作歌幾日空招隱，樂府古題：「招隱本楚辭，漢淮南王安小山所作也，言山中不可以久留，後人改以爲五言。」載酒何人爲問奇。漢書揚雄傳：「時有好事者，載酒問奇字。」吳苑舊遊山色在，楚江歸夢月明知。莫言別後音塵絕，長倚東樓憶紫芝。唐書：「元德秀，字紫芝，爲魯山令。所得俸祿，悉衣食人之孤遺者，歲滿，笥遺一縑，駕車而去。愛陸渾山水，乃定居；嗜酒陶然，彈琴以自娛。房琯每見歎曰：『見紫芝眉宇，使人名利之心都盡。』蘇元明曰：『吾不幸生衰俗，所不恥者，識元紫芝也。』」

登天界寺鐘樓望京城

朝罷登樓賞晚晴，三山二水總分明。江寧府志：「上三山在江寧鎮西，下三山在江寧鎮東。三峯拱峙，大江西來，此山突當其衝。」李白詩：「三山半落青天外，二水中分白鷺洲。」人間地湧黃金界，見卷十四晚登南岡。天上雲開白玉城。李白詩：「三吳玉作城。」宮樹遠連江樹色，寺鐘微答禁鐘聲。憑高空此觀形勝，深愧無才賦帝京！唐太宗有帝京篇十首，又駱賓王有帝京篇。

十二月十九日雪中

舟絕寒江凍不潮，縈沙拂柳影翛翛。纔從漁浦磯邊積，還向樵村竹外飄。撲馬憶當年少樂，李商隱對雪詩：「欲舞定隨曹植馬。」點袍曾逐侍臣朝。〔校記〕「憶當」，大全集及列朝詩集作「憶從。」宋書符瑞志：「大明中，元日雪花降殿庭，右將軍謝莊下殿，雪集衣，白上以爲嘉瑞，羣臣作雪花詩。」如今獨坐吟詩句，茅屋茶煙冷未消。

過僧舍訪呂敏 一作訪呂志學寓性濬房。見卷三懷十友。

幾欲相尋與願違，今朝始得過禪扉。磬聲穿竹山房遠，屐齒黏苔石徑微。幽鳥每同馴鴿下，高人閒與老僧依。談詩說偈俱堪喜，坐覺茶香上薜衣。

新篁

南池雨後見新篁，裊裊煙梢漸出牆。風度亂翻交籜響，歐陽修綠竹堂詩：「夏篁解籜陰加交。」露垂微挹粉痕香。王維詩：「綠竹含新粉。」簾前嫩色初含暝，琴畔疎陰已送涼。野飯休燒林下筍，留添碧玉數竿長。

初夏江村

輕衣軟履步江沙，樹暗前村定幾家。水滿乳鳧翻藕葉，風疎飛燕拂桐花。禮記：「季春之月，桐始華。」渡頭正見横漁艇，林外時聞響緯車。陸龜蒙詩：「鄰聲動緯車。」最是黃梅時節近，雨餘歸路有鳴蛙。

江村

南浦薰風吹葛衣，呂氏春秋：「東南曰熏風。」汀花未露岸花稀。水神廟下莎侵路，見卷十四甫里祠。江叟門前柳映磯。犢臥已知耕未歇，鷗驚長見釣船歸。天隨宅畔吾曾住，留得閒罾挂夕暉。

田園書事

西園春去緑陰成，已覺南窗枕簟清。簾捲斜陽歸燕入，池生芳草亂蛙鳴。桑一作葉。過穀雨花猶在，范成大詩：「桑花共葉開。」衣近梅天潤易生。獨坐正知閒晝永，吟餘消盡篆煙輕。

梅雨

江南煙雨苦冥濛，梅子黄時正滿空。灑竹暗連湘女廟，隨雲遠度楚王宮。窗寒頓使抛紈扇，衣溼頻催換火籠。陰鏗詩：「火籠恒煖脚。」幾度欲晴還復暝，簾前不放夕陽紅。

送衍師還相川

姑蘇志：「相川，長洲縣之相城里妙智菴。」

江樹湖波繞相川，南風巾舃〔校記〕「巾舃」，大全集作「巾錫。」去翩翩。村中乞米晨留鉢，城外聞鐘夜泊船。昔向名林曾說法，今歸舊院定安禪。道心深悟俱浮幻，梁昭明太子解二諦義：「又諮未審俗諦之體，既云浮幻，何得于眞實之中見此浮幻？」不奈詩名滿世傳。

萱草

幽華獨殿衆芳紅，臨砌亭亭發幾叢。亂葉離披經宿雨，纖莖窈窕擢熏風。佳人作佩頻朝採，徐勉萱草賦：「其葉四垂，其跗六出，亦曰宜男，嘉名斯吉。」風土記：「宜男草，婦人佩之則生男。」倦蝶尋香幾處通。最愛看來憂盡解，「忘憂」見卷六。魏武短歌行：「何以解憂？惟有杜康。」不須更讓一作釀。酒多功。元稹詩：「竇家能釀銷愁酒，但是愁人便與銷。」

雨過舟中看山

風雨山前暗荔蘿，齊書褚伯玉傳：「談討芝桂，借訪荔蘿。」滿篷涼思入滄波。沙鳴正厭秋聲急，峰出還憐秀色一作景趣。多。溪上雲收開遠樹，田中水滿發新禾。舟人不用催歸速，臥看青巒次第過。

齊雲樓

一統志：「在蘇州府治後子城上，唐曹恭王建。」蘇州府志：「郡治舊有齊雲、初陽及東、西四樓，木蘭東、西二亭，北軒、東齋等處。建炎兵後，惟齊雲、西樓、東齋爲舊製，餘皆補造。嘉定十三年，綦奎濬府宅後方池，環以土山，立四小亭于上，曰稜玉、蒼靄、烟岫、清漪。其齊雲樓前有芍藥壇，每歲花開，太守宴客，號芍藥會。元至正末，張士誠據爲太尉府，及敗，縱火焚之。」

境臨煙樹萬家迷，勢壓樓臺衆寺低。斗柄正垂高棟北，山形都聚曲欄西。半空曾落佳人唱，千載猶傳醉守題。白居易詩：「重複江山勝，平舒井邑寬。齊雲樓北面，終日凭闌干。」按：齊雲樓即古月華樓。白居易改號齊雲，蓋取「西北有高樓，上與浮雲齊」之義。又居易自號醉吟先生。劫火重經化平地，野烏飛上女垣啼。李賀詩：「女垣棲烏起。」

靈巖寺 原注：「在靈巖山，吳館娃宮舊地也。」

閒上香臺望下方，漁村樵塢盡蒼蒼。傾城人遠苔生逕，歸寺僧稀葉滿廊。雲散池邊留塔影，雨來閣外失湖光。廢興皆幻何須問，獨自吟詩送夕陽。

孤園寺 原注：「在洞庭山，梁散騎常侍吳猛故宅也。」具區志：「在消夏灣西五峰嶺下，一名祇園寺，一名下方寺。」

欲問南朝常侍宅，已爲西域化人宮。列子：「周穆王時，西域之國有化人來謁王同游，王執化人之袪，騰而上者中天乃止，暨及化人之宮。」山僧歸帶漁舟雨，湖鳥來聞粥鼓風。蘇軾金山詩：「半夜不眠聞粥鼓。」橘柚垂簷秋殿暗，波濤驚座夜堂空。給孤長者誰曾見，見卷四晚憩靈鷲院。應在煙雲杳靄中。

開元寺石鉢 見卷十四

寶石當年琢帝青，皮日休開元寺佛鉢詩：「帝青石作綠冰姿。」自注：「佛律云：此鉢是帝青玉石，四天王所獻也。」浮波不異木盃輕。高僧傳：「西晉杯渡，常寄宿一家，有金像，渡竊去，主覺追之，至孟津，浮木杯于水，憑之渡河，不假風棹，輕疾如飛。」傳靈已歷乾陀國，西陽雜俎：「乾陀國頭河岸，有繫白象樹，花葉如棗，季冬方熟；相傳此樹滅，佛法亦滅。」乞食曾來舍衛城。金剛經：「爾時世尊食時，著衣持鉢，入舍衛大城乞食。」漁父得時初洗獻，法王在日每擎行。法華經：「法王無上尊。」釋氏通典：「燕王問趙州：『人王尊？法王尊？』師曰：『在人中，人王尊，在法中，法王尊。』」寺僧見客休頻出，恐有藏龍此內驚。晉書僧涉傳：「涉，西域人，苻堅時入長安。能以祕祝下神龍。每旱，堅常使之咒龍請雨，俄而龍下鉢中，天輒大雨，堅及羣臣親就鉢觀之。」

垂虹橋

姑蘇志：「垂虹橋，在吴江縣東門外，一名利往，又名長橋。慶曆八年，縣尉王廷堅建，以木爲之，東西千餘尺，橋中有垂虹亭。泰定二年，判官張顯祖甃以石，下開七十二洞。」

行人脚底響波濤，驅石神鞭是孰操？見卷十海石。影落蛟龍朝窟暗，杜牧賦：「長橋臥波，未雲何龍？」形垂蝃蝀暮天高。詩：「蝃蝀在東，莫之敢指。」煙中去憶鴟夷遠，見卷五太湖。月下吟誇長史豪。蘇舜欽長史垂虹橋中秋對月詩：「月晃長江上下同，畫橋横截冷光中。雲頭焰焰開金餅，水面沈沈臥彩虹。佛氏解爲銀色界，仙家多住玉華宫。地雄景勝言不盡，但欲追隨楊柳風。」〔校記〕宋牧仲校定徐惇復刊印十六卷本蘇集，此詩題作中秋松江新橋對月和柳令之作，詩中「横截」作「横絶」、「焰焰」作「艷艷」，「楊柳風」作「乘曉風。」幾度憑欄賞秋色，鱸魚新買繫歸舠。

聞潮州遷客消息

瀧吏相迎渡惡灘，韓愈瀧吏詩：「南行逾六旬，始下樂昌瀧。」唐書地理志：「樂昌縣，屬韶州。」水經注：「瀧水又南出峽，謂之瀧口。」楊萬里詩：「惡灘洶洶雷出吼。」到時應是幾旬間。猿啼嶺下梅花白，李商隱詩：「梅花大庾嶺頭發。」鱷去祠前荔子斑。一統志：「潮州鱷溪，在府城東，一名惡溪。東流五十里，入于海。溪有鱷魚，往往爲人害，唐韓愈爲刺史，作文驅之，鱷徙六十里，潮人遂免此患。」又：「韓文公廟，舊在金山，宋遷韓山，封文公爲昌黎伯，賜額忠佑。」名姓未看兵籍落，音書忽附估船還。莫言久作炎荒客，李商隱表：「久處炎荒，備熏瘴母。」會逐陽和返故山。

秋日江居寫懷七首

每看搖落即成悲，杜甫詩：「搖落深知宋玉悲。」況在漂零與別離。爲客偶當鱸美處，思兄正值雁來時。天邊暝爲秋陰蚤，江上寒因歲閏遲。莫把丰姿比楊柳，愁多蕭颯恐先衰。晉書顧悅之傳：「悅之與簡文同年而髮蚤白，帝問其故？對曰：『松柏之姿，經霜猶茂；蒲柳之質，望秋先零。』」

其二

葭菼連秋渺渺長，歸舟猶歎滯江鄉。客衣欲冷鄰機急，農事初成野飯香。千里斷雲隨雁鶩，半村殘照送牛羊。有愁不解登高賦，空使頻迴宋玉腸。

其三

舌在休誇術未窮，「張儀舌在」，見卷四停君白玉巵。且將蹤跡託漁翁。芙蓉澤國瀰漫雨，禾黍田疇奄冉風。身計未成先業廢，心懷欲說舊交空。楚雲吳樹無窮恨，都在蕭條隱几中。

其四

風塵零落舊衣冠，獨客江邊自少歡。門巷有人催稅到，鄰家無處借書看。野蟲催響天將夕，籬豆垂花雨稍寒。終臥此鄉應不憾，只憂飄泊尙難安。

其五

桑苧翁家次近居，見卷六贈薛相士。人煙沙竹自成墟。移門欲就山當榻，補屋唯防雨溼書。貧爲湖田長半沒，拙因世事本多疏。當時亦有求名意，自喜年來漸已除。

其六

喪亂將家幸得全，客中長恥受人憐。妻能守道同王霸，見卷三隱逸。婢不知詩異鄭玄。世說：「鄭康成家奴婢皆讀書，康成嘗使一婢，不稱旨，怒使人曳著泥中。須臾，復有一婢來問曰：『胡爲乎泥中？』答曰：『薄言往愬，逢彼之怒。』」陸游詩：「奴愛才如蕭穎士，婢知詩似鄭康成。」借得種蔬傍舍地，分來灌菊別池泉。却欣遠跡無相問，一櫂秋風笠澤邊。

其七

秋塘門掩竹穿沙，爲客鄰酤未易賒。閒裏壯年慚白日，愁中佳節負黄花。漁村靄靄緣江暗，農徑蕭蕭入圃斜。薄俗相輕吾敢怨，魯人猶自笑東家。家語：「魯人不識孔子聖人，乃曰：彼東家某者，吾知之矣。」

漫成二首

柴門藥圃小江邊，蚤得閒居是偶然。兩岸晚風黄鳥樹，一陂春水白鷗天。悠悠往事空書卷，碌碌浮生只釣船。猶記京華爲客日，幾回聽雨憶歸田。

其二

已分棲遲不自疑，江邊林下儘幽期。病唯好懶寧須藥，心未忘機偶對棋。閒館雨聲花落夜，芳塘草色燕飛時。春來頗喜囊中富，添得新成幾首詩。

喜徐山人與浩師見過

遠煩支許問棲遲，杜甫詩：「從來支許遊，興趣江湖迥。」按：支、許，謂支遁、許詢。正是山家橘熟時。爲吏得閒非是隱，學禪有解只一作即。能詩。潮聲驚客江三里，秋色留人菊數一作一。枝。莫怪相逢情倍喜，碧雲紅樹久相思。

端陽寫懷

去歲端陽直禁闈，新題帖子進彤扉。玉堂雜記：「翰苑歲進春端帖子。」大官供饌分蒲醑，荆楚歲時記：「端午以菖蒲泛酒，辟瘟氣。」中使傳宣賜葛衣。杜甫端午日賜衣詩：「宫衣亦有名，端午被恩榮。細葛含風軟，香羅叠雪輕。自天題處溼，當暑著來清。意内稱長短，終身荷聖情！」黄繖迴廊朝旭淡，蘇軾詩：「日高黄繖下西清。」玉爐當殿午熏微。李賀詩：「玉爐炭火香鼕鼕。」今朝寂寞江邊臥，閒看游船競渡歸。

寄倪隱君元鎮　金蘭集有「似良夫」三字

名落人間四十年，綠蓑細雨自江天。張志和詞：「青箬笠，綠蓑衣，斜風細雨不須歸。」寒池蕉雪詩人畫，見卷九和衍上人觀梅。午榻茶煙病叟禪。四面荒山高閣外，清閟閣，見卷四題義興山水圖。兩株疎柳舊莊前。相思不及鷗飛去，空恨風波滯酒船。

與杜進士寅登白蓮閣對雨

遠愁高樹共離離，風逆潮聲上浦遲。海客市中煙起處，江僧閣外雨來時。船歸杳靄唯聞構，店隱蒼茫不見旗。朱子詩：「興發酒家旗。」回首南朝今幾寺？可堪重詠牧之詩！杜牧詩：「南朝四百八十寺，多少樓臺烟雨中。」

喜宋山人見過

攜琴遠趁渡江船，煩覓幽蹤浦樹邊。别久忽看梅又發，話長應讓雁先眠。一冬多暖天無雪，半夜初寒月有煙。回首舊遊君莫念，歸來好共種吳田。

與姪常遊東菴

水樹圍菴綠幾層，陰中敲戶晝登登。蘇軾詩：「空齋晝靜聞登登。」十年重到猶爲客，半日纔閑且訪僧。舊履塵生趺後席，亂幡風颭供餘燈。高齋對作忘言坐，此事堪憐汝亦能。

謝周四秀才送酒

不忍醒愁只欲眠，趙嘏詩：「破鼻醒愁一萬杯。」幾時花發自江邊？欲沽百錢未易得，忽送一壺眞可憐。梳頭好鳥語窗下，洗盞流水到門前。今朝得醉已無恨，不使春光空一年。

上巳有懷

春寒渾未減征衣，愁對佳辰坐掩扉。江上琴書留滯久，水邊車馬祓除稀。周禮春官：「女巫掌歲時祓除釁浴。」注：「歲時祓除，如今三月上巳如水上之類。」韓詩章句：「鄭俗，上巳秉蘭祓除。」閒園細雨梨花落，廢苑平蕪燕子飛。欲覓蘭亭會中友，何延之蘭亭記：「蘭亭者，晉右軍王羲之所書之詩序也。右軍宦游山陰，與孫統、謝安等四十有一人修禊，揮毫製序。」幾人遷謫未能歸！

徐記室賁北歸見訪南渚復送還城

初辭楚澤到吳村，訪舊嗟君古道存。欲治匆匆歸後計，難留款款坐中論。雪遲似讓梅先白，月蚤如愁樹已昏。此別終非前別遠，孤舟江上莫銷魂。江淹別賦：「黯然銷魂者，惟別而已矣！」

被召將赴京師留別親友

長送遊人作遠行，今朝還自別鄉城。北山恐起移文誚，齊書：「孔稚珪，字德璋，會稽人。少涉學，有美譽，仕至太子詹事。鍾山在都北，其先周彥倫隱于此山，後應詔出爲海鹽縣令，欲却過此山，孔生乃假山靈之意移之，使不許得至，故云北山移文。」東觀慚叨議論名。後漢書安帝紀：「詔謁者劉珍及五經博士，校定東觀五經、諸子、傳記、百家藝術，整齊脫誤，是正文字。」唐書百官志：「後漢東觀，藏書之所，亦著作之所，當時文學之士，使校讎其中，故有校書之職。」路去幾程天欲近，春來十日水初生。只愁使者頻催發，不盡江頭話別情。

過故將軍第

甲第如雲紫陌東，史記武帝本紀：「賜列侯甲第。」注：「有甲乙次第，故云第。」釋常談：「好宅謂之甲第。」當年得意負邊功。美人笑客登樓上，史記平原君列傳：「家樓臨民家，民有躄者，槃散行汲，平原君美人樓上見，大笑之；明日，躄者至平原君請曰：『臣聞君貴士而賤妾也，臣願得笑臣者頭。』平原君笑而不殺美人。歲餘，賓客稍引去。怪問之，一人曰：『君愛色賤士。』于是平原君斬笑躄者美人頭，自造門謝之，其後賓客復來。」假子將兵衞閤中。見卷二廢宅行「義兒」注。又唐書田承嗣傳：「募軍中勇武十倍者三千人，號外宅男，常令三百人夜直宅中。」深計漫誇三窟固，戰國策：「馮煖曰：『狡兔有三窟，僅得免其死耳！今有一窟，未得高枕而臥也，請爲君復鑿二窟。』」遊魂難返九原空。門前車馬今誰到，零落槐花向晚風。

雨中寄劉沈二別駕

漠漠春寒水繞城，誰家可作看花行？一杯不得三人共，二月都能幾日晴？夢逐鶯聲風外斷，愁兼草色雨中生。畫船載妓南湖上，不似年時放浪情。

丁校書見招晚酌

正坐羈愁不自聊，遠煩舟檝暮相邀。江縣落日猶三尺，風折垂楊定幾條。流水入花村沓沓，幽人對酒屋脩脩。此鄉不得君同客，應是春來更寂寥。

杜二年四十鬢已多白戲作是詩

覽鏡憐君感歎深，年來頷下忽霜侵。未衰自計方強仕，曲禮：「四十曰強而仕。」早白應緣只苦吟。雖失家中嬌婢喜，秦觀摘白鬚行：「陸展娟側室，星星染爲黑。」還招座上遠朋欽。到頭此物須當見，好染虛消買藥金。

愛姬祠 姑蘇志：「吳王廟在香山南阯，廟貌有二妃侍，相傳即孫武所誅二隊長也。又曰愛姬祠。今爲土神，一在吳江宋墓，一在崑山沺川鄉，一在永安鄉金城。」

錦雲陣陣落紅衣，波冷雙蓮慘夕暉。見卷一玉波冷雙蓮。故國草侵金輦跡，荒祠塵掩畫羅幃。共哀豔質軍前沒，誰見香魂月下歸？惆悵無人來酹酒，綠楊惟有暮鴉飛！

雲山樓閣圖爲朱守愚賦

白雲窈窕楚天陰，半露樓臺出遠林。簾幕捲時秋雨歇，鼓鐘鳴處夕陽沉。鶴從遼海天邊下，猿隔巴山樹裏吟。爲問仙家在何處？欲穿謝屐一登臨。

夏夜

銀河欲轉漏聲稀，白帖：「天河謂之銀漢，亦曰銀河。」坐詠閒齋夜掩扉。鵲影頻翻窗竹起，螢光每拂逕莎飛。風生漸抖齊紈扇，露下猶沾楚葛衣。自據胡牀相待月，爲憐池上夜涼微。

池亭晝臥

曲闌虛幕映滄浪，長日宜眠夢蝶牀。陸游詩：「午枕初回夢蝶牀。」波影細搖侵簟影，荷香遠遞雜爐香。不知道路方愁暑，只愛池亭可納涼。何處蟬鳴驚睡起，高槐陰外未斜陽。

姑蘇懷古

麋鹿來遊客過稀，見卷二朝鮮兒歌。消沉霸業在斜暉。遊帆自向湖邊落，鳴屧誰聞月下歸？見卷五。烏喙計成楣栅至，「烏喙」，見卷十兩山亭。「楣栅」，見卷六賦得姑蘇臺。蛾眉舞罷綺羅非。如今始悟牽裳諫，見卷九姑蘇臺。荆棘遺宫淚滿衣。

宿山寺

蓮宫借榻喜涼生，疑到天台近赤城。風度迴廊秋欲動，河窺高閣曙初明。泉聲正與松聲合，僧夢頻同鶴夢驚。最喜此宵無熱惱，見卷十一雪齋。莫教月落又鐘鳴。

泛舟西湖觀荷

雨晴南浦錦雲稠，晚待波平蕩槳遊。狂客興多惟載酒，小娃歌遠不驚鷗。半湖月色偏宜夜，十里荷香已欲秋。爲愛前沙好涼景，滿身風露未回舟。

馬麟春宵圖

圖繪寶鑑：「馬麟，南渡後馬遠之子，能世家學，然不逮父，遠愛之，多于己畫上題作馬麟，欲子得譽也。爲畫院祇候。」

燕睡簾前夜未深，羅衣應怯嫩寒侵。風傳漏板還堪數，李賀詩：「七星挂城聞漏板。」月混梨花不易尋。翠館紅樓猶裊裊，華燈繡閾正沈沈。畫中一片春宵景，寫出閨人悵望心。

曉涼

驕陽未出曉涼生，杜甫詩：「驕陽化爲霖。」滿櫛春風細髮輕。歐陽修詩：「衰髮不滿櫛。」荷上露華翻曲沼，樹頭河影落高城。自舒淸簟臨窗坐，又聽疎鐘隔寺鳴。却喜閒身無事役，不須早逐市人行。

蘆花簾

茭茸織出緯蕭機，爾雅釋草注：「茭似葦而小，實中。」宋史列女劉氏傳：「嘗緯蕭以自給。」未許蝦鬚獨衒奇。廣韻：「鰝鬚大蝦出海中，長二三丈，其鬚長數尺，可爲簾。」馬祖常琉璃簾詩：「吳儂巧製玉玲瓏，翡翠蝦鬚逈不同。」寒雪照庭晴不捲，白雲當戶晝長垂。恍疑柳絮風穿早，不管梨花月到遲。自是楚江秋一片，移來不使白鷗知。

雨中 一本下有「寄鶴洲包公」

二月水長折磯頭，茅屋恐隨江夜流。雨聲鳴瀨稍欲歇，雲氣出峽未能收。鸕鷀鸂鶒晚爭喜，爾雅注：「鸕鷀，俗呼慈老人，畜之以繩約其嗉，才通小魚，其大魚不可下，時呼而取之，復遣去，觜曲如鉤。」埤雅：「鸂鶒，五色，尾如船舵，在山澤中，無復毒氣，其宿若有敕令，故謂鸂鶒。」楊柳杏花春自愁。幾日鄰家斷來往，出門應恨少扁舟。

王徵士東里草堂

久客因爲東里人，年來移竹與僧鄰。時名頗患緣詩得，野性惟知向酒新。林下煙生門掩夕，園中雪罷鳥鳴春。相期歲晚爲同社，韓愈詩：「願爲同社人，雞豚宴春秋。」隔屋歌呼定不嗔。

客舍寒食次周著作見寄韻

寒食江頭客未還，獨臨流水見愁顔。故園芳草斜陽外，空館疎華細雨間。亂世求田雖自笑，見卷十三郊墅雜賦。少年當路竟誰攀？主人莫折門前柳，多病無書倦入關。

新春次余左司韻

雪晴稍稍見花枝，書閣朝眠日影移。酒到好懷傾輒盡，詩逢高韻和應遲。今朝閒豈尋春得，前夜愁因送客知。走馬南園芳草緑，憑君莫問少年時。

次韻楊禮曹秋日見贈

殘雨翛翛映彩虹，李白詩：「安得五采虹，駕天作長橋。」憐君獨詠楚臺風。遠江帆影秋蕪外，故苑砧聲晚樹中。壯歲漸如辭幕燕，閒身猶作蠹書蟲。雅音自古無能好，莫向人誇瑟最工。見卷四感舊「齊竽」注。

次韻西園公詠梅二首

如何天與出塵姿，不得芳名入楚辭？曾幾海棠詩：「少陵忘却渾閑事，更有離騷忘却梅。」春後春前曾獨探，江南江北每相思。微雲淡月迷千樹，流水空山見一枝。擬折贈君供寂寞，東風無那欲殘時。

其二

雪中無伴只孤芳，倚竹元非翠袖妝。杜甫詩：「天寒翠袖薄，日暮倚修竹。」馬上忽逢臨水驛，鶴邊俄〔校記〕「俄」列朝詩集作「忽」。見向山房。春愁寂寞天應老，夜色朦朧月亦香。此地一尊聊自戀，揚州回首已淒涼！

過吳淞江風雨不可渡晚覔漁舟抵松陵官館

風雨方知客路難，飛鴻相逐渡江湍。港收漁市舟歸晚，門掩官廳燭對寒。孔平仲冬曉詩：「城上猶吹角，官廳已罷更。」此地昔年曾遠宿，何人今夕共淸歡？枕邊不爲江聲急，夢寐憂時未得安。

次韻酬張院長見貽太湖中秋翫月之作

洞簫聞處似黃州，蘇軾前赤壁賦：「客有吹洞簫者，倚歌而和之。」一統志：「赤壁山，在黃州。」月色惟過一半秋。兔窟一作闕。何年丹桂種？五經通義：「月中有兔與蟾何？月，陰也，蟾蜍，陽也，而與兔並明，陰繫于陽也。」程俱詩：「何年顧兔窟，桂子落山腹。」龍宮今夜白蓮浮。法華經：「文殊師利坐千葉蓮花，從大海娑竭羅龍宮自然湧出。」蘇軾詩：「初如濛濛隱山玉，漸如濯濯出水蓮。」露沾席上縱橫醉，天落舟前浩蕩遊。若上洞庭看玉鏡，許謙題延月樓詩：「玉鏡飛空天地白。」兩山應是勝三洲。

暫宿行營舟中二首

蒹葭霜露冷侵船，落雁驚烏總未眠。戍卒獨明高栅火，袁袁東湖聯句：「戍栅依樟密。」居人同宿廢村煙。醉中遠夢欺長夜，亂裏窮愁折壯年。莫問身閒何到此？久思提劍學防邊。北史：「宇文貴嘗輟書歎曰：『男兒當提劍汗馬以取公侯，何能爲博士也！』」

其二

角聲未起大星低，杜甫詩：「嚴警當寒夜，前軍落大星。」夜靜寒營獨馬嘶。樹葉蕭蕭霜後堞，河流汩汩露中堤。一軍睡枕誰能穩，數里歸舟自欲迷。起望此時憂更切，邊烽不隔遠峰西。

首春感懷

初春風日自妍華，客意登臨只感嗟。陌上驚塵隨去馬，城邊遺柳斷棲鴉。亂來未覓無兵地，愁在空思有酒家。咫尺苑西誰解問？早梅還發去年花。

次韻楊禮曹雨中臥疾二首

階前曝藥雨來收，寒似人情戀故裘。壯歲間關元屬命，荒城蕭索不因秋。憶君我最相憐病，問客誰能獨免愁？清坐自能消鬱結，古方休向篋中求。

其二

門前問疾幾人車，曲巷深深樹影斜。每愛積書緣有子，不愁聽雨爲無花。亂來官俸猶支粟，睡起僧書忽寄茶。何事一春頻謁告，宋史常楙傳：「與廟堂議事不合，以疾謁告。」只應來辨酒中蛇。晉書樂廣傳：「廣嘗有親客，久闊不復來，廣問其故，答曰：『前蒙賜酒，方欲飲，見杯中有蛇，意甚惡之，既飲而疾。』于時，河南廳事壁有角弓影作蛇。廣復置酒曰：『復有所見否？』曰：『如初。』廣乃告之，客豁然意解，沈痾頓愈。」

次韻王孝廉過澄照寺

姑蘇志：「澄照寺，在陽山下，唐會昌間丁某捨白馬磵宅爲白鶴寺，其後龍興寺僧知義起廢。錢氏時，有泉出寺中，改仙泉院。宋祥符初，始賜今額，有別院名白蓮禪院。」

汝向山中住十日，題詩幾度見經過。彈琴只向寺前石，放棹每遊湖上波。空林雨過虎跡少，古屋雲生龍氣多。山僧好客未容去，落日更聽樵牧歌。

次韻王七隅仙輿

不從道士覓鵝羣，晉書王羲之傳：「山陰有一道士，養好鵝，羲之往觀焉，意甚悅，固求市之。道士云：『爲寫道德經，當擧羣相贈。』羲之欣然寫畢，籠鵝而歸。」薰沐清朝謁老君。韓愈文：「方將坐足下，三薰而三沐之。」龍氣雙騰含景劍，後漢公孫端劍銘：「含景吐商。」春秋繁露：「劍佩于左，蒼龍之象。」蠧魚三食內篇文。酉陽雜俎：「何諷古書卷中得髮卷，規四寸，如環無端。因絕之，斷處兩頭滴水升餘。嘗言於道者，曰：『據仙經，蠧魚三食神仙字，則化爲此物，名曰脈望。夜以規映當天中星，星使立降，可求還丹，取此水和而服之，即時換骨上賓。』」山中石髓靑如鐵，晉書嵇康傳：「康遇王烈共入山，烈嘗得石髓如飴，即自食半，餘半與康，皆凝而爲石。」庾信詩：「石髓香如飯。」海上琪花白似雲。郭鈺詩：「鶴認琪花欲下遲。」六朝事跡：「寶林寺，有琪樹，在法堂前。」知子從來有仙骨，吹笙擬共接飛裙。見卷一鳳臺曲。

岳王墓

杭州府志：「鄂國武穆王岳飛墓，在錢塘縣棲霞嶺。飛子雲旁附。初，飛瘞九曲叢祠，孝宗時改葬是處，墓木皆南向。」

大樹無枝向北風，千〔校記〕明詩別裁作「十」。年遺恨泣英雄。班師詔已來三殿，宋史岳飛傳：「金將軍韓全，欲以五萬衆內附，飛大喜，語其下曰：『直抵黃龍府，與諸君痛飲耳！』方指日渡河，而檜議畫淮爲界，以其北棄之；知飛志銳不可回，詔張俊、楊沂中先歸。後言飛孤軍不可久留，乞令班師，一日降十二金字牌，飛憤惋泣下，東向再拜曰：『十年之功，廢于一旦！』遂班師。」杜甫詩：「詔從三殿去。」注：「麟德殿也，一殿而有三面，故曰三殿。」射虜書猶說兩宮。見卷十三韓蘄王墓。每憶上方誰請劍？見卷十張中丞廟。空嗟高廟自藏弓！見卷十一走狗塘。棲霞嶺上今回首，不見諸陵白露中。「宋諸陵」，見卷十三韓蘄王墓。

早春寄王行

江水江花只自春，不知容易解愁人。山川寂寞衣冠淚，今古銷沈簡册塵。草草逢人空識面，匆匆爲客莫容身。十年憂患誰相慰？賴得君家是近鄰。

暮春次韻僧懷德見貽

風雨兼愁過盡春，愧煩問訊社中人。牀頭氈與青山舊，門外車隨白日新。說法空林三竺士，林景熙西湖詩：「斷猿三竺曉，殘柳六橋春。」誦詩清夜五臺賓。華嚴經疏：「清涼山者，卽雁門郡五臺山。歲積堅冰，夏仍飛雪，五峰聳出，象菩薩頂有五髻。」相思雖覺鐘聲近，猶隔城東十丈塵。

寄海昌李使君

海上波濤夜不驚，使君雖老尚能兵。荒煙白鹵家家竈，易：「兌爲澤。其于地也，爲剛鹵。」注：「鹹土也。」宋史食貨志：「凡鬻鹽之地曰亭場，民曰亭戶，或謂之竈戶。」落日黃岡處處營。杭州府志：「黃山、黃陀山，皆在海寧縣治東。又有黃灣浦。」人雜島夷爭小市，潮隨山雨入孤城。按此一聯重前送李使君，止易二字，疑其詞複，或卽當日易稿，亦未可定，後梅花詩亦然。明朝硤石山頭路，我欲停車聽頌聲。

次韻金德儒文學送弟往海上

小陸賢如大陸賢，晉書陸雲傳：「少與機齊名，雖文章不及機，而持論過之，號曰二陸。」亂離爲客最堪憐！橫經〔校記〕明詩綜「經」作「金」。海上知虛席，打鼓津頭看發船。杜甫詩：「打鼓發船何郡郎？」麥氣曉晴田雉鬬，蘹香春暖野鵝眠。本草：「蘹香，北人呼爲茴香。蘹香宿根深多生苗，五六月開花結子，大如麥粒，輕而有細稜。」明朝夢斷生芳草，見卷十二答宗人。風雨孤舟過練川。松江志：「章練塘，青浦縣泖西市鎮。」

過海昌贈使君李秉鎮禦

海上觀風逐使車，將軍雙廟有遺墟。見卷三雙廟。已看田父迎貓虎，禮記：「迎貓，爲其食田鼠也；迎虎，爲其食田豕也。」未遣溪人射鱷魚。日出鹽生沙地白，潮來波動縣城虛。故人相識登樓意，不是懷歸畏簡書。

送黃僧母入道

江夏千年有故家，後漢書黃香傳：「天下無雙，江夏黃童。」至今喬木哺慈鴉。禽經：「慈烏反哺。」里閭賢子初名憲，後漢書黃憲傳：「字叔度，汝南愼陽人也。世貧賤，父爲牛醫，憲初舉孝廉，又辟公府，友人勸其仕，憲亦不拒之，暫到京師而還，天下號曰徵君。」世說仙姑舊姓龐。見卷九蔡經宅。壽酒淋漓傾墮露，舞衣零亂拂飛霞。不須三釜稱榮食，莊子：「曾子再仕而心再化，曰：『吾及親仕，三釜而心樂，後仕，三千鍾不洎吾心悲。』」自有金盤棗似瓜。見卷四停君白玉巵。

答薊丘聶才子 見卷一薊門行

聞道詩狂復酒狂，少年鞍馬鬭輕裝。百金已醉名姬館，一劍還登俠士堂。烏起夜啼吳苑月，雁來秋帶薊門霜。亂餘零落無人識，日暮相逢向路旁。

廉上人水竹居

水西分土一袈裟，嘉興府志：「資聖禪寺，一名水西，與祥符寺並黃蘗運開山，相傳爲唐宣宗潛邸之所。」拄杖敲門竹滿家。埽石安禪無落葉，過溪送客有浮槎。廬山記：「惠遠法師送客過虎溪，虎輒鳴號，送陶元亮、陸靜修，與語道合，不覺送過虎溪，因大笑，世傳三笑圖。」龍吟夜應潮生海，鳥過寒驚月在沙。林下本來參玉版，冷齋夜話：「子瞻邀劉器之參玉版和尚，至簾景寺燒筍食之。器之覺筍殊勝，問何名？子瞻曰：『玉板也。此老師善說法，要令君得禪悅之味。』器之始悟其戲。」不須更煮趙州茶。五燈會元：「僧問谷泉禪師曰：『未審客來將何祇待？』師曰：『雲門糊餅趙州茶。』」

梅花九首

瓊姿只合在瑶臺，誰向江南處處栽？雪滿山中高士臥，「袁安臥雪」，見卷四澹室。「林逋植梅」，見卷九和衍上人觀梅。月明林下美人來。「趙師雄宿梅下」，見卷九梅雪軒注。寒依疎影蕭蕭竹，春掩殘香漠漠苔。自去何郎無好詠，東風愁寂幾回開？

其二

縞袂相逢半是仙，見卷十尋梅。平生水竹有深緣。將疎尙密微經雨，似暗還明遠在煙。薄暝山家松樹下，嫩寒江店杏花前。秦人若解當時種，不引漁郎入洞天。

其三

翠羽驚飛別樹頭，見卷九梅雪軒注。冷香狼籍倩誰收？騎驢客醉風吹帽，蘇軾詩：「雪中騎驢孟浩然，皺眉吟詩肩聳山。」放鶴人歸雪滿舟。「林逋放鶴」，見卷九和衍上人觀梅。淡月微雲皆似夢，空山流水獨成愁。幾看孤影低徊處，只道花神夜出遊。

其四

淡淡霜華溼粉痕，誰施綃帳護香温？詩隨十里尋春路，愁在三更挂月村。飛去只憂雲作伴，銷來肯信玉爲魂。一尊欲訪一作放，上聲。羅浮客，落葉空山正掩門。

其五

雲霧爲屏雪作宮，塵埃無路可能通。春風未動枝先覺，夜月初來樹欲空。翠袖佳人依竹下，見上次韻西園公詠梅。白衣宰相住山中。唐書令狐綯傳：「綯子滈，當時謂之白衣宰相。」稗史：「魏野，亦稱白衣宰相。」談苑：「王曾布衣時，以梅花詩獻呂蒙正，云：『而今未問和羹事，且向百花頭上開。』蒙正曰：『此生已安排狀元宰相也。』」寂寥此地君休怨，回首名園盡棘叢。

其六

夢斷揚州閣掩塵，見卷十一約王孝廉看梅。幽期猶自屬詩人。立殘孤影長過夜，看到餘芳不是春。雲暖空山栽玉徧，月寒深浦泣珠頻。見卷五美人摘阮。掀篷圖裏當時見，畫苑：「宋楊補之善寫梅，有掀篷圖。」錯愛橫斜却未眞。林逋詩：「疎影橫斜水清淺，暗香浮動月黃昏。」

其七

獨開無那只依依，肯爲愁多減玉輝？簾外鐘來初月上，燈前角斷忽霜飛。行人水驛春全早，啼鳥山塘晚半稀。愧我素衣今已化，陸機詩：「京洛多風塵，素衣化爲緇。」相逢遠自洛陽歸。

其八

最愛寒多最得陽，仙遊長在白雲鄉。春愁寂寞天應老，夜色朦朧月亦香。此聯重前西園詠梅。楚客不吟江路寂，吳王已醉苑臺荒。枝頭誰見花驚處？嫋嫋微風簌簌霜。

其九

斷魂只有月明知，無限春愁在一枝。不共人言唯獨笑，忽疑君到正相思。盧仝詩：「相思一夜梅花發，忽到窗前疑是君。」歌殘別院燒燈夜，妝罷深宮覽鏡時。金陵志：「宋武帝女壽陽公主，人日臥于含章殿簷下，梅花落額上，成五出之花，拂之不去，經三日洗之乃落，宮女效之，今稱梅花妝。」韋莊詩：「半掩朱門白日長，晚風輕墮落梅妝。」舊夢已隨流水遠，山窗聊復伴題詩。

歸吳至楓橋 原注：「舊有塔，今廢。」

遙看城郭尙疑非，不見青山舊塔微。官秩加身應謬得，鄉音到耳是眞歸。夕陽寺掩啼烏在，秋水橋空乳鴨飛。寄語里閭休復羨，錦衣今已作荷衣。

送徐山人還蜀山兼寄張靜居

我因解紱遠辭京，君爲修琴暫入城。偶爾相逢春酒熟，飄然忽去暮煙生。山頭學嘯猶聞響，晉書阮籍傳：「籍嘗于蘇門山遇孫登，與商略終古及棲神導氣之術，登皆不應，因長嘯而退。至半嶺，聞其聲若鸞鳳之音，響乎巖谷。」世上留詩不寫名。西磵煩詢張靜者，年來注易幾爻成？吳志虞翻傳：「示孔融以所注易。」開元遺事：「太白山隱士郭休，于山中建茅屋百餘間，有注易亭。」

道也。」

丫髻峯　江寧府志：「丫髻山，在溧陽縣北，兩峯如髻。又句容志作峆嶠山。蓋二邑相接孔

雙綰雲鬟作髻鬘，小姑當日嫁誰家？「小姑山」，見卷六送袁憲史。雲滋細草頭梳髮，風動奇芳鬢插花。鸞鏡夜憑松挂月，鳳釵春待竹生芽。行人莫起陽臺念，雲雨無情路更賒。

石牛　姑蘇志：「長洲縣九都通國橋西石牛菴，因菴前有石牛，相傳唐時物，故名。」

一拳怪石老山巔，頭角峥嶸幾百年。毛長紫苔春夜雨，身藏青草夕陽天。中宵望月何曾喘？世說：「滿奮體羸畏風，在晉武坐，北窗作琉璃屛，實密似疎，奮有難色，帝笑之。奮曰：『臣猶吳牛，見月而喘。』」注：「今之水牛，唯產江淮間，故云吳牛；南方多暑，而此牛畏熱，見月疑是日，所以喘也。」盡日看雲自在眠。惱殺牧童呼不起，數聲長笛思悠然。

飲陳山人園次能翁韻

桃花梨花已狼籍，躑躅花開如火炎。見卷二竹枝詞。時過上巳和而暢，人比杜陵淸且廉。園中雨流水遶砌，林下鳥鳴風滿簾。把酒亦知君意好，醉多謬語莫相嫌。

寄題內弟周思敬野人居

野人何處是幽棲？聞在天隨舊宅西。半屋圖書春落蠹，一村花柳晝鳴鷄。分泉自給烹茶水，待雨惟耕種藥畦。姚合詩：「侵堦是藥畦。」日暮扁舟欲相訪，恐驚鷗鳥過前溪。

謁伍相祠

地老天荒伯業空，曾於青史見遺功。劉長卿詩：「功名滿青史，祠廟惟蒼苔。」鞭尸楚墓生前孝，見卷二弔子胥祠。抉目吳門死後忠。國語：「伍員將死曰：『而縣吾目於東門，以見越之入，吳國之亡也。』遂自殺。」說苑：「孔子曰：『子以諫者爲必聽耶？伍子胥何爲抉目于吳東門？』」魂壓怒濤翻白浪，見卷二孫逖詩：「江落伍胥潮。」劍埋寃血起腥風。「賜鐲鏤」，見卷九姑蘇臺。我來無限傷心事，盡在越山煙雨中。

弔七姬冢

姑蘇志：七姬墓在郡城東北隅潘氏後園，張羽作權厝志：「七姬皆良家子，事浙江行省左丞滎陽潘公，皆爲側室，性皆柔慧，姿容皆端麗修潔，善女紅，剪製衣繡，經手皆精巧絕倫，事其主及夫人，皆能以禮，其羣居和而有序，皆不爲怙寵忮美之行。公每聞閭閻間婦女能以節槩自立者，歸必爲語其事，皆應曰：『彼亦人爲耳。』公笑曰：『若果能耶！』及外難興，敵抵城下，公日臨戰，一旦歸，召七姬謂曰：『我受國重寄，義不顧家，脫有不宿，誠若等當自引決，毋爲人恥也。』一姬跪而前曰：『主君遇妾厚，妾終無二心，請及君時死以報，毋令君疑也。』遂趨入室，以其帨自經死于戶。六人者，亦皆相繼經死。公聞之曰：『何若遽死耶？』實至正丁未七月五日也。以世難弗克葬，乃斂其尸焚之，復以其遺骸瘞于後圃，合爲一冢；公還，啓其封，且泣曰：『是非若所安也，行營高敞地而遷焉。』時以日薄，故未暇爲志。及踰月，始狀其事屬羽，將勒石追瘞于冢側。嘗觀古之史氏所載貞妃烈婦，能識節義，決死生而不顧者，恒曠世而一見，今乃于一家一日而得七人焉。吁！不奇矣哉！乃列其姓氏于石而系之以銘。程氏，蜀郡人，年三十，生女一人生奴。翟氏，廣陵人，年廿三。徐氏，黃岡人，年二十，生女一人不惜。羅氏，濮州人，年廿三。卞氏，海陵人，年與羅氏同。彭氏，與卞氏同郡，其年與徐氏同。段氏，大寧人，年十八，其先死者也。公名元紹，字仲昭，實宋魏王廷美之裔；其先以避禍易今姓未復云。銘曰：『生也同其天，死也同其時，而瘞又同其封。壞樹蕭條，匪子之宮。尙卜高原，以永無窮！』

疊玉連珠棄草根，仙遊應逐墜樓槎軒集本墜樓，大全集作馬嵬，非。魂。孤墳掩夜香初冷，幾帳留春被尙溫。佳麗總傷身薄命，艱危未負主多恩。爭姸無復呈歌舞，寂寂蒼苔鎖院門。

郡治上梁

郡治新還舊觀雄，文梁高舉跨晴空。南山久養干雲器，景福殿賦：「飛閣干雲，浮楷乘虛。」東海初生貫日虹。見卷四荆軻。班固西都賦：「抗應龍之虹梁。」欲與龍庭宣化遠，司馬光詩：「朱節耀龍庭。」還開燕寢賦詩工。韋應物郡齋燕集詩：「燕寢凝清香。」大材今作黄堂用，姑蘇志：「蘇州府治，春申君之子所建，因數失火，塗以雄黄，故名。」民庶多歸廣庇中。

萬木堂爲毘陵卞公禮賦

一統志：「常州府，晉曰毘陵。」

林隱高堂萬木青，森然玉立勢亭亭。春風送暖花連砌，秋雨生涼葉滿庭。坐愛繁陰簾半捲，臥聽靈籟戶深扃。斧斤未許來樵採，要養長材獻大廷。

鶴瓢二首

見卷四約幼文同宿鶴瓢山房

産自靈苗勝羽胎，文同謝寄藥方詩：「我聞神仙草藥不凡土生，是中當有靈苗異卉之根荄。」冷齋夜話：「彭淵材性迂闊，嘗蓄兩鶴，客至誇曰：『此仙禽也。凡禽卵生，此胎生。』語未畢，園丁報曰：『鶴夜産一卵。』淵材呵曰：『敢謗鶴耶？』未幾，鶴展脛伏地，復誕一卵。淵材歎曰：『鶴亦敗道，吾乃爲禹錫嘉話所誤。』」劉賓客嘉話錄：「人言鶴胎生，所以賦云胎化仙禽也。」何須去作鳳匏來？潘岳笙賦：「有曲沃之懸匏焉。」注：「列管匏中，施簧管端，名之曰笙。」虞集詩：「長吟吹鳳匏。」壺公本解飛騰術，神仙傳：「汝南有費長房，爲市掾，見公入市賣藥，常懸一空壺。日入之後，公跳入壺中，人莫能見。惟長房于樓上見之，知非常人，乃日日自埽公座前地，及供饌物。公知其篤信，與入壺中，封符一卷付之曰：『此可主鬼神，能縮地脈。』」丁令寧爲濩落材！丁令威，見卷四空明道人詩。莊子：「惠子謂莊子曰：『魏王貽我大瓠之種，我樹之成而實五石，以盛水漿，其堅不能自舉也，剖之以爲瓢，則濩落無所容，非不呺然大也，吾爲其無用而掊之。』」簡文云：「濩落，猶廓落也。」直上青天身恐繫，倒傾碧海腹初開。吳質答東阿王書：「傾海爲酒，并山爲肴。」生成自是神仙器，肯逐纍纍向草萊？

其二

遠隨仙客下青城，地理通釋：「山在永康軍青城縣北，岷山第一峰也。仙經曰：此是第五洞天。」「青城山徐佐卿化鶴」，見卷八書夢。瘦骨肥來見盡驚。藜杖夜懸翻露影，見卷十三排律詠夢「鶴警」注。竹尊春瀉飲泉聲。顧瑛詩：「刳瘦縣匏竹裏尊。」園中幾歲形容變，海上何時羽翼成？醉聽樹頭風歷歷，「許由懸瓢」，見卷四同宿鶴瓢山房。還疑秋傍九皋鳴。

次韻楊禮曹雨中養痾

午晴書閣暫令開，又聽鳴鳩竹外催。陸游詩：「鳴鳩又喚雨絲來。」身到遠山屏乍展，李白巫山屏風詩：「疑似天邊十二峯，飛入君家彩屏裏。」手持明月扇初裁。李商隱詩：「雲屏不取暖，月扇未遮羞。」綠芳消砌風前蕙，朱果封泥雨後梅。李白詩：「於焉摘朱果。」曲巷掩關人寂寂，今朝問疾有誰來？

詠梅次衍師韻五首

水郭山村路半交，春晴依約見芳苞。吳妃舞竟珠鈿委，王維西施詠：「朝仍越谿女，暮作吳宮妃。」漢女遊歸玉珮拋。見卷一神女宛轉歌。愁亂雪來朝片片，夢驚風過夜梢梢。人間何處無開落，吹笛何須怨老蛟？「梅花落」，見卷八會飲城南。「老蛟」見卷五松江亭。

其二

壓枝何處斷人腸？欲問黃家第四娘。杜甫詩：「黃四娘家花滿蹊，千朵萬朵壓枝低。」雞早每驚煙際色，蝶遲那識雪中香？林昏有霧籠綃帳，江淨無塵染素裳。此地一尊聊自慰，揚州回首月荒涼。結重前西園。

其三

海天寒徹一作沁。玉人衣，拾遺記：「蜀先主甘后，玉質柔肌，態媚容冶。河南獻玉人高三尺，乃取玉人置后側，后與玉人潔白齊潤；嬖寵者非惟嫉於后，亦妬於玉人。」密雨疎煙晚漸披。春後春前曾獨看，江南江北每相思。此聯重前。猿啼古驛征帆宿，馬立荒郊酒旆垂。擬折一枝供寂寞，東風無那欲殘時！結重前。

其四

招得清魂句自工，甘泉賦：「澄心清魂。」長洲春到雪波融。未逢人寄千山外，忽訝君來一夜中。縱隱荒榛猶的皪，劉乂詩：「鏗鏜冰有韻，的皪玉無瑕。」若穿深竹更玲瓏。酒空客去愁多處，蔌蔌繁霜嫋嫋風。

其五

莫學新妝入漢宮，見前梅花之九。春風多處易枝空。遙情尚憶僧房裏，忽見偏憐客路中。淡月微雲應萬樹，荒山流水只孤叢。此聯重前。夢回一笑仙人遠，碧海青天沒斷鴻。李嶠詩：「背櫪嘶班馬，分洲叫斷鴻。」

送梅侯赴錢塘　此從列朝詩集補入。又補注：錢塘遺事：「錢王射潮後作亭，鑄鐵箭大如杵，埋亭中，出土猶七尺許，名箭亭，以示鎮壓。」

一鶴隨車到郡朝，剩山殘水尚蕭條。杜甫詩：「剩水滄江破，殘山碣石開。」盌藏秋塚金方出，見卷十二盜發許彧墓。按此即指楊璉發掘宋六陵事，見卷九穆陵行。箭插寒沙鐵未銷。重見花開非舊賞，初聞麥秀是新謠。幾時南作諸侯客，醞酒江亭看晚潮。

送廣陵成居竹先生之雲間

原注：「字元章，詩人也。」以下十四首從樵軒集補。

老別蕪城每自哀，一統志：「揚州蕪城，古邗溝城，吳王濞故都。鮑照有蕪城賦。」移家新向讀書堆。見卷十送張倅。遠人嶺表求詩去，故友京華寄字來。亂後識翁嗟已晚，衆中憐我愧非才。建安大曆遺風遠，魏文帝典論：「今之文人，魯國孔融文舉、廣陵陳琳孔璋、山陽王粲仲宣、北海徐幹偉長、陳留阮瑀元瑜、汝南應瑒德璉、東平劉楨公幹，斯七子者，咸以自騁驥騄于千里，仰齊足而並馳。」按：建安，漢獻帝年號。唐書盧綸傳：「綸與吉中孚、韓翃、錢起、司空曙、苗發、崔峒、耿湋、夏侯審、李端，皆能詩齊名，號大曆十才子。」尙藉捶鈎一挽回。淮南子：「捶鈎者，年八十矣，而不失鈎芒。」杜甫詩：「應手看捶鈎。」

送陳博士歸南海葬親

南海縣屬廣州府

朝來泣罷廣州書，別我將行萬里餘。親骨未歸新冢葬，僕情猶守故坊居。月明檣轉隨烏鳥，雨暗燈移避鰐魚。此去定知難重見，海天南望渺愁予！

送顥上人還天平山

古寺秋深乞食回，尋鐘遙入亂雲堆。猿知夜定啼應歇，鵝聽朝談到不猜。見卷十四送丕上人。對日衲衣連葉補，盛囊詩句向僧裁。他時半偈重相問，林閣應開候我來。

張思廉退居江上

東望歸鴻江水邊，客愁應獨上樓眠。春陰半月瀟瀟雨，晚色孤村渺渺煙。君去尚存酬國劍，我來未覓載家船。舊遊莫問長洲苑，寂寞鶯花正可憐！

過張子宜林居

淸和池館閉閒苔，輕幰尋幽觸雨來。潘岳籍田賦：「微風生于輕幰兮。」井桁水聲繩乍轉，牀屏山色畫初開。穿花百舌深緘口，晉子夜歌：「柳堤鳴百舌。」家語：「孔子觀周廟，有金人焉，三緘其口。」吹絮雙鱗淺露腮。好賦一詩題壁去，主人未肯便塵埃。摭言：「王播少孤貧，客揚州木蘭院，後二紀來鎮是邦，向題字已碧紗幕其上。播作詩曰：『二十年來塵撲面，而今始得碧紗籠。』」

林亭山寺漁樵共話圖

古澹亭臺絕世音，橋分鳥道入雲林。陰鏗詩：「瞻雲望鳥道。」溪流漲雨含春綠，柳色凝煙帶晚陰。江接遙岑青黛淺，山藏古寺白雲深。應慚擾擾塵中客，誰識漁樵話裏心？

赴京留別鄉舊

幾向江頭買去船，自嗟行計日留連。風流已遂明時志，歲月空驚壯士年。捧檄敢期囊穎出，見卷七贈楊滎陽。著鞭肯向驛程先。見卷四銅臺李壯士。東華叨列仙班入，見卷七睡覺。五色雲中覲九天。李白詩：「五色雲中鵠，飛鳴天上來。」

白鶴谿阻雨 見卷七

漠漠窮陰歲欲闌，却攜孤櫂別鄉關。雨添白鶴溪頭水，雪變金陵道上山。自歎無心雲漫出，應嗟倦翮鳥知還。浮生擾擾成何事？贏得星星兩鬢班。

送沈省郎赴武康縣丞 武康，屬湖州府。

昨夜南風長綠荷，映君袍色渡溪波。暫從蘭省辭宵直，趙嘏詩：「一辭蘭省見清秋。」資暇錄：「新官併直本署曰豹直。直宿公署曰寓直。」又向松廳愛晝哦。王龜齡詩：「親題一軸寄松廳。」投牒訟田來縣少，披圖按地設邊多。孤城莫歎經殘廢，還得征輸免重科。

送胡端任嶺南陽朔主簿

孤舟應過五羊城，一統志：「五羊城，即廣州府城，尉佗築，初有五仙人騎羊至此，故名。」新作微官治遠氓。躑躅風前荒店酒，見卷二竹枝詞。鉤輈雨裏惡溪程。「鉤輈」，見卷十愛竹軒。唐書韓愈傳：「惡溪有鰐魚。」負薪每見歸村女，操弩時逢出洞兵。此去知君非竄逐，不須臨別淚沾纓。

客中述懷

故園生計日蹉跎，不覺青春客裏過。旅食自慚空舊橐，朝衫誰爲換新羅？多愁未必關花事，長醉原非困酒魔。太平廣記：「元載不飲，鼻聞氣已醉。後遇異人，以鍼挑其鼻尖，出一小蟲，曰：『此酒魔也。』是日遂飲一斗。」幾度欲歸歸未得，空彈長鋏和高歌。見卷八兵後逢張孝廉。

重遊甘露寺　見卷十二

曉色蒼蒼宿雨收，倚天樓閣喜重遊。雲來雲去山如舊，潮落潮生江自流。天上曾聞甘露降，庭中長見雨花浮。江山千古情無盡，人往人還自白頭。

送呂志學秀才入道

海風寒拂紫髯煙，吳志孫權傳注：「張遼問吳降人，向有紫髯將軍，長上短下，便馬善射，是誰？曰：是孫會稽。」初著黄冠已稱便。篋裏竟抛紅葉字，見前御溝。燈前唯寫碧苔篇。李白詩：「屢讀靑苔篇。」客窗炊黍回新夢，見卷十三排律詠夢。仙圃偷桃記昔緣。見卷十一黄大癡畫。亦欲盡將書策棄，山中依子學長年。

送秦司訓海上省墓

亂離何處訪遺阡？暮雨東歸近海邊。寂寂野棠閒照墓，依依鄉樹遠迎船。門生舊解題銘石，皇甫持正韓文公墓誌銘：「昌黎韓先生，以疾免吏部侍郎，諭湜曰：『死能令我不隨世磨滅者，惟子。』以爲囑。其年薨，孤昶奉公緒之錄，繼訃以至，乃哭而敍銘其墓。」唐書韓愈傳：「經愈指授，皆稱韓門弟子，其徒若李翺、李漢、皇甫湜。」縣令新能給祭田。此日誰無丘隴念，送君還詠白華篇。東晳補亡詩：「白華，孝子之潔白也。」

高青丘集卷十六

五言絕句

觀軍裝十詠

胄說文：「胄，兜鍪也。」雲笈軒轅記：「蚩尤始作鎧甲兜鍪，時人不識，以爲銅頭鐵額。」

黃金冒虎頭，後漢書班超傳：「相者曰：『生燕頷虎頭，飛而食肉，此萬里封侯相也。』」乍免走豪酋。左傳：「晉侯敗狄于箕，郤缺獲白狄子，先軫免胄入狄師，死焉。」孟浩然詩：「山河據形勝，天地生豪酋。」還有從容處，綸巾按壘遊。晉書：「簡文召謝萬爲撫軍從事中郎，著白綸巾、鶴氅裘、履版，與帝共談移日。」世傳綸巾，孔明軍中常服之。

鎧正韻：「音愷。」說文：「甲也。」周禮夏官司甲疏：「古用皮謂之甲，今用金謂之鎧。」

細丱鏤文銀，王褒樂府：「銀鏤明光帶。」唐書禮樂志：「太宗置舞圖，命呂才以圖教樂工百二十八人，披銀甲，執戟而舞，爲秦王破陣樂。」高城日照鱗。庾信詩：「合甲抱犀鱗。」擐來曾攪陣，左傳：「文公躬擐甲胄。」李賀馬詩：「他時須攬陣，牽去借將軍。」一鏃不傷身。纛前漢高帝紀：「黃屋左纛。」集韻：「皁纛，軍中大旗也。」蔡邕曰：『以犛牛尾爲之，如斗。』應劭曰：『雉尾爲之。』」

髮亂野牛驚，神專大將營。師行當禡祭，詩大雅：「是類是禡。」禮王制：「禡於所征之地。」唐書康承訓傳：「崔彥曾乃禡纛黃堂前，選兵三千，授都虞候元密屯任山，須龐勛至，劫取之。」韓愈鄆城聯句：「斬馬祭旄纛，炰羊禮芒矞。」壇下戮番生。

刀

大食購千金，唐書西域傳：「大食本波斯地，俗勇于鬭。」杜甫大食刀歌：「吁嗟光祿英雄弭，大食寶刀聊可比。」妖精泣太陰。燈前開匣看，無限許君心。

弓

燕角號良材，考工記：「燕之角、荆之幹、妢胡之笴、吳越之金錫，此材之美者也。」樓煩擘未開。史記項羽本紀：「項王令壯士出挑戰，漢有善騎射者樓煩，楚挑戰三合，樓煩輒射殺之；項王大怒，乃自挑戰。樓煩欲射之，項王瞋目叱之，樓煩目不敢視，手不敢發，遂走還入壁，不敢復出。」秋風懸臂出，宋史种朴傳：「偏將王舜臣者，善射，以弓挂臂，獨立軍後，羌來可萬騎，有七人介而先，舜臣引弓三發，隕三人，萬騎愕眙，莫敢前。」何處一鶻來？李白詩：「弓彎滿月不虛發，雙鶬迸落連飛髇。」

箭

流星逐飛羽，漢書音義：「光迹相連曰流星。」張友正射已之鵠賦：「鏃破的兮流光散，出弦應手兮飛羽相追。」鏃利能穿札。左傳：「晉楚遇于鄢陵，潘尪之黨與養由基蹲甲而射之，穿七札焉。」三發定邊歸，唐書薛仁貴傳：「九姓衆十餘萬，令驍騎數十來挑戰，仁貴發三矢，輒殺三人；于是氣懾，皆降。軍中歌曰：『將軍三箭定天山，壯士長歌入漢關。』」箙中休滿插。「箙」見卷一白馬篇。

麾玉篇：「旌旗之屬，所以指麾也。」史記高祖本紀：「兵罷戲下，諸侯各就國。」注：「戲音麾，大旗也。」

彩帛曳長虹，張纘賦：「耿長虹于青霄。」悠悠卷塞風。三軍齊陷陣，應在一揮中。司馬軍令：「凡戰臨陣，皆無諠譁，明聽鼓音，謹視旛麾；麾前則前，麾後則後，麾左則左，麾右則右，麾不聞令而擅左右前後者，斬。」

矛

畫榦似蛇長，晉書劉曜載記：「陳安左手奮七尺大刀，右手執丈八蛇矛，近交則刀矛俱發，輒害五六；遠則雙帶鞬服，左右馳射。」隴上歌：「七尺大刀配齊環，丈八蛇矛左右盤。」誰論半段槍？唐書哥舒翰傳：「吐蕃盜邊，與翰遇，苦拔海吐蕃枝其軍爲三行，從山差池下，翰持半段槍迎擊，所向輒披靡，名蓋軍中。」蘇軾詩：「路旁拾得半段槍，何必開爐鑄矛戟？」日斜親鬬罷，高宴卓沙場。

袍

雕錦翦花團，陳孚詩：「漢南烟柳蓬婆雪，未識團花舊戰袍。」三邊總認看。見卷十三韓蘄王墓：「邊人識錦裳」注。唐書薛仁貴傳：「仁貴特驍悍，欲立奇功，乃著白衣，特自標顯。」尋常不肯著，風雪念兵寒。

馬

羅帕覆春風，王建詩：「黄帕蓋鞍乘了馬，紅羅纏項鬬回雞。」連鞍賜有功。蹄高騎得稱，杜甫詩：「脚下高蹄削寒玉。」身出萬軍中。

師子林十二詠 在城東北隅。注見卷四。

師子峰

風生百獸低，宗炳師子擊象圖序：「沙門釋僧吉云：嘗從天竺，欲向大秦。忽聞數十里外哮哮擻擻，驚天怖地；頃之，但見百獸率走，蹌地欲絕，而四巨象俄焉而至，以鼻卷泥，自厚塗數尺，數數噴鼻隅立，俄有師子三頭，崩石折木，直搏四象，以殪盤石，血若湧泉，巨樹草偃。」欲吼空山夜。疑是天目巖，杭州府志：「於潛縣西天目山，有師子巖。」飛來此林下。

含暉峰謝靈運詩：「山水含清暉。」

演漾弄清暉，王昌齡翫月詩：「清輝淡水木，演漾在窗戸。」江山秋斂霏。我吟康樂句，日暮憺忘歸。謝靈運詩：「遊子憺忘歸。」

吐月峰杜甫詩：「四更山吐月，殘夜水明樓。」

四更棲鳥驚，山白初上月。起開東閣看，正在雲峰缺。

立雪堂

傳燈錄：「慧可事達摩，嘗夜大雪，侍立不動，遲明，積雪至膝。曰：『願和尚開甘露門，廣度羣品。』遂潛取利刀斷左臂于前，師知是法器。」

堂前參未退，立到雪深時。一夜山中冷，無人祇自知。

臥雲室

唐詩紀事：「李頻，方干弟子也。登第後，干寄詩曰：『弟子已攀桂，先生猶臥雲。』」

夕臥白雲合，朝起白雲開。惟有心長在，不隨雲去來。

問梅閣

高適聽吹笛詩：「借問梅花何處落？風吹一夜滿關山。」

問春何處來？春來在何許？月墮花不言，幽禽自相語。

指柏軒

傳燈錄：「僧問趙州，如何是祖師西來意？趙州云：『庭前柏樹子。』」

清陰護燕几，儀禮疏：「言燕几者，當在燕寢之內，常憑之以安其體也。」范成大詩：「凝香繞燕几。」中有忘言客。人來問不應，笑指庭前柏。

玉鑑池

路鐸詩：「平分玉鑑漁村晚。」

一鏡寒光定，微風吹不波。更除荷芰影，放取月明多。

冰壺井

杜甫詩：「冰壺玉衡懸清秋。」

圓甃夏生冰，皮日休詩：「蘚深餘甃圓。」光涵數星冷。窗有定中僧，陸游詩：「廬山岑寂夜，我是定中僧。」休牽轆轤綆。

修竹谷

翠雨落經牀，陳旅叢碧軒：「簷曲細含翠雨涼。」林鳩午鳴後。筍出恐人來，編籬遮谷口。

小飛虹 王褒詩：「飛橋類飲虹。」

初看臥波影，杜牧賦：「長橋臥波。」應恐雨崇朝。過澗尋師去，端知〔校記〕列朝詩集及濂溪本作『如』。度石橋。見卷十二贈演師。李白詩：「石橋如可度，携手弄雲煙。」

大石屋

混沌復輪囷，鄒陽上梁王書：「蟠木根柢，輪囷離奇。」全無斧鑿紋。門臨五湖水，坐納四山雲。

題雜畫十二首

空山萬株木，靄靄秋多晦。屋在白雲中，人歸白雲外。

其二

欲尋江寺僧，渡口孤帆發。落日浦風生，不畏春潮闊。

其三

叢蒲亂石間，水急魚難罩。欲去尚殘陽，看山一停櫂。

其四

風急楚江波，佳人罷采荷。離舟孤宿處，淚少夜猿多。

其五

孤柳影婆娑，路入秋溪暮。誰家繫榜來？應待歸人渡。

其六

驢背夕陽催，空山不見梅。愁腸如客路，一日幾縈迴。

其七缶鳴集作題方壺小畫

夕陽數峰遠，靄靄江南思。煙外有鐘聲，山僧獨歸寺。

其八

橋迴綠水斜，春樹隔煙霞。隱處誰云淺，千峰只一家。

其九

日出溪霧黃，風迴不成雨。何處趁墟人？見卷十泉南兩義士歌。侏離並沙語。

其十

遠岫浹煙光，斜陽在釣航。衆漁歸已盡，獨自過寒塘。

其十一

柳葉散空塘，菊花明廢苑。日暮問垞南，按王維詩有南垞、北垞。舟行何近遠？

其十二

山禽欲定棲，竹風苦難靜。殘雪墮驚梢，翛翛一窗冷。

和楊禮曹刺客三詠

錐

袖藏出屠市，朱亥事，見卷二大梁行。一揮報公子。誰言上將雄，不異孤豚死。答客難：「孤豚之咋虎，至則靡耳，何功之有？」

匕首

購自徐夫人，欲揕秦皇帝。銅柱火光飛，奇鋒非不利。見卷四荆軻。

筑

主醉不知音，庭前殺聲起。史記刺客列傳：「高漸離變名姓爲人庸保，匿作于宋子。久之作苦，聞其家堂上客擊筑曰：『彼有善，不善。』家丈人召使前擊筑，一坐稱善。聞于秦始皇，召見，人有識者，乃曰：『高漸離也。』秦皇帝惜其善擊筑，重赦之，乃矐其目，使擊筑，未嘗不稱善。稍益近之，高漸離乃以鉛置筑中，復進得近，舉筑扑秦皇帝，不中，於是遂誅高漸離。」勿輕無目人，能爲有心鬼。

得家兄在遠消息四首

家將遠人信，復報遠人知。世亂書難得，開緘勝一作似見時。

其二

幾日看迴鴈，今朝尺素開。古詩：「呼兒烹鯉魚，中有尺素書。」應知在天末，亦望弟書來。

其三

歲晚各離家，憐兄去路賒。書來約歸近，同看故園花。

其四

江上有歸舟，傳兄在石頭。見卷二小長干曲。知安雖暫喜，念遠更成愁。

爲外舅周隱君題雜畫五首

斜陽榜釣船，秋色滿江天。彷彿吾家近，沙村落雁邊。

其二

白鶴忽飛還，松杉靄然暝。明月出溪橋，照見支筇影。

其三

風雨過蒼嶠，秋色渺江海。白鷗期不來，沙上人相待。

其四

落葉帶回吹，侯喜冰將釋賦：「庋習習之回吹，勢欲難任。」荒筠冒幽石。池上鳥鳴時，閒齋掩秋夕。

其五

山深嵐氣寒，高齋掩窗臥。林間踏葉聲，知有樵人過。

效陰常侍

南史：「陰鏗，字子堅，博涉史傳，尤善五言詩。爲梁湘東王法曹行參軍。陳天嘉中，爲始興王中錄事參軍，文帝嘗宴羣臣賦詩，召鏗預宴，使賦新成安樂宮，援筆便就，帝甚歎賞之。累遷晉陵太守員外散騎常侍。」杜甫詩：「李侯有佳句，往往似陰鏗。」

滿江煙水綠，幾里到巴州。音書不堪寄，一寄一沈浮。晉書殷浩傳：「浩父羨，字洪喬，爲豫章太守，都下人士因其致書者百餘函，行次石頭，皆投之水中曰：『沉者自沉，浮者自浮，殷洪喬不爲致書郵。』」

歎牆下草

青青牆下草，經霜未枯槁。雖是見春遲，還免逢秋早。

草堂梵僧

玉海：「唐世繹經有筆受官，以朝臣爲之，宋太宗繹經院成，始命梵僧課經，用梵學筆受二人。」

禮塔老番僧，唐言已漸能。夜無還國夢，石室坐懸燈。

新月

纖纖挂柳西，斜影低窺閣。黄昏難久看，初生是將落。

尋胡隱君

渡水復渡水，看花還看花。春風江上路，不覺到君家。

西寺晚歸

遠寺别僧歸，隨鐘出煙嶺。犬吠竹林間，斜陽見人影。

淵源堂夜飲

懸燈照清夜，葉落堂下雨。客醉已無言，秋蛩自相語。

和陳左司夜泊桐江

一統志：「桐江，在桐廬縣北三里，亦名桐溪，源出天目山，流入浙江。」

月出釣臺樹，見卷十一釣臺歌。長灘秋更喧。渾如宿巫峽，唯少一聲猿。

過師子林

雨餘鳥語涼，斜陽竹深見。頻來非看花，借讀高僧傳。唐書藝文志：「虞孝敬高僧傳六卷。」王維詩：「好續高僧傳，時看辟穀方。」

薔薇露盥手

雲仙雜記：「柳宗元得韓愈所寄詩，先以薔薇露盥手，然後發讀。」

蠻估海帆迴，一統志：「薔薇水出占城國，灑衣經歲香不歇。」銀罌玉汞開。盥餘香滿手，恰似折花來。

西陂

芳草水東西，春風路欲迷。歸時不覺晚，山與夕陽低。

園中梨花唯開一枝

闌外見春遲，朝來雪一枝。不知初發處，誤道已殘時。

江上酒家

門戶暎垂楊，春槽酒聲瀉。賀鑄田家詞：「雞聲犬吠遠相望，社酒登槽喚客嘗。」幾度望高帘，方回詩：「千愁萬恨都消處，笑指南樓一酒帘。」歸帆雨中下。

過舊送別處

前時送畫船，西港柳枝邊。別處愁猶在，鴛鴦不肯眠。

懷陳寅山人時居西山昭明寺

姑蘇志：「昭明教寺，在吳縣錦峯山，相傳爲昭明太子所建；或謂山產文石，故名，然不可考矣。」

聞看西澗月，秋閣與僧開。正是相思夜，鐘聲若處來？

晵上人房竹

幽篠半梢橫，山窗颭月明。上人禪定久，不怕有秋聲。

聞雁

江寒月黑夜，定宿蒹葭裏。叫叫過燈前，柳宗元詩：「叫叫羇鴻哀。」却是誰驚起？

晚坐水上

潭島去何深？白居易池上詩：「貪緣潭島間，水竹深青蒼。」斜陽樹半陰。偶來臨水坐，非有羨魚心。漢書：「臨淵羨魚，不如退而結網。」

聞謝恭夜詠詩

我非李太白，君是謝楊兒。李白贈謝楊兒詩：「晨朝來借問，知是謝楊兒。」夜半江樓雨，高眠聞詠詩。

題馬遠畫酴醾

圖繪寶鑑：「馬遠，興祖孫，字欽山。畫山水、人物、花鳥，種種臻妙，院中人獨步也；光宗朝，畫院待詔。」

池冷晝闌幽，芙蓉伴晚愁。金盤承露重，彷彿漢宮秋。〔校記〕大全集以「題馬遠畫」四字爲總題，下酴醾、黃葵分題。

黃葵

春晚獨餘芳，風回帶酒香。潘德久詩：「一樹黃葵金盞側，勸人相對醉西風。」美人偏愛看，因似御衣黃。羣芳譜：「洛陽牡丹，其花黃者，有御衣黃。」

余客雲巖陳山人居西山相望因有懷寄贈

深竹晝鳴鳩，微涼滿寺秋。老僧雖不在，風雨自相留。

睡足

風雨落梅村，鳩啼正掩門。今朝無事役，睡足亦君恩。

題雲林小景

歸人渡水少，空林掩煙舍。獨立望秋山，鐘鳴夕陽下。

題齋前芭蕉

叢蕉倚孤石，綠映閒庭宇。客意不驚秋，瀟瀟任風雨。

春溪獨釣圖

春水鱖魚肥，垂綸坐斷磯。陳子昂詩：「犇槎驚斷磯。」羊裘人易識，後漢書嚴光傳：「齊國上言：有一男子被羊裘釣澤中。帝疑其光，乃備安車玄纁，遣使聘之。」好著舊蓑衣。

池亭

虛檻枕池波，閒憑看浴鵝。秋荷知幾葉？添得雨聲多。

聞鐘

日暮遠鐘鳴，山窗宿鳥驚。楓橋孤泊處，曾聽到船聲。

桂花

風露浥淸香，淸陰別院凉。誰能呼白鳳，花下舞霓裳？見卷八聽教坊舊妓陳氏歌。

鴈

初到別胡沙，樓頭度影斜。江南秋月好，隨意宿蒹葭。

紅葉

霜染滿林紅，蕭疎夕照中。曾供寫秋怨，流出上陽宮。

秋雨

瑟瑟復蕭蕭，燈前滴此宵。秋聲最難聽，況復在芭蕉。

月下飲酒

月照緑樽深，清歌桂樹陰。嫦娥留伴我，莫向畫樓沉。

遊山

自著林間屐，來聽石上琴。老僧留客久，西嶺日將沉。

聞笛

橫吹發哀聲，張正見詩：「不分梅花落，還同橫笛吹。」江樓月正明。伊州不堪聽，樂苑：「伊州，商調曲。」白居易詩：「老去將何散老愁？新教小玉唱伊州。」都是故園情。

秋聲

砧韻雜鳴蛩，梧邊雨帶風。千聲秋作意，都一作併。入夜窗空。

秋夜宿僧院

竹動鵲頻驚，秋河閣外橫。談禪貪坐久，莫遣曙雞鳴。

登樓望虎丘

秋霽倚層樓，孤峰是虎丘。香臺紅樹裏，佳處記曾遊。

外舅周隱君齋竹〔校記〕大全集作謝吏部齋竹。

秋思與秋聲，閒齋對夕淸。幽人夢回處，煙鳥月中鳴。

寧眞道館夜觀茅隱君畫

看山如見君，君家在山下。仙館憶君時，明燈對圖畫。

竹林高士圖

竹深斜日在，獨鶴見扉開。誰顧閒居者，惟應二仲來。見卷四秋林高士圖。

詠水邊桃花

一片欲隨流，殘妝照影愁。誰來唱桃葉，見卷四桃塢。風雨送離舟。

芭蕉美人圖

琴罷詠春朝，餘酲吸露銷。「吸露」，見卷九答余新鄭。詩成無落葉，聊爲寫芭蕉。清異錄：「懷素居零陵，取芭蕉葉代紙作書。」

王主簿小園

夏藥風苗長，秋瓜雨蔓新。誰言趨府客，見卷四送王主簿。却似灌園人。

晚尋呂山人

小艇載琴行，庾信詩：「小艇釣蓮溪。」松花落晚晴。君家最可認，隔樹有書聲。

黃氏延綠軒

葱葱溪樹晴，靡靡江蕪濕。雨過曉開簾，一時放春入。

喜從兄遠歸

聞汝歸舟到，相迎只恐遲。方當見時喜，還憶別時悲。

送人遊湘中

離恨掛帆檣，隨君遠入湘。飛花蕩春影，江水不勝長。

訪丁校書不遇

獨坐無與語，出門聊訪君。空回轉惆悵，芳草日將曛。

答陳山人

賁春君當返，見卷十三郊墅雜賦。修琴君已歸。無爲嫌寂寞，世事意多違

鄭隱君山園四詠

杏園

春紅雨後繁，孤墅啼鶯曉。聞道曲江園，見卷八絲鞭歌。遊人近來少。

瓜圃

鋤一作種。瓜莫傷蔓，傷蔓子生稀。唐太子賢黃臺瓜辭：「種瓜黃臺下，瓜熟子離離。一摘使瓜好，再摘令瓜稀。三摘猶自可，四摘抱蔓歸。」留待經霜露，盈筐採得歸。

菊蹊

獨行林下路，望望南山暮。陶潛詩：「採菊東籬下，悠然見南山。」無酒掇英嘗，寒香已零露。

梅塢

春暗花如雪，難遭落漠魂。空林酒醒處，月墮客敲門。

題許瀾伯畫

列朝詩傳：「許觀，字瀾伯，吳城人。文徵仲跋江貫道畫卷云：『南郭民爲許觀瀾伯，吳人，有高行，不仕。』同時別有許觀，亦字瀾伯，建文侍中死難者，與此許觀不同。」

望秋倚高閣，隔江望層巘。不見度僧歸，煙深暮鐘遠。

除夕客中憶女

別家非願久，回首已徂年。今夜寒齋雪，何人聽折絃！蔡琰別傳：「琰六歲，父邕夜鼓琴絃絕，琰聞曰：『第二絃。』邕故斷一絃問之，曰：『第四絃。』」

客中歲暮

已嗟求道晚，復省濟時難。碌碌成何事，天涯又歲闌。

題攜琴訪友圖

孤騎復孤琴，披嵐入澗陰。遠尋君莫訝，城市少知音。

鴛鴦

兩兩蓮池上，看如在錦機。應知越女妒，不敢近船飛。

題張校理畫

寒色初凝野，秋聲忽在林。遙山不能見，祇爲晚煙深。

題湘南雨意圖

南禽暮啼起，門掩湘祠裏。脈脈半江陰，春雲與春水。

題扇上竹枝

寒梢雖數葉，高節傲霜風。寧肯隨團扇，秋來怨篋中？見卷一班婕妤。

題李迪畫犬

圖繪寶鑑：「李迪，河陽人。宣和莅職畫院，授成忠郎。紹興間，復職畫院副使，賜金帶，歷事孝、光朝，工畫花鳥竹石。」

護兒偏吠客，戴復古詩：「人來犬護兒。」花下臥晴莎。莫出東原獵，春來兔乳多。

天平山五丈石 見卷五

勢危撐月墮，一作直。名勝志：「洱河自岸下分水爲兩：南河、北海。八月望夜，河、海正中有珊瑚樹出水面，漁人往往見之；世傳海龍獻寶。內典云珊瑚撐月，即此。」影瘦倚雲平。彷彿峰頭井，蓮花一半生。「華山天池」，見卷五。

別呂隱君

孤舟晚溪口，欲去重回首。不忍別青山，況此山中友。

林下

樹涼山意秋，雲淡川光夕。林下不逢人，幽芳共誰摘？

不寐懷徐記室

齋寒掩孤燭，城遠沉雙杵。杜甫詩：「新月猶懸雙杵鳴。」憶爾忽長吟，驚散牀頭鼠。

雪中自雲巖晚歸西村客舍二首

乍與諸僧別，還依一叟鄰。柴門閉風雪，誰候暮歸人？

其二

隔浦煙墟遠，侵沙雪樹稀。行人緣底事，不及鳥先歸？

立春前十日寄會稽周軍咨

的的玩芳樹，依依懷遠人。千山雖隔郡，十日共逢春。

柳燕圖

柳上銜蟲立，春風似有情；和枝吹裊裊，方覺爾身輕。

隔簾聞歌

葉逐散聲飛，洞冥記：「漢宮人麗娟，唱迴風曲，則庭葉翻落如秋。」盧氏雜說：「散曲名，如操弄、慘淡序引之類。」湘雲隔妓衣。南史：「梁夏侯亶令妓妾隔簾奏樂，時謂簾爲妓衣。」誰能偷卷看，認是小叢非？楊維楨詩：「憑誰解釋春風恨？只有江南盛小叢。」按盛小叢，唐妓善歌者。

訪張司馬不値書園亭壁

亭午鸛鳴雨，見卷六東白軒。果園花已稀。偶來因忘去，非待主人歸。

壺中插緋碧桃花既而碧桃先落

白嫩倚紅嬌，朝看訝獨飄。應緣霞氣暖，烘得雪先消。

優人李州僑乞米二首

曾稱富貴客，粉墨尊前面。後漢書梁鴻傳：「鴻謂孟光曰：今乃衣綺縞、傅粉墨，豈鴻所願哉？」憔悴立窮途，渾非舊時見。

其二

戲場鼓笛靜，人無太平樂。爾莫怨飢寒，梨園亦零落。

端午席上詠美人綵索釵符二首

綵索風俗通：「五月五日造百索，以五色絲繫臂，令人不病，一名長命縷。」吳景奎五日詩：「綵索光浮繫臂紗。」臂頭長命縷，庾信謝滕王賚巾啓：「盤龍之刀既剪，長命之縷仍縫。」百結更雙蟠。怕有痕生肉，教依玉釧寬。

釵符抱朴子：「五月五日剪綵作小符，綴髻鬟爲釵頭符。」又武林舊事：「翠葉五色，葵榴金絲，翠扇眞珠，百索釵符。」靈篆貯紗囊，抱朴子：「午日朱書赤靈符著心前，以辟兵疫百病。」薰風綠鬢旁。崔顥盧姬篇：「綠鬢紅唇桃李花。」從今能鎮膽，不怯睡空房。韋莊詩：「小膽空房怯，長眉滿鏡愁。」

燒筍

幽人嗜燒筍，出土不容長。林下孤煙起，風吹似竹香。

江寺雨中訪杜二

幾日纜歸舟，同君野寺遊。舊懷言未盡，不是雨相留。

寒夜與家人坐語憶客中時

茶屋夜燈青，竹庭寒雪白。不對室中人，依然去年客。

題楞伽山寺壁

惆悵空山裏，寒梅應自開。雪中何處覓，須待雪晴來。

贈僧本空

了性本來空，遊方不復東。月明秋澗靜，趺坐一山中。

聞霰

初訝驚沙過，復疑疎葉落。寒霰夜聞時，窗空人寂寞。

江上漫成

春色到江濱，江花樹樹新。行吟憔悴客，誰道亦逢春。

雨中過玉遮山二首

姑蘇志：「玉遮山，在陽山之南，橫列如屏，今但呼爲遮山。舊志爲查山。」

松頭急風迴，飛雨不到面。何處豁淸愁？千山一人見。

其二

尋鐘入蒼茫，一澗復一崦。落葉去方深，山扉雨中掩。

畫花鳥

語倦立還攲，花垂裊裊枝。美人妝閣靜，斜日下簾時。

種瓜

緜緜花蔓縈，颯颯風煙灑。秋來子正多，不似黃臺下。見前瓜圃詩。

摘瓠

輪囷臥霜露，秋曉摘初歸。自笑詩人骨，楊萬里詩：「詩家寒刮少陵骨。」何由似爾肥？

懷蜀山人

靄靄衆山暝，秋禽鳴澗竹。知君高詠餘，聽鐘掩窗宿。

諸君會宿鶴瓢山房題畫賦詩予將赴召不得預明日補題其上

偶趨蘭省召，鄭谷送曹郎中南歸詩：「風月拋蘭省，江山向桂州。」不預竹林歡。見卷三王績注。山水圖中景，明朝在路看。

山中夜行

登隴日已沉，出谷月初上。夜行畏虎聞，無奈車聲響。

赴京道中逢還鄉友

我去君却歸，相逢立途次。欲寄故鄉言，先詢上京事。

泐禪師室中晚坐 見卷十次韻復見心。

綠陰欲滿寺，禽鳴春雨餘。聊因簡牘暇，窗下閱僧書。

白葵花

素彩發庭陰，涼滋玉露深。誰憐白衣者，亦有向陽心。曹植表：「葵藿之傾葉，太陽雖不回光，然向之者誠也。」

馬氏東軒

陽和受最多，爽氣看應少。晉書王徽之傳：「爲桓沖騎兵參軍，沖嘗謂徽之曰：『卿在府日久，比當相料理。』徽之初不酬答，直高視以手版拄頰云：『西山朝來，致有爽氣耳！』」晞髮此窗前，屈原九歌：「晞汝髮兮陽之阿。」雞鳴海天曉。

得家書

未讀書中語，憂懷已覺寬。燈前看封篋，題字有平安。

期陳則不至聞宿清隱蘭若

幽禽雨中響，門掩春塘綠。思君暮不來，應伴山僧宿。

碧筩飲見卷六荷葉

綠觴卷高葉，醉吸清香度。酒瀉正何如，風傾曉盤露。

曉發山驛

風殘杏花曉，馬上聞啼鳥。茅店未開門，山多佳人少。

焚香

斜霏動遠吹，晤馥留微火。心事共成灰，窗間一翁坐。

榴花

日炙態常醺，香生若自焚。夜來端午宴，淡却美人裙。萬楚五日觀伎詩：「紅裙妒殺石榴花。」

階前苔

莫埽雨餘綠，任滿閒階路。留藉落來花，春泥免相汙。

僧舍訪呂隱君爲學上人題墨竹

山房竹雨過，簾一作檐。影靄春雲。得與幽人會，何殊見此君。

題孫卿家小畫二首

高嶺冒層嵐，疎林逗殘照。何處覓孫登，雲間聽長嘯。見卷十五送徐山人。

其二

前林遠杵歇，別院疎鐘起。行人與居人，同在秋雲裏。

久別幼文偶見其畫遂題 幼文居湖州蜀山，見卷三十友。

幾疊蜀山雲，秋林半夕曛。畫中藜杖者，相見只疑君。

題榮悴竹圖

嫩葉與殘枝，相依暮雨時。莫分一作將。榮悴看，節在不曾移。

叢竹圖贈内弟周思敬就題

窈窕復蒙茸，千山萬竹中。幽人夜驚起，秋雨共秋風。

題張來儀畫贈張伯醇

風起澗聲亂，景寒雲氣深。山人歸臥晚，詩意滿秋林。

次韻及禪師懷王水曹二首

千峰一寺遠，雲滿跏趺處。無客伴孤禪，鄭元祐詩：「廬山面目翠千層，飛鷁孤禪不厭登。」懸燈照深樹。

其二

鐘動雲壑冷，鶴歸人不歸。應思躡金策，孫綽天台賦：「振金策之鈴鈴。」注：「錫杖也。」同向海天飛。

夜聞雨

窗燭冷殘夜，聞蛩更聞雨。秋館總多愁，猶勝在羈旅。

大癡小畫

溪水雖多曲，舟行不憚賒。山山秋樹赤，猶復似桃花。杜牧之詩：「霜葉紅于二月花。」

吳仲圭枯木竹石

圖繪寶鑑：「元吳鎮，字仲圭，號梅花道人，嘉興魏塘鎮人。善山水，師巨然，耽貧性癖，博學多聞，渺功名，薄富貴，村居教學以自娛，參易卜卦以玩世，遇興揮毫，非應酬世法也者。故其筆端豪邁，墨汁淋漓，無一點塵市氣，書法亦佳，即墨竹墨花，無不題咏，山水蓋可知矣。」

叢篠倚喬柯，秋陰雨尚多。風霜莫搖落，留蔭石邊莎。

題倪雲林畫贈因師

含暉峰下路，見前師子林十二詠。樹石盡垂藤。欲認莓苔迹，相尋行道僧。

題徐山人畫贈内弟周思恭

複澗兼重嶺，雲嵐處處生。君家還可認，爲有讀書聲。

訪因師而師適詣余兩不相值

我去尋幽院，師來訪小園。休言不相見，相見本無言。傳燈錄：「裴相國啓建法會，問僧看甚麼經？曰：『無言童子經。』公曰：『有幾卷？』曰：『兩卷。』公曰：『既是無言，爲甚麼却有兩卷？』龜山代云：『若論無言，非唯兩卷。』」蘇轍詩：「去住只今誰定是，相逢一笑各無言。」

題畫贈別

扁舟暮歸去，別路江南樹。愁指楚山遙，明朝望君處。

龍門飛來峯 原注：「在天平山。」

風吹峨嵋雲，東依此山住。我來不敢登，只恐還飛去。

待渡

渡子未迴舟，立傍沙頭樹。天寒雪欲來，莫滯人歸去。

西澗訪衍上人

日暮冒餘雪，望煙西澗陰。不因師住遠，何事到山深？

蔡村田家

田中耒聲歇，煙火西林起。獨立候歸人，柴門夕陽裏。

夢中作

悠悠衆擾去，寂寂孤吟歇。雨過滿窗涼，高林上明月。

要離墓

原注：「在閶門金昌亭旁。」

弱夫殺壯士，殺慶忌，見卷四停君白玉巵。誰敢嬰餘怒？今日古城邊，耕人肆侵墓。

顧野王墓

原注：「在楞伽山。雲間又有野王讀書堆。」

南朝舊碑倒，墓近樵蘇道。史記淮陰侯列傳：「樵蘇後爨，師不宿飽。」應與讀書堆，見卷十送張倅之雲間。離離總秋草。

卓筆峯

原注：「在天平山。」

雲來初似墨，柳宗元詩：「桂嶺瘴來雲似墨。」雁過還成字。千載只書空，見卷一東門行。又劉儗詩：「八月書空雁字聯。」山靈恨何事？

硯池　原注：「在靈巖山。」

山骨誰鑿破？韓愈石鼎聯句：「巧匠斲山骨。」一泓自深黝。醉後欲濡毫，蝌蜒見蝌斗。爾雅「蝦蟆子」疏：「此蟲一名科斗，一名活東；頭圓大而尾細，古文似之。故孔安國云：皆科斗文字是也。」

千人石　原注：「在虎丘劍池上。」

池上盤陀石，千人列坐曾。如今趺夜月，唯有一山僧。

五塢山　原注：「在城西南十五里，卽橫山也。中有五塢，故名。爲賦五絕句。」姑蘇志：「橫山在姑蘇山東，錢氏葬忠獻王元璙于此，建寺其趾，曰薦福。因又稱薦福山。皇祐五年，節度推官馬雲游此，名其五塢曰：芳桂、飛泉、修竹、丹霞、白雲。」

飛泉塢

山空響更遠，雨過流還急。餘沫灑迴風，一林紅樹濕。

修竹塢

色映溪沉沉，秋雲生夕陰。無限楚山意，鶴鳴風滿林。

丹霞塢

遙聞丹霞塢，中有餐霞者。列仙傳贊：「子輿拔俗，餐霞飲露。」絳彩發朝朝，還同赤城下。「赤城」，見卷四空明道人。

白雲塢

雲開見山家，雲合失山路。聞語知有人，欲尋已迷誤。

芳桂塢

欲攀淮南樹，見卷五陪臨川公游天池。人去山寂寞。嫋嫋涼風生，疎花月中落。

芹

飯羹憶青泥，杜甫詩：「飯煮青泥坊底芹。」羹炊思碧澗。劉迎詩：「朝采南澗芹，暮漉西溪魚。」無路獻君門，列子楊朱篇：「宋田父曝日，曰：『負日之暄，以獻吾君。』其妻曰：『昔有美芹莖萍子者，對鄉豪稱之，鄉豪嘗之，蜇于口，慘于腹，衆哂之。』」嵇叔夜書：「野人有快炙背而美芹子者，欲獻之至尊，雖有區區之意，亦已疎矣！」對案空三歎。晉語：「魏獻子將食，閻明叔褒在，使佐食，比已食，三歎。」

蓴菜

紫絲浮半滑，波上老秋風。憶共香菰薦，本草：「菰有小者，劈之內有黑灰如墨者，名烏鬱，人亦食之。晉張翰思吳中蓴菰，即此也。」陸游詩：「香菰時就釣船炊。」吳江暮艇中。

芭蕉

靜遶綠陰行，閒聽雨聲臥。還有感秋詩，窗前書葉破。見前芭蕉美人圖。

中秋

此夕月華流，應分一半秋。誰能尋庾亮？吹笛上南樓。見卷四始還西齋。

九日

攜壺還采菊，惆悵獨登高。憶在詞林日，華筵食賜餻。見卷十四九日陪諸閣老食賜餻。

題畫贈許瀾伯

泠泠風中絃，渺渺雲間鴻。秋懷不可寫，日暮青山空。

病酒

日高頭未櫛，困臥對山花。暫謝高陽侶，窗間獨飲茶。

生公講臺

原注：「在虎丘山。生公說法時，石皆點頭。」此從姑蘇雜詠補。

鳥銜天花飛，講罷空山寂。惆悵解談禪，人那不如石！

聞柝

以下三十四首從槎軒集補

朝擊城上霜，暮擊關下月。愁夢畏頻驚，何方此聲歇？

柳燕

妙舞漢宮人，香魂化幾春？嬌飛傍楊柳，猶似學腰身。白居易詩：「楊柳小蠻腰。」

隔簾聞歌

低按新翻曲，人聽意每猜。簾疎遮不斷，嬌透幾聲來。

軒前小竹

琴罷茗煙銷，閒齋思寂寥。秋梢纔數葉，添得雨蕭蕭。

暮歸寄王汝器

見卷八送王太守

槐葉落秋城，斜陽一騎行。客邊聞笛處，同恨有王卿。

登白雲寺閣

見卷五天平山

逶迤眺晚嶺，窈窕登秋閣。紅葉雨初晴，千巖一泉落。

宿紫藤塢

竹風稍欲靜，遠溪寒可聞。不用蓮花漏，翻譯名義集：「遠公之門，有僧惠要，患山中無刻漏，乃于水上立十二葉芙蓉，因波而輸，以定十二時，晷景無差，今曰『遠公蓮花漏』是也。」鶴鳴知夜分。

夜坐聞雁

何處度寒雲，哀多乍失羣。不因愁未寢，誰到夜深聞。

夜泊盤門城下聞鐘

暫泊城下舟，遙聞城裏鐘。家在鐘鳴處，聽來歸思重。

余氏園中諸菜十五首 大全集已錄蒓、芹二首

葵

生依堂後井，綠葉幾叢長。每愛清齋曉，山羹帶露香。王維詩：「松下清齋折露葵。」

韭

芽抽冒餘溼，掩冉煙中縷。幾夜故人來，尋畦剪春雨。杜甫詩：「夜雨剪春韭。」

筍

林下和煙折，頻燒晚飯時。秋陰從此少，放月到南池。

芥

葉胥春蟲老，花留暮蝶新。擷來供素茹，露氣足芳辛。

茄

夏雨早叢底，垂垂紫實圓。爲詢軒冕客，誰植郡齋前？南史蔡撙傳：「爲吳興太守，不飲郡井。齋前自種白莧紫茄，以爲常餌，詔褒其清。」

薺

苦口應多利，史記高帝本紀：「良藥苦口利於病。」誰誇爾味甘？詩：「誰謂荼苦，其甘如薺。」春風花似雪，自繞古牆南。

菘

秋深詫晚出，見卷四東園種蔬。嚙脆如鳴玉。醒酒策奇勳，本草：「白菘解酒渴。」冰壺浸寒綠。

葍

白蒻洗春泥，爾雅注：「莖下白蒻在泥中者。」瑽瑽嚼脆梨。集韻：「瑽瑽，佩玉聲。」御史臺記：「侍御史爲脆梨，言漸得佳味。」勿須拋翠葉，留作甕頭虀。侯鯖錄：「東坡曰：『世傳王狀元未第時，醉溺汴河，河神扶出曰：公有三百千科錢，若死，何處消散？士有效之，佯醉落水，神亦扶出。士喜曰：我科錢幾何？神曰：有三百甕黃虀，無處消散耳。』」

菌

土膏蒸秀質，雲液潤華滋。寄語瓊田叟，無煩種五芝。十洲記：「祖洲有不死之草，生瓊田中，或名爲養神芝，其葉似菰苗，叢生，一株可活一人。」

芋索隱注：「芋，蹲鴟也」。

收處同山栗，杜甫詩：「園收芋栗未全貧。」防饑向歲闌。史記項羽本紀：「今歲饑民貧，士卒食芋菽。」周禮委人注：「瓜瓠葵芋，禦冬之具。」寒齋自煨啖，不用嶽僧殘。見卷八期張校理遊虎阜。

葱

玉糝浮春斝，張九成詩：「只今歸去西湖上，飽喫東坡玉糝羹。」青絲簇晚柈。不知冠軍族，舊業幾人安？梁史呂僧珍傳：「高祖受禪，爲冠軍將軍，從父兄子先以販葱爲業，乃棄業欲求州官。僧珍曰：『吾荷國重恩，無以報効，汝等自有常分，豈可妄求叨越，但當速反葱肆耳。』」

薯蕷本草：「一名山芋，一名玉延，一名山藥。」杜甫發秦州詩：「充腸多薯蕷。」

斸雪得奇藥，黃精敢論美。歸時負澗薪，竹外孤煙起。

茭白本草：「菰笋也。」梅堯臣詩：「采石新林兒女去，茭白蒲芽艇子歸。」

舊說彫胡美，西京雜記：「菰之有米者，長安人謂之彫胡。」杜甫詩：「彫胡炊屢新。」園廚試早嘗。還思聽蕭瑟，風葉滿秋塘。

端陽十詠 大全集已錄綵索、釵符二首

艾虎見卷六重午書事

乍出草間微，高懸衞午扉。何能令鬼避，應假於菟威。左傳：「楚人謂虎於菟。」

角黍風土記：「端午烹鶩進筒糉，一名角黍。以菰葉裹黏米栗棗，以灰煮令熟。」

香茭裹秫炊，投祭楚江湄。頗恨饞蛟橫，續齊諧記：「五月五日，楚屈原投汨羅而死，楚人哀之，每至此日，以竹筒貯米投水祭之。漢長沙歐回，白日忽見一人，自云三閭大夫。謂回曰：『君常見祭，甚善，但常年所遺，並爲蛟龍所竊；今若有惠，以楝葉塞其上，以綵線縛之；二物，蛟龍所畏也。』今民俗裹筩糉并五色絲，皆其遺風。是日懸艾虎符，挂五色紙，折葵榴、菖蒲、梔子花、桃枝之類，以供驅疫之神。」君忠竟不知！

菖歜左傳：「王使周公閱來聘，饗有菖歜。」注：「菖蒲菹。」

采拔自遙汀，芬薌助醁醽。王安石詩：「過我何時載醁醽？」共邀當午酌，誰伴大夫醒？屈原漁父詞：「衆人皆醉我獨醒。」

守宮漢書：「武帝于端午取蜥蜴，飼以丹砂，擣之，以塗宮中處女臂，即有文章，洗濯不去，有犯男事則沒，故名守宮。」

花房夜杵紅，痕漬香侵骨。不見翠輿來，春愁共難沒。

射柳文昌雜錄：「軍中以端午走馬，謂之躪柳，亦曰扎柳。今武人于端午爲穿楊之技，又爲鬭勇之戲。」

不設畫熊侯，鄉射禮：「凡侯，天子熊侯白質。」營前折條短。一發萬人呼，青青正中斷。

擊毬明典彙：「端午節，車駕幸東苑，觀擊毬射柳，自皇太孫以下，諸王大臣，以次擊射，命儒臣賦詩。」

躍騎曉場平，流珠逐杖輕。閻寬溫湯御毬賦：「珠毬忽擲，月仗爭擊。」衆禽疑彈落，花外一齊鳴。

競渡見卷六重午書事

畫舸鬬飛龍，襄王廟前發。向晚鼓聲歸，涼波上新月。

鬬草歲華紀麗：「端午結廬蓄藥，鬬百草，纏五絲。」

摘拾徧叢叢，鋪茵曲檻東。衆家誰勝得，獨有並頭紅。陸游天彭花品釋名：「雙頭紅，並蒂駢萼，色尤鮮明，養之得地，則歲歲皆雙，不爾則間年矣。」

軍裝十二詠 大全集已錄其十

刁斗見卷八次韻周誼秀才

或擊或不擊，皆堪制強敵。營中尤切需，炊餉三軍食。

箙見卷一白馬篇

魚皮作箭房，詩：「象弭魚服。」注：「取魚皮爲弩矢箙也。」行轡豹韉傍。何日看休戰，高懸向射堂。

西園梨花唯開一枝

孤芳不滿柯，蜂蝶未經過。莫怨春情薄，開多落也多。

禪窩　師子林十二咏之一，槎軒集有此題，無大石屋一首。

縛茅蔭牀趺，風雨不可壞。誰言尋丈寬，能容大千界？華嚴經：「三千大千世界。」

雪夜宿山家寄斯道

師臥西庵雲，我聽東齋雪。休嗔夜不來，對面元無說。

六言絕句

江村樂四首

荷浦張弓射鴨，見卷二。柳塘持燭叉魚。元稹詩：「叉魚江火合。」天隨子宅同里，陶朱公祠近居。見卷七送顧式歸吳「三高祠」注。

其二

一犬行隨餉饁，羣蛾飛繞繰車。李白詩：「荆州麥熟繭生蛾。」陸龜蒙詩：「每和煙雨掉繰車。」江邊女去摘茭，白居易詩：「綠茭行堪採。」城裏人來賣茶。

其三

罾掛漁郎舍外，許渾詩：「却伴漁郎把釣竿。」船維酒媪橋邊。韓愈順宗實錄：「陽城爲諫議大夫，得月俸買薪菜鹽米，餘悉送酒媪。」煙波五湖朝渡，風雨孤村晝眠。

其四

日斜深塢牛臥，潮落平沙蟹行。秋社未開綠醞，白居易詩：「綠醞香堪憶。」夜炊初碓紅秔。杜甫詩：「柴扉臨野碓，半濕擣香秔。」

讀道旁舊冢碣上題曰宋黄澹翁先生之墓

古路斜陽廢城，斷碑荒草殘塋。莫嗔童豎樵牧，不識先生姓名。

楊氏山莊　槎軒集作陸氏別墅

斜陽流水幾里，啼鳥空林一家。客去詩題柿葉，一作「來往莫愁橋斷」。「柿葉」見卷十五贈張泉民。僧來共煑藤花。一作「門前自有浮槎」。駱賓王詩：「山酒酌藤花。」

陶祕書廣陵送別圖　後漢書桓帝紀：「延熹二年，初置祕書監官」。晉書職官志：「惠帝永平中，復置祕書監，其屬官有丞、有郎，幷統著作郎。」

暮雨潮生瓜步，一統志：「瓜步山，在儀眞縣西。」春山樹繞蕪城。見卷十五送廣陵成居竹。惆悵離舟欲發，江南煙寺鐘聲。

高靑丘集卷十七

七言絶句

馬周見太宗圖

舊唐書：「馬周，字賓王，清河茌平人。少孤貧落拓，西遊長安，宿于新豐逆旅，主人唯顧諸商販，而不顧周；周遂命酒一斗八升，悠然獨酌，主人深異之。至京師，舍于中郎將常何家。貞觀五年，太宗令百官上書言得失，何以武吏不涉經學？周乃爲何陳便宜十餘事，令奏之，皆合旨。太宗怪其能，問何，答曰：『此非臣所能，家客馬周具草也。』太宗卽日召之，未至，間遣使催促者數四，及謁見，與語甚悅，令直門下省。六年，授監察御史，奉使稱旨。帝以常何舉得其人，賜帛三百匹。」

封事朝聞夕拜官，唐書百官志：「左補闕六人，左拾遺六人，掌供奉諷諫，大事廷議，小則上封事。」文心雕龍：「或上書，或奏狀，慮有宣洩，則囊封以進，謂曰封事。」新豐無復客衣寒。書生未有鳶肩相，見卷四贈馬冠渾。只說君臣際會難。

聞舊教坊人歌

渭城歌罷獨淒然，王維詩：「渭城朝雨浥輕塵，客舍青青柳色新。勸君更盡一杯酒，西出陽關無故人。」不及新聲世共憐。今日岐王賓客盡，江南誰識李龜年？杜甫江南逢李龜年詩：「岐王宅裏尋常見。」注：「按史：岐王範，睿宗子，然以開元十四年薨，此當是指嗣岐王珍也。」明皇雜錄：「天寶中，上命宮中女子數百人爲梨園弟子，時有馬仙期、李龜年、賀懷智，皆洞知律度。龜年特承顧遇，於東都大起第宅；後流落江南，每遇良辰勝景，爲人歌數闋，座上聞之，莫不掩淚罷酒。」

山中別寧公歸西塢

虎丘志：「僧寧，字居中，博通內外典，兼工吟咏。元末淮張之亂，築城虎丘，兵戈旁午，寧臘高望重，搘拄法門，寺賴以全。」

一上香臺看落暉，沙村孤樹晚依微。〔校記〕大全集作「依依」，竹素軒本同。老僧不出青山寺，只有鐘聲送客歸。

秋柳

欲挽長條已不堪，都門無復舊毿毿。此時愁殺桓司馬，見卷十一黃大癡天池石壁圖。暮雨秋風滿漢南。

送賈麟歸江上

別淚紛紛逐斷猿，貧交無贈只多言。家語：「子路將行，辭於孔子。子曰：『贈女以車？贈女以言乎？』子路曰：『請以言。』」離愁正似蘼蕪草，一路隨君到故園。

秋夜同周著作宿婁浦

小癖寒依竹浦雲，酒闌相對說離羣。一聲新雁誰先聽，今夜江南我共君。

方崖師畫

畫圖忽見白雲峰，茶屋香臺樹幾重。身若在師行道處，晚來唯訝不聞鐘。

送陳秀才歸沙上省墓

滿衣血淚與塵埃，陸機詩：「拊膺涕泣，血淚彷徨。」亂後還鄉亦可哀。風雨梨花寒食過，幾家墳上子孫來。

送呂卿

遠汀斜日思悠悠，花拂離觴柳拂舟。江北江南芳草徧，送君併得送春愁。

答陳校理尋花已落之作

君來春去不相期，空有新愁繞舊枝。總得花看能幾日，最難留惜是芳時。

與諸君飲吳別駕園

春來幾度醉無涯，不似今朝向汝家。四海弟兄俱在座，好風吹出棣棠花。

舟中聞歌

水柵孤燈照客舟，僧齊己江行早發詩：「鳥亂村林迥，人喧水柵橫。」江南誰解唱甘州？唐書禮樂志：「天寶樂曲皆以邊地名，若涼州、甘州、伊州之類。」樂苑：「甘州，羽調曲也。」尋常醉賞尊前曲，何事今朝聽得愁。

題雨竹畫

巫峽雲連湘水低，行人路滑畏深泥。不見朝陽鳴鳳至，春陰日日鷓鴣啼。

挽楊隱君

纔歌招隱又招魂，故老于今有幾存？他日我來應下拜，寒山流水竹間墳。

春思

愁兼楊柳一絲絲，客舍江南暮雨時。自入春來才思減，杏花開過不題詩。

入郭過南湖望報恩浮圖 寺見卷十二

雨過春陂柳浪香，布帆歸緩怕斜陽。漁人爲指江城近，一塔船頭看漸長。

廢宅芍藥 賈耽花譜：「牡丹，唐人謂之木芍藥。」

昔年花發要人催，天寶遺事：「明皇遊別殿，柳杏將吐，命高力士取羯鼓催花；上縱擊一曲，名春光好，回視桃杏俱發。上曰：『不喚我作天公可乎？』」今日無人花自開。猶有園丁憐國色，松窗雜錄：「大和、開成中，有程修己者，以善畫進。會內殿賞牡丹，因問修己曰：『今京邑傳唱牡丹花詩，誰爲首出？』對曰：『臣嘗聞公卿間吟賞李正封詩曰：天香夜染衣，國色朝酣酒。』」時容閑客借看來。

登江閣遠懷徐記室與杜進士同賦

憑闌兩客怨斜曛，此日同吟只欠君。江閣雖高猶不見，幾重山水幾重雲。

夏夜宿西園酒醒聞雨二首

飛蟲繞燭夢迴遲，荷葉齊鳴雨一池。不爲素紈猶在手，定疑秋夜乍寒時。

其二

人睡蕭蕭院落空，未秋愁已怯梧桐。夜長猶幸西軒雨，一半聽時在醉中。

聞笛

橫吹纔聽淚已流，寒燈照雨宿江頭。憑君莫作關山曲，亂世人人易得愁。

慰周著作悼亡

笑披紗扇憶當年，世說：「溫公從姑有女，屬公覓婚，公密有自婚意，報姑云：『已覓得婚處，壻身名宦，盡不減嶠。』因下玉鏡臺一枚。既婚交禮，女以手披紗扇，撫掌大笑曰：『我固疑是老奴。』」只有卿卿最得憐。世說：「王安豐婦，嘗卿安豐。安豐曰：『婦人卿壻，於禮爲不敬，後勿復爾。』婦曰：『親卿愛卿，是以卿卿，我不卿卿，誰當卿卿？』遂恒聽之。」按：王戎，封安豐縣侯。今日料應花不住，夜燈相伴室中禪。

山寺冒雨還西郭

栗葉翻翻滿寺秋，項斯宿山寺詩：「栗葉重重覆翠微。」出門風雨未全收。自慚騎馬非閒客，可是山僧不解留？

蘇李泣別圖

前漢書蘇武傳：「昭帝即位數年，匈奴與漢和親。漢求武等，於是李陵置酒賀武曰：『今足下還歸，揚名于匈奴，功顯于漢室，雖古竹帛所載，丹青所畫，何以過子卿？陵雖駑怯，令漢且貰陵罪，全其老母，使得奮大辱之積志，庶幾乎曹沫之盟，此陵宿昔之所不忘也！收族陵家，爲世大戮，陵尚復何顧乎？已矣！令子卿知吾心耳。異域之人，一別長絕。』陵起舞歌曰：『經萬里兮度沙幕，爲君將兮奮匈奴。路窮絶兮矢刃摧，士衆滅兮名已隤！老母已死，雖欲報恩將安歸？』陵泣下數行，因與武訣。」

丁零海上節毛稀，蘇武傳：「武至海上，杖漢節牧羊，臥起操持，節旄盡落。積五六年，單于弟於靬王愛之，給其衣食，賜武馬畜服匿穹廬，王死後，人衆徙去。其冬，丁令盜武牛羊，武復窮厄。」幾望南鴻近塞飛。泣盡白頭相別淚，少卿留虜子卿歸。

江上偶見

阿姬不畏晚寒多，綠舫紅衣柳下過。滿浦秋荷已零落，如何猶唱采蓮歌？

過保聖寺 姑蘇志：「寺在長洲縣二十都甫里。」

隔江煙霧隱樓臺，遠逐鐘聲放艇來。亂後不知僧已去，幾堆紅葉寺門開。

王七招飲余遊紫藤塢値雪失期

孤舟山水雪晴時，看到梅花幾萬枝。東崦題詩西崦醉，等閒忘却故人期。

江上送客

春風江上蕩舟過，垂柳垂楊拂浪波。惆悵今年頻送客，長條欲折已無多！

期諸友看范園杏花風雨不果

欲尋春去怕春休，又值春陰不得遊。寂寞西園風雨裏，杏花比客更多愁。

宮女圖

女奴扶醉踏蒼苔，明月西園侍宴迴。小犬隔花空吠影，夜深宮禁有誰來？按：牧齋列朝詩集注：「據吳中野史載：『季迪因此詩得禍，因引昭示諸錄，及豫章罪狀爲證。』此皆在後之事，難以牽引，惟詩綜所注，或有爲而作，亦未可知。」考正詳年譜末。

逢張架閣

花落江南酒市春，成都古今記：「十月爲酒市。」逢君歸騎帶京塵。一杯相屬成知己，何必平生是故人。

山中春曉聽鳥聲

子規啼罷百舌鳴，禽經：「江左曰子規，蜀右曰杜宇，甌越曰怨鳥，一名杜鵑。」禮記：「仲夏之月，小暑至，螳螂生，鵙始鳴，反舌無聲。」注：「反舌，百舌鳥。」東窗臥聽無數聲。山空人靜響更切，月落杏花天未明。

與親舊飲散出抵城西客舍賦寄

吳王廢苑草青青，一騎今朝發野亭。誰道別君行路遠，去時人醉到時醒。

過山家

流水聲中響緯車，板橋春暗樹無花。風前何處香來近，隔崦人家午焙茶。

雲山樓閣圖

碧樹香臺錦繡連，畫師應見亂離前。如今風景那堪寫，廢寺空山鎖暮煙。

始自西山移寓江渚夜聞雨有作

客身移宿浦雲東，孤館殘燈與舊同。夜静空江無落葉，雨聲驚不似山中。

晚過浦西橋

春水何長春日短，沙鴨交眠綠莎暖。晚過橋西不見人，野梅零落江雲斷。

歎庭樹

偶移弱質傍庭臯，風露離離已便高。翻笑園中栽樹者，十年猶未出蓬蒿。

雨中春望　原注：「時在圍中。」

郡樓高望見江頭，油壁行春事已休，樂府：「妾乘油壁車，郎乘青驄馬。」落盡棠梨寒食雨，只應啼鳥不知愁。

夜齋見螢火

拂竹緣莎復點苔，夜窗無月見飛來。舊書亂後都抛却，懶就微光更展開。

湖上見月憶家兄

望月思兄意轉迷，孤帆應宿楚雲西。夜深愁向湖邊立，爲有寒鴻相並棲。

逢吳秀才復送歸江上

江上停舟問客蹤，亂前相別亂餘逢。暫時握手還分手，暮雨南陵水寺鐘。

十宮詞

吳宮

芙蓉水殿屧廊東，「水殿」，見卷十二。「響屧廊」，見卷五。白苧秋來不耐風。教得君王長夜醉，月明歌舞在舟中。

楚宮

雨去雲來十二峰，見卷一巫山。渚宮樓閣暮重重。細腰無限空相妒，後漢書馬廖傳：「楚王好細腰，宮中多餓死。」不覺瑤姬夢裏逢。

秦宮

宮閉驪山靜管絃，一統志：「阿房宮，在咸陽縣東二十五里，秦始皇建于渭南上林苑中。」杜牧阿房宮賦：「驪山北構而西折，直走咸陽。」翠華巡狩去經年。史記秦始皇本紀：「二十八年，東行郡縣，封泰山，禪梁父。二十九年，東遊至陽武博浪沙，登之罘。三十二年，之碣石，使燕人盧生求羨門、高誓。三十七年，出遊之雲夢，望九疑，浮江下，觀籍柯，渡海渚，過丹陽，至錢唐。臨浙江，上會稽，望南海，還過吳，北至琅邪，至平原津而病，崩于沙丘平臺。」掖庭無用恩難報，漢書百官公卿表：「太初元年，改永巷爲掖庭，丞八人。」願上蓬萊采藥船。史記秦始皇本紀：「二十六年，齊人徐市等上書，言海中有三神山，名曰蓬萊、方丈、瀛洲，仙人居之；請得齋戒，與童男女求之。於是遣徐市發童男女數千人，入海求神仙。」

漢宮

酒醒金屋曙河流，見卷一長門怨。願賜銅盤一滴秋。他日君王作仙去，瑤池猶幸得同遊。

魏宮

翡翠明珠入貢頻，通鑑：「魏黃初二年，魏主丕遣使求大貝、明珠、象犀、玳瑁、孔雀、翡翠、鬭鴨、長鳴雞于吳；吳羣臣曰：『荆揚貢有常典，魏所求非禮，宜勿與。』吳王權曰：『彼所求者，於我瓦石耳，孤何惜哉？』具以與之。」承恩長占鄴宮春。一統志：「曹操建都于鄴，今彰德府。」至尊莫信陳王賦，那得人間有洛神？曹子建洛神賦李周翰注：「曹植，字子建，魏武帝第三子，初封東阿王，後改封雍丘王，死謚曰陳思王。洛神，謂溺于洛水爲神也。植有所感，託而賦焉。」又李善注：「植初求甄逸女不遂，後太祖回，與五官中郎將；植殊不平，晝思夜想，廢寢與食。黃初中，入朝，帝示植甄后玉鏤金帶枕；植見之，不覺泣下，時已爲郭后讒死。帝意尋悟，因留宴飲，仍以枕賚植。植還度轘轅，將息洛水上，因思甄氏，忽若有見；遂述其事，作感甄賦。後明帝見之，改爲洛神賦。」

晉宮

盡日南風永巷開，小名錄：「童謠云：南風烈烈吹白沙。南風，賈后小字也。」羊車去後玉堦苔。通鑑：「晉武帝既平吳，頗事游宴，掖庭殆將萬人。常乘羊車，恣其所之，至便宴殿，宮人競以竹葉插戶，鹽汁灑地，以引帝車。」誰知天上無塵地，亦有城南小吏來！晉書惠賈皇后傳：「洛南有盜尉部小吏，端麗美容止，既給廝役，忽有非常衣服，衆咸疑其竊，盜尉嫌而辯之。賈后疎親，欲求盜物，往聽對辭，小吏云：『先行逢一老嫗，說家有疾病，師卜云：宜得城南少年厭之。欲暫相煩，必有重報。于是隨去，上車下帷，內簏箱中；行可十餘里，過六七門限，開簏箱，忽見樓闕好屋，問此是何處？云是天上。即以香湯見浴，好衣美食。將入，見一婦人，年可三十五六，短形青黑色，眉後有疵，見留數夕。臨出，贈此衆物。』聽者聞其形狀，慚笑而去，尉亦解意。」

齊宮

帖地黃金襯韈羅，南史東昏侯本紀：「鑿金爲蓮華以帖地，令潘妃行其上，曰：此步步生蓮華也。」苑中市罷合笙歌。南齊書東昏侯本紀：「於苑中立市，太官每旦進酒肉雜肴，使宮人屠酤；潘氏爲市令，帝爲市魁，執罰，爭者，就潘氏決判。」時百姓歌云：「閱武堂前種楊柳，至尊屠肉，潘妃酤酒。」有人解誦西京賦，添得樓臺火後多。南史東昏侯本紀：「永元三年，殿內火，後又燒璿儀、曜靈等十餘殿及柏寢，北至華林，西至祕閣，三千餘間皆盡。左右趙鬼能讀西京賦云：『柏梁既災，建章是營。』于是大起諸殿，又別爲潘妃起三殿，帀飾以金璧。」

陳宮

春風臺一作三。閣繡參差，通鑑：「陳至德二年，後主起臨春、結綺、望仙三閣。各高數十丈，連延數十間，其窗牖欄檻，皆以沈檀爲之，飾以金玉，間以珠翠，外施珠簾，內有寶牀寶帳；其服玩瑰麗，近古未有。每微風漸至，香聞數里。其下積石爲山，引水爲池，雜植奇花異卉。上自居臨春，張貴妃居結綺，龔、孔二貴妃居望仙，複道往來。」狎客爭陳璧月詞。南史後主本紀：「常使張貴妃、孔貴妃等八人夾坐，江總、孔範等十人預宴，號曰狎客。先令八婦人襞采箋，製五言詩，十客一時繼和，遲則罰酒，君臣酣歌，從夕達旦，以此爲常。其曲有玉樹後庭花、臨春樂等，大略皆美諸妃嬪之容色。」幾度醉濃嬌不起，景陽樓上曉鐘時。一統志：「景陽樓，在臺城內，劉宋元嘉中建，齊武帝時置鐘其上，宮人聞鐘聲即起，因謂之促妝樓。」

隋宮

五斛青螺一日銷，侍兒小名錄：「隋煬帝宮女吳絳仙，善畫長蛾眉，官吏日供螺子黛五斛。」迷樓深貯萬妖嬈。迷樓記：「項昇能構宮室，經歲而成，千門萬牖，工巧之極，自古無有；人誤入者，雖終日不能出。煬帝幸之，大喜，顧左右曰：『使眞仙游其中，亦當自迷也，可目之曰迷樓。』」衆中誰解留車駕？隋遺錄：「大業十二年，煬帝將幸江都，宮女半不隨駕，爭泣留帝。言遼東小國，不足以煩大駕。攀車，指血染鞅。」風浪如山莫渡遼。隋書煬帝本紀贊：「頻出朔方，三駕遼左，旌旗萬里，徵稅百端，猾吏侵漁，人不堪命！」

唐宮

玉笛聲殘禁漏長，太眞外傳：「明皇與兄弟同處，妃子竊寧王玉笛吹之。」張祜詩：「小窗靜院無人見，閒把寧王玉笛吹。」雲屏月帳醉焚香。五王宴罷皆歸院，大被空閒一夜涼。唐書明皇紀：「上素友愛，初卽位，置五王帳，長枕大被，與兄弟同寢。朝罷，多從諸王遊禁中，拜跪如家人之禮，飲食起居，亦相與同之。」

次韻春日漫興四首奉酬外舅達翁

老去風情似樂天，恨無張態抹朱紘。白居易詩：「李娟、張態君莫嫌，亦擬隨時自教取。」注：「李娟、張態，蘇妓名。」一春酒病稀遊賞，啼鳥驚花共悵然。

其二

水邊簾幕遠籠花，遊女時時出浣紗。記得橫塘沽酒處，晝船明月載琵琶。

其三

雨多池館草毿毿，酒色寒銷舊舞衫。燕子似憐花落地，殷勤長帶軟泥銜。

其四

菖蒲葉老芷花新，池暖鴛鴦護水紋。不上高樓無遠恨，江南春盡草如雲。

迴文

風簾一燭對殘花，薄霧寒籠翠袖紗。空院別愁驚破夢，東闌井樹夜啼鴉。

春日憶江上二首

一川流水半村花，舊屋南鄰是釣家。長記歸篷載春醉，雲籠殘照雨鳴沙。

其二

新蒲正綠乳鳧鳴，水沒魚梁宿雨晴。看近清明沉種日，陸游詩：「農事漸興初浸種。」野人何事不歸耕？

醉仙圖

酒滿長生癭木瓢，呂公著癭木壺詩：「嗟爾木之癭，何異肉有贅？」杜甫詩：「長生木瓢示眞率。」花開仙館宴春宵。飛瓊何事堅辭飲？見卷九蔡經宅。應恐清都誤早朝。列子：「清都紫微，鈞天廣樂，帝之所居。」

觀弈圖

「觀弈爛柯」，見卷十二樵。

錯向山中立看棋，家人日暮待薪炊。如何一局成千載，應是仙翁下子遲。

江村即事

野岸江村雨熟梅，水平風軟燕飛回。小舟送餉荷包飯，柳宗元詩：「綠荷包飯趁墟人。」遠旆招沽竹醞醅。

偶睡

竹間門掩似僧居，白豆花疎片雨餘。一榻茶煙成偶睡，覺來猶把讀殘書。

舟歸江上過斜塘

漫漫村塘水沒沙，清明初過已無花。春寒欲雨歸心急，嬾駐扁舟問酒家。

西齋庭前海棠

寂寥銀燭與金盤，睡足簾前怯曉寒。見卷八明皇秉燭夜游圖。不是詩人賞幽獨，雨中深院有誰看？

次韻張仲和春日漫興

蘇小墳前柳似煙，吳地記：「嘉興縣前有晉妓蘇小小墓。」樂府廣題：「蘇小小，錢唐名娼也，南齊時人。」秋千人靜夕陽天。獨騎款段尋詩去，後漢書馬援傳：「御款段馬。」注：「款，猶緩也，言形段遲緩也。」嬾逐看花衆少年。

與內弟周思敬晚過鴈蕩僧舍　見卷六宿幻住棲雲堂詩

同過溪橋日欲晡，遠林殘葉似棲烏。照公院裏堪留宿，照公即幻住僧明本。已有梅花有酒無？

白傅湓浦圖　見卷十二

相逢淪落總天涯，舟泊湓江近荻花。逐客青衫自多淚，傷心不用怨琵琶。

陶穀驛亭圖　南唐拾遺記：「陶穀使江南，甚欲假書，韓熙載令館伴驛中謄六朝書，半年乃畢。穀見伎秦蒻蘭，以爲驛吏女也，遂敗愼獨之戒，作長短句贈之。明日，中主燕穀，穀毅然不可犯，中主持觥立，使蘋蘭出歌續斷絃之曲侑觴；穀大慚而罷。詞名風光好云：『好姻緣，惡姻緣，祇得郵亭一夜眠。別神仙，琵琶撥盡相思調，知音少！再把鸞膠續斷絃，是何年？』」又案沈遼任杜娘傳：「以此事爲穀使吳越事，而女伎則杜娘，非蘋蘭也。」

酒闌使騎趣歸時，羞殺江南一曲詞。借問驛亭相見者，風流何似党家兒？見卷四映雪圖。

客夜聞女病　原注：「時在錢塘。」

歲盡歸期尙杳然，不知汝病復誰憐？隔鄰兒女燈前笑，客舍愁中正獨眠。

秋江晚渡圖

鷗鴇飛盡一洲蘋，帆帶秋雲度遠津。底事愁看畫中景，昨朝曾送渡江人。

夜中有感二首

少壯無歡似老時，身窮寧坐苦吟詩。臥思三十年來事，一半閒關在亂離。

其二

倦僕廚中睡已安，吹燈呼起冒霜寒。酒醒無限悲歌意，不覓書看覓劍看。杜甫詩：「檢書燒燭短，看劍引杯長。」

徐記室謫鍾離歸後同登東丘亭

「東丘亭」，見虎丘志。

同上高亭一賦詩，喜逢君是謫歸時。不然此日登臨處，應望天涯有遠思。

將赴金陵始出閶門夜泊二首

烏啼霜月夜寥寥，回首離城尚未遥。正是思家起頭夜，遠鐘孤棹宿楓橋。

其二

煙月籠沙客未眠，歌聲燈火酒家前。如何纔出閶門宿，已似秦淮夜泊船。

舟次丹陽驛

一統志：「丹陽縣雲陽驛。」

沽酒來尋水驛門，鄰船燈火語黄昏。今朝始覺離鄉遠，身在丹陽郭外村。

正月十六日夜至京師觀燈

天街爭唱落梅歌，「落梅」，見卷八會飲城南。絳闕珠燈萬樹羅。莫笑游人來較晚，春風還似昨宵多。

夜聞雨聲憶故園花

帝城春雨送春殘，雨夜愁聽客枕寒。莫入鄉園使花落，一枝留待我歸看。

早至闕下候朝

月明立傍御溝橋，半啓宮門未放朝。騶吏忽傳丞相至，火城如晝曉寒銷。見卷十二贈張省郎。

春日寄張祠部

烏衣巷口燕來時，楊柳風多颭酒旗。遠客金陵遊伴少，看花惭比去年遲。

左掖作　見卷十四送賈文學東掖注

小殿珠簾散柳絲，東宮初退講筵時。不材未敢修封事，見前馬周。把筆閒題應教詩。文選沈休文鍾山詩應西陽王教。按：諸王命曰應教。

雨中登天界西閣

青山樓閣楚江東，身在蒼茫晚色中。故國自遙難望見，不關春樹雨溟濛。

吳中親舊遠寄新酒二首

雙壺遠寄碧香新，酒內情多易醉人。上國豈無千日釀？博物志：「劉玄石于中山酒家酤酒，酒家與千日酒，忘言其節度，歸至家，大醉，而家人不知，以爲死也，權葬之；酒家計千日滿，乃憶玄石，往視之，云亡三年，已葬。于是開棺，醉始醒。俗云：玄石飲酒，一醉千日。」搜神記：「狄希，中山人也，能造千日酒，飲之亦千日醉。」獨憐此是故鄉春！

其二

爲念春來客思悲，欲教一醉對花枝。那知飲量新來減，不似江亭看妓時。

宿圓明寺早起 見卷十二

客起燈前夢尚迷，滿城殘月曉峰西。應知野寺非山店，只聽鐘聲不聽雞。附舊本作天界寺睡覺聞鐘：「夢覺春寒被尚凄，滿樓淮月女牆西。心驚官寺非田舍，只聽鐘聲不聽雞。」

送葛省郎東歸二首　〔校記〕別本多作「郭省郎」。

金陵女兒踏春陽，金陵客子正思鄉。一杯況復送君去，目斷飛花江水長。

其二

桃葉渡頭聞唱歌，孤帆欲發奈愁何！君歸是我來時路，山水無多離思多。

四月朔日休沐雨中

送春風雨苦潺潺，得告今朝免綴班。蘇軾詩：「自甘茅屋老三間，豈意彤庭綴兩班。」臥聽鳩啼花落盡，此身如在故園閒。

戴叔鸞入江夏山圖　見卷四魏使君見示呂忠肅公贈詩

歸隱初辭薦辟章，西風黃葉滿車箱。杜甫詩：「車箱入谷無歸路。」寰宇記：「華陰縣有車箱谷，深不可測。」青牛只識山中路，不是無心向洛陽。

送哲明府之新淦　江西臨江府屬。

花落春衫試剪裁，石頭城下楚帆開。憑誰爲報清江吏，一統志：「清江，在臨江府城南，本贛水經吉安至此爲清江。」麥雉鳴時縣令來。見卷二秋江曲。

逆旅逢鄉人

客中皆念客中身，唯汝相逢意更親。不向燈前聽吳語，何由知是故鄉人？

寄丁二侃

江頭斜日草初曛，目斷歸鴻隔楚雲。舊宅因君相近住，每思家處卽思君。

題虞文靖公書所賦鶴巢詩後

元史：「虞集，字伯生，蜀郡人，宋丞相允文五世孫也。隨父汲居臨川，天性孝友，弘才博學，累遷奎章閣學士。日取經史中切心德治道者，陳進經筵；凡承顧問，必隨事規諫，而一時大典册，咸出其手。其論薦人材，必先器識。平生爲文萬篇，有道園學古錄行世。卒贈仁壽公，謚文靖。」

玉堂罷直鬢如絲，華蓋岡頭戴笠時。撫州志：「山在崇仁縣西，形如華蓋。宋末望氣者言：華蓋、臨川二山間，當產異人。已而吳澄出。文靖，崇仁人，受業草廬。」王褘虞先生戴笠圖贊：「猗文靖公，青城山樵，繼百年之學術，擅一代之文豪。」丁令去來滄海變，人間零落鶴巢詩。

客中憶二女

每憶門前兩候歸，客中長夜夢魂飛。料應此際猶依母，燈下看縫寄我衣。

晚晴遠眺

楚天無物不堪詩，登眺唯愁一作應。動遠思。秋樹江山人別後，夕陽樓閣雨晴時。

寄徐記室　原注：「徐久客京師，余至已東還。」

惆悵江東日暮雲，我來君去苦離羣。不知此日君思我，還似當時我憶君。

寄家書　原注：「時客越城。」

底事鄉書累自修？路長唯恐有沉浮。還憂得到家添憶，不敢多言客裏愁。

期袁卿見過因出失値寄詩謝之

非關遠出負幽期，自是江邊枉棹遲。誰道空回君恨切，未應如我到家時。

宿蟾公房 在虎丘

一禽不鳴深樹煙，明月下照高僧禪。獨開西閣詠清夜，秋河欲墮山蒼然。

陌上見梅

陌頭一樹帶風沙，零落寒香日欲斜。車馬紛紛誰暇看，當年只合種山家。

東歸至楓橋

故人當日送登畿，此地停舟醉落暉。慚愧臨河舊攀柳，尚留青眼看人歸。劉元素柳詩：「青眼相看我可知。」

江行

家家魚網映迴橋，春水初生沒樹腰。客路江南煙雨裏，綠蕪芳草恨迢迢。

戲和徐七見寄臥聞鄰槽酒聲之作

春瀉鄰槽入夜聞，遠疑泉響隔松雲。題詩爲問醒眠客，幾滴還能醉得君？

見燕至

初來如報社前春，好宿茅簷伴客身。莫入江南舊庭院，杏花風雨總無人。

背面美人圖

欲呼回首不知名，背立東風幾許情。莫道畫師元不見，傾城雖見畫難成。

對梨花

素香寂寞野亭空，不似秋千院落中。臥對一枝愁病酒，淸明今日雨兼風。

和楊余諸君在謫中憶往年西園聽歌

花落名園罷醉遊，故人無復舊風流。異鄉莫歎無歌聽，若使聞歌意更愁。

重過南寺尋悟公不值

我是鈞天夢覺人，見卷七畫眠。憶來松下似前身。老僧何去袈裟在，落葉斜陽滿室塵。

過流通院二首 蘇州府志：「院在長洲十九都。」

僧懶開門見客遲，空林流水日斜時。欲留詩句知曾過，我後來看竟是誰？

其二

橘柚林中薜荔垣，幽尋幾度入秋園。雖然老衲無聞見，猶勝相逢俗客言。

聞人唱吳歌

楚人不解聽吳歌，我獨燈前感慨多。記得通波亭下路，姑蘇志：「長洲舊傳館凡八：全吳、通波、龍門、臨頓、江楓、烏鵲、昇羽、昇月，在宋猶存。」畫船歸去雨鳴荷。

雨中過山 一作雨中過雞籠山。按：山在天平山東。

春雲晻靄澗奔渾，風雨行人過一村。不似山家深竹裏，乳鳩啼午未開門。

讀史二十二首

晏嬰史記管晏列傳：「晏平仲嬰者，萊之夷維人也。事齊靈公、莊公、景公，以節儉力行重于齊，三世顯名于諸侯。」

一裘身著久經年，檀弓：「晏子一狐裘三十年。」祿米分炊幾戶煙。說苑：「晏子曰：『臣以君之賜，父之黨無不乘車者，母之黨無不足于衣食者，妻之黨無凍餒者，國之簡士待臣而擧火者數百家。』」盡說大夫能養士，却於尼叟惜封田。孔子世家：「孔子適齊，爲高昭子家臣以通乎景公，公欲封以尼谿之田，晏嬰不可，公惑之，孔子遂行。」

商鞅史記商君列傳：「商君者，名鞅，姓公孫氏。少好刑名之學，去魏相秦，封商君。」

徒誇闟戟衞華軒，商君列傳：「持矛而操闟戟者，旁車而趨。」渭水何能洗衆冤？通鑑：「商君用法嚴酷，嘗臨渭論囚，渭水盡赤。」想到出亡無舍日，見卷三寓感之十。應思不用趙良言。商君列傳：「趙良說商君曰：『君之危若朝露，尚將欲延年益壽乎？則何不歸十五都，灌園于鄙，勸秦王顯巖穴之士，養老存孤，敬父兄，序有功，尊有德，可以少安。君尚將貪商、於之富，寵秦國之政，畜百姓之怨；秦王一旦捐賓客而不立朝，秦國之所以收君者，豈其微哉？亡可翹足而待。』商君弗從。」

儀秦史記：蘇秦，東周洛陽人。張儀，魏人。

二子全操七國權，朝談從合暮衡連。見卷四贈談鬼谷數蓍師金松隱。又呂覽離謂篇注：「關東六國爲從，關西爲橫。」又曰：「以六攻一爲縱，以一離六爲橫。」天如早爲生民計，各與城南二頃田。見卷一將進酒。

藺相如史記藺相如列傳：「藺相如者，趙人也。趙惠文王時，秦王使使者告趙王，欲與王爲好，會于西河外澠池。趙王畏秦，欲毋行，廉頗、藺相如計曰：『王不行，示趙弱且怯也。』遂與秦王會澠池。秦王飲酒酣曰：『寡人竊聞趙王好音，請奏瑟。』趙王鼓瑟。秦御史前書曰：『某年、月、日，秦王與趙王會飲，令趙王鼓瑟。』藺相如前曰：『趙王竊聞秦王善爲秦聲，請奉盆缻以相娛樂。』秦王怒，不許。于是相如前進缻，因跪請秦王，秦王不肯擊缻。相如曰：『五步之內，相如請得以頸血濺大王矣。』左右欲刃相如，相如張目叱之，左右皆靡。于是秦王不懌，爲一擊缻。相如顧召趙御史書曰：『某年、月、日，秦王爲趙王擊缻。』秦之羣臣曰：『請以趙十五城爲秦王壽。』藺相如亦曰：『請以秦之咸陽爲趙王壽。』秦王竟酒，終不能加勝于趙。趙亦盛設兵以待秦，秦不敢動。既罷歸國，以相如功大，拜爲上卿。」

危計難成五步間，置君虎口幸全還。戰國策：「今秦四塞之國，譬如虎口而君入之，則臣不知君所出矣！」世人莫笑三閭懦，史記：「屈原至于江濱，漁父見而問之曰：『子非三閭大夫歟？何故而至此？』」離騷序：「三閭之職，掌王族三姓，曰：昭、屈、景，序其譜屬，率其賢良，以厲國士也。」不勸懷王入武關。屈原列傳：「時秦昭與楚婚，欲與懷王會，懷王欲行，屈平曰：『秦虎狼之國，不可信，不如無行。』懷王稚子子蘭，勸王行：『奈何絕秦歡！』懷王卒行，入武關，秦伏兵絕其後，因留懷王，以求割地。」

平原君見卷二主客行

朝歌長夜館娃春，一統志：「殷紂所都朝歌地，今衞輝府。」通鑑：「紂爲長夜之飲。」「館娃」，見卷二弔伍子胥詞。總爲妖姬戮諫臣。通鑑：「紂伐有蘇氏，有蘇氏以妲己女焉。妲己有寵，其言是從，十有一祀，醢九侯。鄂侯諫，脯之，囚西伯于羑里。三十有二祀，紂益無道，微子諫不聽，去之；箕子諫，被囚；比干固爭，殺之。」「夫差殺子胥」見卷九姑蘇臺。何事邯鄲貴公子，「邯鄲」，見卷二大梁行。能因躄者殺佳人？見卷十五過故將軍第。

范雎史記范雎列傳：「范雎至秦，日益親，因請間說曰：『臣居山東時，聞齊之有田文也，不聞有王也；聞秦之有太后、穰侯、華陽、高陵、涇陽，不聞有王也。』秦王于是廢太后，逐穰侯、高陵、涇陽君于關外，乃拜范雎爲相，封以應，號應侯。已而應侯任鄭安平，使將擊趙，爲趙所困，以兵二萬人降趙。王稽爲河東守，與諸侯通，坐法誅。應侯懼，不知所出，燕人蔡澤乃西入秦，將見昭王，使人宣言奪相位，以感怒應侯。應侯聞，使人召蔡澤；蔡澤入，則揖應侯，應侯固不快，及見之，又倨，應侯因讓之曰：『子嘗宣言欲代我相秦，寧有之乎？』對曰：『然。』應侯曰：『請問其說。』蔡澤曰：『吁！君何見之晚也？夫四時之序，成功者去。君之功極矣！以是而不退，則商君、白公、吳起、大夫種是也。君何不以此時歸相印，讓賢者而授之！』應侯曰：『善。』乃延入坐爲上客，入朝言蔡澤于秦昭王。昭王召見語，大說之，拜爲客卿。應侯因謝病請歸相印，昭王彊起應侯，應侯稱病篤。范雎免相，昭王新說蔡澤計畫，遂拜爲秦相。」

紛紛傾奪苦多謀，得勢還懷失勢憂。丞相不須嗔蔡澤，此時當問老穰侯。

范增史記項羽本紀：「沛公旦日從百餘騎來見項王，至鴻門，項王即日因留沛公與飲。項王、項伯東嚮坐，亞父南嚮坐。亞父者，范增也。沛公北嚮坐，張良西嚮侍。范增數目項王，舉所佩玉玦以示之者三，項王默然不應；范增起出，召項莊謂曰：『君王爲人不忍，若入前爲壽，壽畢，請以劍舞，因擊沛公于坐殺之。不者，若屬皆且爲所虜！』莊則入爲壽，壽畢，請以劍舞，項王曰：『諾。』項莊拔劍起舞，項伯亦拔劍起舞，常以身翼蔽沛公，莊不得擊。沛公起如廁，因招樊噲出，于是遂去，乃令張良留謝。沛公已去，間至軍中；張良入謝曰：『沛公不勝桮杓，不能辭，謹使臣良奉白璧一雙，再拜獻大王足下；玉斗一雙，再拜奉大將軍足下。』項王曰：『沛公安在？』良曰：『聞大王有意督過之，脫身獨去，已至軍矣。』項王則受璧，置之坐上；亞父受玉斗，置之地，拔劍撞而破之。曰：『唉！豎子不足與謀！奪項王天下者，必沛公也。吾屬今爲之虜矣！』」

不識興王自有眞，尊前示玦謾勞神。當時誰道翁多智？不及王家老婦人！陳丞相世家：「王陵以兵屬漢，項羽取陵母置軍中。陵使至，則東嚮坐陵母，以招陵。陵母既私送使者，泣曰：『爲老妾語陵，謹事漢王，漢王長者也，無以老妾故持二心，妾以死送使者。』遂伏劍而死。」

張子房史記：「張良，韓人。」

不握兵權只坐籌，苦辭萬戶乞封留。留侯世家：「漢封功臣，良未嘗有戰鬬功，高帝曰：『運籌策帷幄中，決勝千里外，子房功也！自擇齊三萬戶。』良曰：『始臣起下邳，與上會留，臣願封留足矣！不敢當三萬戶。』」縱令不早尋仙去，留侯世家：「願棄人間事，欲從赤松子遊耳！乃學辟穀導引輕身。」天子終無賜醢謀。李陵答蘇武書：「昔蕭、曹囚繫，韓、彭菹醢。」

賈誼史記：「賈誼，雒陽人。」

凶吉何由鵩鳥知？賈誼列傳：「賈生爲長沙王太傅，三年，有鴞飛入賈生舍，止于坐隅。楚人命鴞曰服。賈生既以適居長沙，長沙卑溼，自以爲壽不得長，傷悼之，乃爲賦以自廣曰：『野鳥入處兮，主人將去，請問于鵩兮，予去何之？吉乎告我，凶言其災。』」才高暫謫未須悲。秋風不灑梁園淚，賈誼列傳：「梁懷王，文帝之少子，愛而好書，故令賈生傅之。居數年，懷王騎墮馬而死，無後。賈生自傷爲傅無狀，哭泣歲餘，亦死，年三十三。」李白詩：「空餘賈生淚，相顧共淒然！」宣室寧無再見時。賈誼列傳：「後歲餘，賈生徵見，孝文帝方受釐，坐宣室；上因感鬼神事而問鬼神之本，賈生因具道所以然之狀。至夜半，文帝前席，既罷。曰：『吾久不見賈生，自以爲過之，今不及也！』居頃之，拜爲梁懷王太傅。」

董仲舒前漢書：「董仲舒，廣川人也，少治春秋，孝景時爲博士。下帷講誦，三年不窺園。武帝卽位，舉賢良文學之士，仲舒以賢良對策，天子以爲江都相。」按：廣川，今河間府景州。

早一作造。奏文章直殿廬，茂陵還復訪遺書。見卷七贈楊滎陽「封禪」注。寂寥猶抱春秋傳，誰問江都老仲舒？

李廣見卷一將軍行

猿臂將軍本自賢，見卷十二效唐人贈邊將。灞陵醉尉竟難全。李將軍列傳：「嘗夜從一騎出，從人田間飲，還至霸陵亭，霸陵尉醉，呵止廣。廣騎曰：『故李將軍。』尉曰：『今將軍尚不得夜行，何乃故也？』止廣宿亭下。居無何，天子乃召拜廣爲右北平太守，廣卽請霸陵尉與俱，至軍而斬之。」不聞當日王孫貴，重到淮陰賞少年。淮陰侯列傳：「淮陰屠中少年有侮信者曰：『若雖長大，好帶刀劍，中情怯耳！』衆辱之曰：『信能死，刺我，不能死，出我袴下。』于是信孰視之，俛出袴下蒲伏，一市人皆笑，以爲怯。漢五年正月，徙齊王信爲楚王，都下邳。信至國，召辱己之少年令出袴下者以爲楚中尉。」

田千秋見卷一長安道。又卷三寓感之十八。

功名何必任才謀？遇合逢時便可收。高寢郎官頭已白，一言悟主卽封侯。漢書田千秋傳：「立拜爲大鴻臚。數月，遂代劉屈氂爲丞相，封富民侯。」

王章前漢書：「王章，字仲卿，泰山鉅平人也。少以文學爲官。成帝立，章以選爲京兆尹。時帝舅大將軍王鳳輔政，章雖爲鳳所舉，非鳳專權，不親附鳳；會日有蝕之，章奏封事，召見，言鳳不可任用，宜更選忠賢。上初納受章言，後不忍退鳳。章由是見疑，遂爲鳳所陷，罪至大逆。初，章爲諸生學長安，獨與妻居，章疾病，無被，臥牛衣中，與妻決，涕泣。其妻呵怒之曰：『仲卿，京師尊貴在朝廷人誰踰仲卿者？今疾病困戹，不自激昂，乃反涕泣，何鄙也？』後章仕宦歷位，及爲京兆，欲上封事。妻又止之曰：『人當知足，獨不念牛衣中涕泣時耶？』章曰：『非女子所知也。』書遂上。果下廷尉獄，妻子皆收繫。章小女年可十二，夜起號哭曰：『平生獄上呼囚，數常至九，今八而止。我君素剛，先死者必君。』明日問之，章果死，妻子皆徙合浦。」

外家勢重直言稀，京兆書陳蹈禍機。合浦老妻須莫怨，絶勝臥病死牛衣。

揚雄前漢書：「揚雄，字子雲，蜀郡成都人。自蜀來遊京師，大司馬車騎將軍王音奇其文雅，召以爲門下吏，薦雄待詔。歲餘，奏羽獵賦，除爲郎，給事黄門，與王莽、劉歆並。哀帝之初，又與董賢同官。當成、哀、平間，莽、賢皆爲三公，權傾人主，所薦莫不拔擢，而雄三世不徙官。草太玄，有以自守，泊如也。」通鑑：「及莽卽位，雄以耆老久次，轉爲大夫。雄作法言，卒章盛稱莽功德，可比之伊、周；後又作劇秦美新之文以頌莽，君子病焉。」

執戟三朝老從臣，從來無意據通津。如何晚把玄經筆，却爲新都著劇秦。

馬援後漢書：「馬援，字文淵，扶風茂陵人。」

浪泊歸時憶少游，馬援傳：「建武十七年，拜援伏波將軍，南擊交阯。十八年春，軍至浪泊上，與賊戰，破之。明年正月，封援爲新息侯。援乃擊牛釃酒，勞饗軍士，從容謂官屬曰：『吾從弟少游，常哀吾慷慨多大志。曰：士生一世，但取衣食裁足，乘下澤車、御款段馬，爲郡掾吏，守墳墓，鄉里稱善人，斯可矣，致求盈餘，但自苦耳！當吾在浪泊西里間，虜未滅之時，下潦上霧，毒氣熏蒸，仰視飛鳶，跕跕墮水中，臥念少游平生時語，何可得也？今賴士大夫之力，被蒙大恩，猥先諸君紆佩金紫，且喜且慚。』」炎蒸終復困壺頭。馬援傳：「建武二十四年，武威將軍劉尙，擊武陵五溪蠻夷，深入軍沒，援因復請行，時年六十二，帝愍其老，未許之。援自請：臣尚能被甲上馬。帝令試之，援據鞍顧盼，以示可用。帝笑曰：『矍鑠哉！是翁也。』遂遣援率中郎將馬武、耿舒、劉匡、孫永等四萬餘人征五溪。三月，進營壺頭，賊乘高守隘，水疾，船不得上，會暑甚，士卒多疫死；援亦中病，遂困，乃穿岸爲室，以避炎氣。賊每升險鼓譟，援輒曳足以觀之；左右哀其壯志，莫不爲之流涕。」漢庭豈少英年將，衰老南征苦自求。

袁安後漢書：「袁安，字邵公，汝南汝陽人也。舉孝廉，除陰平長、任城令，所在吏人畏而愛之。爲河南尹，政號嚴明。章和元年，代桓虞爲司徒。和帝即位，竇太后臨朝，兄車騎將軍憲北擊匈奴，安與太尉宋由、司徒任隗及九卿詣朝堂上書，以爲匈奴不犯邊塞，無故勞師，非社稷之計。書連上輒寢。宋由懼，遂不敢復署議，而諸卿稍自引止，安獨與任隗守正不移，至免冠朝堂，固爭者十上；太后不聽，衆皆爲之危懼，安正色自若。竇憲既出，又劾憲弟執金吾景等及阿附貴戚者，竇氏大恨；但安、隗素行高，亦未有以害之。時漢室中微，外戚強盛，朝廷之上，皆倚賴安以爲重。」

洛下人家懶去干，閉門僵臥雪漫漫。袁安傳注：「時大雪積地丈餘，洛陽令自出案行，見人家皆除雪，有乞食者；至安門，無有行路，謂安已死，令人除雪，見安僵臥，問何以不出？曰：『大雪，人皆餓，不宜干人。』令以爲賢，舉爲孝廉。」立朝不附薰天勢，應爲平生耐得寒。

荀彧魏書：「荀彧，字文若，潁川潁陰人也，淑孫。聞曹操有雄略，歸之，太祖與語，大悅曰：『吾子房也。』以爲奮武司馬，軍國事悉以咨之。八年，太祖錄彧前後功，表封彧爲萬歲亭侯。十七年，董昭等謂太祖宜進爵國公，九錫備物，以彰殊勳，密以諮彧；彧以爲太祖本興義兵，以匡朝寧國，秉忠貞之誠，守退讓之實，君子愛人以德，不宜如此。太祖由是心不能平，會征孫權，表請彧勞軍于譙，因輒留彧，以侍中光祿大夫持節參丞相軍事。太祖軍至濡須，彧疾留壽春，以憂薨。謚敬侯。明年，太祖遂爲魏公矣。」魏氏春秋曰：「太祖饋彧食，發之，乃空器也。于是飲藥而卒。」

晚惜彤弓勢已難，詩：「彤弓弨兮。」禮：「諸侯賜弓矢然後征。」空期魏武作齊桓。猶緣死沮姦雄意，竊鼎遷延到五官。魏書文帝紀：「建安十六年，爲五官中郎將副丞相。」

孔明蜀書：「諸葛亮，字孔明，琅琊人。早孤，從父玄，素與荆州牧劉表有舊，往依之。亮躬耕隴畝，好爲梁父吟，每自比于管仲、樂毅；博陵崔州平、潁川徐庶，與亮友善，謂爲信然。徐庶謂先主曰：『諸葛孔明，臥龍也。』先主三顧草廬，延爲軍師。先主卽位，拜丞相。後主時，封武鄉侯。建興十二年春，亮悉大衆由斜谷出，以流馬運，據武功五丈原，與司馬宣王對于渭南。亮每患糧不繼，使己志不伸，是以分兵屯田，爲久住之基，耕者雜于渭濱居民之間，而百姓安堵，軍無私焉。相持百餘日，其年八月，亮疾病卒于軍，謚忠武。」

莫恨流星墮渭濱，見卷十三韓蘄王墓。出師未捷已沾巾。杜甫詩：「出師未捷身先死，長使英雄淚滿襟。」天應留取生司馬，漢晉春秋：「楊儀等整軍而出，百姓奔告宣王，宣王追焉。姜維令儀反旗鳴鼓，若將向宣王者，宣王乃退不敢偪。于是儀結陣而去，入谷，然後發喪。百姓爲之諺曰：『死諸葛走生仲達。』或以告宣王，宣王曰：吾能料生，不能料死也。」歸作他年取魏人。

張昭吳志：「張昭，字子布，彭城人。避難南渡，孫策創業，命昭爲長史撫軍中郎將，升堂拜母，如比肩之舊，文武之事，一以委昭。策臨亡，以弟權託昭，昭率羣僚立而輔之。權稱尊號，改封婁侯。昭每朝見，詞氣壯厲，義形于色。權以公孫淵稱藩，遣張彌、許晏至遼東拜淵爲燕王，昭諫曰：『淵背魏懼討，遠來求援，非本志也。若淵改圖，欲自明于魏，兩使不反，不亦取笑于天下乎？』權與相反覆，昭意彌切，權不能堪，案刀而怒曰：『吳國士人，入宮則拜孤，出宮則拜君，孤之敬君，亦爲至矣！而數于衆中折孤，孤嘗恐失計。』昭熟視權曰：『臣雖知言不用，每竭愚忠者，誠以太后臨崩，呼老臣于牀下，遺詔顧命之言故在耳。』因涕泣橫流，權擲刀致地，與昭對泣。然卒遣彌、晏往，昭忿言之不用，稱疾不朝，權恨之，土塞其門，昭又于內以土封之；淵果殺彌、晏，權數慰謝昭，昭固不起，權因出過其門呼昭，昭辭疾篤，權燒其門，欲以恐之，昭更閉戶，權使人滅火，住門良久，昭諸子共扶昭起，權載以還宮，深自克責，昭不得已，然後朝會。」

長史難忘昔受遺，塞門投老苦憂時。孝廉猶有當年意，吳志吳王傳：「孫權，字仲謀，郡察孝廉，州舉茂才。」不遺眞從介子推。新序：「晉文公反國，介子推無爵祿，遂去而之介山之上，文公求之不得，乃焚其山，子推不出而焚死。」

王猛十六國春秋：「猛，字景略，北海劇人也。瓌姿儁偉，博學好兵書，隱于華山。桓溫入關，猛被褐詣之，一面談當世之事，捫蝨而言，旁若無人；溫察而異之。苻堅將有大志，聞猛名，遣呂婆樓招之，一見便若平生；語及廢興大事，與堅同契，若玄德之遇孔明也。及堅僭立，一歲五遷，位至司空。後猛疾甚，上疏謝恩，堅覽之流涕，悲動左右，病篤，親臨省視，問以後事，猛曰：『晉雖僻陋吳越，乃正朔相承，親仁善鄰，國之寶也。臣沒之後，願不以晉爲圖。』言終而死，堅哭之慟，比斂，三臨。贈侍中尚書，謚曰武侯。」

軍門被褐異隆中，抱策歸秦竟事戎。猶喜遺言眞有識，不教飲馬向江東。

謝安晉書：「謝安，字安石，尚從弟也。少有重名，累辟不就，及弟萬黜廢，始有仕進志，時年已四十餘矣。徵拜侍中，遷吏部尚書中護軍。簡文帝病篤，桓溫上疏薦安宜受顧命，及帝崩，溫入赴山陵，止新亭，大陳兵衞，將移晉室，呼安及王坦之，欲於坐害之。坦之甚懼，問計于安，安神色不變曰：『晉祚存亡，在此一行。』既見溫，坦之流汗沾衣，倒執手板，安從容就席，坐定，謂溫曰：『安聞諸侯有道，守在四鄰，明公何須壁後置人耶？』溫笑曰：『正自不能不爾耳。』遂笑語移日。坦之與安初齊名，至是方知坦之之劣。頃之，加司徒，復加侍中。苻堅強盛，率衆號百萬，次于淮淝，京師震恐；加安征討大都督。玄入問計，安夷然無懼色，答曰：『已別有旨。』既而寂然，玄不敢復言，乃令張令重請，安遂命駕出山墅，親朋畢集，方與玄圍棋賭別墅；安常棋劣于玄，是日玄懼，便爲敵手，而又不勝。安顧謂其甥羊曇曰：『以墅乞汝。』安遂游涉，至夜乃還。指授將帥，各當其任。玄等既破堅，有驛書至，安方對客圍棋看書，既竟，便攝放牀上，了無喜色，棋如故，客問之，答曰：『小兒輩遂已破賊。』既罷還內，過戶限，心喜甚，不覺屐齒之折。其矯情鎭物如此。」

談笑新亭鼎不移，坐籌強虜在枰棊。平生事業從容得，莫道無心展折遲。

韓子舊唐書：「韓愈，字退之，昌黎人。登進士第。發言眞率，無所畏避。爲刑部侍郎，時鳳翔法門寺有護國眞身塔，塔內有釋迦文佛指骨一節，其書本傳法三十年一開，開則歲豐人泰。十四年正月，上令中使杜英奇押宮人三十人，持香花赴臨皋驛迎佛骨，自光順門入大內，留禁中三日，乃送諸寺。王公士庶，奔走施捨，唯恐在後；百姓有廢業破產，燒頂焚臂，而求供養者。愈素不喜佛，上疏諫之。疏奏，憲宗怒甚，間一日，出疏以示宰臣，將加極法。裴度、崔羣奏曰：『韓愈上忤尊聽，誠宜得罪，然而非內懷忠懇，不避黜責，豈能至此？伏乞稍賜寬容，以來諫者。』上曰：『愈言我奉佛太過，我猶爲容之，至謂東漢奉佛之後，帝王咸致夭促，何言之乖剌也？愈爲人臣，敢爾狂妄，固不可赦。』于是人情驚惋，乃至國戚諸貴，亦以罪愈太重，因事言之，乃貶爲潮州刺史。」

自古南荒竄逐過，佞臣元少直臣多。官來瀧吏休相誚，韓愈瀧吏詩：「往問瀧頭吏，潮州尚幾里？瀧吏垂手笑，官何問之愚！」天要潮人識孟軻。韓愈與孟尚書書：「釋、老之害，過于楊、墨。韓愈之賢，不及孟子。」又原道：「軻之死，不得其傳焉。」按：此皆以孟軻自任也。

題宋徽廟畫眉百合圖

圖繪寶鑑：「徽宗萬幾之暇，惟好書畫，具天縱之妙，有晉、唐風韻。善墨花石，作墨竹緊細，不分濃淡，一色焦墨；尤注意花鳥，點睛多用黑漆，隱然豆許，高出縑素，幾欲活動。畫後押字，用天水及宣和、政和小璽志，或用瓢印蟲魚篆文。」

百合無殘六合塵，汴宮啼鳥怨無人。不知風雪龍沙地，宋史徽宗紀：「金人入寇，傳位太子。靖康二年，爲金所擄。至紹興五年，殂于五國城。」還有圖中此樣春。

題湘君圖

史記秦始皇本紀：「浮江至湘山祠，逢大風，幾不得渡。上問博士曰：『湘君何神？』博士對曰：『聞之，堯女，舜之妻，而葬此。』秦皇大怒，使刑徒三千人皆伐湘山樹，赭其山。」

祠前修竹楚山青，風珮時來過洞庭。月夜莫彈瑤瑟怨，劉禹錫詩：「楚客欲聽瑤瑟怨，瀟湘深夜月明時。」琴曲譜錄：「上古琴弄名，有湘妃怨，女英製。」彥周詩話：「有客泊湘妃廟，夜半不寐，見輿衞入廟中，置酒鼓瑟，殆明，絕水浮空而去，因入廟，見有詩曰：『碧杜紅蘅縹緲香，冰絲彈月弄新涼。峯巒向曉渾相似，九處堪疑九斷腸。』」夫君一作重華。不見有誰聽？

題洛神圖　見前魏宮

晚步芳洲拾翠歸，洛神賦：「或采明珠，或拾翠羽。」不愁風浪濕仙衣。彩雲一滅無尋處，應逐陳王去馬飛。

二喬觀兵書圖

吳書周瑜傳：「建安三年，策欲取荆州，以瑜爲中護軍，領江夏太守，從攻皖，拔之。時得喬公二女，皆國色也；策自納大喬，瑜納小喬。」江表傳：「策從容戲瑜曰：喬公二女雖流離，得吾二人作壻，亦足爲歡。」楊維楨擬三婦詞：「小婦似小喬，中夜讀兵書。」

共憑花几倦新妝，玄女陰符讀幾行。黃帝內傳：「帝伐蚩尤，玄女爲帝製夔牛鼓八十面。」劉禹錫詩：「讀得玄女符，生當事邊時。」「陰符」見卷四感舊。銅雀那能鎖春色，杜牧詩：「東風不與周郎便，銅雀春深鎖二喬。」解將奇策教周郎。

風雨早朝

漏屋雞鳴起濕煙，蹇驢難借强朝天。韓愈詩：「不見三公後，寒饑出無驢。」金史：「興定三年，以官驢借朝士之無馬者乘之。」却思春水江南岸，閒聽篷聲臥釣船。

雨中曉臥二首

井桁烏啼破曙煙，輕寒薄被落花天。閒人晴日猶無事，風雨今朝正合眠。

其二

香斷牀幃冷未開，雨窗爹落滿櫺苔。休輕一枕江邊睡，抛却腰金換得來。

久雨

水長已到折磯頭，江天雨來殊未休。鸕鷀鸂鶒曉爭喜，楊柳杏花春自愁。

閏三月

不須愁寫送春詩，花比常年落最遲。添得一分春色在，天應憐我惜芳時。

晚立西浦渡

鬖絲微映釣絲輕，水葉驚風細浪生。誰見晚涼人立處，數株楊柳一蟬鳴。

題孟浩然騎驢吟雪圖

新唐書文藝傳：「孟浩然，字浩然，襄州襄陽人，隱鹿門山。年四十，游京師，張九齡、王維雅稱道之。維私邀入内署，俄而玄宗至，浩然匿牀下，維以實對。帝喜曰：『朕聞其人，而未見也，何懼而匿？』詔浩然出，帝問其詩，浩然再拜，自誦所爲，至『不才明主棄』之句；帝曰：『卿不求仕，而朕未嘗棄卿，奈何誣我？』因放還。」蘇軾大雪青州道上詩：「又不見，襄陽孟浩然，長安道上騎驢吟雪詩。」

西風驢背倚吟魂，只到龐公舊隱村。襄陽府志：「鹿門山，在府城東南三十里，舊名蘇嶺。上有二石鹿，因改今名。漢龐德公、唐龐蘊、孟浩然、皮日休，俱隱于此。」浩然夜歸鹿門歌：「人隨沙岸向江邨，余亦乘舟歸鹿門。鹿門月照開煙樹，忽到龐公棲隱處。」何事能詩杜陵老，也頻騎叩富兒門！杜甫詩：「朝叩富兒門，暮隨肥馬塵。」

江上雨中

江漲隨漚欲到門，溼雲依樹易黃昏。幽居常日無來客，何況瀟瀟雨滿村。

客館夜見亮師畫上有余呂二山人詩

上人圖畫故人詩，相見燈前夜雨時。無限雲山與煙樹，總含秋色是相思。

海上逢王常宗雨夜同宿陳氏西軒

故人散盡獨君存，風雨相逢海上村。尊酒飲闌言不盡，更留餘燭照黃昏。

過北莊訪友

淺水平沙凍鴨眠，秋聲吹過石橋邊。尋君兼得尋詩興，野樹江雲欲雪天。

題畫

落日青山影在沙，鏡湖波淨遍荷花。雲間樹底參差屋，借問誰家是賀家？見卷十一題滕用衡山水圖。

得故人書知未入京因寄

曾約春深到鳳臺，君今不到只書來。滿緘離恨牀頭放，一度相思一展開。

題王翰林所藏畫蘭

春到懷王舊渚宮，沙棠舟去水煙空。山海經：「崑崙沙棠木，食其葉不溺，爲舟不沉。」李白詩：「木蘭之枻沙棠舟，玉簫金管坐兩頭。」孤叢不有幽香發，應沒江邊百草中。

不見花

看花無計作閒身，塵土餘杭暗度春。越絕書：「秦餘杭山，越王棲吳王山也。」不見花開莫惆悵，花飛還得免愁人。

錦帆涇　姑蘇志：「錦帆涇，卽舊子城濠也。世傳吳王嘗作錦帆以遊，故名。在大街西，貫樂橋南北市，直抵報恩寺。」

水繞荒城柳半枯，錦帆去後故宮蕪。窮奢畢竟輸漁父，長保秋風一幅蒲。

楓橋　原注：「在閶門西七里，唐張繼題詩處也。」

畫橋三百映江城，白居易詩：「紅闌三百九十橋。」詩裏楓橋獨有名。幾度經過憶張繼，烏啼月落又鐘聲。

烏鵲橋　姑蘇志：「橋在長洲縣東，古有烏鵲館，因名。」白居易詩：「烏鵲橋紅帶夕陽。」

烏鵲南飛月自明，恨通銀漢水盈盈。夜來橋上吳娃過，只道天邊織女行。

兩妓

原注：「李娟、張態，樂天守吳時名妓也。」

李娟張態兩嬌姿，傳得香名在白詩。當日尊前漫歌舞，使君家自有楊枝。白居易有遣楊枝詩。按：楊枝，卽小蠻也。

短簿祠

虎丘志：「東山廟，在虎丘山門內東嶺上，祀晉司徒王珣，名短簿祠。珣初爲桓溫主簿，封東亭侯。又立西山廟于西，祀珣弟司空珉。珣、珉兄弟捨宅爲寺，故寺中立廟祀之，今居民祀爲土神。」

下馬空林問廟扉，衣冠寂寞掩塵幃。不能復使桓公怒，世說新語：「王珣、郗超，並有奇才，爲大司馬桓溫所眷，拔珣爲主簿，超爲記室參軍。超爲人多髯，珣狀短小。於時荆州爲之語曰：『髯參軍、短主簿，能令公喜，能令公怒。』」莫怪年來祭客稀。

聞王翰林使蕃

碎葉城邊積雪明，舊唐書地理志：「貞觀十八年，滅焉耆，置碎葉城。」彈箏峽水遠人行。已聞贊普知臣順，唐書吐蕃傳：「其俗謂彊雄曰贊，丈夫曰普，故號君長曰贊普。」不似前朝作舅甥。吐蕃傳：「貞觀十五年，太宗以文成公主妻之，令禮部尙書江夏郡王道宗主婚，持節送公主于吐蕃，弄讚親迎于河源；見道宗執子壻之禮甚恭。中宗神龍元年，請婚，中宗以所養雍王宗禮女爲金城公主，許嫁之。開元十八年，吐蕃請和入貢，表稱外甥皇帝舅。」

高青丘集卷十八

七言絕句

寄雲間朱國史嘗同宿左掖約至江上見訪二首

列朝詩傳：「朱芾，字孟辯，華亭人。才思飄逸，千言立就，鐵雅門人也。洪武初，徵聘至，官編修，改中書舍人。」典彙：「吳元年，置翰林國史院，尋改翰林院。」

風雪京華憶舊逢，候朝同聽鳳樓鐘。還鄉何事翻離阻，春樹春雲隔九峰。一統志：「雲間有九峰、三泖之勝。」

其二

曾期訪舊到江沙，惆悵參差過落花。大樹村中休重問，野人求食已移家。

宣和所題畫

御翰親題賞畫工，棘枝野鳥怨秋風。那知回首宣和殿，宋史地理志：「宣和殿在睿思殿後。」物色凄涼與畫同。

題張太常金華白石山房圖

石氣春生化白雲，滿林瓊草臥羊羣。見卷八煮石山房。太常他日歸來日，身老應同萬石君。史記：「萬石君，名奮，姓石氏。奮爲諸侯相，長子建、次子甲、次子乙、次子慶，官皆至二千石。景帝號奮爲萬石君。」

次韻遜菴春日漫興

春事匆匆過海棠，只愁春去欲顛狂。雜英滿地憑誰拾，合作熏爐百和香。

送徐山人浩師還郭二首

欲共歸舟懶入城，再三難判別時情。聊題詩卷投君袖，相伴秋江此日行。

其二

客巾僧衲影翩翩，同逐秋風上別船。賴得江帆無樹隱，相望直到暮城邊。

和遜菴尋舊偶不值效香奩體二首

揚州夢斷十三年，見卷二青樓怨。底事猶存未了緣？不見擁鬟簾下立，斷腸騎馬過門前。

其二

曾看梳頭一作糚。傍玉臺，見卷十七慰周著作。後堂春曉翠屏開。〔校記〕列朝詩集作「曲」。重尋未省雙文〔校記〕列朝詩集作「乘鸞」。去，只道羞郎不一作嬾。出來。元稹會眞記雙文詩：「自從消瘦減容光，萬轉千迴嬾下床。不爲旁人羞不起，爲郎憔悴却羞郎。」

東丘蘭若見枇杷

虎丘志：「東丘卽東山。」

落葉空林忽有香，疎花吹雪過東牆。居僧記取南風後，留箇金丸待我嘗。戴復古詩：「東園載酒西園醉，摘盡枇杷一樹金。」

夜雨客中遣懷

不是羈人是木腸，蘇軾詩：「欲隨楚客紉蘭佩，誰信吳兒是木腸！」怕愁不敢易思鄉。醉來獨滅靑燈臥，風雨從敎滴夜長。

題畫

滿壑春陰滿澗苔，茶煙起處薜帷開。九歌：「綱薜荔兮爲帷。」山童頻報敲門客，總爲催詩索畫來。

紅梅

春暈冰綃倚竹低，羅浮却似武陵溪。詩人從此來相覓，雪滿空山不復迷。

瓶梅

竹外相逢見素花，手攜數朶喜還家。雨窗今夜無明月，暫託寒燈照影斜。蘇軾梅花詩：「竹外一枝斜更好。」

池亭對竹

秋陰弄色護池亭，羣玉山橫翡翠屏。李白詩：「若非羣玉山頭見，會向瑤臺月下逢。」陸龜蒙詩：「山連翠羽屏。」鳴鶴迎風時一唳，先生高枕夢初醒。

題三香圖

羅浮洛浦與瀟湘，按：羅浮指梅，洛浦指水仙，瀟湘指蘭也。三處離魂一本香。夢斷月明秋渺渺，縞衣何似翠裙長？吳文英水仙詞：「白玉搔頭墜髻鬆，怯冷翠裙重。」

西山幻住期看梅花雨雪不果三首　見卷六宿幻住棲雲堂

詩人本似道人閒，偶負幽期不出山。只有梨花舊時夢，蘇軾詞：「不與梨花同夢。」夜隨明月到林間。

其二

梅花宜向雪中看，屐滑翻愁雪未乾。惆悵山房深竹裏，一樽誰與破春寒？

其三

翠羽休啼怨不來，見卷九題朱氏梅雪軒「羅浮」注。滿林風雪滿身苔。此花不是繁華種，只合空山獨自開。

題桂花美人

桂花庭院月紛紛，按罷霓裳酒半醺。折得一枝攜滿袖，羅衣今夜不須熏。

雪中喜劉戶曹君勝見過

滿城春雨禁花開，愁對寒窗欠酒杯。喜子遠能來慰我，扁舟不肯過門回。

春暮西園 〔校記〕列朝詩集作西園即事

綠池芳草滿晴波，春色都從雨裏過。知是人家花落盡，菜畦今日蝶來多。

雨中閒臥二首

牀隱屏風竹几斜，臥看新燕到貧家。閒居心上渾無事，對雨唯憂損杏花。

其二

青氈素榻小窗空，慚愧安眠感歎窮。多少人愁泥滑滑，見卷十一五禽言。曉衝風雨客途中。

晚陪張水部過西橋隔城望見諸山

晚上西橋送客行，隔城遙見衆山晴。望山還恐山相笑，坐守書幃不出城。

送李丞之歸安

苕花微雨落秋汀，一路青山棹幾停。預喜哦詩無俗吏，兩松相對縣丞廳。韓愈藍田縣丞廳壁記：「斲立痛埽溉，對樹二松，日哦其間。」

春日憶江上

柳下春潮沒舊磯，草堂猶在掩荆扉。如今歸夢休爲蝶，見卷十三咏夢。化作輕鷗度水飛。

金徵士潤玉留宿江館阻雨連夕二首

落花風急野無舟，喜爲茅齋幾日留。却愧江邊春酒薄，不能慰子客中愁。

其二

莫辭同宿掩書幃，兵後蕭條故舊稀。預恐明朝風雨歇，滿江春水送君歸。

江館夜雨

尋常風雨睡冥冥，底事今宵只自醒。一枕蕭騷孤獨暗，此聲元在客中聽。

田舍夜舂

新婦舂糧睡獨遲，夜寒茅屋雨來時。燈前每囑兒休哭，明日行人要早炊。

畫犬

獨兒初長尾茸茸，說文：「犬相得而鬬，从犬，蜀聲。羊爲羣，犬爲獨也。」行響金鈴細草中。莫向瑤階吠人影，羊車半夜出深宮。見前晉宮詞。

登白蓮寺閣貽幼文

思君曾此望西州，誰信歸來得共遊。只是當時舊山水，如何重看不勝愁。

讀周記室荆南集

生別猶疑不再逢，楚天雲樹隔重重。愁來讀盡荆南稿，風雨空齋掩暮鐘。

贈眞上人

花下攜琴見此僧，自言開法在金陵。十年江海游應遍，老去空山對一燈。

寄沈侯乞貓

許贈狸奴白雪毛，陸游贈貓詩：「裹鹽迎得小狸奴，盡護山房萬卷書。」花陰穩臥日初高。將軍內閣元無用，自有牀頭却鼠刀。蘇軾文：「野人有刀不愛，遺予云：可却鼠，名却鼠刀。」

青城先生戴笠圖　見卷十七題虞文靖公鶴巢詩後

暫脫朝冠白髮輕，南村羣犬莫相驚。行吟不覺逢山雨，但聽瀟瀟葉上聲。

夢歸二首

何事頻頻夢裏歸？只緣未慣客天涯。覺來不見家人面，恰似前朝始別時。

其二

忽夢還家上楚船，來時舊路只依然。家人不識關山遠，有夢何因到我邊？

蜀山書舍圖

山月蒼蒼照煙樹，碧浪湖頭放船去。湖州府志：「湖在烏程縣南八都。」隔林夜半見孤燈，知是幽人讀書處。

寒夜逢徐七

松下柴門密雪封，故人驚喜夜相逢。明朝歸棹還當別，莫聽楓橋寺裏鐘。

題虞文靖公墨蹟後

淸朝文雅孰稱雄？我已生年後此公。今日亂離江海上，獨瞻遺墨涕秋風。

虎丘

望月登樓海氣昏，劍池無底鎮雲根。老僧只恐山移去，日落先敎鎖寺門。

逢故人子

道旁忽見爲躊躇，流落飢寒喪亂餘。久客無人解相念，傷心思廣絕交書。嵇康有與山巨源絕交書。劉孝標有廣絕交論。

題道上人畫梅

笛裏寒梢蕊自開，幾年風雨不生苔。山窗夜半禪初定，應喜無香觸鼻來。

衍師以懷幼文詩見寄因次其韻

題詩爲我謝湯休，見卷五答衍師「休遠」注。莫作人間遠客愁。未報歸期須記取，松陵江上鱠鱸秋。

題遜菴墨菊

獨留鐵面傲霜遲，「鐵面」，見卷十送張倅之雲間。秋蝶來尋莫自疑。須信陶翁醉歸後，西風塵土滿東籬。

丁孝廉約中秋泛舟予過婁東竟留飲孫卿池上

擬向江潭夜放舟，却成騎馬習池遊。晉書：「山簡鎮襄陽，唯酒是耽。諸習氏荆土豪族，有佳園池，簡每出遊嬉，多之池上，置酒輒醉，名之曰高陽池。」杜甫詩：「非尋戴安道，似向習家池。」但逢有酒皆堪醉，月色初無兩樣秋。

春日次北郭故人寄韻

風多舟小滯歸人，飛絮茫茫暗晚津。酒滿壚頭花滿店，今年不見洛陽春。李紳詩：「勸教沉醉洛陽春。」

讀半山絕句有感因效其作 槎軒集題作西園春暮

寺裏園中總倦行，閒眠看得燕巢成。豈無酒伴同騎馬，落日風吹花滿城。

立春試筆

九十日春今日始，春盤春勝巧同新。四時寶鑑：「立春日，唐人作春餅生菜，號春盤。」李商隱詩：「春勝宜春日。」從今日日尋春去，似我閒人有幾人？

秋日見薔薇

黃葉林中絳蕊開，窮陰不道豔陽回。空房雨裏看如笑，羣芳譜：「漢武帝與麗娟看花，時薔薇開始，態若含笑。帝曰：『此花絕勝佳人笑也。』麗娟曰：『笑可買乎？』帝曰：『可。』麗娟奉黄金百斤爲買笑錢。薔薇名『買笑』，自麗娟始。」應喜今朝有客來。中吳紀聞：「張敏叔以薔薇爲『媚客』。」

元夕聞城中放燈寄諸友

江邊殘雪閉寒扉，坐戀梅花未解衣。却憶今宵滿城月，看燈人醉踏歌歸。

次杜二彦正韻

孤榜逍遙欲入城，柳風莎雨暗江程。煩君别後殷勤記，莫更逢人道我名。

得袁卿書知赴湖廣

聞君去歲客昇州，一統志：「江寧府，唐曰昇州。」近得書來却倍愁。自説去程今又遠，望鄉應上武昌樓。

過保聖寺贈隆上人　寺見卷十七

湯公寺子陸公鄰，湯公見卷五答衍師。按：保聖寺、陸魯望祠，俱在甫里。杞菊畦荒夜雨頻。陸龜蒙杞菊賦序：「宅前後皆樹以杞菊，春苗姿肥。」元好問詩：「天隨隱笠澤，杞菊供盤盂。」莫訝相過偏不厭，白頭禪客是詩人。

讀徐七北郭集

一卷忻看故友詩，詩留人去喜還悲。西窗夜雨燈前讀，李商隱詩：「何當共剪西窗燭，却話巴山夜雨時。」不似連牀對咏時。

題理髮美人圖

桐風朝動內園枝，吹亂花前髮幾絲。石後理梳羞未出，怕人猜是倦妝時。

託流人寄書家兄

不遇流徒謫戍邊，家書那得去人傳。今朝信發何時到，路隔鴒原有幾千。

和婁秀才看梅

聞將瘦影伴吟身，水際黄昏竹外春。莫訝此翁偏賞戀，愛梅自古屬幽人。

林間行藥　文選鮑照行藥至城東橋詩，五臣注曰：「因疾服藥，行而宣導之。」

冠觸花梢露溼衣，曉因行藥到南圻。日高霧散春江曲，綠滿平田雉子飛。

寒食逢杜賢良飲

楊柳無煙江水長，鄰家風雨杏餳香。逢君共把金陵酒，忘却今朝在異鄉。

晚過清溪　原注：「史言隋人殺張麗華于此。」江寧府志：「在府治。吳鑿東渠，名青溪。溪有九曲，連緜數十里，通潮溝以洩玄武湖水；發源鍾山，接于秦淮。」

王謝池臺兩岸空，江寧府志：「王導、謝安宅，俱在烏衣巷。」水禽爭哢夕陽中。麗華妖血流難盡，化作荷花別樣紅。

黃荃子母兔　圖繪寶鑑：「黃荃，字要叔，成都人。始學畫，師刁光，早得時名。事蜀王衍爲待詔，至孟昶，加檢校少府監，累遷如京副使。花鳥、山水、人物，無不臻妙。廣政時，畫雉于八卦殿，有五方使呈鷹于陛殿之下，認雉爲生，掣臂者數四，故其花鳥之名最著，後學遵焉。」

陽坡日暖眼迷離，木蘭歌：「雌兔眼迷離。」芳草春眠對兩兒。誰道姮娥曾作伴？廣寒孤宿已多時。

吳別駕宅聞老妓陳氏歌

白髮相邀出後廳，莫辭爲唱雨霖鈴。太眞外傳：「上至斜谷口，屬霖雨彌旬，于棧道中聞鈴聲隔山相應。上既悼念貴妃，因採其聲爲雨霖鈴曲以寄恨焉。」如今人盡憐年少，誰肯同來特地聽。

出郭舟行避雨樹下

一片春雲雨滿川，漁簑欲借苦無緣。多情水廟門前樹，遮我孤舟半日眠。

過湖舟中望寺

出浦平波忽遠開，隔湖煙樹有樓臺。歸舟未得尋僧去，空聽鐘聲寺裏來。

江上晚歸

渺渺雙鳧落晚沙，一江秋色豔明霞。逢人不用停舟問，大樹村中即我家。

題瀑布泉

千山雲頂一泉飛，仰面時驚雨溼衣。彷彿香爐峰下看，香爐峰記：「廬山瀑布凡十數許，惟開先寺最勝；泉自山頂衝激入康王谷爲水簾，東出香爐峰，則眞瀑布也。」滿溪紅葉訪僧歸。

背面美人圖

秋千庭院閉青春，背立誰曾見得眞。莫道不言思憶事，欲言還說與何人。

客中春暮

春寒樓上下簾齊，䳺鳺偏臨客耳啼。淡月殘星一作燈。天欲曉，故園歸路夢中迷。

深院

風細桐花落井欄，池荷新長大如盤。閉門無客搖鈴索，見卷十二雪夜宿翰林院。半篋閒詩讀易殘。

春睡圖

妝殘嬌睡帶餘酲，鸚䳇當窗不敢驚。誰信上陽宮內女，唐書地理志：「東都上陽宮，在禁苑之東，東接皇城之西南隅。上元中置，高宗常居以聽政。」一春愁絕夢難成。

題芭蕉士女

秋窗睡起試生羅，葉顒詩：「最宜沙路試羅衣。」閒向芭蕉石畔過。怪底早涼欺匣扇，夜來葉上雨聲多。

題董卿圖 一作春暮題畫

花落吳王故苑西，客亭風雨聽鶯啼。今年又負行春約，畫裏看山不忍題。

題趙魏公馬圖 圖繪寶鑑：「趙孟頫，字子昂，號松雪，宋宗室，居吳興。官至翰林學士承旨，贈浙江行省平章政事，封魏國公，謚文敏。榮際五朝，名滿四海。書法二王，畫法晉、唐，俱入神妙。」

校尉當年執策迎，漢書百官公卿表：「騎校尉，掌騎士。」千金遠購貳師城。見卷二從軍行。一歸天廄嗟空老，立仗元來用不鳴。唐書李林甫傳：「林甫居相，諫官無敢正言。杜璡上書，斥爲下邽令；因以語動其餘曰：『君獨不見立仗馬乎？終日無聲，而食三品，一鳴則斥之矣。』」

題妓像　一作秋娘

不見秋娘今幾年，見卷七眞氏女「金縷」注。楚雲湘雨思悠然。月明樓外天如水，猶憶梁州第二篇。隨筆梁州序：「樂府所傳大曲，皆出于唐，而以州名者五：伊、涼、熙、石、渭也。涼州今傳爲梁州，唐人已言誤用，其實從西涼府來也。」

和王耕雲與愚菴倡和詩二首

灌花移石不辭勤，苔潤流泉雨後新。一塢綠陰雞犬靜，老來欣作太平人。

其二

欲望城西禮白雲，張正見詩：「龍橋丹桂偃，鷲嶺白雲深。」數峰蒼翠晚嶙嶙。誰知解綬〔校記〕列朝詩集作「邂逅」。東歸客，亦是香山社裏人。唐史：「會昌九年，白居易稱香山居士，與胡杲等皆退居不仕，于東都履道坊作尙齒會，人繪爲九老圖。」

夢余唐卿

路隔成皋萬里關，一統志：「漢成皋，今開封汜水縣。」何由得見故人還？燈前夢裏匆匆見，猿叫楓林月在山。

離江館一月有感

憶得離家一月期，天邊明月半圓時。遙知此夜閨中望，比著他宵分外悲。

過湖南舟中臥作

野客分攜水店前，浪平舟穩稱酣眠。午雞啼處前村近，過盡平湖幾曲天。

棘竹三禽圖

棘枝疎瘦竹枝低，三鳥寒多每並棲。月落山窗秋夢斷，不知若箇最先啼。

見花憶故園

春色先從天上來，花枝盡發鳳凰臺。不知别後鄉園樹，寂寞書窗開未開？

贈杜進士兒端二首

骨琢清冰目剪波，程俱詩：「彼一人兮皎獨立，清風爲神冰爲骨。」白居易詩：「睡臉初開似剪波。」生兒若此豈須多。杜郎還作眞男子，李賀唐兒歌：「頭玉磽磽眉刷翠，杜郎生得奇男子。」愧我無才爲作歌。

其二

不貪梨栗自相親，陶淵明責子詩：「通子垂九齡，但覓梨與栗。」識是君家舊友人。更待十年應長大，功名當見太平春。

城南漫興二首

春冷園林未到鶯，初晴稍稍綻山櫻。懶夫不負東風意，范嵩詩：「高臥從人笑懶夫。」也起尋芳郭外行。

其二槎軒集作春日經故帥府

錢墅韓園處處池，姑蘇志：「東墅與南園，皆廣陵王元璙帥吳時其子衙內指揮使文奉所創，經營三十年，極園池之勝。」又：「滄浪亭，一時雄觀，建炎狄難，歸韓蘄王家。」儘多芳草少花枝。眼看新第皆蕪沒，何況將軍出許時。

題張雲門畫竹

臨池書罷換鵝文，餘墨猶堪寫一作貌。此君。一段湘娥廟前意，淋漓秋雨共秋雲。

題松雪翁臨祐陵草蟲

山陵考：「紹興十二年八月，金人以三梓宮來還。十月，徽宗、鄭后合殯于昭慈太后殯宮西北，改陵名永祐。」

宣和遺墨畫難工，唯有王孫筆意同。莫問吳宮與梁苑，一般草露覆秋蟲。

巨然小景

圖繪寶鑑：「僧巨然，宋鍾陵人。善畫山水，得董源之正傳，變出己意；前之荆、關，後之董、巨，闢六法之門庭，啓後學之矇瞶，皆此四人也。」

隔溪山閣映秋開，坐久鐘聲度水來。遙指石橋村樹杪，一僧歸處是天台。

中秋無月無酒

桂樹香寒掩畫樓，江雲黯淡蔽中秋。道人莫喚嫦娥出，照見空樽却轉愁。酉陽雜俎：「長慶初，楊隱之訪道人唐居士，因留宿；夜月暗而不設燈，唐呼其女曰：『可將一下弦月來。』其女以片紙作月形，貼之壁間。祝曰：『今夕有客，願賜光明。』須臾，滿室朗然。」

茆翁畫雙竹

不學篔簹滿谷栽，蘇軾文與可畫篔簹谷偃竹記：「篔簹谷，在洋州。與可常令予作洋州三十咏，篔簹谷其一也。」兩竿斜拂楚煙開。應緣茆叟一作老仙應解。吹橫玉，喚得雙飛碧鳳來。

臥病夜聞鄰兒讀書

月淡梧桐雨後天，伊吾聲在北窗前。正韻：「伊吾，吟哦聲，亦作咿唔。」誰知鄰館無兒客，病裏聽來轉不眠。

題紅拂妓

虯髯客傳：「李靖謁楊素，一妓執紅拂侍側，目靖久之。靖歸，夜有紫衣戴帽人叩門，延入，乃一美女也。告曰：『妾楊家紅拂妓也，絲蘿願託喬木。』乃與俱適太原。」

花枝不鎖後堂春，夜半長安旅邸貧。棄去老奴從此客，可憐小妓亦知人。

柳塘飛燕

身輕不奈晚多風，春盡迴塘落絮空。楊柳陰迷三十里，畫樓何處捲簾櫳？

滾塵馬圖

千里歸來苜蓿春，史記大宛列傳：「馬嗜苜蓿，漢使取其實來，于是天子始種苜蓿肥饒地」。五花和汗滾香塵。見卷十二馬。青絲暫解從天性，多謝黃門老圉人。通典：「凡禁門黃闥，曰黃門。」

仙山樓觀圖

霧閣宵閒脈望飛，「脈望」，見卷十五王七仙興。月明露重溼銖衣。仙人莫入芙蓉館，石林燕語：「宋時一朝士，見美女三十餘，靚妝麗服。丁觀文度，按轡于後，繼之而去。朝士問之，最後一人曰：迎芙蓉館主。俄而度卒。」按：蘇軾詩：「芙蓉城中花冥冥，誰其主者石與丁。」指度與石延年也。花暗迷人不得歸。一作「劉、阮迷花久不歸」。

春陰

風雨將殘雪又來，春陰二月未能開。紅花白蕊都妨却，只有青青一院苔。

送僧震赴京省師

孤雲飛傍五雲遙，京國尋師去興饒。明日春寒江上路，雪花應雜雨花飄。

題徐熙三蟲圖

「徐熙」，見卷四。

粉蝶黃蜂各冶心，逐香窺豔競相尋。南園雨過紅一作毬。芳歇，輸與鳴蜩占綠陰。

題荔枝練帶

禽經：「練鵲，一名帶鳥，俗名壽帶鳥，似山鵲而小，頭上披一帶，雌者短尾，雄者長尾。」

雨後蠻枝錦果肥，開元遺事：「唐玄宗正月十五夜，于長生殿漫撒閩中紅錦荔枝，令宮人爭拾之。」華清貢罷驛塵稀。唐書：「開元五年，置溫泉宮于驪山。天寶六載，改爲華清宮。」楊貴妃傳：「貴妃嗜生荔支，涪州歲命驛置七日夜到長安，人馬俱斃。」杜牧詩：「一騎紅塵妃子笑，無人知是荔支來。」山禽自繞枝頭啄，疑是宮中舊雪衣。太眞外傳：「廣南進白鸚鵡，洞曉言詞，呼爲雪衣女。」

題陸掾

風送書聲出晚林，始知隱處在雲深。抱琴入谷那辭遠，欲覓幽人一賞音。

題許瀾伯三蟲圖

蜜脾未滿報衙頻，蘇軾詩：「蜜脾已滿黄蜂靜。」埤雅：「蜂有兩衙應潮。」陸游詩：「小窗幽處聽蜂衙。」蠹化初成傅粉新。陸龜蒙蠹化：「橘之蠹，大如小指，首負特角，身蹙蹙然類蝤蠐，人或棖觸之，輒奮角而怒，氣色桀驁；一旦視之，凝然弗食弗動，明日視之，則蛻爲蝴蝶矣。」唐人咏蝶詩：「傅粉何郎全縞素，竊香韓壽自輕狂。」誰道爭花羣隊裏，長吟還有獨清人。郭璞贊：「蟲之淸潔可貴惟蟬。」李百藥蟬詩：「清心自飲露，哀響乍吟風。」

閶門舟中逢白範

十載長嗟故舊分，半歸黄土半青雲。扁舟此日楓橋畔，一褐秋風忽見君。

田家慶壽圖

花滿茅堂映綵衣，開籠曉放鶴雛飛。鄰翁壽畢共扶醉，恰似春來社飲歸。

春晚過茶磨西崦

蘇州府志：「茶磨嶼，俗名磨盤山。在上方山東北，東近石湖行春橋。」

一塢茶煙隱翠微，漁樵來慣客來稀。溪頭樹暗飛花盡，初聽人家響杼機。

十二月十七日夜偶成

一牀詩思繞梅花，月墮西窗欲起鴉。可是年來無遠志，夢魂終夜不離家。

聞諸友游城北女冠院看杏花

聞踏春晴覓彩霞，鳳笙吹向女仙家。花蕊夫人詩：「金板輕敲合鳳笙。」雲笈七籤：「王進賢者，王衍女也，遭石勒略，其侍女名六出，誓不受辱，投黃河中，遇嵩山女仙韓西華救而度之。」劉郎醉後殷勤看，不是玄都觀裏花。全唐詩話：「劉禹錫元和十年，自朗州召至京，戲贈看花君子云：『玄都觀裏桃千樹，盡是劉郎去後栽。』」

雨夜偶讀王待制詩　見卷九送王孝廉

客窗疎竹雨淒淒，把卷燈前讀舊題。此日殷勤如會面，不知君在夜郎西！李白寄王昌齡詩：「楊花落盡子規啼，聞道龍標過五溪。我寄愁心與明月，隨風直到夜郎西。」一統志：「貴州普安州，古夜郎地。」

池上納涼

畫欄斜度水螢光，荷葉荷花各有香。團扇不搖風露下，秋應先借一宵涼。

客舍春暮

酒醒閒寫送春詩，細雨殘花尙一枝。莫向天涯望芳草，客愁多似去年時。

四皓圖

高山深谷自一作樂。悠哉，何事猶思太子來？擬向秋風歌一曲，紫芝鴻鵠總堪哀！「紫芝」見卷五用里村。「鴻鵠」見卷三寓感。

題湘君圖

悵望南巡竟不還！淚如湘雨暮斑斑。須知竹死愁方盡，莫恨秦人便赭山。見卷十七。

倪元鎭墨竹

倪君好畫復耽詩，瘦骨秋來似竹枝。前夜夢回如得見，紙窗斜影月低時。

王架閣家畫馬

草映髯奴紺綠衣，王家好馬詫新肥。鄧粲晉紀：「王濟性好馬，而所乘馬駿駛，意甚愛之。」解鞍閒立斜陽裏，應是城南賭射歸。世說：「王濟好馬射，買地作埒，編錢匝地竟埒。」

己酉初度 原注：「時年三十四。」

風雨空齋誦蓼莪，今年初度客中過。人生七十尋常壽，未過還憐一半多。

過北塘道中四首

未得看春愁不禁，此日聊復試幽尋。行人入村花宛宛，吠犬隔水樹深深。

其二

春水滿田如一湖，入田放艇看鵝雛。女郎祠下野花雜，老子門前沙樹孤。

其三

苦欲看春春色稀，亂後何處有芳菲。晚鶯啼歇野寂寂，雙樹家邊人獨歸。

其四

渺渺一逕兩陂閒，楊柳初發水潺湲。驚魚忽散人影近，啼鳥來時春意閒。

夜雨江館寫懷二首

愁解尋人不得辭，小窗疎竹雨來時。江湖今夜全家客，猶勝飄零兩處思。

其二

漠漠春寒水遶村，有愁無酒不開門。青燈晝角黃昏雨，客共梅花併斷魂。

讀韋蘇州詩

新唐書文藝傳：「韋應物，京兆長安人。貞元二年，由左司郎中補外，得蘇州刺史。在郡延禮其秀民，撫其嫠嫠甚恩。久之，白居易自中書舍人出守吳門，應物罷郡，寓于郡之永定佛寺。白居易嘗語元稹曰：『韋蘇州歌行，才麗之外，深得諷諫之意，而五言尤爲高遠雅淡，自成一家。』」

掃閣焚香晝卷帷，綠槐疎雨夏初時。客憂何物能消遣，一帙蘇州刺史詩。

送丁孝廉之錢塘就簡張著作方員外

江邊同客亂離餘，遠別那堪近歲除。若見故人詢旅況，知君解說不煩書。

金徵士玫雨中見過留宿

夜窗同聽雨中猿，風物凄涼異故園。舊事堪愁今懶說，相看不是解忘言。

東臯林下

荒徑空林落葉平，尋常唯有野人行。如何授簡梁園客，「授簡」，見卷十二侍皇太子。詩句時來此處成。

遊幻住精舍

寒扉斜向竹間推，此日重來是幾迴。行遍空林僧不見，慰人憐有一枝梅。

效香奩二首

青瑣初空別恨長，景福殿賦：「青瑣銀鋪，是爲閨闥。」繡茸留得唾痕香。趙飛燕外傳：「后與婕妤坐，后誤唾婕妤褎，婕妤曰：『姊唾染人紺褎，正似石上花，假令尙方爲之，未必能若此衣之華。』以爲石華廣褎。」簾前月出無人拜，只有秋千影過牆。

其二

開過東窗百葉桃，琵琶塵滿縷金槽。李賀詩：「金槽琵琶夜棖棖。」欲呼小字敲妝閣，誰出相迎放剪刀。

江上逢舊妓李氏見過四首

玉箏紅燭豔春羅，慣向高堂聽汝歌。今夕相逢爲重唱，孤舟江冷月明多。

其二

多謝停舟共一卮，石州歌罷各低眉。樂苑：「石州，商調曲也。又有舞石州。」李商隱詩：「東南日出照高樓，樓上離人唱石州。」南園舊日同聽客，零落如今剩有誰？

其三

誰識能歌舊散聲，愁中聽處尚分明。玲瓏酒罷休催去，語林：「白居易爲杭州刺史，官妓商玲瓏巧于應對，善歌舞。元稹贈詩云：『休遣玲瓏唱我詞，我詞都是寄君詩。』白居易詩：『玲瓏玲瓏奈老何！使君歌了汝更歌。』」月落江潮尚未平。

其四

平常歌舞不能閑，多在青春甲第間。借問年來還到否？朱門風雨幾家關。

九月八日對菊

預向籬邊把一杯，黄花多意已能開。不憂風雨明朝阻，潘大臨詩：「滿城風雨近重陽。」懶逐時人鬭折來。

舟行晚過張林　甫里志：「張林山在甫里之南，東西二陵，北有高阜，如兩獅一毬。」

望山幾欲去尋幽，此日雖來不暇遊。一棹黄昏過山下，疎燈絡緯滿林秋。

送葉山人

歲晚麻衣冒雪寒，高歌欲去醉長安。山瓢行負知何有，半是詩丸半藥丸。蘇軾數珠詡贈南禪詩：「和我彈丸詩，百發亦百反。」注：「謝朓云：好詩員美清熟，如彈丸也。」黄損詩：「藥靈丸不大，棊妙子無多。」

冬盡無雪連日大風苦寒

枯桑鳴曉北風乾，舊曆闌珊欲罷看。幾日凍眠猶望雪，野人憂麥敢憂寒。見卷二打麥詞。

慰徐參軍喪子

天上麒麟去莫羈，見卷十三排律戲嬰圖。千秋亭上夕風悲。潘岳西征賦：「亭有千秋之號，子無七旬之期。」注：「岳子生六十日，死于新安縣千秋亭，瘞之于路側。」勸君不用情鍾甚，世說：「王戎喪兒，悲不自勝。山簡往省之曰：孩抱中物，何至於此？王曰：聖人忘情，最下不及情，情之所鍾，正在我輩！」卽是當年未有時。

醉後贈張架閣歸自京師

燕山雪灑虎皮韉，歐陽修詩：「子聰作參軍，常跨破虎韉。」萬里歸來動隔年。莫說中原成敗事，相逢且共酒家眠。

看梅漫成三首

江草初生江水流，便覺春色惱人愁。雪晴家家叩門去，不見梅花應不休。

其二

江邊寺裏一梅樹，幾度勞人相候開。無情今日未肯發，有興明朝還看來。

其三

野人不省愛梅好，棄在荒籬荆棘邊。細雨東風欲零落，我來相見一潸然。

夜至陽城田家 姑蘇志：「陽城，長洲縣鄉村，在二十一都，與十九都青丘相近。」

東津渡頭初月輝，南陵寺裏遠鐘微。主人入夜門未掩，蒲響滿塘鵝鴨歸。

贈醫師徐亨甫

錄得龍君舊獻方，見卷十五贈醫師。杏花春雨閉山房。病家幾度來相覓，林下遥聞煑朮香。

慰人悼亡

朱字篸篌委網塵，「朱字篸篌」，見卷十三咏夢。月明不見理絲人。鏡臺窗下櫻桃樹，應是當時折剩春。

杏林圖爲沈日新先生題

絳雪紛紛滿翠條，叩門都是病家邀。如今不用施方藥，聞得花香疾自消。

閏三月有感二首　此首槎軒集作西園春暮之二

非關騎馬踏塵埃，病眼昏昏自懶開。江上酒徒應共笑，經春不作看花來。

其二　此首卷十七閏三月次作

綠樹殘鶯偶一鳴，聽來方解憶山行。今年不是逢餘閏，已過春光半日程。

癸卯九日

酒熟如何菊未開，小園荒徑獨徘徊。不隨賓客登高去，只恐愁因望遠來。

題畫送人歸覲

相望益遠益傷神，落葉浮雲暗度津。底事過江柔艣急，故鄉知有倚門人。

雲巖東院

古寺閒窗映竹開，雨聲初斷鳥聲來。春風似念無花看，遠送飛紅到硯臺。

管夫人墨竹　圖繪寶鑑：「管夫人道昇，字仲姬，趙文敏室，贈魏國夫人。能書善畫，墨竹梅蘭，晴竹新篁，是其始創，寸綃片紙，人爭購之。」

晨開妝鏡有青鸞，寫得當年舞影看。「鸞鏡」，見卷十五丫髻峰。零落綵雲何處夢，鷗波亭上正春寒。湖州府志：「鷗波亭，趙子昂遊息之所，在西江渚匯上，今爲旗纛廟。」

冬月寓治平寺答王仲廉　蘇州府志：「治平寺，在上方山下。梁天監二年建，名楞伽。宋治平元年改今名。」

我遊山寺未能迴，君臥園廬不肯來。惆悵款冬花樹下，本草：「卽枇杷花。」一樽賞雪共誰開？

吳王井　姑蘇志：「吳王井在靈巖山。有二，一圓，一八角，猶存。」

曾聞鑑影照宮娃，玉手牽絲帶露華。今日空山僧自汲，一缾寒供佛前花。

消夏灣　原注：「在太湖，吳王避暑處也。」姑蘇志：「在西洞庭縹緲峯之南灣，可十餘里，三面皆山繞之，獨南面如門闕。」

涼生白苧水浮一作雲。空，湖上曾開避暑宮。淸簟疎簾人去後，漁舟占盡柳陰風。

雞陂

原注：「雞陂，在婁門外，吳王畜雞城也。」

吳妃不解報朝盈，詩：「雞既鳴矣，朝既盈矣。」空養鳴雞滿別城。畢竟餘杭西走日，原注：「越兵追夫差至秦餘杭山獲之。」姑蘇志：「陽山，一名秦餘杭山，一名萬安。戰國策云：『越王以散卒三千，禽夫差于干隧。』今萬安山有隧亭，卽其地也。」五更誰唱出關聲？見卷十四七律送沈左司。

古酒城

原注：「在越來溪西南，吳王築以釀酒。」

酒城應與酒池通，通鑑：「夏桀爲肉山、脯林，酒池可以運舟，糟堤可以望十里，一鼓而牛飲者三千人，以爲戲劇。」長夜君王在醉中。兵入館娃猶未醒，越人宜賞釀夫功。

三高祠三首

原注：「在吳江垂虹橋東，祀越范蠡、晉張翰、唐陸龜蒙也。」

功成一作名。不戀上將軍，一舸歸遊笠澤雲。載去西施豈無意，恐留傾國更迷君。右范蠡。

其二

洛陽忽憶膾鱸肥，便趁秋風問釣磯。猶恨季鷹辭未早，按：張翰，字季鷹。見卷四感舊。不激二陸共船歸。晉書陸機傳：「機，字士衡。成都王穎攻長沙王乂，假機後將軍河北大都督，爲孟玖等所譖，穎密使孫秀收機。歎曰：『華亭鶴唳，可復聞乎？』遂遇害。弟雲，字士龍，文與機齊名，時號二陸。成都王穎表雲爲淸河內史，轉大將軍右司馬，同機遇害。」右張翰。

其三

鴨羣無食水田荒，風雨孤篷載筆牀。見卷三隱逸。猶有新詩驚太守，醉中揮翰木蘭堂。蘇州府志：「郡治後池上木蘭堂，又名木蘭院。」嵐齋錄云：「唐張摶自湖州刺史移蘇，于堂前大植木蘭，花當盛開時，讌郡中詩客，即席賦之，陸龜蒙後至，張聯酌浮之，龜蒙竟醉，彊執筆題兩句云：『洞庭波浪渺無津，日日征帆送遠人。』頹然醉倒。摶命他客續之，莫詳其意，既而龜蒙稍醒，援筆卒其章曰：『幾度木蘭船上望，不知原是此花身。』爲一時絕唱。」右陸龜蒙。

黄姑廟　原注：「在崑山縣東。黄姑，卽牽牛星，由河鼓訛也。父老言其精嘗降于此，因祀之。」

農祭頻來水廟扉，銀河東望失星輝。天孫秋夜應相憶，一去人間竟不歸。

綽墩　原注：「在崑山西，相傳唐天寶優人黄繙綽墓也。」姑蘇志：「在崑山縣西十八里，相傳唐黃番綽所葬。」松窗雜錄：「明皇好走馬擊毬，內廄所飼者，意猶未甚；適會黃番綽戲語相解，因曰：『吾欲良馬久之，誰能通于馬經？』番綽曰：『三丞相悉善馬經，臣日日沙堤上見丞相所乘馬，皆良馬也，以是知必通馬經。』上因大笑而語他。」以下三首從姑蘇志補。

淳于曾解救齊城，滑稽列傳：「威王八年，楚大發兵加齊；齊王使淳于髡之趙請救兵，齎金百斤、車馬十駟。淳于髡仰天大笑，冠纓索絕。王曰：『先生少之乎？』髡曰：『何敢？』王曰：『笑豈有說乎？』髡曰：『今者臣東方來，見道旁有禳田者，操一豚蹄、酒一盂而祝曰：甌窶滿篝，汙邪滿車，五穀蕃熟，穰穰滿家。臣見其所持者狹，而所欲者奢，故笑之。』于是威王乃益齎黃金千鎰、白璧十雙、車馬百駟。髡辭而行，至趙。趙王與之精兵十萬，革車千乘，楚聞之，夜引兵而去。」優孟還能念楚卿。滑稽列傳：「優孟爲孫叔敖衣冠，抵掌談語，歲餘，像孫叔敖，楚王左右不能別也。莊王置酒，優孟前爲壽，莊王大驚，以爲孫叔敖復生也，欲以爲相，優孟曰：『請歸與婦計之，三日而爲相。』莊王許之。三日後，優孟復來，王曰：『婦言謂何？』孟曰：『婦言楚相不足爲也！如孫叔敖之爲楚相，盡忠爲廉以治楚，楚王得以霸，今其子無立錐之地，貧困負薪以自飲食；必如孫叔敖，不如自殺。』於是莊王謝優孟，乃召孫叔敖子，封之寢丘四百戶。」嗟爾只教天子笑，不言憂在祿兒兵！安祿山事跡：「玄宗賜貴妃洗兒金銀錢，宮中皆呼祿山爲祿兒。」溫庭筠詩：「刃斷祿兒腸。」

西施洞 原注：「在靈巖山中。」

廢宮春盡長蒼苔，不見羅裙拂地來。只恐西施是仙子，洞中別自有樓臺。

女墳湖　原注：「在吳縣西北，吳王葬女處。」事具吳女墓注。

月映孤墳近水頭，芙蓉還似綺羅秋。煙波千古愁難盡，因帶韓生別淚流。

倦繡圖　此首從眉菴集補。

翠絲盤葉碧玲瓏，小萼花鋪茜縷紅。夢裏鴛鴦留不得，分明却在繡牀中。

陸羽石井　見卷十三排律石井泉注。以下七首，從顧湄虎丘志補。

冷逼銀牀石甃圓，古樂府淮南王篇：「後園鑿井銀作牀，金瓶素綆汲寒漿。」李白詩：「石甃冷蒼苔，寒泉湛秋月。」銅缾曉汲試頻嘗。嗜茶陸羽那知味？誤作人間第四泉。虎丘志：「湄按：張又新撰煎茶水記載：『劉伯芻論水，以虎丘石井第三。舊志指爲陸羽品定，而不知其名昉於伯芻，非羽說也。』宋沈揆詩云：『人間初見第三泉。』尤袤則云：『合教名亞第三泉。』豈同時而二詩又互異耶？明初高啓則云『第四泉』，又不知何據？姑存其舊，以俟博古者。」

試劍石　虎丘志：「石在虎丘道旁，中開如截，上有紹聖年呂升卿題字。嘗見它石亦有三大字，勢若飛動，惜磨滅莫能辨。吳郡志云：秦皇試劍石。或云吳王。未知孰是？」

劍斷雲根殺氣横，鐵花鏽澀蘚花生。見卷十一青丘子歌。祖龍莫詫神鋒利，見卷十海石爲張記室賦。別有曾令白帝驚。見卷十一劉生歌。

生公講臺

石立空山豈有情？當年解聽説無生。王維詩：「欲知除老病，惟有學無生。」高僧去後天花盡，只有閒雲閉月明。

可中亭　見卷五虎丘

石闌斜倚近寒泉，樹密禽聲巧似絃。幾夜亭中遊客散，月明獨照老僧禪。

致爽閣　虎丘志：「在法堂後，四山爽氣，日夕西來，因名。」

畫闌高倚碧峰頭，盡見西山一帶秋。拄笏朝吟看爽氣，見卷十六馬氏東軒。登臨誰有晉風流？

小吳軒　見卷七

雲結香臺出半空，吳天目盡五湖東。消沉今古知何處？日落長洲沒斷鴻。

眞娘墓

小塚埋香近翠微，嬌魂幾度月中歸。遊人寒食應惆悵，草色青青似舞衣。

送王丞巡寨　以下三十二首從槎軒集補

前夜三烽照遠山，唐六典：「凡烽堠，大率相去三十里，其放烽有一炬、二炬、三炬、四炬者，每日初夜放煙，謂之平安火，餘則隨寇多少爲差。」防邊那得待農閑。肩輿行視千夫柵，見卷六遊城西。應過秋風第幾關。

送林生往海上

藥囊詩卷又辭親，風雨孤舟渡晚津。此日遠游君莫怨，亂離無限別家人。

題張靜居畫

隔塢晴雞午唱遲，焙茶煙裏樹離離。白居易詩：「氣籠焙茶煙。」知君貌得山村景，應是當年未亂時。

醉歸夜坐有感

醉歸門掩臥閑坊，夢裏憂時得暫忘。忽聽角聲驚起坐，月明軍壘五更霜。

寒食感懷三首

江城寂寂雨冥冥，楊柳無煙曉自青。亂後西園門獨掩，流鶯不似去年聽。

其二

城邊舊墓是誰家？祭肉應無餧晚鴉。聞說子孫經亂散，傷心空見野田花。

其三

故園春雨杏餳香，幸喜人家共得嘗。無限從軍西去客，今年寒食未還鄉。

城南柳

裊裊閒委漠漠陰，春江路暗繞城深。前朝送別曾攀處，回首都迷不易尋。

送艾判官南歸葬親

清風驛下哭秋煙，抱骨初登萬里船。京國仕餘無舊槖，故人誰贈買山錢？何氏語林：「于頔鎮襄陽，盧山符載資書就于，乞買山錢百萬，于即時與之。」

客舍送周履道往松陵

客裏愁傾送別杯，鱸鄉亭下暮潮回。見卷十送張倅。明朝獨臥江村雨，誰復敲門話舊來？

送胡奎還海昌 見卷八

練裳風細落桐英，江燕差差夏雨晴。硤石山前今夜泊，隔船誰聽詠詩聲？

贈楊孟載兒阿稱

憐君大器有佳兒，三歲還能誦父詩。賓客見來誰不喜，我身回顧却成悲。

客越夜得家書

一接家書意便歡，外封先已見平安。故鄉千里書難得，不敢燈前草草看。

惜春

春過一半未能知，此後還愁不肯遲。斜日浮雲樓上醉，更無言語嗅花枝。

王宅看海棠

春盡無花思看花，見花不語轉咨嗟。朱脣得酒潮生臉，醉媚應誇內史家。王維詩：「團扇草書輕內史。」按：王羲之爲臨川內史。

清明有感

綠樹誰家煙火新，鞦韆斜日總無人。魂消獨立長洲苑，慘慘鶯花寂寂春。

睡起

睡起東齋夢蝶牀，葫蘆蒸熟滿家香。盧氏雜説：「鄭餘慶淸儉。一日召親朋會食，衆淩晨詣之，至日高，餘慶呼左右曰：『爛蒸去毛，莫拗折項。』諸人以爲必蒸鵝鴨，良久就餐，乃每人前粟飯一椀、蒸葫蘆一枚，相國餐美，諸人强進而罷。」空林積雨無人到，今日開門草又長。

西園春暮

壯年未甚惜春歸，却喜新陰綠上衣。乘興獨吟斜日裏，閉門啼鳥亦來稀。

江上阻雨

高枕潺潺響夜瀧，暗驚風雨到船窗。客程三日不得去，夢逐野鷗飛過江。

開元寺綠陰堂嘗筍

僧林遠過竹扉開，燒筍頻煩斸紫苔。雨後尙憑留幾箇，高堂重看綠陰來。

西山暮歸

急雨纔收瀑轉雷，爛紅千樹熟楊梅。嫩涼睡足天峰寺，見卷五南峰寺。借得肩輿晚亦回。

秋閨怨迴文

人行遠寄寫情詩，靜院秋聲恨別離。新雁過時驚夢短，塵窗桂影月遲遲。

菊竹

晚香寥落倚秋陰，荒徑無人白露深。不及芙蓉與楊柳，湖邊時有畫船尋。

夜泊毘陵道中遇雨二首　一統志：「常州府，晉曰毘陵。」

憶自家中向晚邊，醉看兒女笑燈前。孤舟今夕毘陵道，獨枕篷窗聽雨眠。

其二

野客維舟柳岸邊，昏昏離思暮鐘前。擁衾不寐聽風雨，還憶江頭人未眠。

謫仙像

妃子嗔來供奉歸，見卷十鳳臺二逸圖。金陵酒涴舊宮衣。見卷六送袁憲史。若教直上樓船去，杜甫飲中八仙歌：「天子呼來不上船。」此像人間寫亦稀。

梨園圖 槎軒集作梨園按樂。見卷八明皇秉燭夜遊圖。

催花一曲勝伊涼，見卷一涼州詞。羯鼓聲高樂未央。閤外莫陳胡騎動，花開一作奴。正要舞山香。蘇軾題跋：「李陶有子，素不作詩，忽咏落梅詩云：『流水難窮目，斜陽易斷腸。誰同研光帽，一曲舞山香。』若有物憑附者，自云是謝中舍。問研光事云：『西王母宴羣仙，有舞者戴研光帽，帽上簪花，舞山香，一曲未終，花皆落云。』」

秉燭夜遊圖

內家持燭盡紅妝，仗入華淸看海棠。唐書楊貴妃傳：「帝每幸華淸宮，五宅車騎皆從，家別爲隊，隊各一色，俄五家隊合，爛若萬花，川谷成錦繡。」羯鼓聲中春夜短，君心何暇照逃亡。俱見卷八。

送友謫成二首

獨攜一劍未知名，憐我惟君弟與兄。欲把平生肝膽事，盡和別酒向君傾。

其二

江柳江波雪後春，蕩舟相送此江濱。衆中莫怪偏多恨，自是人間失意人。

挽栗濆翁

誰憐野鶴一長身，去作窮泉萬古塵。他日重來牀下拜，蜀志龐統傳注：「龐德公，襄陽人。孔明每至其家，獨拜牀下。」襄陽耆舊是何人？見卷十三臨頓里之六。

二喬見卷十七

嬾誦周南淑女詩，龍韜對閱晚妝遲。孫郎料得非孫子，不肯臨戎戮二姬。見卷一玉波泠雙蓮。

館娃閣 原注：「在靈巖，館娃，宮中閣也。」此從姑蘇雜詠補。

館娃宮中館娃閣，畫棟侵雲峰頂開。猶恨當年高未極，不能望見越兵來。

夜寫家書 以下三首從列朝詩集補入

月淡梧桐雨後天，蕭蕭絡緯夜燈前。誰憐古寺空齋客，獨寫家書猶未眠。

遊石湖

綠楊搖曳蘸湖波，鷗鷺頻驚畫舫過。白苧歌殘風欲起，美人應怯暮寒多。

涼夜

一聲遠笛數聲砧，月滿江城夜正深。坐據胡牀愛涼思，空階移盡桂花陰。

雨夜 以下二首從缶鳴集補

江黑雲寒閉水城，飢兵守堞夜頻驚；此時自在茅簷底，風雨安眠聽柝聲。

杏林爲蕭沈二醫師題 原共二首，其一見本卷前。

求藥來非問酒家，牧童休指近村霞。欲知活得人多少，試數門前幾樹花。

次及愚庵懷王耕雲韻示徐良夫二首 此從徐良夫金蘭集中補入

禪居正與隱居鄰，短髮長毫二老人。聞說鬬茶頻會處，小亭深竹澗東濱。

其二

度崦時尋百丈泉，松門蘿逕稍涼天。只應猿鳥知行處，遠在鐘聲暮靄邊。

高靑丘集遺詩

從朱紹編刻三先生詩集補。

五言古詩

送葉卿海上尋姪

我愛葉劍士，居然荆楚風。翩翩衣短褐，身事隴西公。挾策別我行，輕裝事從戎。云有少年姪，音書千里通。遭亂家盡亡，一身陷軍中。獨往顧問之，海隅路莫窮。況當寒風起，馬首迷沙蓬。臨分欲有贈，自愧黃金空。時無武謌義，感激涕沾胸。

呈北郭諸友

弱齡鶩名都，頗亦願高士。愚情與時乖，動見尤悔至。息駕旋舊廬，在途不復逝。窮居豈無儔，同好得三四。時來長松下，坐飲雜無次。杯觴既交揮，談謔亦稍恣。雖云過坦率，終然無機事。放浪林野間，吾志聊自肆。

酬張員外宿省中東齋之作

高閣度清晝，官閒休吏餘。焚香閉華省，蕭爽似仙居。謂名雖迹累，自欣煩想除。蟲響罷秋戶，月涼含夕渠。始悟喧中寂，詎必逃空虛。

以倪隱君所畫林谷圖贈陳卿賦詩其上

葛花委寒露，初月澗東上。煙鳥夕已棲，風泉秋更響。懷人念佳會，閱景存遐想。持此贈陳君，高齋永延賞。

送伯兄西行

落日萬人哭，征行出闠闤。道路亦悲哀，而況骨肉親！我生鮮兄弟，提挈惟二人。何辭一室歡，去作萬里身。北風吹衣寒，方舟涉河津。出處有常役，欲從愿無因。豈不知當還，憂思自難伸。惟期善保愛，馳緘慰悁勤。

送呂博士之北平山東采訪遺事

有詔纂前史，徵儒起巖阿。顧予豈其才，亦來預編摩。勝國社已結，遺書歎無多。忍令百年間，忠邪半湮磨。君今使燕齊，往事煩蒐羅。會看得萬編，歸獻載以馱。傳聞貴有徵，論議期無頗。諸公執筆俟，去矣毋蹉跎。

夢楊二禮曹

今夕復何夕？夢我平生友。握手無所言，但道別離久。覺來聞秋蟲，空堂竟何有。不知千里途，君魂果來否？當年亦如夢，聚散一回首。起坐與誰親，鐘鳴月穿牖。

七言古詩

送陳卿遊海上

城雞一聲霜白屋，行人爭途車折軸。此時念子亦何求，早起匆匆戒童僕。東西南北一束書，亂離借問誰安居。塵中相逢少相識，子宜貧賤吾何如。別腸欲浣惟杯酒，數葉風殘店門柳。海上須尋魯仲連，莫爲商賈爲神仙。

送張明府

吳下聞名未曾識，不意相逢在京國。青衫烏帽小紅鞓，燕翼貽謀錄：「舊制：中書舍人、諫議大夫、權侍郎，並服黑帶、佩金魚。霍端友爲中書舍人，奏事，徽宗皇帝顧其帶問云：『何以無別于庶官？』端友奏：『非金玉無用紅鞓者。』乃詔四品從官改服紅鞓、黑犀帶、佩金魚。」踏過天街看春色。奉詔同修舊史成，明光表進喜連名。三秦記：「未央宮漸臺西，有桂宮，中有明光殿。」杜甫詩：「奏賦入明光。」校書愧我西淸住，出宰憐君北地行。秋風此日吹江柳，我尙朱顏君白首。別離何處可傷情，幕府門前一杯酒。

貴遊行

曲江風日宜春衣，馬逐輕燕參差飛。少居戚里貪遊劇，不作新豐上書客。玉鞭拂散楊花雲，醉眼眩春迷纈文。賭裘贏得牛心炙，晉書王濟傳：「王愷有牛名八百里駮，濟請以錢千萬與對射而賭之；愷令濟先射，一發破的，因據胡牀，叱左右速探牛心來，一割便去。」孫覿詩：「萬里功名飛燕頷，千金博飲炙牛心。」歸臥畫堂明月夜。

長短句

送趙司令

鹽煙青，鹽地白，野雞亂飛鳴磔磔。荒蹊三日除草萊，場吏近報新官來。新官來，煎勿急，飢寒夜夜亭民泣！販鹽金多買名娼，如何得似揚州商？

五言律詩

郊墅雜賦

移家非遠謫，幽處似愚溪。窈窕花兼竹，縱横水帶畦。窗明蠶箔暖，屋小燕巢低。有客如尋我，龜蒙舊宅西。

其二

借宅傍東圻，閑尋舊釣磯。雨朝楊柳暗，風午稻花稀。偶遁羞稱隱，初來諱問歸。儒冠恐驚俗，學製野人衣。

次楊孟載雨中池館

牆陰過綠枝，池影散淸漪。有雨萍生徧，無風絮下遲。蜜成蜂戶閉，泥落燕巢攲。君病知多日，牀琴盡網絲。

夜過江上

江白露初零，荷花夜滿汀。鷺迷沙上月，螢亂水中星。旅色隨程見，漁歌帶夢聽。何當從此路，乘興入滄溟。

觀鵝

交睡春塘暖，蘋香日欲曛。嫩憐黃似酒，杜甫詩：「鵝兒黃似酒，對酒愛新鵝。」淨愛白於雲。杜甫詩：「房相池頭鵝一羣，眠沙泛浦白於雲。」擊亂思常侍，唐書李愬傳：「入蔡州取吳元濟，夜半雪甚，城旁皆鵝鶩池，愬令擊之以亂軍聲。」籠歸憶右軍。見卷十五王七隅仙與。滄波堪遠泛，莫入野鳧羣。

同傅著謝徽夜過句容尋袁丞不値宿圓明十八院

不遇松龐客，山城誰與親？尋投十八院，寄宿兩三人。澗石支牀穩，松風漏燭頻。依禪嗟暫寂，明日又京塵。

周隱君歸東皐視田宿江上有詩見示因次其韻

孤棹隱迴汀，潮來夜自鳴。壯年身獨賤，初客夢多驚。曉枕看星起，春犂待雨耕。有田吾亦去，何意在州城。

答周著作暫歸鴻山留別

當年鬻春地，亂後幾人歸？白髪凌新句，青山識故衣。聽雞臨水驛，防虎閉巖扉。未用多惆悵，知君只暫違。

賦得紈扇送周秀才

價重過蒲葵，齊紈皎素姿。巧裁初學月，微動已含颸。螢憶堦前撲，蠅看座上麾。贈行雖遠去，應得手常持。

江上對雨

索索鳴還止，紛紛去却回。入林催葉落，度海帶潮來。鳥濕歸難疾，蛩寒響易哀。秋陰兼客抱，幾日未能開。

歸燕

昨夜涼生壘，烏衣入夢思。語多如戀主，去早若知時。海闊浮雲遠，梁空落月遲。客身翻愧爾，秋至負歸期。

五言排律

雨

白雨散漚波，餘香暗送過。帆迷湘浦客，珮冷楚宮娥。寂歷鳴高樹，依微拂短莎。燈前宵夢斷，鐘外暮愁和。鳥濕歸難疾，花寒落已多。江湖看自喜，閒得試漁蓑。

送祀諸王功臣

効節忠臣盛，酬功聖澤寬。未開圖像閣，先築降靈壇。松柏新阡茂，風煙舊壘殘。傳香來帝子，讀詔有祠官。因即分封始，還思創業難。親連諸國重，恩及九泉歡。廟靜儀容肅，山空仗衞寒。雲間超鐵騎，月下響金鑾。幣玉應長薦，鐘彝更不刊。如何渭水上，未許祀衣冠。

七言律詩

端午

自臨南浦采香蒲，喜見遊船度遠湖。人好須纏長命縷，時淸休佩避兵符。紅榴近席明當眼，白葛裁衫薄映膚。千古獨醒成底事，且酬佳節到雙壺。

宿無錫城下

暫泊長濠古柳間，雞聲未肯報開關。危譙近處寒聞漏，遠燒明時夜見山。城壘尙遺爭戰跡，道途無復往來艱。孤舟自愧看燈坐，不及居人夢寐閒。

望家人不至效西崑體

鳳凰臺下彩雲賒，日暮青山特地遮。畫舫遠汀迷柳樹，翠衾孤館怨梅花。佳人下蔡徒傾國，倦客長安自憶家。未省春前來得否，陌頭幾度卜琵琶。見卷三憶遠曲。

送宋學士子仲珩自京還金華省親

省親何事却辭親，萬水千山獨去身。淮樹別時猶帶雪，鄉園歸日定逢春。衣冠曉闕瞻丹鳳，舟楫寒溪過白鱗。知爾行留正難決，一杯江畔慰傷神。

次紫城韻寄西夢道人

花底黃鸝語未休，迴廊小院舊同遊。故人渭北傷離別，客子周南苦滯留。不見諫生乘白馬，後漢書張湛傳：「拜光祿勳。光武臨朝，或有惰容，湛輒陳諫其失；常乘白馬，帝每見湛，輒言白馬生且復諫矣！」欲從關尹問青牛。見卷六宿寧眞道館。豹呑虎啖荒村暮，種粟鋤畬志未酬。

答默堂在紹興見寄

囊衣滄海獨遐征，才術憐君老更成。蕭寺故人修疏請，越州太守具舟迎。煙塵西阻身無定，消息東傳雁有情。共買魚磯瓮城下，邇來江月向誰明。

次韻黄別駕見寄時已休官

溪上幽人戴鶡冠，每容閑客坐蒲團。河陽使者求温造，唐書：「温造，字簡輿，姿表魁傑，性嗜詩書，隱東都。烏重胤奏至幕下，遷殿中侍御史，彈劾夏州節度使李祐違詔進馬，祐曰：今日膽落于温御史矣。」按：烏重胤時爲河陽軍節度御史大夫。天下蒼生憶謝安。晉書：「謝安少有時名，朝命敦逼皆不就，人爲語曰：安石不起，當如蒼生何？」地隔金城塵荏苒，日昏銅柱海瀰漫。高情豈訝微官誤，忍見梅花獨耐寒！

寄山庭老人兼簡紫城山人

深掩衡茅碧澗陬，煙霞仍許客星留。老人絳縣泥塗辱，左傳：「晉悼夫人食輿人之城杞者，絳縣人或年長矣，無子，而往與于食，有與疑年，使之年曰：『臣生之歲，正月甲子朔，四百有四十五甲子矣，其季于今三之一也』。師曠曰：『七十三年矣。』趙孟召之而謝過焉，曰：『使吾子辱在泥塗久矣！武之罪也。』以爲絳縣師。」司戶台州放逐愁。杜甫有送鄭十八虔貶台州司戶詩。每過林塘煩几杖，不論年紀敍交游。紫城夫子同心事，書卷琴牀小洞幽。

次則中上人賦寒盡韻

天涯臘盡見瓊花，門倚東風野老家。憂患沉緜如中酒，江湖遷轉任流槎。夜半神仙無石髓，溪頭流水有胡麻。遙聞未返京華使，腸斷孤城咽暮笳。

金華鄭叔車父仲舒仕燕十年不得聞元年南北既通叔車即往尋省至京師遇焉時仲舒方臥病叔車侍養久之仲舒命歸祀先塋將行賦詩送之

天北天南久淚垂，相逢闕下竟誰期？遠兵阻道纔通日，孝子尋親乍見時。嘗藥未忘憂戚戚，埽松還作去遲遲。人間我願從今定，骨肉都無更別離。

送梅使君之松陵

不草，河平舊奏書，宋史胡旦傳：「河決韓村，尋復塞，旦獻河平頌。」行春新發畫輪車。吏迎堠館朝來處，客散都亭晚餞餘。一路雨香聞杜若，四橋波暖見王雎。亂離得似江城少，野飯家家美稻魚。

贈袁客省次居竹老人韻

南島誰令卉服來？安陵年少有奇才。將軍但省聞箏坐，晉書桓伊傳：「謝安女壻王國寶，專利無檢行，安每抑制之。孝武末年，好利險詖之徒，以安功名盛極而搆會之，嫌隙遂成。帝召伊飲讌，安侍坐，命伊吹笛，伊爲一弄，請以箏歌。歌曰：『爲君旣不易，爲臣良獨難！忠信事不顯，乃有見疑患。』聲節忼慨，安泣下沾衿，越席就之，捋其鬚曰：『使君于此不凡。』帝有愧色。」司馬應知決帳開。晉書郄超傳：「桓溫懷不軌，超爲之謀；謝安與王坦之嘗詣溫論事，溫令超帳中臥聽之，風動帳開。安笑曰：『郄生可謂入幕之賓矣。』」妖霧散時通北海，使君歸處動中台。長江誰更能飛渡？一日風帆到鳳臺。

寄題篔簹軒

聞道君家江水東，宛如湘浦竹蒙蘢。衣含夕潤霏煙裏，簾隔春寒細雨中。聽罷幽禽泥正滑，鋤殘亂笋徑纔通。詩成遙作相思夢，淸影愁隨月落空。

瓊姬墓

骨冷珠襦閉古愁，茱萸零落竟誰收？青燈自照空庵夜，翠輦無歸故苑秋。麋鹿昔年來廢榭，牛羊今日上荒丘。香魂若解悲亡國，莫共西施地下遊。此首疑改入六言律。

白蓮寺謁甫里祠

古寺迴廊見廢祠，塵埃楓葉翳幽帷。釣魚船去雲迷浦，鬬鴨闌空草滿池。僧散誰修芳藻奠？客來自詠白蓮詩。當時尚作江湖隱，何況於今屬亂離。此題詩已載十四卷中，疑此是原稿，存之。

五言絶句

晚涼

輕陰度高閣，落景明遙渚。涼氣颯然來，不知何處雨？

摘枸杞

條同綠槿長，子比朱櫻小。野艇摘來時，霜清江路曉。

鉞

跪授具軍儀，青年別閫時。奇門纔仗出，驚散弄兵兒。

角黍

香菰捲翠房，玉糝深藏貯。欲餉獨醒人，楚辭漁父：「衆人皆醉我獨醒。」投向清波處。

菖歜

屑玉清觴裏，芳香散午筵。長生如可問，重覓九疑仙。

秋望

柳色漸蕭疎，川原暮雨餘。殷勤望來雁，恐有故人書。

七夕

穿針倚畫樓，新月映簾鉤。不見天孫渡，銀河遠自流。

荷花

湖上錦雲迷，紅妝映水低。扁舟人採摘，何似若耶溪？

贈雲林子

茶煙裊鬢絲，老去尚耽詩。池上南風裏，看君寫竹枝。

蛩聲

空館誰驚夢？幽蛩泣露莎。機聲秋未動，應奈客愁何。

芙蓉

豔發數叢幽，池塘白露秋。美人思采贈，日暮蕩蘭舟。

蛙聲

池塘暮雨晴，芳草亂蛙鳴。試問齊高士，何如鼓吹聲？見卷十三排律聞蛙。

牧童

度隴迷青草，歸時帶夕陽。誰知牛背穩，不似馬蹄忙。

看松

偃蹇空山裏，誰知始種年。樵斤不敢伐，恐是老蛟眠。

蟹

吐沫亂珠流，隨燈聚遠洲。無腸應可羡，不識世間愁。

讀書

明窗欣燕坐，開卷誦虞唐。欲究千年事，慚無目五行。後漢書應奉傳：「奉讀書五行並下。」

薑

濯濯仙人指，本草：「秋社前後，新芽頓長，如列指狀，採食無筋，謂之子薑。」紅腴出土柔。欲知投老味，封邑已糟丘。梅堯臣謝劉原父寄糟蘁詩：「名園萬家城，千畦等封侯。斸當燕去前，醃芽費糟丘。」

蒜

奇苗生絕域，漢使載歸軒。漢書：「張騫使西域，得大蒜、胡荽。」採掇毋勞贈，吾方欲省煩。高士傳：「閔貢，世稱節士。周黨見仲叔食無菜，遺以生蒜。仲叔曰：『我欲省煩耳，今更作煩耶？』受而不食。」

蘆菔

煙晴踈甲長，土暖深根蟄。飽食比蒸豚，劉迎蘆菔詩：「最喜霜露秋，味出雞豚外。」知君免神泣。

萵苣

野莧初除後，煙苗半席新。乞醯思晚薦，不與子高隣。

棲鳳亭 在師子林

已馴檻外鴿，復下窗前鳳。夜半訝翻棲，月明竹枝動。

六言絶句

題畫

雜花紅白孤墅，流水東西幾家。來往莫愁橋斷，門前自有浮槎。

題宋秀才藏廬山圖

彭澤縣前沽酒，潯陽郭外聞鐘。欲覓君家住處，不知雲掩山重。

七言絶句

遊獵圖

將軍白馬佩雙鞬，自出呼鷹獵晚天。笳鼓歸來人共看，腰間應有白狼懸。

送人之妻江

寒雲殘雪野亭邊，人逐寒潮上别船。想見故園初到處，窗前梅發又新年。

秋望

霜後芙蓉落遠洲，雁行初過客登樓。荒煙平楚蒼茫處，極目江南總是秋。

聞箏

銀箏鳴軋奏秦聲，寶柱頻移曲未成。聽徹十三絃下語，隴雲關月總愁生。

夜宴

帷中鵲尾暖吹香，絳蠟高燒夜未央。四座生春人欲臥，不知窗外滿庭霜。

寄丁侃

交游惟子最多情，送我扁舟過驛亭。别後江花想零落，銀箏春夜共誰聽？

聞鶯

向日迎風弄巧音，金衣飛處柳陰陰。上林幾度聞嬌囀，百舌羞藏不敢吟。

紅葉

淸霜初染滿林秋，彷彿殘霞晚未收。幾片江邊自飄落，新詩不寫漢宮愁。

晚投田家

船繫漁磯柳下村，晚衝鳴犬到柴門。老翁喜話桑麻事，旋向鄰牆過酒樽。

賀生日

高堂瑞氣靄佳辰，正見梅花雪後新。好把蓬萊千日酒，洞簫聲裏醉長春。

聞鳩

江城樹暗暮雲低，谷谷春鳩屋上啼。憑仗莫呼山雨至，歸人馬滑畏深泥。

嘲友人謫中有遇

簾疎不隔眼波流，寶鑑羅巾暗贈酬。堪笑相逢便相得，只應未識此中愁。

其二

那知寒谷近陽臺，一笑都令百悶開。不是東家牆外女，相逢誰解惜多才？

瀟湘八景

煙寺晚鐘

疎鐘杳杳出林間，應送斜陽下遠山。遙望煙中知有寺，數聲初盡一僧還。

漁村夕照

寒鴉閃閃水連煙，柳下漁歸乍繫船。猶喜西村斜日在，一罾留曬斷磯邊。

遠浦歸帆

秋雲秋水共悠悠，帆逐征鴻急瞑投。知有漁家南渡口，斜陽指點認歸舟。

平沙落雁

晚潮初落露平沙，低雁銜煙度影斜。遠向渡頭人盡處，一行如字下蒹葭。

洞庭秋月

波光秋映玉壺圓，黃鶴磯頭月滿天。欲上君山吹短笛，夜深呼起老蛟眠。

瀟湘夜雨

雲暗蒼梧萬里情，滿江秋雨夜寒生。黄陵祠下蕭蕭竹，併作篷窗一夜聲。

山市晴嵐

溪嵐擁樹蔽晴曦，虚市漁商曉聚遲。日午西風吹忽散，前村遥見酒家旗。

江天暮雪

雪暗江天鷺不飛，晚來深處沒漁磯。鯿魚水冷應難捕，愁滿漁蓑獨帶歸。

送春

花殘風雨暗遙津，記得迎春又送春。此日不愁春去遠，只愁催老少年人！

月夜南樓

簟紋如水瀁秋淸，臥看銀河漸欲横。吟斷新詩方欲睡，半樓涼月又鐘聲。

飲張水部園亭

草堂留客聽鳴琴，喜有淸歡似竹林。池上日斜歸尙早，山公莫厭酒杯深。

約友出遊

春愁無禁復多閒，欲出城西看好山。爲向高陽期酒伴，一樽來醉杏花間。

憶梅

夢隨飛蝶繞南枝，獨夜空齋月落遲。安得羅浮林下去，滿身香影醉吟詩。

春遊

王孫尋伴踏春晴，羅袖迎風出渭城。路入前村花柳暗，笑停嘶騎聽流鶯。

楊花

春雪吹香欲滿城，遊絲相逐鬭輕盈。紛紛正似離愁處，灞岸人行暮雨晴。

採桑

陌上柔桑葉半稀，攜筐採摘怕蠶飢。使君莫共羅敷語，日暮當乘五馬歸。

江村

竹村莎逕映柴扉，地近江天客到稀。日暮柳邊吹笛過，只應鄰艇賣魚歸。

夜聽張山人琴

虛堂夜靜理冰絃，別鶴驚啼月滿天。一曲秋風少人聽，滿庭黃葉自蕭然。

登姑蘇臺

子夜歌殘事已非，畫簾幾度映斜輝。行人重過繁華歇，麥秀春風野雉飛。

聽琵琶

花間漫撥紫檀槽，絳蠟銷時月正高。莫奏斷腸關塞曲，風流自有鬱輪袍。全唐詩話：「王維未冠時，岐王引至公主第，使爲伶人進新曲，號鬱輪袍，主大奇之；令宮婢傳教召試官諭之，作解頭登第。」

遊靈巖

茱萸垂實滿遺宮，洗硯池荒水殿空。不見傾城醉歌舞，梵聲時起白雲中。

烹茶

活水新泉自試烹，竹窗淸夜作松聲。一瓶若遣文園啜，那得當年肺渴成。漢書：「司馬相如拜孝文園令。」杜牧詩：「文園終病渴，休詠白頭吟。」

靑城先生戴笠圖

蓆帽京城已十年，歸來一笠飯山前。李白詩：「飯顆山頭逢杜甫，頭戴笠子日卓午。」丹靑莫作山樵看，元是瀛洲畫裏仙。

示內

不尋生計只尋春，寄語山妻莫漫嗔。且放疎狂醉杯酒，聖恩元許作閒人。

村居

掛杖門前獨看雲，桐花落盡惜餘春。呼童莫斸籬邊筍，留取淸陰蓋四鄰。

桃花

幾叢嬌豔露香新，脈脈無言似怨春。只恐花間有仙路，停舟欲問捕魚人。

金鳳花

砌下幽花發幾叢，秋來春色尙嫣紅。秦臺鳳去簫聲遠，零落嬌雲向晚風。

秋暮

木落高城急暮砧，雁行低度碧雲陰。江南回首蓴鱸美，誰向蘭臺賦客心？

紅蕉仕女

蕉花包露月中開，酒渴初尋出逕苔。憑仗小厖休吠影，深宮那得外人來？

附金檀跋

按青丘之集，流傳固多，逮以次考定，並紙板紛殊，亦悉對勘；工竣之時，自謂庶無罣漏。未幾，得明初三先生一刻，爲江陰朱善繼紹偕弟積所編，以季迪爲之冠，次楊孟載，次包師聖，蓋朱於包，猶龍門之楊惲，惟恐不傳，而曾學士序，以善鳴其盛歸三先生，均無異辭。又稱高集存者，別有觀光之名；計是書編就，距青丘沒未遠，及鋟自宣德間，樓氏跋猶未忘矜愼，其足資考據，是又奚疑？爰查朱本所收，新刊所少約百有餘首，另補一帙，惜朱本不早得，猶幸獲覩于今，幾如神物之合。且吳越紀遊詩，竊意自至正十八年始，朱本載有先生小序，益爲遊踪徵信。今列年譜中。惟是搜羅究未克徧，致引拾遺之例，仍用自愧，冀覽者鑒茲懵昧云。雍正七年，歲次己酉陬月上元，桐鄉金檀跋。

附三先生詩原序

國初以詩鳴者固非一家，及其人旣沒，往往編帙散佚，不能盡傳於世，豈不深可惜哉！今之所存：若高季迪、楊孟載、包師聖之作，曰缶鳴集、觀光稾、槎軒集、姑蘇雜詠、眉菴集、鶴洲遺稾，人得而讀之，猶有以想見其人，而於當時太平風雅之盛，亦因是而有徵焉。江陰朱紹善繼，以才薦至京師，間持一編詣予而請曰：「此紹所編次三先生詩集也。將鋟諸梓以廣其傳，幸爲序其篇端。而鶴洲先生實爲紹之外祖，由是不敢不留意焉。」予旣得而閱之，則皆諸集中所載，衆體畢備，羣玉交映，有不待旁搜遠采而一目得之矣。嗟夫！紹之用心亦勤且厚哉！惟詩之道，可以興，可以觀其信然矣。昔我太祖高皇帝既定天下，尊用儒術，誕興文治，由是四方文學之士，連茹彙征，皆克奮自濯磨以見於有爲；至其形之於言，率皆渢渢乎治世和平之音，足以歌頌一時之盛，此何其至哉！若季迪、孟載、師聖，則所謂又其善鳴者歟！紹以才能，方將嚮用於時，而能惓惓致意於此，是可嘉也。昔人有云：「莫爲於前，雖顯而弗彰；莫爲於後，雖盛而不傳。」然則三先生其又有託於紹也歟？觀於此編者，不惟可以知當時聲明文物之盛，而尤有以見紹於鶴洲爲賢外孫矣！季迪，名啓，官至戶部侍郎致仕，姑蘇人。孟載名基，終山東按察僉事，姑蘇人。師聖諱尼授，嘗爲岳州同知，毘陵人，其自號鶴洲云。永樂癸卯春二月望，翰林侍讀學士奉訓大夫兼修國史廬陵曾棨書。

附原跋

予館人朱友竹兄弟之集高、楊、包三先生詩，翰林曾先生敍其首簡，將鋟梓行，囑予考選而書之。合古今諸體凡千有六百餘首，爲卷者廿，書僅半，予以親病當歸，友竹謂更他手不可，畀予持歸以終之；又屬多故，歷三載而書始終。嗚呼！以予書之不易，較其鐫之則尤難，夫不易與尤難，友竹兄弟能成之，其功爲何如哉！其義爲何如哉！三先生聞之地下，將躍而起矣！宣德九年，歲在甲寅重九日，姑蘇樓宏識。

高靑丘鳧藻集卷一

論

威愛論

書曰：「威克厥愛允濟，愛克厥威允罔。」功或以愛，誠有以結於人者，則趨事赴功有不期然而然，何以威爲哉？予曰：不然，此御軍之要也。蓋愛勝則姑息，威勝則嚴明。胤侯知其然，故於誓師之際，深警之若此，欲其恐懼而用命也。嗚呼！以仲康之賢，討羲、和之沉亂，其必濟可知矣。然猶恐其威之不立而功之不成，而況後世之衆人欲從事於強敵者哉！

夫三代之兵也出於民，居則習其政教而知義，出則聞其節制而知法，皆有尊君死上之心，赴公戰如報私仇者，抑且有所謂孥戮之刑，弗勗之戒焉。近世之聚而爲兵者，非田野之惰夫，則鄉里之惡少，亡命行剽，椎埋鼓鑄之流也；政教不習而節制不聞，苟無威以臨之，則其桀傲很戾悖悖自肆者，可勝道哉！今之人，家有驕子，非其子之性驕也，愛之而致其驕也。教之而不從，役之而不動，於是有悖逆干犯之患矣。若小過則訓之，大過則杖之，子其有驕乎？將之御三軍者，固無異於是。然將之於三軍，又非若父子之有天性之親而不可一日離者，則愛之其可過於威乎？況戰者，所以驅之於死也。好生惡死，人之至情，非得尊君死上之人，則視白刃之交於前，流矢之集於左，其不震慴辟易顛倒而奔走者幾希矣！故兵法曰：「畏敵者，不畏我；畏我者，不畏敵。」何以使其能畏我也，殺之而已矣。蓋非嗜殺而自殘也，恐其畏敵而先奔，敵或乘而覆之，是舉軍而棄之於敵，其自殘不已多乎？故愛其子者，賊其子，殺其軍者，全其軍。設使兩軍勇怯相若，一樂其將之寬，一畏其將之嚴，卒然遇於原野之間，援桴鼓之，則嚴者莫不奮戈而爭前，而寬者或有一二遁矣。何則？彼恃愛之而不殺也。故有威則怯者勇，無威則勇者怯。且立威者，非欲其若楊素之求人之過而殺之也，亦曰令之嚴而罰之果，不爲煦煦姑息之計耳！古之豪傑，所以能使士卒畏之若鬼神之不可犯，納之於死而不避，投之於險而無所辭，百戰百勝，功立於當時而名存於後世者，用此道也。

或又曰：然則威可以無愛矣乎？曰：何可以無愛也？專愛則褻，褻則怠；專威則急，急則怨。怨與怠，其敗一也。故愛而恐其至於怠也，則攝之以威而作其氣；威而恐其至於怨也，則濟之以愛而收其心。愛非威恩不加，威非愛勢不固，威愛之道，所以兼施並行而不可偏廢者也。雖然，豈特爲將之事哉！使國君而知此，則國可以治；天子而知此，天下可得而理矣。

四臣論

古之所以能國者，有四臣焉。何謂四臣？曰：社稷之臣、腹心之臣、諫諍之臣、執法之臣也。何謂社稷之臣？忠藎孚於上下，威望加於內外，敵國聞之而不敢謀，姦宄畏之而不敢發，正色立朝，招之不來而麾之不去，若漢汲黯、吳張昭、唐郭子儀是也。何謂腹心之臣？識足以達天下之機，略足以濟天下之業，從容帷幄，謀成而羣臣不知，計定而將軍不聞，若漢良平、魏荀彧、秦王猛是也。何謂諫諍之臣？匡君之非而納君於善，不阿順以取容，不迎合以求悅，正言不迴，觸犯忌諱，雷霆發於上而不驚，鼎鑊具於前而不顧，若唐魏徵、褚遂良、張九齡是也。何謂執法之臣？直道而行，不憚權貴，逢姦必舉，遇惡必擊，使豺狼狐狸屏息而不敢動，若漢王章、蓋寬饒、唐宋璟是也。蓋社稷之臣以忠，腹心之臣以智，諫諍之臣以直，執法之臣以剛。此四臣者，國之不可以一日無者也。

夫以匹夫之取友，尚有能死義者、能忠謀者、能責善者、能禦侮者，而況於國君乎？而況於天子乎？故國無社稷之臣，則無與抗大難；無腹心之臣，則無與圖大功；無諫諍之臣，則無與格大過；無執法之臣，則無與除大姦。無與抗大難必危，無與圖大功必敗，無與格大過必昏，無與除大姦必弱。故古之興者，未嘗無四臣，而亡者，未嘗有四臣也。

嗚呼！四臣者，豈眞不易得耶？君無優養作起之術爾！故所以待社稷之臣者，當尊以禮，高爵而重祿之，使危言不能中，細故不能疎；則彼必以社稷之憂爲己憂，社稷之辱爲己辱，毅然以身徇節而不變，而大難可抗矣。待腹心之臣者，當推以誠，略去苛禮，示之坦然；食則同器，坐則促席，所言無不用，所欲無不與；則彼必竭思慮之精，效勝負之計，而大功可圖矣。待諫諍之臣者，則當納以寬，凡有所論奏，停輿以受之，賜帛以旌之，雖激切不怒，雖指斥不罪；則彼必務盡直心，政事之闕日聞，聰明之道益廣，而大過可格矣。待執法之臣，當假以威，不以私愛撓其權，不以譴辱挫其氣，使強者不敢傷，讒者不敢毁；則彼必竦踴風生，刺舉無避，以尊朝廷之勢，而大姦可除矣。若或棄忠而擅智，惡直而害剛，平居而上唱下和，相聚自賢，勢孤而不知，機去而不察，政失而不聞，威削而不悟，及一旦臨變，茫然而無所救，豈不可哀也哉！詩曰：「如彼泉流，無淪胥以敗。」予恐後世之君，無四臣而致其敗也。

記

遊天平山記

至正二十二年九月九日，積霖既霽，灝氣澄肅。予與同志之友以登高之盟不可寒也，迺治饌載醪，相與詣天平山而遊焉。

山距城西南水行三十里，至則捨舟就輿，經平林淺塢間，道旁竹石蒙翳，有泉伏不見，作泠泠琴筑聲，予欣然停輿聽久之而去。至白雲寺，謁魏公祠，憩遠公菴，然後由其麓狙杙以上。山多怪石，若臥若立，若搏若噬，蟠拏撐拄，不可名狀。復有泉出亂石間，曰白雲泉，綫脈縈絡，下墜于沼，舉瓢酌嘗，味極甘冷。泉上有亭，名與泉同。草木秀潤，可蔭可息。過此則峰迴磴盤，十步一折，委曲而上，至於龍門，兩崖並峙，若合而通，窄險深黑，過者側足。又其上有石屋二：大可坐十人，小可坐六七人，皆石穴空洞，廣石覆之如屋。既入，則懍然若將壓者，遂相引以去。至此，蓋始及山之半矣。乃復離朋散伍，競逐幽勝，登者、止者、哦者、嘯者、憊而喘者、恐而咷者、怡然若有樂者、悵然俛仰感慨若有悲者，雖所遇不同，然莫不皆有得也。予居前，益上，覺石益怪，徑益狹，山之景益奇，而人之力亦益以憊矣。顧後者不予繼，迺獨褰裳奮武，窮山之高而止焉。其上始平曠，坦石爲地，拂石以坐，則見山之雲浮浮，天之風飋飋，太湖之水渺乎其悠悠；予超乎若舉、泊乎若休，然後知山之不負於茲遊也。

既而欲下，失其故路，樹隱石蔽，愈索愈迷，遂困於荒茅叢篠之間。時日欲暮，大風忽來，洞谷谽呀，鳥獸鳴吼。予心恐，俯下疾呼；有樵者聞之，遂相導以出，至白雲亭，復與同遊者會。衆莫不尤予好奇之過，而予亦笑其恇怯頹敗，不能得茲山之絶勝也。於是采菊泛酒，樂飲將半，予起言於衆曰：「今天下板蕩，十年之間，諸侯不能保其國，大夫士之不能保其家，奔走離散於四方者多矣！而我與諸君蒙在上者之力，得安於田里，撫佳節之來臨，登名山以眺望，舉觴一醉，豈易得哉？然恐盛衰之不常，離合之難保也，請書之於石，明年將復來，使得有所考焉。」衆曰：「諾。」遂書以爲記。

生白室記

莊周氏之言曰：「瞻彼闋者，虛室生白。」謂人能遺耳目、去心意而任夫性，則道集至虛之宅，而純白生焉。四明陳君德明悦其説，乃以「生白」名所寓之室，介友人求予記之。

予嘗讀周之書，觀是説者，雖仲尼所以告顔子，蓋寓言耳！其義雖美，然未能盡合乎聖人也，陳君豈將學者邪？周之道，蓋欲放心自得之場，以與物寘，所謂遊方之外者也。君今筮仕昌朝，出贊宥府，簡牘塡委，實待剸裁，而目欲無所視，耳欲無所聽，而心欲無所思，能乎不能也？君既不能爲之，則吾亦不能言之矣！請言其可能者以記君室可乎？

夫心之體本虛，有不虛者，物之窒也。物非能窒之也，誘於物而爲之累也。故聖人教人，目不能使無視，能勿視於邪；耳不能使無聽，能勿聽於淫；心不能使無思，能勿思於妄而已爾。苟三者之用，皆出於理而不私，則雖日與物接，其外蔽交，而中之虛自若也。吾虛既存，然後光明洞徹，昭然而不昧者發焉。燭至幽而不遺，察至隱而能著，此則明而誠，誠則明之道也，又豈務於虛寂而無爲於世者之事哉？君好學善辯，嘗燕休是室之中，尙能虛心而觀以審其取舍之幾也夫！

蜀山書舍記

蜀山書舍者，友人徐君幼文肄學之所也。幼文嘗自吳興以書抵予曰：「吾山在城東若干里，吾屋在山若干楹，吾書在屋若干卷；山雖小而甚美，屋雖朴而粗完，書雖不多而足以備閱，吾將於是卒業焉！子幸爲我記之。」

予惟古之君子，所取以成其學者，無常物，所居以致其學者，無常地也。故弁裳之於容、珩瑀之於步、豆籩之於陳、琴瑟之於樂、弓矢車馬之於服、度量權衡之於用，凡接於物皆學也。豈專於六籍之内哉？往于田、入于市、處于戶庭、覽于山川、立于宗廟朝廷、遊于庠序軍旅，凡履之地皆學也，豈限於一室之間哉？後世講學之道既廢，而人之不能然也；有志者始各占山水之勝，築廬聚書而讀之，雖其所以學之者異乎古，然凡事物之理與夫羣聖賢修己治人之要，實皆不出於書，況安僻阻之區，絕紛嚣之役，得一肆其力於是，則其至於成就，豈不反有易者哉？

今幼文以方壯之齒，有可用之材，而不急進取，益務於學，以求其所未至，豈非有志之士哉？而予也，北郭之野有土，東里之第有書，皆先人之遺也。遭時多艱，莽穢於榛蕪，殘壞於塵蠹，倀倀焉日事奔走而不知返，則其荒陋宜有愧於幼文矣！尚能爲是記乎？然而書此而不辭者，蓋姑復幼文之請，亦因以自厲焉！

淸言室記

韋應物詩有曰：「淸言怡道心。」予友張君讀之有所契，因掇句首二字名其室，而屬予記之。且曰：「吾室在寢門之内，戶庭密深，帷案潔素，蓋將於此縱玄虛之談，息世俗之論者也。」予惟昔魏之衰，士大夫有擅聲勢之强、溺酣淫之樂而唱爲清談假以自高者，其流至於西晉，卒亡人國。論者至今咎之，張君豈蹈其轍哉？

夫君子之觀人，其道雖殊，必先於其言，非以其發於心志之微，而善惡有不可掩者邪？故靜者其言簡，躁者其言繁，汙者其言卑，達者其言遠，理必然也。張君嘗學道，且究於醫，得養生之理，吐渣滓而納清虛，厭華腴而嗜澹泊，事物之末，能爲其累者寡矣。邪穢之念不萌於心，故煩濁之語不出於口，內外一致，非若昔人之矯爲也，豈不足尚乎？然言不可以自述也，必有問答者焉。張君室中所與揮麈而相對者其誰哉？予聞此邦多異人，道路塵埃中，如魏伯陽、許長史之倫，安知不往來其間邪？張君儻識之，延於是室，分據木榻，爲中夜之談，予得執燭隅坐以聽之，豈不幸哉！

雖然，猶未忘於言也。有道者之教人，默焉而意已傳。予雖凡陋，能使預聞不言之妙乎？

煮石山房記

昔者，先王教民稼穡而使之粒食，又命火官別五木，順四時改火，以利烹飪之用，而後民有以養其生，而無夭札之患。五穀之美，萬世寶之，雖有芻豢之豐，不敢使勝其氣，所以爲民之天而不能一日無焉！後世神仙之説興，方士始導人以絶粒之術，采草木鍊金石而餌之，謂可以去渣滓而來清虚，却衰老而致輕舉，余嘗怪而疑之。然獨念滋味人之大欲也。自宴享飲食之禮廢，而人之奉養無節，割鮮炙肥，極海陸之珍以相侈尚，罄萬錢於一餐，備百牢於一獻，外則困衆人之力，內則傷五臟之和，卒至於廢其家國而喪其身；與夫不甘粗糲，遂隳其操，輕冒危辱，以營口腹之嗜者，皆往往而是也。而方士居窮巖絶谷之中，禁斥甘腴，啖粗礦之物，卒歲而不厭，亦難能之士哉！

金華葉山人賣藥吳城南，題其室曰煑石山房。嘗邀予過之，指山而告曰：「是吾囷也，苟不壞，則無憂飢矣。子能以文記吾居，當授子是術焉。」予方有役於世，未能從山人以學，則雖有言，未足以知山人服食之妙也。故獨以所感於世者書之，使或有因予言而少警者，去淫靡而樂澹泊，亦豈非山人之志哉？

靜者居記

潯陽張君來儀，以靜者居名其所寓之室，嘗屬予記之，久辭而未獲也。

一日，與客往候之，入其室，竹樹翳深，庭戶虚寂，落然無囂聲。客顧而歎曰：「美哉居乎！使張君不勤動於外，有以自樂而成夫靜者，非是居乎？」予謂客曰：「子何言之戾耶？

今有人焉，處空谷之中，棲長林之下，干戈之聲不聞，車馬之跡不至，其居靜矣。而利祿之念不忘於心，窮約之憂每拂乎慮，雖夷然而行，塊然而坐，顛倒擾攘，無異奔騖於埃壒者，子謂其果靜乎？又有人焉，遊於邑都，宅於市里，鄰有歌呼之喧，門有造請之雜，心倦乎應答，身勞於將迎，其居非靜矣。而抱廉退之節，慎出處之誼，雖逐逐焉羣於衆人，而進不躁忽，視世之揮霍變態倏往而倏來者，若雲煙之過目，漠然不足以動之，子謂其果非靜者乎？蓋靜也係於人，不係於居。人能靜則無適而不靜，是居之靜無與於人，人之靜亦無待於居也。雖然，亦有待其居而靜者矣，然非此之謂也。傳曰：『居天下之廣。』居廣，居仁也。自克己以復之，主敬以守之，至於安重而不遷，淵靚而莫測，則其體靜矣，故曰仁者靜。張君之志，蓋在於是，而假以名其室，子豈未之思乎？」

客未有以應。張君起而謝曰：「居靜而非靜者，吾知其所警；居不靜而靜者，吾知其所勉。若居仁而靜者，雖非愚所及，則願學之焉。子之言備矣，豈不足記吾居哉？請書之。」顧予欲靜而未能者，姑書以識之，俟他日從君而從事焉。

夢松軒記

昔馬璘嘗讀史，見其祖援之功烈，因自感奮，不忍使墜於地，卒爲名將，繼美於前人矣！近代卿相之後，有不數傳，其譜牒尙明，家乘猶在，而子孫已失其業；甚者，目接其光輝，身承其教訓，纘窆未久，而棄衣冠之華，趨沽販之賤，不自知恥以玷厥祖者，往往而是也。璘乃能遐追遠慕，繩其武於數十世之上，可謂有志之士哉！

予友丁君志剛，讀史書，見其先有夢松生腹而爲公者，因題所居軒曰夢松，以識追慕之意，間屬予記之。予謂君今距公幾世矣，非有光輝教訓身承而目接也，亦非譜牒之可尋、家傳之可續也，乃欲遠繩其武，亦可謂有志之士而無愧於璘者矣！然君知公之夢松，而亦知公之所以夢松者乎？蓋公負挺特之才，抱堅貞之操，其德有象乎松，而將爲巖廊之用也；故神魂感會，鬱然之姿見於寢寐之間，是非因有斯夢之祥而能致爲公之貴，蓋有爲公之器而能召斯夢之祥也。若輕詭讒邪之徒，而欲據台鼎之重者，則其合睫之際，松未生於腹上而蠅已集於鼻端矣。君今好學而修，盤礴田野，苟能處是軒之中，朝夕自厲，以思紹公之德，則吉夢之來有時，而在九重之上，亦有徵夢而相求者矣。傳曰：「公侯之子孫，必復其始。」

安晚堂記

予在京師，同里朱君炳文以郡薦就試春官，既雋而將歸，過予請曰：「天賚吾家，使二親康強具存。嘗築室奉之，寬閒靜深，可以燕娱，欲吾親之優游於是以樂其老也。自題曰安晚。願子爲我記之。」

予惟孝子之安其親，宜無時而不然，何獨於其老哉？蓋人朝而出，晝而馳，夕則宜息焉。少而進，壯而行，老則宜休焉。故凡屆於桑榆之時，筋力已憊，而猶勤動勞騖，不使寧佚以享其餘年者，非理之所宜也。傳曰：「老者安之。」然則孝子之於親，雖無時不欲其安，至於老也，豈不尤所當盡心哉？若夫安之亦有道矣，奉觴調膳，甘滑瀡瀡以薦之，親之口安矣；而物有以拂其志，則非所謂能安也。縣衾篋枕，痒疴抑搔以事之，親之體安矣；而行有以累其心，則非所謂能安也。必也居而修諸身，出而事於君，皆盡其道，無一足以貽親之憂，則善矣；不務於是而惟以口體之養爲安，豈未知其本哉？

予向居吳時，嘗獲拜炳文之嚴君，年六十餘而氣貌充充然，固知其安之有素矣。況逢今天子既定四海，推大孝之心，欲使天下之老者皆安；炳文又以才進，將得祿而爲養，其親有不安者乎？吾又聞安則靜，靜則難衰，難衰則壽可必矣。今炳文能安其親，將見蒼顔白髮，婆娑於是堂之上者，其樂未易艾也。請記諸壁以俟。

水雲居記

京師四方之所走集，居人櫛比而廬，不隙尺地，求遐曠之適無有也。吳陵劉雨，僑於東城之隅，扁其室曰水雲居，嘗請予爲之記。予間過其居而異之曰：「子之居，前闤闠而後營衞，固紛囂塵坌之區也，惡覩夫水與雲哉？」雨曰：「吾少家江海之上，嘗觀夫洪波東馳，浮雲飛揚，吾則挐舟以娭；泝洄瀾，逐流景，與之俯仰而上下，心甚樂焉！今雖幸處轂下，顧以無材不能備世用，欲歸還鄉復從二物者遊而未得也。故名吾室以志之，先生何疑焉？」

予聞而愈異之，因告之曰：「夫雲之與水，非隱者之所宜從也。子見其滔滔於江湖，悠悠於寥廓，若無事然，謂與己適相類也，欲狎而與之遊；然不知舒布覆被而雨四海者，雲也，奔走放注而溉千里者，水也，彼皆有澤物之勞焉，子乃以無事求之，吾恐水遠逝而雲高飛，皆將去子而不顧，尙得而與之遊乎？子今遭逢明時，出門卽朝廷之上，其勢易達也。當奮揚其光英，涵泳其德性，進用於世，使所施有及於人，則二物者皆卽在子之身，無所往而不與之俱，又何求於渺漫杳靄之鄉乎？」

雨瞿然謝曰：「先生命我矣！」遂書留其壁間以爲記。

槎軒記

槎，浮木也。予嘗客淞江之上，濱江之木，當秋爲大風所摧折者，隨波而流，顧而有感，因以名所居之軒。及遊京師，翰林學士金華宋公，爲篆二大字，自是或仕或退，東西旅寓，所至輒扁于室。

今年春，自城南徙夏侯里第，復以揭于南軒。客有過而疑者，乃謂之曰：「子不觀夫槎乎？衆槎之流，同寄於水也，而洄薄蕩汩，或淪於泥沙，或棲於洲渚，或爲漁樵之所薪，或爲蟲螘之所蠹，或乘洪濤東入于海，茫洋浩汗，莫得知其所極。而亦有一槎焉，或蟄或浮，或泛或止，方此倏彼，而不可期者，水實使之也。然槎雖寄於水，而無求於水。水雖能使槎，而無意於槎。其漂然而行，泊然而滯，隨所遭水之勢爾。水蓋未嘗有愛惡於槎，槎亦不知有德怨於水也。人之生而繫命於天者，亦何異是哉？夫林林而立者皆人也，而有貴爲王公，有賤爲輿隸，有富有千駟，有貧不能飽一簞；亦有一人之身而始困終亨，前興後仆，變遷無常而轇轕不齊者，非天孰使之然？天雖使之，而豈有意哉？磅礴、絪緼、厚薄，隨其所得，與人漠然，而人自不能違爾！世之不安乎天者，乃疲智力以營所欲，悲失喜得，而卒不知得失之不在己也，非惑歟！此予所以有感於槎而取以名軒也。且子又不觀夫水與天乎？其奔渟也隨地形而成；其旋運也乘氣機而動。二者猶不能自任，而況槎與人乎？若予，天地間一槎也。其行其止，往者既知之矣，來者吾何所計哉？亦安乎天而已矣。顧吾槎方止，幸不爲薪且蠹，則是軒者，其淪棲之地乎！」

既對客，遂書于壁以自厲。洪武六年秋九月，青丘退史記。

遊靈巖記

吳城東無山，唯西爲有山。其峯聯嶺屬，紛紛靡靡，或起或伏，而靈巖居其間，拔奇挺秀，若不肯與衆峰列，望之者咸知其有異也。山仰行而上，有亭焉，居其半，蓋以節行者之力，至此而得少休也。由亭而稍上，有穴窈然，曰西施之洞，有泉泓然，曰浣花之池，皆吳王夫差宴遊之遺處也。又其上則有草堂，可以容栖遲，有琴臺可以周眺覽，有軒以直洞庭之峰，曰抱翠，有閣以瞰具區之波，曰涵空。虛明動盪，用號奇觀，蓋專此邦之美者山，而專此山之美者閣也。啓吳人，遊此雖甚亟，然山每匿幽閟勝，莫可蒐剔，如鄙予之陋者。

今年春，從淮南行省參知政事臨川饒公與其客十人復來遊。升于高則山之佳者悠然來，入于奥則石之奇者突然出。氛嵐爲之蹇舒，杉檜爲之拂舞；幽顯巨細，爭獻厥狀，披豁呈露，無有隱遁。然後知於此山爲始識於今而素昧於昔也。夫山之異於衆者，尚能待人而自見，而况人之異於衆者哉！公顧瞻有得，因命客皆賦詩，而屬啓爲之記。啓謂天於詭奇之地不多設，人於登臨之樂不常遇；有其地而非其人，有其人而非其地，皆不足以盡夫遊觀之樂也。今靈巖爲名山，諸公爲名士，蓋必相須而適相値，夫豈偶然哉？宜其目領而心解，景會而理得也。若啓之陋，而亦與其有得焉，顧非幸也歟！啓爲客最少，然敢執筆而不辭者，亦將有以私識其幸也。十人者：淮海秦約、諸暨姜漸、河南陸仁、會稽張憲、天台詹參、豫章陳增、吳郡金起、金華王順、嘉陵楊基、吳陵劉勝也。

素軒記

魯丹桓宫楹，而春秋譏之。夫以諸侯過飾其宗廟，聖人猶見非，於禮制之不可踰如是也。後世習俗奢僭，波頹風靡，能循乎禮者寡矣！浮屠之法，又爲世所崇，故往往大爲其宫，飾以金銀，塗以彤碧，輪奐絢爛，以事其所謂莊嚴者，論者未嘗非之，處者亦不自疑，蓋可歎也！

浩上人居吳之靈鷲院，澹泊淸苦，持其律甚謹；嘗被召赴京而還，治室於舍之西偏，簡朴粗完，無彩繪之飾，榱桷壁牖，悉塗以堊。問之，則曰：「吾非不能爲彼也，誠以安居而食於人，得此亦足矣！尙敢有加哉？」因自題曰素軒，而求予記之。上人可謂善居室者矣。有自足之心，無踰禮之弊，是皆可書，則爲之記也實宜。乃進而告之曰：「夫雕鏤琢刻，不如璞玉之渾堅；烹飪調和，不如大羹之和美；文章詞令之工，威儀容觀之盛，不如忠信之足貴。則彼知輪奐絢爛者，固不如兹軒之朴素也。然吾聞説者曰：素者，質也，白也。質則實而不華，白則純而不雜；既實且純，道之體具矣。則素其軒，孰若素其行？素其行，又孰若素其心哉？上人於是而致力焉，則可以盡名軒之義矣。」予以上人好從儒先君子游，故以是告之，且幷以所感者書之，尙無以予言爲其徒病也夫！

歸養堂記

稽岳王常宗父文行高峻，嘗以布衣召修元史，議論制作，稱執筆之任焉。書成，上進，同館之士咸得賜金幣遣還。有欲薦入禁林者，常宗辭曰：「吾非不欲仕也，顧母老不樂去其鄉，旁又無他子侍養，吾可留此而使吾母久西望乎？吾亟歸爾！」乃歸。得第一區於沂川之郭，有花竹池沼之勝；中一堂，寬閑靚密，燠涼具宜，常宗則奉太夫人以居。且輒冠帶率婦子升視饌已，取聖賢之書詠歌於其側，家雖貧而安焉。母詔子唯，怡愉如也。嘗名其堂曰歸養，使來屬予記之。

有疑者曰：「異哉，常宗之名斯堂乎！吾聞爲養而出仕者矣，未聞舍仕而歸養者也。及親之康強，當奮取高爵，他日奉身而還，駟車洋洋，光耀閭里，奉牲酒上堂以爲娛，則所謂養者，豈若今而已！常宗何遽歸哉？」予曰：「不然也。古之爲養而仕者，以抱關於其鄉，不必去其親也；不舍仕而養者，以受命有方，王事之靡盬也。且官守之責未及，菽水之奉猶具，豈輕遠其親哉？故雖莫不欲登踐華顯以爲親之榮，然亦莫不憂曠闕定省以貽親之思也。若夫身貴能退而及養者，事之不可必者也；親老而當衰者，心之所宜懼者也。於宜懼之年而去，以待不可必之養，是得爲智者乎？由是觀之，則常宗之歸養，亦無所不可矣。然則堂何以名？曰志其樂也。蓋養雖常宗之志，歸則朝廷之賜；蒙上賜而爲親驩，樂孰甚焉？名堂以示不忘，忠孝之義在矣，而子何疑乎？」言已，常宗又以書來督記，遂論次復命焉。且夕東遊，登堂拜太夫人於賓友之末，尚當賦之以爲壽也。

春水軒記

予寓野之居有軒焉，其左右皆名田。今年春，霪雨淹月，江水泛溢，潦被於田，漭若巨陂。予嘗開軒而望之，見其微風吹瀾，瀰漫一白，蒲菰之所敷榮，魚鴨之所飛泳，渺然有江湖之想焉，意頗樂之，乃題其扁曰春水。間延客飲其中，客顧而歎曰：「嘻！子宅此幾年矣，嘗見有是水乎？湯湯之流，則昔秩秩之畦；翛翛之菰，則昔芃芃之麥也。今吾農方運機木以引深，抱積薪以塞決，子固目之矣。然彼皆驚而馳，子獨恬而嬉，彼皆戚而號，子獨喜而哦，何子之情遠人哉？夫田不登則歲飢，歲飢則民窮，民窮則里弗靖，里弗靖，子能專有是樂乎？今奈何以目之適而忽身之厲哉？」予瞿然曰：「有是乎？」客退，欲撤其扁。既而思曰：「是足爲吾規矣！且使凡欲樂於己而忘人之憂者，入吾軒皆有以覽而自警焉，豈不可哉？」遂書客之言於壁，以爲記。

白田耕舍記

白田在吳淞之濱，距郭三十餘里。吳淞由具區之水東流而爲川，去海不遠，潮汐之所通焉。其旁名田數十萬頃，悉賴以灌；惟白田最下，嘗爲水所冒，歲不得藝，人因以是名之。父老患焉，相率築堤以防其外，畚土以培其中，爲勤累年而免於水，今乃遂成腴沃，與他田比；耕者資其所出，咸自致殷足焉。

丁志恭氏居田之左，嘗闢一室，前臨平疇，後列嘉樹，日課僮奴以耕，休則偃息於其中，因名曰白田耕舍。予居江上，與其室甚邇，志恭因造予，固請爲之記。予惟志恭欲知耕之說，則將求老農而學焉，又奚俟於予哉？吾知所以記之矣。

蓋嘗觀乎是田，始爲蒲葦之陂，今則禾黍之所生焉；始爲鳧雁魚鼈之所遊集，今則耕者之來雜出於其上焉。豈地有變哉？人力致然也。嗟夫！人之於田，能積用其力，雖汚澤可使爲美壤。至於其身而不思所以變之，豈愛其身不若於田乎？故凡人欲之汩於其心者，能由禮以防之，充義以培之，使禮義之根常發，則愚者可爲智，不肖者可爲賢矣。志恭好學而修，固當有務於此，豈徒服力畎畝爲野人之事而已耶！朝往于田，夕歸于斯室，取聖賢之書而讀之，求所以自治之道，至於有成，則其所獲不止於有秋矣。倘毋曰「無佃甫田，維莠驕驕」也。

高青丘鳧藻集卷二

序

史要類鈔序

余嘗讀史，病其煩而難記、散而難觀也。因仍通鑑之舊，采掇而分次之，所以舉要以省其煩，立類以合其散，使之粲然可考而無難也。總爲二卷，名之曰史要類鈔。

嗚呼！世教衰而博學審問之功廢，學者日趨於苟簡而不自止。故經有節文，史有略本，百家諸氏之書皆有纂集，以爲一切速成之計，遂使義理之微不備、事變之實不詳，無以淹會貫通，明其同異而辨其得失矣。此蓋爲學之弊至是而極矣！余爲是編，豈所謂恥過而作非哉？亦余之不得已也。

夫三代而下，作者日滋，其於言雖有淺深大小之不同，然其間皆莫非至理之所在也。苟欲窮之，則茫洋浩汗，非殫歲月、疲精思，有不能究其萬一，亦可謂難矣！而況余以魯鈍之賫，處喪亂之世，奔走之役勞其形，憂患之事拂其性，而欲從事於此，豈不又難矣哉？然嘗懼其荒落而卒於無聞也，故區區於聖賢之書，猶不敢廢，間因讀史而作是編，以自便覽閱，雖未免苟簡之失，然其興壞理亂，有切於當世者，亦具在是，則庶乎可免爲無聞之人矣。故曰：亦余之不得已也。天若欲成其志，使得有飦粥之養，以自返於大山長谷之中，一肆其力於所未知，則亦將無事於是編也。

元史曆志序

夫明時治曆，自黄帝、堯、舜與三代之聖王，莫不重之，其文備見於傳記矣。雖去古既遠，其法不詳，然原其要，不過隨時考驗，以合於天而已。漢劉歆作三統曆，始立積年月日法以爲推步之準，後世因之；歷唐而宋，其更元改法者，凡數十家，豈故相爲乖異哉？蓋天有不齊之運，而曆爲一定之法，所以既久而不能不差，既差則不可不改也。

元初承用金大明曆。庚辰歲，太宗西征，五月望，月蝕不效，二月、五月朔，微月見於西南。中書令耶律楚材以大明曆後天，乃損節氣之分，減周天之秒，去交終之率，治月轉之餘，課兩曜之後先，調五行之出沒，以正大明曆之失。且以中元庚午歲，國兵南伐，而天下略定。推上元庚午歲，天正十一月壬戌朔，子正冬至，日月合璧，五星聯珠，同會虚宿六度，以應太祖受命之符。又以西域中原，地理殊遠，創爲里差，以增損之，雖東西萬里，不復差忒，遂題其名曰西征庚午元曆，表上之。然不果頒用。

至元四年，西域札馬魯丁撰進萬年曆，世祖稍頒行之。十三年平宋，遂詔前中書左丞許衡、太子贊善王恂、都水少監郭守敬改治新曆；衡等以爲金雖改曆，止以宋紀元曆微加增益，實未嘗測驗於天。乃與南北日官陳鼎臣、鄧元麟、毛朋翼、劉巨淵、王素、岳鉉、高敬等，參考累代曆法，復測候日月星辰消息運行之景，參别同異，酌取中數，以爲曆本。十七年冬至，曆成，詔賜名曰授時曆，十八年頒行天下。二十年，詔太子諭德李謙爲曆議，發明新曆順天求合之微，考證前代人爲附會之失，誠可貽之永久。自古及今，其推驗之精，蓋未有出於此者也。今衡、恂、守敬等所撰曆經，及謙曆議故存，皆可考據，是用具著於篇。惟萬年曆不復傳，而庚午元曆雖未嘗頒用，其爲書猶在，因附著於後，使來者有考焉。作曆志。

元史列女傳序

古者女子之居室也，必有傅姆師保爲陳詩書圖史以訓之，凡左右佩服之儀，内外授受之别，與所以事父母舅姑之道，蓋無所不備也。而又有天子之后妃，諸侯之夫人，躬行於上以率化之，則其居安而有淑順之稱，臨變而有貞特之操者，夫豈偶然哉！後世此道既廢，女生而處閨闥之中，溺情愛之私；耳不聆箴史之言，目不覩防範之具，由是動踰禮則，而往往自放於邪僻矣。苟於是時而有能以懿節自著者焉，非其生質之美，則亦豈易致哉！史氏之書所以必錄而弗敢略也。

元人受命百有餘年，女婦之能以行聞於朝者有矣，然其繁殆不能盡書；今采其尤卓異者，具載于篇。其間有不忍夫死感慨自殺以從之者，雖或失於過中，然較於苟生受辱，與更適而不知愧者有間矣。故特著之以示勸厲之義云。

送唐處敬序

余世居吳之北郭，同里之士有文行而相友善者，曰王君止仲一人而已。十餘年來，徐君幼文自毘陵，高君士敏自河南，唐君處敬自會稽，余君唐卿自永嘉，張君來儀自潯陽，各以故來居吳，而卜第適皆與余鄰，於是北郭之文物遂盛矣。余以無事，朝夕諸君間，或辯理詰義以資其學，或賡歌酬詩以通其志，或鼓琴瑟以宣堙滯之懷，或陳几筵以合宴樂之好；雖遭喪亂之方殷，處隱約之既久，而優游怡愉，莫不自有所得也。竊嘗以爲一郡一邑，有抱材藝之士，而出於凡民者，皆其地之秀也。若諸君，其諸州之秀歟！以諸州之秀萃於一鄉，吾里何幸哉！且人之求友者，或命駕裹糧遊於四方，而未必可得，今余不出閭閈而獲友之多如是，則非吾里之幸，而余之幸也。

然自前年士敏往雲間，去年幼文往吳興，今年處敬又將往嘉禾而仕焉。衆客觴别於余舍，酒半，余戚然曰：「諸君之居吾里，誠辛矣！今去者過半，而留者猶未可羈也，然則誰終與處此乎？」客有起者曰：「子毋戚！子單居寡侶時，不知有諸君之合也；及朋聚羣遊時，又豈知有諸君之離哉？合而離，離而合，其理無常，則他日之復合於此者，固未可知也。」言既，客又有起者曰：「君子所貴乎同者，道也，所喜乎合者，志也。古有尙友於千載，神交於千里者，以有所合而同爾。豈必生同時、居同里，連棟宇之密而接杖屨之勤乎？諸君能不以遠而忘其好，不以疎而易其志，不以窮達而渝其久要之心，則雖限胡與越，而亦不異於北郭之近矣。」衆客皆喜。既醉而别，余善其言，遂錄爲送處敬序。

送倪雅序

余少未嘗事齪齪，負氣好辯，必欲屈座人。一日遇倪君於客館，其年又少而氣則過余，與之論兵家書，窮晝漏，余不能屈也。故余且異君，而君亦不鄙余，遂相與定交焉。自是每見，必挾史以評人物成敗之是非，按圖以考山川形勢之險易；或命酒對酌，歌呼淋漓，意氣慨然，自謂功名可致不難也。中罹變虞，余旅食江上，别君者累年，屏伏摧沮，曩時之意盡矣。及歸而訪君城南，則亦載筆僕僕，新辟爲肴府掾曹署，間問之，則曰：「親老矣！方急於祿養，餘非吾事也。」間出其從征時所爲渡長江、踰長淮、登龜山、過盱眙、壽春諸詩讀之，皆悲壯沉鬱，感風物於一時、懷英雄於千古者。然後知君雖折而氣不衰，其過余者固在也。

今年春，檄調淞江幕，且過辭，且求所謂贈言者。余聞良材之木，不就刻斲，則無以爲美觀；逸足之駒，不服調御，則無以能致遠；瓌瑋魁閎之士，不遭困約卑屈，則無以益智慮而成志業。使吾二人者，當時以邁往之氣，未試之學，驟進而用之，則今寧不有悔乎？故凡不達於少者，非不幸也。雖然，君今出而與有民焉，苟盡心於爲政，則此而上，猶階而升堂也。功名果何難致哉！若余日習荒陋，不能自白於世，聞海隅多棄地，可耕以卒歲，則願受一廛焉。

送錢塘施輝修太廟樂器序

至正二十三年，四方粗平，大藩遠夷，悉効職貢。天子以惟列聖降祐，用克康濟斯難，將有事于太室，以告成功，以答靈貺；而樂器故弊，懼無以格神召和。乃命春官某，馳傳江南，爰求善工以修製之。於是錢塘施輝，以斲琴應詔。昔我世皇受命，既定海宇，肇造一代之樂，時輝之祖，實以是藝進，得官而歸；今輝能世其業，際中興之運，復得用於宗廟之間，是可嘉矣。雖作樂之意，所謂崇德象烈者，非其所喩，然制作中程，發響應律，備搏拊之用，合詠歌之聲，使雲車風馬洋洋而來下者，亦豈可少哉！故其行也，士大夫咸餞以詩，而俾啓爲之序。啓竊有所感焉。

蓋聞諸董子曰：「琴瑟不調，甚者必解而更張之，乃可鼓也；爲政而不行，甚者必變而更化之，乃可理也。」是天下之政，猶琴瑟爾！今國家承大亂之後，紀綱縱弛，凡百年所行之法，其久而弊若此器者亦多矣，苟得大工以修舉之，則其感和順之氣，格頑蠢之心也何難焉。書曰：「工執藝事以諫。」輝能以此一言乎？

送二賈君序

至正己亥歲，余閱浙江行省貢士目，有名祥麟、名祥鳳者，其氏俱賈，其籍俱杭之海寧，詢之，蓋兄弟也。余謂浙之爲省，列郡累十，支邑累百，抱藝而就試者累千也；然限以名數，能進於列者無幾焉。求二人同出於一郡者寡矣，況一邑乎。求二人同出於一邑者又寡矣，況一家乎。賈氏二子，一舉而畢登是列，豈不足稱哉。今人家有草木花實，駢生而並秀者，猶傳以爲瑞，二子非賈氏之瑞乎？時頗心羡之，而未識其人也。

明年，行宰相以京師道梗，不能使試於禮部，遂以便宜授校官。於是祥麟爲長洲縣學教諭，祥鳳爲學道書院山長，皆來於吳，因得與之友焉。問學以相資，道義以相勉，不自知其好之深而遊之久也。

乙巳春，二君始得代告歸，求所謂贈言者，余觀二君之名而有感焉。夫麒麟、鳳凰，天下之瑞物也。出必當國家之治，不治而出，非瑞矣。二君今歸海隅，益習舊業，不急於其出，則所謂翔浮雲之表、游大野之外也；他日應時而來，和其聲、耀其文，則又爲一國之瑞，不特瑞一家矣。初尊君命名之意，其亦出諸此乎！二君歸謁，試以諗之。

送吕山人入道序

嘗讀五代史，見縉紳之士，能嫉世遠去，不汚其亂者，曰鄭遨、張薦明二人而已。而其隱也，皆託跡山林，爲老氏之徒。余始怪之，以爲君子知不可仕，則韜晦以養其志可矣，何必變衣冠之制、棄詩書之業，長往而不返哉？豈非干戈之際，武夫得志，章甫縫掖之流，不爲時之所喜；抑恐爲人之所迫，不如是不足以自絕歟？求其志，未嘗不深悲也。且當其時，中國之主屢易，士以苟得幸免爲心，而無愧恥之節，風俗蓋大壞矣，而猶有二子者焉。

今天下雖亂，未至於極，斯人者，何獨少哉？蓋有之而余未得以見也。若呂山人，其庶乎二子之所爲者乎！

山人少欲舉進士，遭時兵興，遂避地梁溪、汾湖之間，閉門教授，服弊茹糲，以勤苦自厲，絶不干於人。久之猶以爲未也，迺著黄冠、謝遣弟子，將東遊海濱，求大山長谷而居之。噫，山人之志，亦可悲也夫！

昔歐陽公傳遨、薦明之事，歎世亂文字殘缺，賢人之跡湮而不聞，故所得者甚寡，有悲傷不滿之意。余懼山人之名亦遂泯也，故爲文以送之，他日史臣欲訪遺事於草萊之間，庶區區之言，或有足徵焉。山人名敏，字志學，毘陵人。

贈何醫師序

友人余君唐卿，將以使事往海虞，抵余言别，且有請曰：「吾友王仲元氏有痔形，下體甚苦，越醫何朝宗益熾以藥，使盡其毒而起，衆始駭而卒服焉；仲元德之，欲吾文以報，適有區區之役，不克爲之執筆，願子惠一言焉。」余未識仲元，雖唐卿之友猶余友，而余文豈唐卿之文哉？然朝宗與余遊，余亦嘗德之者，其又何辭？

夫治絲之棼者，必斷之，治水之濫者，必决之，治疾之法亦猶是矣。方疾之深伏而固結也：煦焉而恐傷之，撫焉而恐撓之；譬如狎猛獸而養暴兵，將不勝其患矣。故必攻之以撥其根，潰之而泄其勢，庶可以收全功而無遺悔也。然其安也，或出於至危，非醫之自信者不敢試於人，人之信於醫者不能使之試；自信而人信之，世之相遇良難也。今仲元之智足以信其醫，朝宗之能足以自信，宜其所以收全功而無遺悔也。嗟夫！天下之事有之矣，憚小害而不爲，顧大患而不恤，逡巡歲月而莫知其所終，豈非自信而人信之者，其相遇爲尤難歟！唐卿既行，使吏持卷來徵書，余既爲論次，遂并以所感者寓焉。

荆南唱和集後序

荆南倡和詩若干首，句吳周履道、毘陵馬元素所共著也。二君嘗客陽羨荆溪之南，故以名編。庚子春，余始識履道於吳門，相與論詩甚契，因以一帙示余曰：「此野人之詞也。恐世之嗜者少，故未敢出，子今爲我評之。」予讀之，愛其清粹雅淡，有古作者之意，因乞而藏于家。自是履道與余遊，未嘗不道荆南之樂，且曰：「恨子不識元素。」後余卜館雲巖之西岡，履道每乘扁舟訪余，至則留連累日，余與之緣厓遡澗，蒐覽無厭。

一日，雨霽鳥鳴，春木蔭翳，余邀履道坐磐石，命諸生行觴鼓琴。酒酣，履道起歌其詩數章。既而歎曰：「自吾別元素去荆南，謂山林燕詠之樂不可復得矣，今乃與吾子相羊於此，豈偶然哉？」又曰：「吾衰矣！恐無以稱列於後，苟得片辭之傳，使吾名因而自見，亦可以少無憾矣！」余當時甚怪其言之悲也。

越二年，履道客會稽，竟卒于兵。余亦遭亂奔走，不遑啓處。今年冬，棲寓江瀞間，理篋中，家乘盡失，獨荊南集在焉。因拊而歎曰：「此詩不亡，天欲成吾履道之志乎？其有傳必矣！」然履道學古人之道，而區區欲以是名，豈其志狹哉，亦足以觀時之否矣。尙念履道雖不幸於事無所試，然讀其詩者，見其居窮谷而無怨尤之辭，處亂世而有貞厲之志，則可拜其所蘊者而得之，不特詩也；履道於地下，其眞可以無憾矣乎！是編之首，履道、元素與遂昌鄭先生，皆已有序，余復爲其後序，以識履道平昔之語。聞元素猶隱銅官，他日持是而請交焉，相與尋履道舊遊之跡於山荒水寂之濱，豈不爲一慨乎！

送顧倅序

東南之郡，惟會稽、錢塘爲佳，士之仕於外者，咸樂居之；以其風氣淸美，有山川臺榭之勝，魚稻茶筍之饒，人吏恬柔，桀猾之蠹稀，賓客材俊，遊賞之會盛，足以慰其勤勞，宣其煩滯也。而錢塘又爲前代之遺都，民習侈巧，廛屋繁麗，歌管之聲，不絕於西湖之上，故仕者尤樂居焉。雖近殘于兵，而其所餘，猶非他郡之可及也。

丙午秋，淮南顧君攝尹吳陵還，調是府判官。賀者咸謂：吳陵廢邑，錢塘名都；攝尹長吏，判官貳職。去廢邑而得名都，則釋愁歎之殷；罷長吏而居貳職，則解責守之重。顧君之樂，當又過於凡仕者矣。余則以爲不然。

初，君之歸自吳陵，示余詩若干篇，無悼己羈淹之辭，有哀民憔悴之意，藹然豈弟君子也。夫其往能忘其憂而思民之憂，則於今肯專其樂而不同民之樂乎？凡欲同於民有不獲則憂，憂則樂復不得而全矣！雖然，君子之仕有所勉，樂不樂非足計也。君之行，凡與游者咸賦詩四韻以餞，而余爲之序。

送孫先生序

濮陽公始鎮暨陽，其客丹陽孫先生實爲郡師。暨陽當兵後，學久廢，先生至則顧其俎豆壞缺，絃歌不興，歎曰：「是非吾責邪！」迺言於公曰：「夫禮義者，民之軌，國之衛也。民不知禮，則無以格其非，不知義，則不能死其上；然禮義之教出於學，今學廢，民其不知教乎？公撫是土而用不教之民，緩急其誰與守此？」公大然之。先生乃葺齋祭之廬，修講肄之室，以與諸生升降乎其中，孜孜汲汲，日以聖賢之言鐫切之。未幾，咸知鄉方，莫或自惰，來游來歌，充滿廡下。公視事之間，亦輒從先生游，先生爲言修齊治平之道，興壞理亂之端，與夫政事之是非，生民之利病，公往往悅而聽之。

去年冬，公易鎭中吳，先生適以秩滿告，公遂要先生俱東。暨陽之大夫士久服先生之訓，念其去而無述也，乃使來乞文焉。啓惟學校之廢尙矣，豈俗之難化哉？吏少學而師不善教故也。當承平時，相習爲文具，莫有能致其意者；及喪亂洊興，老生碩儒，竄伏草莽，抱經而不講，先王之教幾熄矣。間有欲振之者，則圜視而笑其迂。曰：「民且死，奚暇事此哉？」時皆以爲良然。今暨陽屢殘於兵，井邑荒落，其民飢困傴踣，宜若不可以進於學矣，然先生一倡之而興絃誦於呻吟之餘，行揖讓於鬬爭之際而無難者，是知人無不可教之時，而天理民彝之存於其心者，未嘗一日泯也。

啓以先生之善教可書，又足以釋時之惑也，乃不辭而序之焉。

野潛稿序

余客江上，得晉陵徐君友焉。嘗出其詩曰野潛稿者屬余序之，余以君詩之工，覽者宜自得之，不待余贅也；若其名稿之意，則請推言焉。

夫魚潛于淵，獸潛于藪，常也；士而潛于野，豈常也哉？蓋潛非君子之所欲也，不得已焉爾。當時泰，則行其道以膏澤於人民，端冕委佩，立于朝廟之上，光寵烜赫，爲衆之所具仰，而潛云乎哉！時否，故全其道以自樂，耦耒耜之夫，謝干旄之使，匿耀伏跡於畎畝之間，唯恐世之知己也，而顯云乎哉！故君子之潛于野者，時也，非常也。且雷鳴于夏，收于冬，亦時也。方陰氣凝沍，百蟄未啓，而雷發焉，則妖矣。天地閉塞，綱紀淪斁，而士出焉，則謂之何哉？傳曰：「君子在野。」書曰：「野無遺賢。」是時不同，而君子之有潛顯也。然時可潛矣，而欲求乎顯，則將枉道以徇物；時可顯矣，而欲事夫潛，則將潔身而亂倫。故君子不必於潛，亦不必於顯，惟其時而已爾。凡知潛、顯之時者，可以語夫道；不然，難乎其免矣。

當張氏擅命東南，士之摳裳而趨、濯冠而見者相屬也；君獨屏居田間，不應其辟，可謂知潛之時矣。及張氏既敗，向之冒進者，誅夷竄斥，顛踣道路，君乃偃然于廬，不失其舊，茲非賢歟？然今亂極將治，君懷負所學，可終潛于野哉？聞君素善易，於隨時潛、顯之義，必自有以審之矣。

贈胡生序

延陵胡氏，自文恭公爲宋嘉祐名臣，其後子孫登進士第，致兩制方伯者以十數，故世爲大族。文恭之十世孫元威，嘗領鄉薦爲校官，若承旨濟南張公、祭酒隆安魯公，皆以器許之，未得試其材，遭時孔艱，家喪於兵，轉徙旅食於湖海者十有餘年。去年冬，余客吳淞之滸，君適避地於此，遂相與定交，并識其子景彥。余時違羣遠寓荒江岑寂之濱，得君父子甚慰，時往造其室，見其環堵蕭然，而父子講易終日，超然自得，無慼窮慕達之意，余深賢之。夫世之故家舊族，爲子若孫者，平居率負以自高，及罹變故，困踣戎馬之間，不能自厲，卒隳志易業以辱其先者多矣，若君父子，豈不可嘉也哉！

今年三月，景彥將客邑人蔣氏家，來乞言爲別，余謂景彥年壯而學富，志強而行恭，況熟聞父師之訓，固無往而不可，尙何待於余言哉！然吾聞出之大者望必深，望之深者責必重。景彥能不以出之大者自喜，而獨以責之重者自懼，則其進如川之方至，吾未能量其所止也。文恭之澤未絕，中衰而復昌者，安知非景彥乎？

送徐先生歸嚴陵序

嚴陵徐先生大年，嘗被召至京師，與修元史。書成上進，詔擇纂修之士官之，先生以老，乞還甚力。會春官議修五禮，爲一代之典，乃復奏留之。未幾，其書又成。先生固申前請，大臣知其志，不欲強煩以事，乃命有司具禮傳送以歸其鄉。都之大夫士，相與祖餞幕府門外，有言者曰：「先生之學，宜備顧問，先生之文，宜掌綸綍，先生之經術操履，宜在成均爲學者師。今皆不可得，顧令以布衣老於家，歸雖先生之志，然豈不爲司人物之柄者惜哉？」

余進而解之曰：「皇上始踐大寶，首下詔徵賢，又責郡國以歲計貢士，欲與共圖治平，甚盛舉也。故待賈山澤者，羣然造庭，如水赴海，而隱者之廬殆空矣。朝廷待以庶秩，猶梓人用材，鉅細畢取，豈獨於先生有遺哉？蓋先王之爲政，莫先於順人情，亦莫先於厚民俗；力有所不任者，不迫之使必爲，義有所可許者，必與之使有遂，所以人之出處皆得，而廉恥之風作矣。今先生以齒髮非壯，厭載馳之勞，戀考槃之樂，抗辭引挹。上之人不違其請者，蓋將縱之山林，使其鳥飛魚泳於至化之中，以明吾天子之仁，又將以風厲海內，使皆崇退讓而息躁競也。順人情而厚民俗，實在於是，故寧失一士之用而不惜，以其所得者大也。不然，先生豈苟去之徒，而大臣豈棄材之士哉？況先生之歸也，必能著書立言以淑諸人，詠歌賦詩以揚聖澤，則又非潔身獨往而無所補者也，尙何疑哉？吾又聞漢祖中興，嚴光不屈，後世莫不高之；今先生之鄉，卽光之鄉也，嘗游其耕釣之處，山高水長，想瞻遺風，必有邈契乎千載之上者矣。今之歸，其無負於夙昔之志哉！若余遭逢明時，不能裨益萬一，懷恩苟祿而不去，於先生蓋有愧焉矣！」於是言者是之，請書貽先生以識別。

送樊參議赴江西參政序

洪武三年四月，制以大都督府參議瑯琊樊公爲江西行省參知政事，僉都督事濮陽吳公遣其掾來致言曰：「國家始定江右，置大都督府以總軍政。樊公時以材選，首署府僚，自照磨歷都事、經歷以至今職，處幕府者蓋十五年矣。上意屢欲大用，以方有事征討，而公嫺於戎務，藉其贊佐之力，故遲之以俟成功。蓋公於廷臣之中，職甚劇、任甚久，而受知亦甚深也。當王師拓中原，下南服，平幽、朔，取關、隴，戎車四駕之秋，凡邊書之所奏論，廟謨之所指授，與兵資戰具之供儲，尺籍計簿之鉤校，期會嚴迫而案牘繁滋；公度緩急之宜，審利害之勢，參畫處裁，無繆悠違滯之弊。使戎臣藩將，去闕門數千里之外，而徵書不稽，奏請無壅，以得遂其攻取之計者，蓋於公頗有賴焉。今年，上以武功告成，羽檄既簡，乃始輟宥密之居，付屏翰之寄，蓋將息其勤勞，優以崇顯，恩至渥也。吾嘗貳掌樞筦，實與公共事，每念其勤而德其助，於其別也，固不能無情焉！子其爲文以泄吾私。」

啓作而歎曰：「唐、虞官人，以三考爲黜陟，漢之用士，以久任而責其成。苟有治績，則降詔以褒之，增秩以勸之，不輕改授也，故人得盡力於其職；練識情僞，衆既信附，而吏亦不敢欺焉。若甫拜而遽遷，朝此而夕彼，雖有過人之才，坐席猶不暇暖，況能攄其藴乎？今樊公四遷其官，更十五年不出宥府，其能自效卓卓如此者，誠由聖天子知人善任之所致也，何其盛哉！啓叨掌國史，名臣之行事，職得采輯而紀錄之，於茲文也，固不敢辭。然又聞豫章之區，襟帶江湖，今之大藩也，皇上方將載韜干戈，與斯民休息於無窮，公能靖撫一方，使耄安稚嬉，以復覩熙洽之治，他日雝雝來朝，寵賚有加，鴻聲偉績，足以焜耀不朽者，啓尙當執筆而嗣書焉。」

獨菴集序

詩之要，有曰格、曰意、曰趣而已。格以辯其體，意以達其情，趣以臻其妙也。體不辯則入於邪陋，而師古之義乖；情不達則墮於浮虛，而感人之實淺；妙不臻則流於凡近，而超俗之風微。三者既得，而後典雅、沖淡、豪俊、穠縟、幽婉、奇險之辭變化不一，隨所宜而賦焉。如萬物之生，洪纖各具乎天，四序之行，榮慘各適其職。又能聲不違節，言必止義，如是而詩之道備矣。夫自漢、魏、晉、唐而降，杜甫氏之外，諸作者各以所長名家，而不能相兼也。學者譽此詆彼，各師所嗜，譬猶行者埋輪一鄉，而欲觀九州之大，必無至矣。蓋嘗論之，淵明之善曠而不可以頌朝廷之光，長吉之工奇而不足以詠丘園之致，皆未得爲全也。故必兼師衆長，隨事摹儗，待其時至心融，渾然自成，始可以名大方而免夫偏執之弊矣。

余少喜攻詩，患於多門，莫知所入，久而竊有見於是焉。將力學以求至，然猶未敢自信其說之不繆也，欲求徵於識者而未暇焉。同里衍斯道上人，別累年矣，一日自錢塘至京師，訪余鍾山之寓舍，出其詩所謂獨菴集者示余。其詞或閎放馳騁以發其才，或優柔曲折以泄其志，險易並陳，濃淡迭顯，蓋能兼采衆家，不事拘狹，觀其意，亦將期於自成而爲一大方者也。間與之論說，各相晤賞，余爲之拭目加異；夫上人之所造如是，其嘗冥契默會而自得乎，抑參遊四方有得於識者之所講乎，何其說之與余同也？吾今可以少恃而自信矣。因甚愛其詩，每退直還舍，輒臥讀之不厭。未幾，上人告旋，乞爲序其帙首，辭而不獲，乃識以區區之說而反之。然昔人有以禪喻詩，其要又在於悟，圓轉透徹，不涉有無，言說所不能宣，意匠所不可搆；上人學佛者也，必有以知此矣。毋遄其歸，倘留與共講焉。

送丁至恭河南省親序

去年秋，余解官歸江上，故舊凋散，朋徒殆空，唯同里丁儼至恭，日抱琴與余遊。余愛其清雅和易，且能相慰於寂寞之濱，故數與燕詠嘯歌，甚相樂也。今年春一日，至恭過余言曰：「家君主河南之永寧簿，年老遠仕，儼侍左右，顧母在又不可離，輒歲一往覲；去歲既往，今茲將復行，先生能無一言之贈乎？」

余觀吾鄉之人，俗不好遊，多安於田里，視去家數舍則有難色；今吳距洛幾三千里，必涉江遡淮，入潁逾汴而後至，況兵革之餘，灌莽蕭條，狐兔之跡交於塗，行者非有名役，必以利驅，不爾不往也。今至恭治裝裹糧，不憚遠邁，非有二者之徇也，特以定省久缺，欲一候望顔色，以釋思慕之懷，可謂知所重輕矣，余豈得以失相從之私，而有所介然哉？然獨有所感焉。

夫殊鄉遠別，忽父子相見，上堂起居之餘，舉觴奉懽，此人子之深願，而天下之至樂也；然其得與不得，則有幸不幸焉。蓋自海內分崩，所在梗阻，子之思其親而不得見，陟岵而歌，望雲而歎者，有不可勝數。今皇上削平四方，車書既同，雖遐邦異壤，往來若東西州然，故至恭之思其親，欲見卽往，無有關閡者，實遭逢昇平之時也。然則人子之深願，而天下之至樂者，在當時人有所不能得，而至恭今得之，豈非由上德惠之所及哉！幸逢斯時而蒙上德惠之及，則爲臣子者，可不思所勉乎！於其行，遂論次爲序，既贈至恭，且爲永寧君壽云。洪武四年二月日序。〔校記〕按卷一白田耕舍記作「丁志恭」，此篇題與正文作「至恭」而目錄又作「志恭」，卷五有志恭墓誌銘，未知孰是？大全集白田耕舍記與此序均作「至恭」，墓誌銘又作「志恭」，紛紜不可定。

高青丘鳧藻集卷三

序

師子林十二詠序

師子林，吳城東蘭若也。其規制特小，而號爲幽勝，淸池流其前，崇丘峙其後，怪石𡹴崒而羅立，美竹陰森而交翳，閒軒淨室，可息可游，至者皆棲遲忘歸，如在巖谷，不知去塵境之密邇也。好事者取其勝槩十二，賦詩詠之，名人韻士，屬有繼作，住山因公，裒而爲卷，冠以睢陽朱澤民舊所繪圖，而請余序焉。

夫吳之佛廬最盛，叢林招提據城郭之要坊，占山水之靈壤者數十百區，靈臺傑閣，甍棟相摩，而鐘梵之音相聞也，其宏壯嚴麗，豈師子林可儗哉？然兵燹之餘，皆委廢於榛蕪，扃閉於風雨，過者爲之躊躇而悽愴。而師子林泉益淸，竹益茂，屋宇益完，人之來遊而紀詠者益衆，夫豈偶然哉？蓋創以天如則公願力之深，繼以卓峰立公承守之謹，迨今因公以高昌宦族，棄膏粱而就空寂，又能保持而修舉之，故經變而不墜也。由是觀之，則凡天下之事，雖廢興有時，亦豈不繫於人哉？余久爲世驅，身心擾攘，莫知所以自釋，閒訪因公於林下，周覽丘麓，復以十二詠者諷之，覺脫然有得，如病暍人入清涼之境，頓失所苦；乃知清泉白石，悉解談禪，細語麁言，皆堪入悟。因公所以葺理之勤，而集錄之備者，蓋爲是也。不然，則飾耳目之觀，賞詞華之美，皆虛幻事，豈學道者所取哉？是則來游而有得者，固不得不詠，因公亦不得不編，既編則余又不得而不序也。

贈錢文則序

韓文公詩有曰：「我生之初，月宿南斗。」蘇文忠公謂公身坐磨蝎宮也，而己命亦居是宮，故平生毁譽頗相似焉。夫磨蝎卽星紀之次，而斗宿所躔也，星家者說身命舍是者多以文顯，以二公觀之，其信然乎！余後生晚學，景仰二公於數百載之上，蓋無能爲役，而命亦舍磨蝎，又與文忠皆生丙子，是幸而偶與之同也。二公之名雖重當世，而遭逢排擯謗毁，幾不自容；仕雖嘗顯于朝，而貶陽山，謫潮州，竄逐於羅浮、儋耳之間，踰嶺渡海，冒氛霧而伍蠻蜑，其窮亦甚矣。顧余庸庸，雖不能致盛譽，亦不爲誹謗者所及，況遭逢聖明，忝職禁署，蒙恩賜還，無投荒之憂，是幸而不與之同也。然二公之文章德業，赫然照映千古，而余早罹顯虞，中事奔走，學不加修，文無可采，將泯焉爲衆人之歸，是不幸而不能與之同也。噫！命之所舍既同，則宜無不同，而何相去若是之遼哉？蓋窮達得喪由乎命，智愚賢否存乎人，存乎人者可爲，由乎命者不可必；世之人常以不可必者責於命，而不以可爲者責諸己，所以多自恕而倖得也。若二公者，其道同，其文學同，故毀譽窮達有不必其同而自同，則余之不能與之同者，蓋有在也，而豈命之罪哉！

山陽錢文則能推星以言人之禍福，無不奇中，士大夫多稱道之，將遊湖海，徵余言爲贈；因書所以自警者貽之，且使遇夫自恕而倖得者告焉。文則讀書好修，善鼓琴，斯術其餘事云。

送示上人序

報恩教寺，在吳之北郭，距吾舍爲近；其中有修竹古檜，廣堂邃閣，可以覽觀眺望，却煩囂而挹虛爽。其主席若無言宣，白雲聚，又皆賢而與余善。故與諸文友楊孟載、張來儀、王止仲、徐幼文輩數往遊焉。每登西麓，聚落葉藉坐，探韻賦詩，抵日入鳥歸乃去。寺僧好事者，亦往往挈茗抱琴來從之；有示上人者，居衆中年雖少，而警慧好學，余固期其爲良緇流也。後余徙家于郊，及從仕南京，不復至者數年。既歸，今年春始一過焉，而無言、白雲皆已化去，舊僧多散亡，竹樹舍宇，頗蕪廢弗理。計當時同游者，惟止仲在郡，餘或出或處，亦各之四方，俯仰躊躇，爲之盡然以悲。而示上人聞余來，迎勞甚驩，語昔游之樂，意若願復從余周旋者；叩其學，則已能究宗要，且攻爲詩章，方爲今住山因公所知，延爲寺之第一座，余知其果可爲良緇流也，則復爲之逌然以喜焉。

未幾，上人往住吳江之寶覺寺，士大夫多賦詩送之，其徒與余善者宗源爲來請序其首，因書疇昔之事與知上人之素者貽焉。夫上人往矣！然吾聞寶覺在吳淞、笠澤之間，江雲湖波，沙禽浦樹，朝夕變化之狀不可摹繪，固東南之勝區，所謂可以覽觀而眺望者，又當遠過報恩，則余不可以不遊也。欲遊，安得復與向之諸文友者同哉？

贈醫師何子才序

余嘗與修元史，考其故實，見士之行義於鄉，能濟人之急者，皆具錄焉。或謂死喪疾病之相救助，固鄉黨朋友之事，非甚難能者，夫何足書？余則以爲自世教衰，人於父子昆弟之恩猶或薄焉。其視他人之危，能援手投足以拯之者，於世果多得乎？不多則君子宜與之，不可使遂泯也。乃采其尤卓卓者爲著於篇。自退伏鄉里，聞有斯人之風者，猶復爲興慕焉。

一日，趙子貞氏謁余城南，言曰：「近僕自淮南攜累而東歸也，奔走水陸之艱，觸冒霜露之慘，既抵家而俱病焉；蓋老稚數口無免者，呻吟咿嚶，僵臥滿室，湯粥之奉不時，恤問之友不至，相視盻然爲溝壑矣。醫師何子才日來視之，療治周勤，藥裹成績，僕有惻心；而子才無倦色，既彌月，而皆起焉。今以衰暮之年，與老婦幼孫，復得相依以保其生者，皆子才之賜也。顧無以報，願惠一言識區區之感焉。」余以子貞家素貧，固非常有德於子才，而子才亦非有冀於子貞者，乃活其闔門於瀕死，豈非以濟人之急爲心，而世所不多得者乎！若是，固不可使無聞也。然余文思荒落，不能張子才之賢，姑序以復於子貞氏；子才能存此心而不息，義聲積著，則固有當代之執筆者書矣。

婁江吟稾序

天下無事時，士有豪邁奇崛之才，而無所用，往往放於山林草澤之間，與田夫野老沉酣歌呼以自快其意，莫有聞於世也。逮天下有事，則相與奮臂而起，勇者騁其力，智者効其謀，辯者行其說，莫不有以濟事業而成功名；蓋非向之田夫野老所能羈留而狎玩者，亦各因其時焉爾。

今天下崩離，征伐四出，可謂有事之時也。其決策於帷幄之中，揚武於軍旅之間，奉命於疆場之外者，皆上之所需而有待乎智勇能辯之士也。使山林草澤或有其人，孰不願出於其間，以應上之所需，而用己之所能，有肯槁項老死於布褐藜藿者哉？余生是時，實無其才，雖欲自奮，譬如人無堅車良馬，而欲適千里之塗，不亦難歟！故竄伏於婁江之濱，以自安其陋。時登高丘，望江水之東馳，百里而注之海，波濤之所洶歘，煙雲之所杳靄，與夫草木之盛衰，魚鳥之翔泳，凡可以感心而動目者，一發於詩；蓋所以遣憂憤於兩忘，置得喪於一笑者，初不計其工不工也。積而成帙，因名曰婁江吟稿。若夫衡門茅屋之下，酒熟豕肥，從田夫野老相飲而醉，拊缶而歌之，亦足以適其適矣！因序其篇端，以見余之自放於江湖者爲無所能，非有能而不用也。

送虛白上人序

余始不欲與佛者遊，嘗讀東坡所作勤上人詩序，見其稱勤之賢曰：「使勤得列於士大夫之間，必不負歐陽公。」余於是悲士大夫之風壞已久，而喜佛者之有可與遊者。去年春，余客居城西，讀書之暇，因往雲巖諸峰間，求所謂可與游者，而得虛白上人焉。

虛白形癯而神清，居衆中不妄言笑，余始識於劍池之上，固心已賢之矣。入其室，無一物，弊簣折鐺，塵埃蕭然。寒不暖，衣一衲，飢不飽，粥一盂，而逍遥徜徉，若有餘樂者。間出所爲詩，則又紆徐怡愉，無急迫窮苦之態，正與其人類。方春二三月時，雲巖之遊者盛，鉅官要人，車馬相屬，主者撞鐘集衆，送迎唯謹，虚白方閉户寂坐如不聞；及余至，則曳敗履起從，指幽導勝於長林絶壁之下，日入而後已。余益賢虚白，爲之太息而有感焉。近世之士大夫，趨於塗者駢然，議於廬者驩然，莫不惡約而願盈，迭誇而交詆，使虚白襲冠帶以齒其列，有肯爲之者乎？或以虚白佛者也，佛之道貴静而無私，其能是亦宜耳！余曰：今之佛者無岋岋焉肆荒唐之言者乎？無逐逐焉從造請之役者乎？無高屋廣廈以居美衣豐食以養者乎？然則虚白之賢不惟過吾徒，又能過其徒矣。余是以樂與之遊而不知厭也。

今年秋，虚白將東遊，來請一言以爲贈。余以虚白非有求於世者，豈欲余張之哉？故書所感者如此，一以風乎人，一以省於己，使無或有愧於虚白者而已。

送劉侯序

至正二十三年秋，太尉承制，以市舶提舉吳陵劉君同知松江府事，將行，其同列走書來徵文以道其美。余與劉君辱交最厚，今之去，雖無請者，猶不敢默然而已，況勤諸君之請邪？然劉君之碩材潔操、隆聲雅望，其自撫戎政、司商税，所以威輯乎悍卒、惠被乎遠人者，既已充聽者之耳而徧談者之口矣，余何加乎？若夫推太尉用君之意，以慶其民幸者，則亦無幾焉。

昔吳之富擅南服，其屬邑旁郡，亦號蕃庶。自竊西疆相望殘燬，而松江以東，一柝之警不起，民恬物熙，獨保完實，斯其民亦幸矣。然數年間，軍旅之需殷而賦斂之役亟，彼創殘疲羸者，既不可以重困，則凡有所征，捨茲土奚適哉？故芻粟者往焉，布縷者往焉，朝馳一傳需某物，暮降一符造某器，輸者屬於途，督者雜於戶，地雖未受兵，而民已病矣。於是怨咨之聲流，刻弊之形見，視他邑之民，雖葺破壓廢，而泰然田廬中，無發召之勞，無課責之苦，反若有不及者。吁，其幸乃所謂不幸歟！今太尉知其然，慨然思得良吏以撫循之，而劉君獲在選焉。夫同知與太守相可否於黃堂之上者，其爲任不輕而重也，劉君亦知其所以致此乎？余聞太尉之將授君以是職也，指其名語僚佐曰：「此人能愛民。」夫愛民，先王所以治天下也，而況一郡乎哉！太尉能以是取人，可謂知所本矣。且劉君往矣，必能益發施於政，則松江之民不其又幸歟！

雖然，古之人凡聞一言之善則揚之而不敢隱，況聞之於上者乎？余之區區所以樂道斯語，非惟有以張劉君也，亦將使凡吏於時者，知在上之意而將順之，則民之爲幸廣矣。庶乎結厚澤於悠深，復盛治於熙洽也。他日考之，豈不有所自哉。

贈醫士徐仲芳序

昔柳子傳宋清，言清居善藥，有就清求藥者，雖不持錢皆與之。積劵如山，度不能報，輒焚劵，余固疑清之未善也。苟不責報，尙何以劵爲哉？又言清取利遠，故大而卒以富，是知清猶未免於利耳。

吳醫徐仲芳，世攻治小兒，至仲芳而益精，人之請於門者相屬也。仲芳視其爲士大夫及窮乏之者，輒先焉。雖烈風赫日，乘一驢，兀兀黃埃中，周臨其廬，無敢後。其視疾必謹，與劑必良，嬰稚之賴以不殤者蓋衆矣。有奉物詣仲芳謝者，卒却去，或問之，則曰：「士大夫吾所敬，窮乏吾所憫，義皆不可取，吾非爲詭也，彼貲雄而仕達者，固又何辭？」故人皆德仲芳。雖後有復請，仲芳赴之益先，人至有愧心，而仲芳無倦色。嗚呼，若是可不謂賢乎！世嘗言今之人不及於古遠矣。觀清之焚劵，而仲芳幷劵有不取，清猶以利，而仲芳以義，是則仲芳之賢不止於及清而已也。

余友戴伯庸氏一日來告曰：「僕有弱息，嘗苦多疾獲仲芳而愈，數欲報仲芳，而仲芳不吾受也，度終不可以虛其德，願求子之文以贈之。」余謂仲芳之賢既可書，且余固嘗德仲芳者，戴不余請，余可已乎哉？雖然，宋清以柳子之文而傳，今仲芳之賢雖過於清，而余文不足以及柳子，顧能使之傳邪？然戴之欲之也，姑爲書其概，以俟如柳子者徵焉。

送徐以文序

余少喜交游，以方侍養，不得遠去以求友於四方，故獨與鄉里之君子游，若徐君以文其人也。後不幸失怙恃，而天下有變，所在多梗，又不得遠去以償其志。然十餘年間，四方之士來吳者，則亦未嘗不得見焉。其豪健俊偉、魁閎辯博、飲酒談笑以意氣相得者，固不爲少；至於講義理之微，詠性情之正，薰然和，粹然溫，優柔浸漬，相入以善而不自知者，則未有及以文者焉。乃知未行四方耳，苟行四方，若以文者，亦豈易多得哉。余用是益親以文，而以文亦不余厭也。蓋自少及茲之壯，其間春華之晨，秋月之夕，空山流水之濱，崇臺古榭之上，以文未嘗不往，而余未嘗不從；二人者，樂其相得之深，從容周旋，忘其爲喪亂之時，羈窮之日也。蓋以文不汲汲求世知，居衆中，退然若無所能者，故人皆失以文，而余獨得之，豈非幸也哉？

今年夏，以文將讀書吳興蜀山中，來以別告，余謂久合而有睽離，人事之必然者也，豈足爲甚戚也哉？以文今絕去紛嚣，得益厲舊學以求其道，顧余乃浮沉閭里間，卒荒落而無所成，是則不能無介然於懷耳！雖然，以文固不可留，余則豈不能去是哉？待秋風之興，當扁舟而南，尋書聲於雲溪煙樹間，以文尙肯以所得告我哉？

代送饒參政還省序

太尉鎭吳之七年，政化內洽，仁聲旁流，不煩一兵，強遠自格，天人咸和，歲用屢登，厥德懋矣。然猶不自滿而圖治彌厲，尙懼聽覽之尙闕，而思僚佐之相裨也，迺承制以淮南參政臨川饒公領咨議參軍事。公辭以非材，卽躬臨其家，諭之至意，公感激，遂起視事。嗚呼盛哉！此豈偶然也耶？

蓋天將興人之國，則必賚以聰明奇特之士，與之左提右挈，以就大事，故其相合之深，相信之篤，冥契默諭，有莫知其所以然者。今公之起也，人之見者歎於途，聞者頌於室，莫不謂公直氣讜言，夙有以結太尉之知，故能當簡注之深，獲登庸之光，然不知天之相之者，有不如是之偶然也。

且嘗論之，人才之不能相通也，故明於鉅者或有昧於微，得乎此者或有遺乎彼，其得而兼焉者寡矣。今太尉奠此南服，端拱廟堂，舉境內之事而屬之參軍，凡內外大小無不關白，其爲任亦豈易言哉？蓋致治理則求其學術之醇，論攻守則資其計畫之良，對賓客則藉其辭令之善，用人物則取其鑒識之精，而況文牒之所交馳，簿籍之所叢委，苟一事之不通，一才之不具，則亦未足稱之矣。今公能從容其間，泛應曲當，使臨至重而不驚，處至煩而不擾；故雖以某之陋，獲與公共事，而亦得以寡過矣。且接尊俎之餘談，樂圖書之清暇，翺翔天府，以極一時之盛，則公之才，豈獨上賴之哉？某亦賴之矣。

今年秋，公得解所領職，還署省事，竊以嘗有協恭之好，於其去，能無言乎？故論次其說以爲序。

送江浙省掾某序

近代之取人者有二焉：曰儒與吏而已。夫吏固儒之一事，非可以並稱也。蓋詩、書、禮、樂所以明道，律令章程所以從政；不明乎道，則無以知出治之本，不從乎政，則無以周輔治之用。古者君子之學，所以通而後成也。二者既分，儒忽吏爲末而謂之不足爲，吏訾儒爲迂而謂之不足用，各視時之所尚以相盛衰，其爲弊也久矣。國家自失承平，校政庶務實繁；在上者欲其嚴辦以供一切之需也，故任吏尤專重，而儒有弗及者矣。嗚呼，豈非其感歟！

蓋聞孫卿氏之言曰：「相高下、視墝肥、序五種，君子不如農人；相美惡、辨貴賤，君子不如賈人；設規矩、陳繩墨、便器用，君子不如工人；不恤是非然不然之情，以相薦拔，以相恥怍，君子不如惠施、鄧析。」然則治文書、奉期會、摘獄訟之微、較賦税之悉，儒固或不如吏矣。至於屏邪慝之風，行仁義之説，使上尊而下親，內修而外服，非儒其孰能之乎？故善爲國者，未嘗以此而易彼也。今厭其高而樂其卑，捐其大而收其小，何哉？亦竊求其故矣，蓋謂今之儒未及於古，不足以稱上之所使也。夫儒不能盡爲古之儒，然吏亦豈能盡爲古之吏哉？是但知垂紳獵纓，空言而不切於事者之非儒，而不知磨鉛削牘，拘法而不通夫義者之非吏也，其可乎？余故嘗感歎而思之，以凡在上者亦過矣。苟有於此焉，不以儒爲不足用而特任之，則知夫出治之本而其政豈不成乎？既又思之，則非在上之過也，亦儒之過焉耳。苟有於此焉，不以吏爲不足爲而兼通之，則周夫輔治之用，而其道豈不行乎？若其人者世固有之，而余未得見之也。

今年冬，某人以江浙省臣之辟爲掾，余聞其讀書與律學頗事古，豈非所謂其人歟？將行也，其友有來哀士大夫所贈若干篇而屬余序者，迺欣然告之曰：夫掾雖吏也，然佐外宰相治藩府，凡方面之事雖不得行，亦可得而言也。且省臣能取子於人人之中，是知其賢矣。知其賢，於言有不聽乎？子今能以所學施於時，顯有成效，使皆知儒之非迂，則上之所尚有不改絃而易轍者乎？儒之振不振，吾於子行卜之矣。夫欲援吏而歸於儒者，是吾所望於子也。若云叛儒而入於吏者，豈吾所望於子哉！

送蔡參軍序

國朝置參軍爲三公之屬，舊制也。然平時三公無親職，而參軍多私人，故視之者若不甚重。今太尉淸河公仗專征之鉞，雄鎭南藩，以戡亂爲己任，舉封內之事而屬之參軍，故其職密要華顯，遂非他官所能及矣。然居是者，非忠足以受寄，智足以造謀，而略足以濟務者弗稱也。太尉公嘗曰：「與我共成大功者，其惟良參軍乎！」故未嘗輕以授人，而人之得之者，則莫不謂之榮焉。

江浙行樞密院經歷蔡侯，久在幕府，懋著厥績，所謂忠智與略，實備於己。初參軍之員有闕也，太尉方求其人，而談者已私擬曰：「宜爲是者，其蔡侯乎？」未幾命下，果侯也。嗚呼！此豈偶然而已哉？蓋侯之賢，夙有以當太尉簡注之深，而致國人期望之重，故上下之意匪謀而一，譬諸大寶橫道，人無智愚，皆知趨而取之，初不待於相告也。不然，則何以能冥契合之神如是哉？於是在上者授任之不差，在下者淸議之不泯，幷侯之能稱是職，而必與太尉共成大功者，皆可見也，抑何盛哉！

余時竄伏田里，有欲獻於侯而未暇也。適侯之故僚吏有來徵文頌侯者，迺坐而歎，作而言曰：夫士君子之道成於身，而出用於世也，豈不欲流大名施厚澤乎！然嘗患不得乎其位，位得矣而又患不逢乎時，二者之常不偶，則終於挾大技而莫呈，抱奇貨而弗售，此古人所以多感憤悲傷而自歎於不遇也。然則逢時而得位者，非古今之所難而爲士君子之至幸歟！今侯之爲參軍也，凡征伐之密，侯得聞之；黜陟之重，侯得與之；兵民御撫之方規，賓客應對之辭令，侯皆得兼謀而並任之，則侯之位亦得矣。海內雖未康靖，而太尉方興桓、文之業，內修外攘，以答天子之寵命，則侯之時亦逢矣。侯於是時，能思古今之所難得者，已實得之，而大攄宿學，以爲其職之所當爲，則東南之人，有不誦侯之名而被侯之澤者乎？蓋區區所以願望於侯者，亦太尉任侯之意也。侯其懋乎哉！侯其懋乎哉！

送黄省掾之錢塘序

錢塘爲東南之會，自五季之亂，海內創殘，而錢氏父子能保其國，又能知歸於宋，不煩征誅，故獨幸富全。迨我朝國師南駕，既受宋降，市不易肆，列聖相承，重熙累洽，涵養安息，以至於今，計其民之不識兵禍，已四五百年矣。故城邑人物之繁，園池臺榭之麗，皆足以侈於遊觀而誇於談詠，舟車管絃，日至於西湖之上者，不間風雨；又有名花珍果水陸之味，雜出於四時，而非特居者之樂，凡仕於是者，亦莫不酣嬉而忘去也，可謂盛哉。至正改元云云。〔校記〕：「至正改元」下有闕文，四部叢刊影印明本亦作「云云」。以此文成於元代，所闕文當於明代有忌諱故。越三月而圍解；內則困於疫饑，外則蕩於燔掠，向之所可觀者，鞠爲荒煙宿莽，遺灰斷甓，蓋四五百年之跡，銷滅毁壞，欲求見其髣髴而無在者矣！況連歲流民未還，行旅罕至，則非特居者之戚，凡仕於是者亦莫不彷徨而厭留也，可勝歎哉！

今年秋，江浙行省左丞潘公，由吳興徙鎭兹土，聞荆南黃君仲博之材，辟以爲掾。將行，其友有來乞言贈之者，乃爲之言曰：夫地之廢興盛衰，雖有其時，然豈不繫於人哉？苟有其志者，躬葺理之勤，需培積之久，有不能變凋弊爲完庶者乎？今錢塘雖繁華委謝，而江山之形勝猶在也，仲博始至之暇，能爲我一周覽乎？升於高，見陵谷之可憑，則思設備禦之規；行於野，視廬井之可復，則思興墾闢之利；歸言於公而行之，使寇不能復來，民不致久困，方面之事，其孰有大於此乎？仲博固有志者，必能如余言。他日枹鼓不聞，民得安遂其生，桑麻雞犬，陰交而聲應，皆忘其爲喪亂之餘，而漸復承平之舊；余將幅巾藜杖，南游湖山之間，樂觀盛事，然後賦詩以頌公之功有成而幷爲仲博賀也。豈不偉哉！豈不偉哉！

贈王醫師序

君子必愼疾，愼疾必先於擇醫，甚矣，擇醫之難也！其論證之是非，投餌之當否，非通其術者莫察也。士之通其術者甚寡，苟不察焉，而求驗於已試之後，待其危而黜之，晚矣。

豈愼疾之道哉？世故無以知其良，則從衆之所稱者而趨焉。曰：「其傳幾世矣，其活幾人矣，良醫也。」相率非其藥不食，子不迎以視其親曰不孝，弟不迎以視其兄曰不悌，凡長者不迎以視其卑幼曰不慈，而病者不自迎以視己曰不智，雖失療以死不悔。嗚呼！衆之所稱者，其果良否乎？吳之醫最多，舉城而籍之，不啻千百，而得名者數人，其術未必皆良，而良者反扼其下不得出，甚可歎也！

今年春，友人徐君幼文云云。德之，來徵言以贈。余謂復初誠良醫矣，然人未有盛稱之者，惜余言之不足重於世，不能張之；然觀有美譽而無實用，有實用而不得大聞於時者，天下之事多矣！不特醫也，復初何尤焉？

贈醫師龔惟德序

廣陵周克恭氏以事來吳，介友人謁余言曰：「京口有龔先生惟德者，治俞扁之術，其視疾審若鑑之照物，其投劑當若矢之中的，其施惠均博若輪之行地，不以高下而易軌也；故言良醫師者，必歸惟德焉。吾家瓜渚，距京口，隔大江，兒嘗遘危疾，惟德來視之，駕扁舟、越風濤，略無所避，既療之輒愈。顧余年已非壯，後視承先世之重者，眇焉在是兒也；不幸而有疾，有疾而幸惟德起之，則其所以惠我者不惟是兒，乃延吾後於無窮，而免余於不孝也，其德宜何如報哉？然奉之以金弗受也，將之以幣弗領也，吾可終無以報者乎？蓋思可以章吾心而侈其德於當世者，莫如君子之言焉。余來是邦，聞先生以文名，敢請。」余辭未遑，他日又來言曰：「惟德非特於吾爲然也，凡於士之貧與流播羈寓者皆然也；今其一門三世，下孝而上慈，家道雍豫而壽樂且康者，豈非由是致哉！願先生爲之言。」

余乃歎曰：夫施德於人而不責報者，非世所謂難能者歟？然急利者之所難，而有道者之所易也。蓋人雖不能報，而天必報之矣。故責於人者不得於天，得於天者不責於人，責於人有得有不得，責於天則無所不得也。且天之報人，雖若茫昧，然不可以朝夕需，苟行之不怠以俟之，則其所得較之於人者不啻多矣！今惟德其能責於天者乎！其能行之而不怠者乎！其庶幾所謂有道者乎！是皆余所喜聞而樂言者也，况克恭之請之勤哉！雖欲辭，固不得辭也。遂書。

綠水園雜詠序

吳城西南陬有曰朱家園者，父老言宋朱勔故墅也；廬山陳惟寅氏得之，更名曰綠水，以園中有池，且用杜子美詩語也。其林沼亭軒，亦各有扁焉。近雖頹廢，然寬閒幽勝，猶可以釣游而嘯歌。惟寅以余往來其中最熟，求徧詠之。噫！當勔以倖貴時，窮侈豪侈，園中之珍木異石，崇臺嶢榭，固當百倍於此，文人詞客爲之稱美而誇詠者亦多矣，今皆跡滅響沉，無復可覩。惟寅雖窮居隱約，而能以詩書世其業，篤于孝友，其清德雅操，固可以蔑視勔矣，則余爲之執筆，亦可以無愧焉。因不復辭，且庶幾或傳，使父老知園之更名綠水者，自惟寅始也。詩凡十六篇。

缶鳴集序

古人之於詩，不專意而爲之也。國風之作，發於性情之不能已，豈以爲務哉？後世始有名家者，一事於此而不他，疲殫心神，蒐刮物象，以求工於言語之間，有所得意，則歌吟蹈舞，舉世之可樂者不足以易之，深嗜篤好，雖以之取禍，身罹困逐而不忍廢，謂之惑非歟？

余不幸而少有是好，含毫伸牘，吟聲咿咿不絕於口吻，或視爲廢事而喪志，然獨念才疎力薄，既進不能有爲於當時，退不能服勤於畎畝，與其嗜世之末利，汲汲者爭騖於形勢之途，顧獨事此，豈不亦少愈哉？遂爲之不置。且時雖多事，而以無用得安於閒，故日與幽人逸士唱和於山巓水涯以遂其所好；雖其工未敢與昔之名家者比，然自得之樂，雖善辯者未能知其有異否也。故累歲以來，所著頗多。近客東江之渚，因間始出而彙次之，自戊戌至丁未，得七百三十二篇，題之曰缶鳴集。自此而後著者，則別爲之集焉。藏之巾笥，時出而自讀之；凡歲月之更遷，山川之歷涉，親友暌合之期，時事變故之蹟，十載之間，可喜可悲者，皆在而可考，固不忍棄而弗錄也。若其取義之或乖，造辭之未善，則有待於大方之教焉。

姑蘇雜詠序

吳爲古名都，其山水人物之勝，見於劉、白、皮、陸諸公之所賦者衆矣。余爲郡人，暇日蒐奇訪異於荒墟邃谷之中，雖行躅殆徧，而紀詠之作，則多所闕焉。

及歸自京師，屛居松江之渚，書籍散落，賓客不至，閉門默坐之餘，無以自遣，偶得郡志閱之，觀其所載山川、臺榭、園池、祠墓之處，余向嘗得於煙雲草莽之間，爲之躊躇而瞻眺者，皆歷歷在目；因其地，想其人，求其盛衰廢興之故，不能無感焉。遂采其著者，各賦詩詠之。辭語蕪陋，不足傳於此邦，然而登高望遠之情，懷賢弔古之意，與夫撫事覽物之作，喜慕哀悼，俯仰千載，有或足以存勸戒而考得失，猶愈於飽食終日而無所用心者也。況幸得爲聖朝退吏，居江湖之上，時取一篇，與漁父鼓枻長歌，以樂上賜之深，豈不快哉！因不忍棄去，萃次成帙，名姑蘇雜詠，合古今諸體凡一百二十三篇云。洪武四年十二月日，前史官高啓序。

高青丘鳬藻集卷四

傳

南宫生傳

南宫生吳人，偉軀幹，博涉書傳，少任俠，喜擊劍走馬，尤善彈，指飛鳥下之。家素厚藏，生用周養賓客及與少年飲博遨戲，盡喪其貲。逮壯，見天下亂，思自樹功業，乃謝酒徒，去學兵，得風后握奇陳法。將北走中原，從豪傑計事，會道梗，周流無所合；遂泝大江，遊金陵，入金華、會稽諸山，蒐覽瓌怪，渡浙江、汎具區而歸。家居以氣節聞，衣冠慕之，爭往迎候，門止車日數十兩。生亦善交，無貴賤皆傾身與相接。

有二軍將，恃武橫甚，數敺辱士類，號虎冠。其一嘗召生飲，或曰：「彼酗，不可近也。」生笑曰：「使酒人惡能勇？吾將柔之矣。」即命駕往，坐上座，爲語古賢將事，其人竦聽，居樽下拜，起爲壽；至罷會，無失儀。其一嘗遇生客次，顧生不下己，目懾生而起。他日，見生獨騎出，從健兒帶刀策馬踵生後，若將肆暴者；生故緩轡當中道進，不少避，知生非懦懦，遂引去，不敢突冒訶避。明旦，介客詣生謝，請結驩。生能以氣服人類如此。性抗直多辯，好箴切友過，有忤己則面數之，無留怨；與人論議，蘄必勝，然援事析理，衆終莫能折。時藩府數用師，生私策其雋蹶多中，有言生於府，欲致生幕下，不能得；將中生法，生以智免。家雖貧，然喜事故在，或饋酒肉，立召客與飲啗相樂。四方遊士至吳者，生察其賢，必與周旋款曲，延譽上下。所知有喪疾不能葬療者，以告生，輒令削牘疏所乏，爲請諸公間營具之，終歆其德不言，故人皆多生，謂似婁君卿、原巨先而賢過之。

久之，稍厭事，闔門寡將迎，闢一室，庋歷代法書、周彝、漢硯、唐雷氏琴，日遊其間以自娛。素工草隸，逼鍾、王，患求者衆，遂自閟，希復執筆。歆慕靜退，時賦詩見志，怡然處約，若將終身。生姓宋，名克，家南宮里，故自號云。

贊曰：生之行凡三變，每變而益善。尚俠末矣！欲奮於兵固壯，然非士所先。晚迺刮磨豪習，隱然自將履藏器之節，非有德能之乎？與夫不自知返，違遠道德者異矣。

杏林叟傳

杏林叟姓董，匿其名，隱居暨陽山中，不知其所自出，或云吳神醫奉之後也。嘗遇異人授鍼術，砭刺按摩，攣舒鬱通，求療者皆㚡至徒返，欲以貲報，輒謝曰：「吾衣食幸自給，無庸是也。」第令人植杏一樹舍旁。曰：「吾聊繼吾祖志耳。」久而成林，鄉人不知其名，因以杏林叟號焉。嘗曳杖林下，逍遙而歌曰：「杏之華，其下我家，杏之實，其美我食。吾寧舍是兮而從人于役！」或聞之曰：「隱者也。」前揖而問曰：「今天下病矣！子猶事醫邪？盍以大鍼起大疾乎！」叟啞然曰：「我野人也，惡知天下之事哉？試以醫言之：夫人之玩毒而忘戒，嗜甘而憎苦，衆口是惑，而忽醫之言者，在法皆不療；若醫昧其難，冒受厚直，潰潰汩汩，日視其殆而不知止者，則又病者之罪人也，吾誠愧焉，子何欲以是浼我哉？」遂隱終其身。

贊曰：雉不隱其文，故麗于羅；豹不藏其斑，故陷于穽。古之君子，遭時否塞，欲求免乎世者，往往變匿其名以自雜於賤技之間。若陳留老父、漢陰丈人之流，姓名且不得而知，身可得致邪？所謂身名俱隱者上也，身隱而名著者下矣。杏林叟識能察時，藝能濟物，寧沒其名以全道，謂之上隱非邪？

胡應炎傳

胡應炎，字煥卿，常之晉陵人。宋樞密副使宿八世孫也。父聰，淮南節度計議官。咸淳中，應炎登進士第，授溧水尉，未赴。

元丞相伯顔南伐，師次常境，知府王洙遁；朝廷以姚岦〔校記〕大全集作姚訔，下同。知府事，復命將軍王安節、都統劉師勇，將兵雜守之。岦等至常，見應炎，喜曰：「君吾劇孟也。得君，敵不足破矣！」署節度判官。應炎歸，告聰及兄應發、弟應登曰：「吾家世受國恩，今戎馬在郊，王室將危，是吾立功之秋也！父老，兄弟當奉以出避，吾身許國，不得復徇家矣。」聰、應發並曰：「吾與汝雖父子兄弟，然於國則皆臣也；圖報之義，彼此同之，豈可臨難而獨免乎？」乃命應登侍母及護妻子出城，囑曰：「善避以存吾宗；不幸城亡，吾必死之，今與汝訣矣！」既應岦命，卽選民之壯勇者三千人自將乘城，爲岦畫曰：「吾州京師北門，不可失守，然城庳塹狹，兵皆市人，非素所撫循者，而北兵銳且衆，乘勝遠來，其鋒不可當，恐未易與戰也；宜樹木栅傅城，益調粟繕械爲守計。」岦然之。

初洙遁時，其客王虎臣盜郡印，自稱知府，詣伯顔軍門獻之；伯顔不知其詐，命還守常，而遣兵與俱。及城，岦等已先至，不得入，反，以民叛告。伯顔怒，命元帥唆都率步騎二十餘萬圍之。應炎與安節、師勇分門出戰，各累大捷，殺其將校甚衆。功上，進直祕閣。

圍且久，元兵多傷斃，唆都請益師，伯顔遂以西域諸部兵來會攻；圍益急，餉援俱絕。唆都以栅堅不可拔，剽近野，得婦人刳乳煎膏沃其上，發火矢射之，火熾栅焚，又運機石擊樓堞盡毁。食盡，唆都偵知之，遣使呼應炎語，諭使出降，應炎駡之，且截紙縷置盂中，若湯餅狀者，以筋引示之曰：「吾食甚足，若欲得城，需『金山長』也。」「金山長」，蓋諺語謂無其期。㖦都聞之曰：「能破城者，金山長老也。」世呼寺主僧爲長老，故云。卽趣召金山僧至軍，問以攻城之策。僧不知爲計，周行視城曰：「是城龜形也，東南其首，西北其尾，攻尾則首愈縮，其法當攻首。」從之，城遂陷。師勇遁，詹、安節死之。應炎率民兵巷戰，至孔子廟前，衆潰，猶手刃數人，力屈，遂就擒。㖦都讓之曰：「若卽嘗多殺吾將校者邪？」應炎曰：「吾欲殺汝，何將校也？恨力不及耳！」㖦都怒，腰斬之，時年二十七。兵入屠城，聰、應發皆被殺，民匿溝中免者數人。

余爲兒童時，常聞父老言元兵取常時事甚悉。及壯觀史，多所未載，豈蒐釆有失而致然歟？抑著作者有所諱避而弗錄歟？或其事多繆悠，初皆無有，特好事者爲之說歟？是皆不可知也，每竊恨焉。近遇胡黼江上，間爲余言其祖應炎死節始末，與余昔所聞無異，斯固足徵矣。夫以虎臣之姦，㖦都之慘，與僧者妄言而幸中，其事雖微，猶不可使泯，況應炎之忠烈毅然如是邪？因掇其語作胡應炎傳，以補史氏之闕云。

墨翁傳

墨翁者，吳槐市里中人也。嘗游荆楚間，遇人授古造墨法，因曰：「吾鬻此足以資讀書，奚汲汲四方乎？」乃歸，署門曰「造古法墨」。躬操杵臼，雖龜手黧面，而形貌奇古，服危冠大襦，人望見咸異之。時磨墨瀋數斗，醉爲人作徑尺字，殊偉。所製墨有定直，酬弗當，輒弗予，故他肆之屨恒滿，而其門落然。

客有誚之曰：「子之墨雖工，如弗售何？」翁曰：「嘻，吾之墨聚材孔良，用力甚勤，以其成之難，故不欲售之易也；今之逐利者，苟作以眩俗，卑賈以餌衆，視之雖如玄圭，試之則若土炭，吾竊恥焉。使吾欲售而效彼之爲，則是以古墨號於外，而以今墨售於內，所謂衒璞而市鼠腊，其可乎？吾既不能爲此，則無怪其卽彼之多也。且吾墨雖不售，然視篋中則黝然者固在，何遽戚戚爲？〔校記〕大全集下有「乎」字。」乃謝客，閉戶而歌曰：「守吾玄以終年，視彼沽者泚然。」客聞之曰：「隱者也。吾儕誦聖人之言，以學古爲則，不能以實德弸其中，徒飾外以從俗徼譽者，豈不愧是翁哉！」歎息而去。齊人高啓聞其言以足自警也，遂書以爲傳。翁姓沈，名繼孫，然世罕知之，唯呼〔校記〕大全集下有「爲」字。墨翁云。

梅節婦傳

節婦姓梅氏，平江人，適廣平路總管致仕浦侯子。至正十六年春，淮兵南下，守臣弗夙戒，城遂沒。婦夫懼其齒之壯足以集禍也，迺携婦匿旁小民家；民逆知其有所挾，心利之，陰出召外兵。兵入，夫逸去，婦爲兵所得。兵見其色，將污之。婦曰：「若欲者貨耳，我悉以與若，若其舍我；不然，我有死耳，終不能爲失身人也。」因探懷出其金，兵持婦少懈，遂乘間脫赴渠水中，水淺不得死，兵遂至水次，以刃擬婦曰：「亟出，否則死是水矣。」婦不爲動，兵遂舍去。後至者，見婦面水上，知其生，復欲鉤出之，婦力挽不肯升；兵怒，以戈撥其腋死焉。三日，夫得其尸，殯於舍後廢圃中，蓋余與浦鄰也。

嗚呼！婦之死節，猶臣子之死忠孝，分也，曷足異哉？然君子聞一事則亟書而累稱之若不得已焉者，豈非以教化不興，風俗既壞，人知而死者少，而不死者多歟？今作梅節婦傳，亦余之不得已也。悲夫！

贊

愛敬堂圖贊

爾容愉愉，爾儀肅肅。以事以承，弗離弗瀆。相彼室堂，在是繪圖。爾有親養，緊我獨無！

東坡小像贊

或置諸鑾坡玉堂，或放之朱厓黄岡。衆皆謂先生之憾，余則謂先生之常。先生蓋進不淫，退不傷，凌厲萬古，麾斥八荒，而大肆其文章者也。

丹厓小像贊

誦其文，偉然其夫。睹其貌，眇焉乎儒。跡晦名彰，身癯道腴。不翕翕以合，不汲汲而趨。知之者固以爲介，不知者則以爲迂。吁！

義鶴贊 并序

吴報恩寺浮屠之顛，有鸛二巢焉。以游以宿，出返必俱。一日，其雄罣脛輪索中，奮翼自擲，空懸弗脱；雌下首大鳴，若籲於人，衆憐之，莫能升，遂宛轉而絶。雌依其傍弗去，羣烏欲磔之，輒引喙怒逐，不使近，逮毛骨盡化，迺已。余居直寺東，嘗見其彷徨飛旋，形貌慘悴，風雨之夕，哀唳嗷嗷，若號慕然。余念夫世固有伉儷相悦者矣，一旦失所天，哀未改而已他適，塗膏自媒，唯恐非艾，晨呲夕噱，曾無含忸；世嘗以禽喻惡人，寧不辱是鸖哉！迺贊曰：

嗟爾鸖乎！維烏之特猗。雄死自守，鬻烏之賊猗。獨棲於標，夜失其匹猗。哀嘶返顧，不啄而食猗。厥質始化，豈貞之魄猗？匪魯黃鵠，孰配爾德猗？

樹屋傭贊 并序

東都之末，士大夫以危言激昂，同志嫉惡，攻之不勝，卒搆朋黨之禍。然相率蹈死而不悔，有不得入者，則恥焉。當是時，申屠子龍，滅跡芒碭之間，因樹爲屋，自同傭人，豈故與衆異趣哉？誠以大木將顛，非一繩可維，故獨保其身，不欲與俱靡爾，可不謂明哲之士哉！余嘗慕其人而不得見焉。吳有隱君子字仲權者，自言子龍後也。元季之亂，不肯仕，入林屋山，以樹屋傭自號，余得與之游焉。夫慕其人而不得見，雖見其鄉之草木，猶將愛之，而況其子孫乎？況其德之肖者乎？乃爲樹屋傭贊曰：

我思漢士，曰維申屠。遭世橫潰，道從而污。衆履虎尾，身國同危。捧土塞河，區區可悲！瞻彼陵阿，蔭息有樹。匪厭華榱，弗若此固。羣雉在羅，一鴻獨飛；遐蹤千齡，躡焉者希！有士樂潛，厥德惟似，曷克似之，緊若孫子。

陳仲昭小像贊

淸眸秀髯，夷襟雅致。早從挾策之遊，晚佐鳴琴之治。雖居簿書兩考之縻，每愛泉石一丘之閟。此固非漂瀨之逸人，乃睢寧之隱吏也。

嫣雌子贊 幷序

稽岳王君常宗，剛正好古學，嘗被召修元史。書成，欲官之，君辭歸養親，閉門著書，以嫣雌子自號，好事者嘗繪其像。渤海高啓爲作贊曰：

古服古貌，古學古辭；際時復古，其道可施。暫起從徵，亟歸就養。進退從容，高風孰尙？

烏目山樵贊 繆貞，字仲素

虞仲之邦，言游之里。山長水深，生此德士。其外雖臞，中含道腴。誦詩讀書，終焉在娛。

箴

寅齋箴 爲禮部崔尙書作

六馬旣奔，朽索是縻。人心之危，曰惟過之！其危伊何？難存易失。操之在寅，罔敢怠逸。先哲有言：斯禮之輿。坦坦聖途，由焉而趨。立朝處室，祗慎勿替。如見大賓，如對上帝。凡百君子，學用是成。矧爾秩宗，交于神明。儼乎若思，惕然若疚。惟公履之，永以无咎。

銘

瞻松亭銘

范文正公書院，有公手植二松在焉。十世孫孟奎，作亭其旁，名曰瞻松，以識追慕之意。徵啓爲之銘曰：

鬱彼二松，魏公所植。閱歲之多，於堂之側。維昔魏公，天實挺生。好是正直，爲邦之楨。其節桓桓，如松斯固。讒夫詆攻，不改其度。出入勤勞，既懋乃功。本鉅支繁，庇于無窮。凡知慕公，百世之士。躬承其遺，矧爾孫子。霜凄露濡，油然其思。孰謂公遠？式瞻在茲。爾瞻伊何？朝夕左右。視公之榮，知德之厚。匪徒瞻之，維以象之。從公之休，庶幾永而！

靜學齋銘

體具動靜，實惟二儀。夫靜眞一，又動之基。交軌盪摩，風鼓雷應。萬生芸芸，而此自定。凡人之心，本寂而虛。紛紜攫攘，爲欲所驅。載馳載奔，蚩蚩者子。內喪外勞，莫知所止。君子山立，其閒其安。不誘於聽，不眩於觀。如鑑漠然，有來必酢。豈彼幻徒，冥默無作。木靜則壽，水靜則淸。所以爲學，匪靜曷成？子居是名，矢則先正。我維銘之，請直以敬。

端石雙硯銘

靈淵閟寶世莫窺，二美孰得天所貽。鏗鳴金聲縝玉姿，同德齊光敢雄雌。歲月研磨不磷緇，神物貴合當勿離。

進齋銘　并序

國子助教高君仲輝之先君子，嘗以進名其齋，聞人碩士爲言其義悉矣。仲輝間復請余銘，余以宗人之義，不敢辭。爲之銘曰：

務前其途車必覆，嗜升諸公身乃辱。惟德之躋是則淑，詩書餱糧禮爲轂。聖域高遠匪可蹴，由卑自邇蹈古躅。跬步不已至荒服，如木在山泉出谷。勿畫以退苟自足，先君之志子尚勗！我爲銘詩敢告瀆。

碧泉銘　并序

湘多名山，岳麓其最勝者。靈巖仙洞，往往有紺泉出焉。色多紺綠。邑人陳君，少入山爲黃冠氏，嘗從其師玄靜眞人遊泉上，因叩以道旨。眞人曰：「我惡知道哉！汝其問諸泉焉。」君因留泉旁不去。久之，若有所契，乃以碧泉自號，識所得也。青丘子聞而異之曰：「夫道無不在也，草木瓦礫皆有道，而況泉乎？眞人亦善教哉！顧陳君之所得，世未或知也，嘗試臆其旨爲之銘以寄君，使刻諸泉上，告求道者之校焉。然余非知道者，并諗於泉爲何如？」銘曰：

泉之渟淵淵，維道之原。泉之流瀰瀰，維道之施。我游詠兮泉側，我之樂兮與泉晝夜而不息。

存心齋銘 并序

金陵汪氏有藏修之室曰存心。介余友馬君來徵銘，余嘉其得爲學之要，爲之銘曰：身一室，意四維。與物遊，罔有時。如驚狙，孰可縻？喪厥宰，吁其危！愼乃操，勿妄思。天君寧，恒在兹。

靜得齋銘 并序

婁東沈仲益氏，以靜得名其藏修之室，取程夫子詩語也。渤海高啓爲作銘曰：虛哉靈府！其體本靜。外觸未形，山止水定。誘物而動，熾情乃生。喜怒愛惡，與哀懼并。紛紜擾攘，厥宰斯喪。如驚駟奔，孰制其放？維彼君子，能操使存。養其眞靜，爲動之根。周流汎觀，忘己與物。萬生芸芸，莫不自得。詠歸于雩，嗟逝在川。去聖雖遠，微言尙傳。沈君齋居，從事於此。願言誰師？子程伯子。

筆銘

用欲圓，體欲勁；書而執之在心正。

賦

鶴瓢賦

寧眞館李高士，遇青城黄老師遺一瓢，其形肖鶴，刳爲飲器，名曰「鶴瓢」，嘗出以飲，啓因爲之賦。

月華子夜宿玄館，夢遊太微。見一古士，其狀實希。長頸密齒，不臞而肥。苦葉被體，服非羽衣。翩然來前，自稱匏氏。少生魏園，長入吴市。慕高蹋於煙霞，離舊根於泥滓。雲翼未成，海路空指。不食窮年，濩落而已。握手終歡，願託於子。覺而占之，既喜且驚。當得異物，莫測其名。匪胎以化，乃實而成。不解飛騫，歷歷善鳴。未足御仙客之舉，但可挹聖人之清者歟？案未斂策，戶響剝啄。起逢老翁，曳杖矍鑠。遠有携而見遺，乃貭刳而形鶴。月華子掀髯而笑曰：「爾青田之族，赤壁之侶，竟混草木而零落耶？疇昔之夜，吾與爾有約矣。」於是埽苔軒，啓松閣，分半壁以留棲，命一壺以對酌。不局怨夜之籠，不貯迴春之藥。誓將共浮沈於滄溟，同上下於寥廓。青丘生過之，出以爲樂。生誚之曰：「夫道貴無累，始能有得。此蓋許由棄之以全名，衛公好之而喪國。吾謂子遺身而超世，尙何留意而玩物？」

月華子耳若不聞，引滿欲醺。拊之而歌曰：昂藏兮支離，爾生兮何奇？行則佩兮飮則持，與翺翔兮千歲期。唯遊無何兮，餘非吾之所知。

聞早蛩賦

至正丙午五月十三日，夜坐中庭，聞蟋蟀之聲，感而有賦。

龍集丙午，仲月維夏。祝融當衡，蓐收伏駕。悵炎氛之興晝，欣湛露之流夜。於是蓮塘涵淸，梧館闃靜。纖絺方御，輕箑未屛。息號蟬之繁喧，罷棲鵲之暗警。何陰蛩之忽鳴，寤余寐而獨省。稍入戶而侵幃，纔緣堦而傍井。若暑徂而律變，簟色淒兮欲冷。迅飈發兮騷騷，斜漢迴兮耿耿。方其或咽如啼，或激如嘯。嘤嘤孤吟，嘖嘖相弔。蔭淺莎之蒙籠，翳深叢之窈窕。已厭聞而愈逼，乍欲尋而莫照。含淸商之至音，非假器而爲妙。促素機之惰工，亂朱瑟之哀調。未連響於絡緯，蹔依明於熠燿。若迺靜院閒宮，荒園廢驛。草長幽扉，苔滋壞壁。候月光而未旦，聽雨聲而乍夕。久棄長嫠之婦，遠寓窮居之客。莫不對境興愁，攬衣動戚。謬感年之將逝，誤驚寒之已積。影就燭而誰依，淚橫襟而自滴。不待風凋漢苑之柳，霜隕湘皋之蘭。苟斯聲之接耳，卽掩抑而摧殘。余何爲而亦起，答悲韻而長歎。

聞七月而在野，實詩人之所志。今胡早而不然？豈天時之或異？乘火令之中衰，應金氣而先至。推象類而占之，若有兆夫人事。然物生兮何常，庸詎測夫玄意。抱微憂而何言，返中閨而復睡。

題

題天池圖小引

吳華山有天池石壁。老子枕中記云：「其地可度難。」蓋古靈壤也。元泰定間，大癡黃先生遊而愛之，爲圖四三本，而池之名益著；此爲其弟子李可道所畫，尤得意者也。温陵陳彥廉得之，求余賦詩其上。或云：此廬山天池景也。余未有以辯。然舊見別本張貞居題之，首句云「嘗讀枕中記」，則亦以爲華山池矣。前輩言貞居與大癡數同遊於此，則其言信可徵，初不必舍此而取彼也。因爲賦長歌，欲張吾鄉之山水，使與香鑪、九老爭高云。

題朱達悟傳後

余舊聞達悟善詼語，當其抵掌劇談，雖貴富可畏人，皆狎侮之，然人不以爲忤，聞其說，莫不捧腹絕倒；達悟亦仰天大笑，不自知其冠纓索絕也。以是優游自終。世之戚戚計得失，未嘗一伸眉破顏者，視達悟爲何如哉！觀其以達悟自號，豈果有所得者歟！

題高士敏辛丑集後

論文者有山林、館閣之目，文豈有二哉？蓋居異則言異，其理或然也。今觀宗人士敏辛丑集，有春容温厚之辭，無枯槁險薄之態，豈山林、館閣者乎？昔嘗有觀人之文而知其必貴者，吾於士敏亦然。嗟夫，吾宗之衰久矣！振而大之者，其在斯人歟！

跋

跋眉菴記後

右嘉陵楊君眉菴記，謂眉無用於人之身，故取以自號。夫女之美者，衆嫉其蛾眉；士之賢者，人慕其眉宇；而不及口鼻耳目，則眉豈輕於衆體哉？蓋衆體皆有役，眉安於其上，雖無有爲之事，而實瞻望之所趨焉，其有類乎君子者矣。世方以僕僕爲忠，察察爲智，安重而爲國之望者，則以爲無用。楊君亦有感於是歟？讀之爲之太息。

跋王右軍墨蹟

右軍書在人間者甚少，得唐人臨本已爲尤物，況近歲兵燹之餘，圖籍埽地，此卷獨存，眞巋然魯靈光也！郭君好古，必知所寶藏矣。

跋松雪臨蘭亭

吳興公平生臨蘭亭最多，此卷乃爲錢塘仇伯壽所臨者。自識曰：「余得意書也。」豈公亦嘗有未得意者邪？抑以世眞知其得意者少，故特表而出邪？

跋松雪書洛神賦

趙魏公行草寫洛神賦，其法雖出入王氏父子間，然肆筆自得，則別有天趣。故其體勢逸發，眞如見矯若游龍之人於煙霧中也。

跋徐氏族譜後

吳邑徐良輔，懼其先德之將泯，宗黨之日疎，與後世子孫之昧其所自出也，乃譜其族系，自太學生揆而下凡十二世，合數十百人，其用心亦厚矣！間以示余。余聞吾鄉先正范文正公嘗言：「族之人雖有親疎，自祖宗視之，則皆子孫也。」故爲執政日，買田以贍其族，今所謂義莊，距良輔之居實不遠一舍，良輔亦嘗遊觀而興慕哉！雖約居韋布，力未得爲公之爲；然能推其意於宗族之間，慶弔以展其情，燕合以辨其序，閔其幼孤，周其匱乏，則是譜不爲虛器矣。良輔曰：「吾志也，請書以自勉。」遂書於編後而歸之。

跋呂忠肅與魏太常唱和詩後

右二詩，江夏魏公在元至正間，贈呂忠肅公而作，忠肅答章所謂「誦君與我詩」者是也。方先生以愚嘗爲錄忠肅之詩於卷，而公詩則未見焉。覽者或未知所自，公間以示啓，遂請書附於左，以見有唱斯和之義。夫古者興運之佐，多伏於衰季之世，得碩望之士，器遇以爲知己者，固非一人；然未有如二公之相贈以言，流于篇詠者也。公於忠肅，則期之重而無苟悦干名之辭；忠肅於公，則知之深而有樂天感時之意。錄而傳之，亦可以見前輩風誼之厚也夫。

跋張長史春草帖

少陵觀張旭草聖，極歎其妙。至東坡題王逸少帖，則詆張爲書工。昌黎石鼓歌，則又詆王爲俗書。是三公之言何戾耶？蓋王之於石鼓、張之於王，其書固不可同語。然詩人詞氣抑揚，不無太過，論者遂欲以爲口實，未爲知書者也，亦未爲知詩者也。世人不以韓言而短王，又可以蘇言而少張歟？因觀長史春草帖偶書。

跋蘭亭

近臨川饒氏家多法書，藏蘭亭數十本，晚始獲定武一刻，酬以厚直，每有至寶難得之歎。今此本紙墨尤舊，饒已歿，惜不令一見之。

跋張外史自書雜詩

貞居始學書於趙文敏，後得茅山碑，其體遂變；故字畫清遒，有唐人風格。詩則出於蘇、黄，而雜以己語，其意欲自爲一家也。近代浮屠之名能詩與書者雖衆，然亦不能兩美，況道流之久乏人哉！此其自書雜詩也，古、律，行、草，各臻其妙，宜子英之愼與而彦廉之喜得矣。

跋溝南詩後 張端，字希尹。

右溝南張先生詩若干首，格律深穩，不尚篆刻，而往往有會理切事之語，蓋能寫其胸中之趣者也。先生平日所著甚富，此詩其子藻仲掇拾於兵燬之餘者爾。然觀者如嘗旨於鼎，一臠可知矣。嗟夫！前輩凋謝，雅音寥寥，幸先生猶康強，方歸臥黄山之陽，詠歌昇平，所得當未止也。藻仲尚謹錄之。

評史

商鞅范雎

鞅、雎之相秦也，其罪同，其禍則異，何哉？受諫、不受諫也。夫鞅以殘刻之資事孝公，下變法之令以毒秦人，至刑公子虔，黥公孫賈，嘗論囚而渭水盡赤，蓋仁民之道喪也。雎以傾危之性事昭襄王，進近攻之計以亡山東之諸侯，至罷穰侯、廢太后、逐涇陽、華陽君，蓋親親之道滅矣。然雎聞蔡澤之言，則謝病而歸，卒完首領；鞅聞趙良之說，則貪商於之富，寵秦國之政，徘徊而不忍去，卒受車裂之慘。二人者，雖皆不足言，然以此則雎爲猶勝哉。嗚呼！進退禍福之幾，觀鞅、雎之事，後之人亦可以少鑒矣！

四公子

余嘗怪四公子好客，而所養皆縱横、游俠之流，故其功烈之卑如此；使得天下之賢而禮之，則其所就何如哉？及觀其書門招諫，執轡屠市，與比食謝躄之事，雖不皆中於道，然其屈己下人之意可稱矣。又觀其客，汙隱困阨以待知己，一遇稍薄，則相率而去之，雖不皆合於義，然其忘人重己之意可尚矣。後之時君與士大夫固皆恥之，相與言曰：「我所求者道德之士也。」曰：「我所學者聖賢之徒也。」然而下人者未甚至，重己者弗甚篤，則是名過而實不及也，可勝歎哉！

樊噲

樊噲，武夫也。嘗携劍擢鋒，從沛公以芸菑鋤害，人所壯之者，不過以其能脫戲下之急爾！余竊以噲有可賢者焉。

初，沛公之入咸陽也，見秦之宫室帷帳寶貨婦女，欲留居之，因噲之諫，遂還軍霸上；不然，則逸欲遽生，蹈亡秦之覆轍，何以慰父老之心，起范增之畏，而解項籍之怒乎？恐漢之爲漢，未可知也。史言當時諸將皆爭取金帛財物，蕭何獨先入收丞相府圖籍藏之，觀噲之能諫上，則其不爲是可知矣。及高帝既老，嘗有疾，惡見人，詔户者無得入羣臣，何雖爲相，亦莫知爲計也；噲排闥而入，見上獨枕一宦者臥，因流涕以片言悟之，其憂深慮遠，有可爲大臣者矣。豈絳、灌等比邪？而或者乃以帝嘗欲殺噲，恐百歲後從吕氏叛也。

嗟夫！噲起屠狗以至封侯，亦足矣！况其賢如是乎？且帝素少恩，又何有於一噲？論者誠刻矣哉！

羊祜

昔夏桀不道，湯使伊尹往問就之，蓋謂桀雖暴虐，能用伊尹，則其民有蘇息之惠，而我無往誅之勞。五往而桀卒至不用，乃知桀之惡終不可改，故不得已而伐之。聖人之志在救民，而非富天下也如此。

自三代而下，一以功利相侵奪，欲求其髣髴先王之道者蔑矣。而羊祜之守襄陽，獨能以德熏其鄰，每用兵，刻日方戰，不爲掩襲之計；諸將有欲進譎計者，則飲以醇酒，不使得言。軍行吳境，刈穀爲糧，皆計所侵送絹償之；每遊獵，常止晉地，所得禽獸，或先爲吳人所傷者，皆送還之。於是輕裘緩帶，雍容鈴閣，而信義之風藹然被於江漢之間；余固嘗善之，謂其非以功利相侵奪者比也。及觀祜入朝，力陳伐吳之計，且謂張華曰：「成吾志者子也。」祜之志果爲救民乎？抑爲滅吳乎？亦滅吳而已耳。蓋祜之言曰：「孫皓暴虐已甚，於今可不戰而克。若皓歿，更立令主，則雖有百萬之衆，長江未可窺也。」夫皓可伐也，祜直陳其惡，勸武帝以援江左之民於燔溺，豈不偉然哉！迺汲汲以皓歿爲憂，則是幸其虐以爲己利。且夫幸人之虐以爲己利，則豈仁者之心哉！仁者一視而同仁，彼之民猶我之民也；其君虐之邪，我則往救之，其君安之邪，我亦可已矣！又何必俘其君，籍其民，然後爲得哉！祜之志未免於此，則其去以功利相侵奪者何遠焉！

或曰：「如子之言，則是吳終不可滅，而晉終不能一天下也，其可乎？」余曰：王者在德厚薄，不在地之大小也。晉雖兼南北以有之，不旋踵而内禍四出，果何在於一不一乎？隋文帝嘗將伐陳，命大作戰船，人請密之，帝曰：「吾將顯行天誅，何密之有？」使投其柹於江，曰：「彼若懼而能改，吾復何求？」夫隋文帝雖未足爲賢主，然此一言，亦可以王矣。祜之致其君，固不能及湯，又不能如隋文乎？雖然，祜嘗與陸抗對壘，能使抗飲其藥而不疑，則祜亦賢矣！余之言蓋所以責賢者，乃春秋之意也。

衛瓘

瓘之死，人嘗哀之，以其忠也。余曰：殺瓘者非后也，天也。何以知其然也？蓋不祥莫大於殺無罪，況有功乎？初鍾會、鄧艾之西伐也，瓘實監其軍。蜀既滅，會欲叛，遂誣艾以叛。會之志，司馬昭知之，郤悌知之，賈充亦知之，豈有智如瓘而不知耶？瓘不知會之欲叛，又不知艾之不叛耶！使瓘於是時不附會議，密明於朝，則艾可以不死；艾不死，則會無能爲矣。不知出此，乃以小憾遂收艾以成會之惡，亦云過哉！及會敗而艾出，又恐艾讎己，則追殺之於綿竹，瓘之賊禍如此；蒼蒼者所以不赦，而假手於一婦人也，豈以撫牀致之哉？且怨艾者田續也，而瓘嗾之；怨瓘者榮晦也，而人亦使之。艾之死及其子，瓘之死及其孫，則天之報相符可信矣。不然，豈有爲臣忠而受禍若是烈者乎！

李泌

甚矣！小人之凶人國也。天下之至親篤愛，出於天性而不可以言間計奪者，莫父子若也。然其變，往往有至於殺其子而不疑，弒其父而不顧者，何哉？小人間使之也。沙丘之禍，成於李兊；湖城之恨，發於江充；若潘乙、楊素之流，又不可以悉數。蓋小人懷傾險之情，挾姦亂之術，居人父子間，投隙抵罅，常幸其有事以苟一切之富貴，故必以利蠱人子，以害脅人父，挾讎所親而嫉所愛，一爲所惑，則父不得爲慈父，子不得爲孝子；夫父不慈而子不孝，則人道滅矣，豈有人道滅而可以爲國乎？此小人之所以必去而勿用也。

嘗觀之於唐，太宗，賢也，而承乾不能全其生；玄宗，明也，而子瑛不克盡其死；至於肅宗之昏孱，德宗之猜忌，而太子卒得以不動者，果誰之力哉？一李泌而已耳！當是時，倓有功也，而李輔國嫉之；誦無過也，而張延賞搆之，二子蓋岌岌矣，賴泌居其間左右彌縫，上下歡悅，累數千言，皆出於至誠盡忠之意，委曲剴到，悽惋惻怛，有足以感人者，故聽之使讒疑之跡，廓然而雲銷，渙然而冰釋，旣悔且悟，不覺其泣下之霑襟也。迺知天性之良，有終非小人之所能掩者，特患無君子以發之耳。苟皆得泌，則天下豈有相弑殺之禍哉。

昔曹公以丁儀之譖，亦欲廢其子，問於賈詡，詡不對。公問其故，詡曰：「屬有所思，故未卽對耳。」公曰：「何思？」詡曰：「思袁本初、劉景升父子也。」公大笑而罷。蓋曹公智者也，故雖聞他人之事，而其悟有不待於辭之畢。若二君者，亦嘗親厄於其身，親覩於其目矣；然至於此，非泌之反覆善諫，則猶未必其國本之不搖也。然則君無曹公之智，臣無李泌之忠，而小人是信，則雖父子猶不能自保，可不愼哉！

高靑丘梟藻集卷五

雜著

封建親王賀東宮牋

監國撫軍，久繫兆民之望；建邦作輔，大頒同姓之封。隆典式修，輿情均慶。恭惟皇太子殿下，地居震長，道合乾剛。孝奉兩宮，每問安於曉寢；友懷諸弟，共講學於春坊。既膺主鬯之崇，復舉分茅之盛。本支茂衍，宗社奠安。某等忝預台司，敢伸賀悃。河如帶，山如礪，永存萬世之傳；日重光，月重輪，敬上千秋之祝。

擬唐平蜀露布

神策行營節度使東川節度副使臣崇文等，臣聞天無二日，臨四海爲一家；地有九州，分萬邦爲五服。故用建侯藩之重，俾扶王室之尊。車服出於堯庭，篚筐歸於禹貢。柔遠能邇，舞干羽開未格之心；取亂侮亡，鳴鼓鐘討不恭之罪。蓋以法陰慘陽舒之道，成文綏武定之功。於是臣職惟修，君威罔替。上稽象緯，固昭弧矢之名；下制國經，可廢甲兵之役。

伏惟皇帝陛下，神凝至道，氣稟英姿。紹十二世之洪基，啓億萬年之昌運。憫生民之未乂，惻然如傷；念祖業之惟艱，凛乎若墜。却遠方之獻，不嘉有瑞；罷別庫之藏，以示無私。象郡鰐溪，流八人而姦邪並黜；麟臺鳳閣，命二相而賢俊相升。屢降璽書，體乾行而布澤；大蒐戎輅，應月蝕以修刑。冀垣跋扈之臣，解甲方歸；河隴憑陵之虜，納琛會至。而劉闢者，性惟狂戇，位在凡卑。實爲掌賦之瑣材，豈是總戎之偉器？頃因西川節度使韋皐卒，擅留府不受徵書。當陛下光臨率土之初，大賚多方之始，恐生震擾，姑務包容。授之以北闕之旌旄，委之以西門之管鑰。可謂滌瑕蕩垢，荷寵蒙榮，不思感悔以酬恩，反肆驕淫而速禍。此軍未輯，他鎭仍求。神奪其聰，礪刃拒賓僚之諫；天盈其惡，奮戈驅將士之行。始西蜀自縱其鴟張，後東川竟遭其獸噬。謂偏隅可據，謂重險難踰。負固偷生，欲效李流之逆；望風走死，不知譙縱之窮。陛下乃用旁詢，將興薄伐。築室匪衆言之惑，負扆惟獨斷之明。大衆啓行，常勗之以用命；小臣受事，敢效之以忘身。率五營虎衞之師，會數道鷹揚之將。駢脅者盡操闟戟，蓬頭者皆垂縵胡。霧合雲屯，目蔽旌旗之影；波翻瓦振，耳鼙鉦鼓之音。

六月，臣與兵馬使李元奕、山南節度使嚴礪等，進至鹿頭關東，此關旁夾高山，眞成巨障。阨三軍而莫進，詎下井陘；立一夫以可當，應同劍閣。臣等猨攀魚貫，恥鑿道以潛行；鳥突蛇蟠，徑焚廬而直進。因地形而制陣，以方以圓；察敵勢而設奇，或前或後。闢不束身以就鑕，更舉臂以當轅。臣乃仗鉞誓詞，援桴率衆。一麾而鬭心已厲，再鼓而銳氣不衰。樓煩發射鵰之弓，洞胸貫髀；佽飛擊斬蛟之劍，蹀血橫尸。疾呼作動地之聲，大戰奪漫天之險。逆不干順，知賊旅之方崩；弱豈當強，喜我軍之累捷。欲藉長驅之勢，遂收淨埽之功。

九月，河東牙將阿跌光顏將兵來會，其部曲皆羌、胡猛士，幷、晉健兒。蹠勁弩而力透重犀，被長鎧而走追奔馬。欲贖後期之罪，請當前拒之鋒。累出旁抄，獨行深入。遮賊轉輸之路，斬賊飛走之關。於是緜、江之諸郡皆降，成都之孤城益急。臣乃乘其已困，大合嚴圍。鼓角初鳴，守埤者心皆不固；梯衝未設，攀堞者身已先登。九却九攻，墨子之機安在？八陣八克，吳公之績乃存。其劉闢鹿窮不暇於擇林，鼠竄尚思於求穴。始將出遁，漏疎網之高張；終被追擒，就長繩之急縛。端門受獻，卽當檻送于宸京；大社行刑，不使逃誅于絕域。

臣已撫平屬境，入駐通衢。除叛賊將刑，此外其染汙者本是良民，迫脅者終非叛黨；悉加慰撫，並用赦原。莫不瞻聖日以歌謠，被王風而鼓抃。修武侯之政，已罷卒以營農；復文翁之規，更興儒而舉士。大地洒清塵之雨，溥降深恩；洪溟息鼓浪之風，頓消赫怒。此蓋神謀睿算，天贊奇功。使海內知惡臣之易亡，識尊威之難抗。臣等幸陪是役，獲覩斯休，不任慶快之至！謹奉露布以聞。其軍資器械，別簿錄上。

擬劉封答孟達書

封白。子度足下：書教僕自貳，開陳利害，甚悉。且讀且思，竊有未諭。蓋聞利害者，賊義之端也。人惟喻利而不喻義，故有君臣父子之相叛。君臣父子之相叛，爲臣子所不忍言，而足下之書何以至僕側邪？宜焚書止使，以告絕於足下。然恐足下不知主上所以待僕之意，而僕所以報主上之心，幷書中有可復者，故勉述簡牘，足下其聽之。

昔竇嬰與灌夫懷交友之私，實同田蚡之禍；韓信於高祖感推食之意，卒拒蒯徹之說。此前史之美談，而足下所共聞也。今僕於主上，體同血胤，名附宗籍，至親厚恩，固非交友之私也。出則總戎，入則居守，尊位重祿，固非推食之意也。足下視主上所以待僕者如此，則僕所以報主上者其可異於二子乎？且父與君，有其一皆當致死，僕一身而二責萃焉，其致死也亦無疑矣。而足下乃以商、種、白起、孝己、伯奇爲僕之戒，是何言之過也？夫爲人臣者，患忠之不至，不患君之不知；爲人子者，患孝之不純，而不患親之不察。使不幸而爲商、種、白起、孝己、伯奇，則亦將瞑目長逝而無愧矣，復何求哉？若所謂申生、重耳之説又不然，晉獻公無道，故有是事。今主上聖明，內無嬖幸之人，外無讒慝之士，嫡庶有别，慈愛不移，何可妄相引諭，以爲誑惑之道邪？末後責僕以三事，是益見足下之不思矣！僕請有辯焉。

夫古人有以義爲父子者，何謂非禮？知守節而不變，何謂非智？見僭僞而不從，何謂非義？僕之自處，亦云得矣！若從足下之計，而求以爲禮、爲智、爲義，是猶惡寒而去裘，畏熱而附火，不愈甚歟！今太子已正位東宫，僕當長守藩國，爲王室屏翰。若以不肖不得順於君父，則將素服詣闕，藉藁待罪，安能棄親事讎，竄身異國，生爲棄人，死爲繆鬼。足下所謂大丈夫，恐不如是也。况剖符之封，僕所自有，迺欲使之舍安而就危，去順而從逆，僕非病狂，何利而爲此？古人之行一不義而得天下者，亦有所不爲，况尺寸之土哉！僕此心皎然，天地神明，實共臨鑒，足下安能移之？若以僕爲愚，或可以言誘，曷異以告趨走之人曰：「而叛而君。」語孩提之童曰：「而背而親。」莫不唾而去之矣。僕雖至愚，然於君臣父子之義，亦嘗聞之矣，何至不如趨走之人、孩提之童哉！

嗚呼！初漢之陵夷也，董卓首亂，二袁效尤，海內無所底定。主上奮起，欲與曹操勠力匡濟，以救元元，而操亦懷圖，中路搆隙。故主上一破之於烏林，再走之於南鄭，而天方佑姦，得死衽席。今其子丕，不思葢前人之愆，乃敢陰造符命，自製禪文，遷易重鼎，盜攘神器，有志之士，咸恥立於其朝。僕嘗獲從足下周旋行閒，竊覩足下亦有志者，故將共圖中原，報奇遇於吾主；而天奪足下之魄，使自棄於忠義之林，北面僞庭，爲天下笑，既不知愧，乃復爲人作衞律耶？今主上憫宗社之顚覆，復恐七廟之祀隳，萬姓失戴，故資荆、益之饒，據岷、峨之險，正尊號以繼大統。方將出關、隴，定三輔，仗義而東，以收復故物。足下若能慕隨會之明，陋李陵之暗，使不遠而復，則富貴寵榮，當保如昔。儻以斯言未信，終忘首丘之念，恐鄴下不守，以白衣從輿櫬之後，得無悔乎？此誠變禍爲福之日，幸審度之，毋忽！

匡山樵歌引

南康宋倬天章，向寓吳，與余同客臨川公之門，朝夕遇焉，詩酒唱酬，意甚樂也。君後南游錢塘，余亦屏居江渚，睽隔者累年。一日，扁舟而來訪余寂寞之濱，既相與道舊，且出其近所著詩曰匡山樵歌者示余，曰：「匡山，吾鄉也。先人之丘隴在焉，阻兵不歸者久矣。今道路幸通，顧吾材不遇於世，當還桑梓之間，葺故廬而居之。時出吾詩從山農野老負薪而行歌，則吾之志而名稾之意也，子其爲我序之。」

余讀其詩，見其詞語精鍊，音調諧暢，有唐人之風。蓋君近嘗渡浙江，上會稽，歷太末、金華諸山，入閩關，至海，由四明而歸，探攬瑰怪，有得於江山之助，故其詩視舊爲益工。而余閉門窮愁，才思荒落，自顧有不及矣。且惟昔之詩人，多躁薄無檢，雖其辭章之華，君子固無取焉。君今剛介自將，不苟進取，懷首丘之仁，抱遯世之志，行固足尚矣，況其詩之美哉！然吾聞五老之陽，雲松蒼然，太白之高風在焉。君歸而吟詠其間，益求其工，他日篋笥所藏，光氣上燭，余恐君終不得隱矣。

審遊贈陸彦達

獵志獸，漁志魚，學志於道，理之同然也。故獵者必之山林，漁者必之江湖，而學者必遊於賢人君子之域。蓋山林、江湖者，魚獸之所在也；賢人君子之域者，道之所在也。舍是則無獲矣。

婁江陸氏彦達，有志於道者也；而僻居田里，無相與薰炙以成其道，是猶欲獵而之丘叢，欲漁而之溝瀆，必無獲，有獲亦小耳。惡得所謂麋鹿、熊豹、鱣鮪、魴鯉者哉？余是以嘉其志，而惜其不審於遊也。今通都大藩，不遠而甚近，賢人君子，不乏而常多，眞山林之奥、江湖之區也。以彥達之才器，孰非願交，苟能挾禮義之弓，操詩書之罟，而一往游焉，吾將賀彥達之有大獲而歸矣。作審游一首以貽之。

勸農文

春雨布澤，東作伊始，太守躬駕于郊，以敦本厚俗之道勸爾民，職也。然不欲廣引舊談，姑以今日之事直相告語，爾民其敬聽之：

夫上立法以衞民，民出力以供上，古今常理也。皇上翦除暴亂，開建太平，使爾民得脫鋒鏑，操耒耜以安畎畝之中。又念稼穡之艱，每歲親耕籍田，復召父老廷對宣諭，唯恐爾民荒逸惰游以陷於罪，德甚厚也。近者兼并之家，不能體上此意，或肆侵剝，使爾民有委棄其業者；情雖可矜，然輕去田里，以乏父母之養，闕公上之賦，其責亦何所歸哉？故願爾民相告於鄉，令去者歸、居者安，修爾隄防，浚爾溝洫，力不足則相周，器不備則相假，各勸播植，以待有秋，毋坐失其時，貽後悔也。更能毋作姦、毋逐末、毋好飲博、毋事鬬訟、毋弗順於父兄、毋或干於鄉里，家給人足，禮作義修，以無愧於泰伯過化之邦，豈不美歟！太守雖老，按堵觀俗，以行賞黜，爾民宜相與勉焉！

彀喻

自先王之教廢，文武異途，學者多不習弓矢之事。皇上志復古治，乃今年五月，詔有司取士，兼試以射，及親祀方丘，又戒百執事旅射於齋宮。余嘗預耦進之末，先期與二三同列，私肄於成均之西圃。既設的授弓，其強者彎弓引滿，一發過之，指的而詫曰：「是不足至也。」其弱者力擴而不盈，發則去的遠甚，投弓而歎曰：「吾不能至彼也！」余最後加矢鉤弦，盡吾力而挽之，僅及半笴，發則去的亦及半而墜，心甚愧焉，然不遂已，乃日強引之，覺所引漸多，所進漸益，發則去的亦漸近焉。因竊有感曰：夫百步之的，所以節遠近之中，凡射者之所求至也；而過者忽之，不及者沮焉，強弱雖殊，其不至則一也。苟抑其過而勉其所不及，焉有不至者哉！是可以喻夫學矣。

聖人，學者之的；詩、書、禮、樂，學者之弓矢也。由詩、書、禮、樂以求至乎聖人，猶操弓矢以求至乎的也。其騖高而失中，過而忽之者也；自畫而日退，不及而沮焉者也。不忽不沮，循循然以求之，欲不至於聖人不能矣。況聖人之道在身，非有百步之遠，欲求之卽至，非有力挽之難也，可不勉哉！

翰林應奉會稽唐君處敬，嘗以「彀」名其子之淳進修之室，蓋取孟軻氏所謂學者必至於轂之義。來請余說，因以所感於射者告焉。處敬曰：「是足以合孟氏而厲之淳矣！請書以貽之。」夫秋之爲弈，不專則不成；慶之取鐻，不靜則不得。彼皆小技，猶有近夫道焉。況射，君子之善藝乎！孟氏可謂善喩，處敬可謂善取以教其子，之淳能勉焉以求至，則可謂善學者矣。作轂喩。

志夢

余與同郡謝玄懿，俱在內府教胄子。今年正月十一日之夜，啓夢與玄懿晨候午門，若將趨朝者。有揖余二人言曰：「二君當遷。」且顧國子祭酒梁公曰：「諸生盡以屬公。」余愕曰：「得無有遠調乎？」曰：「不然，煩傅開平王爾！」既寤，明日以告玄懿，私相與識之。越三日，既望，故事當率諸生入覲。方敍立右順門內，梁公傳旨下曰：「勑諸生出受業太學，二君俟後命。」言既，引諸生去，啓亦隨出。明旦將朝，中使急召啓二人曰：「有旨命開平王二子侍學東宮，俾爾授之經，宜趨入。」玄懿顧余笑，共歎其夢之神也。

二月二十日之夜，玄懿夢與啓同被召至上所，上授以一紙若告身者，玄懿受而忘拜，竊視其文，有翰林院三字焉。繼授啓，啓拜受之。明日，以告啓，亦私相與識之。越六日，上御奉天門，宰執並侍，小黃門召啓等陛，上顧中書右丞汪公曰：「諸儒在學久，且皆有文行，而令以布衣游吾門，可乎？汝亟以翰林之職處之。」因趣謝。時玄懿以事出，獨不得拜焉。明日，遂各授職有差，而啓與玄懿皆得編修官云。於是益共歎其夢之神也。

七月十五日之夜，玄懿母夫人林氏，夢中使舁二櫥授兩家，發各有白金在焉。其家捧視，則化爲炭。間以告吾婦，余與玄懿聞之，竊怪其說稍隱，不若向二夢之著，又不知玄懿所得獨化爲炭何也。然亦私相與識之。至二十八日暮，出院還舍，有控馬馳召余二人，上御闕樓俟焉。既見，獎諭良久，面拜啓戶部侍郎、玄懿吏部郎中。啓以年少未習理財，且不敢驟膺重任，辭去。玄懿亦辭。上卽俞允。各賜內帑白金，命左丞相宣國公給牒放還於鄉。既出都門，與玄懿家共舟而東。其二弟爲余言：累重多負，賜金已盡費，況歸無舊業。相共歎咨，尤其兄之早辭。余因話茲夢以解之，乃始悟櫥爲除，炭爲歎，愈共歎其夢之神也。

夫自周官六夢之職廢，學者莫能通其說，前史所載夢之符於事者甚衆，余嘗疑其誣焉。今是三夢者，不由因思而生，得於恍惚噑噻之間，而可徵灼灼如此，知未至若既往，無少忒焉。其事之偶然者歟？將人之禍福將至，有司之者，或預以相告歟？抑精神靈爽有所感通，而特兆於是歟？何其神也！是知凡得喪之數，固皆定於冥冥，而無能逃焉者矣。夫以吾二人一官之遷、一命之授，與區區之進退猶然，而況其大者乎？

然則，士之生也，雖當自盡其所宜爲，外者一委命順於數而無所容心焉可也。而世之惑者，猶將役其智力，騖馳於軋敓排很之場，欣戚膠擾，至死而不之寮，豈非昧哉！余欲書此以覺之，懼有誚夫誕也，乃私識之，且貽玄懿，聊相與自警焉。今年洪武庚戌也。

書瞿孝子行錄後

余嘗預修元史，見民之以孝義聞於朝者頗衆：其能冬月得瓜以奉親者則若王薦，刲股肉以療父病者則若孔全，施財以周鄉里之乏者則若賈進，皆得具著於篇。瞿孝子之行，蓋兼三子而有之，而當時有司不以聞，史無所考據，又主者不與，故不得書以與薦等並傳。雖然，孝子今年八十餘，幸際聖明之時，既得謝君之所表章，則當世執筆之士，豈無爲之采錄收附於國史者哉！其傳固在是矣。

余與孝子之子莊友，嘗獲拜之，氣貌藹然，孝義人也。且聞長者言其行甚熟，與謝君所錄無異詞，故識以信其說，庶他日書者或有所徵焉。

書博雞者事

博雞者，袁人。素無賴，不事產業，日抱雞呼少年博市中，任氣好鬭，諸爲里俠者皆下之。

元至正間，袁有守，多惠政，民甚愛之。部使者臧新貴，將按郡至袁，守自負年德，易之，聞其至，笑曰：「臧氏之子也。」或以告臧，臧怒，欲中守法。會袁有豪民嘗受守杖，知使者意嗛守，卽誣守納己賕，使者遂逮守，脅服，奪其官。袁人大憤，然未有以報也。

一日，博雞者遨于市，衆知有爲，因讓之曰：「若素名勇，徒能藉貧孱者耳！彼豪民恃其貲，誣去賢使君，袁人失父母，若誠丈夫，不能爲使君一奮臂耶？」博雞者曰：「諾。」卽入閭左，呼子弟素健者，得數十人，遮豪民於道；豪民方華衣乘馬，從羣奴而馳，博雞者直前捽下提毆之，奴驚，各亡去，乃褫豪民衣自衣，復自策其馬，麾衆擁豪民馬前，反接徇諸市，使自呼曰：「爲民誣太守者視此。」一步一呼，不呼則杖其背盡創。豪民子聞難，鳩宗族僮奴百許人，欲要篡以歸。博雞者逆謂曰：「若欲死而父，卽前鬭，否則闔門善俟，吾行市畢，卽歸若父，無恙也。」豪民子懼遂杖殺其父，不敢動，稍斂衆以去。袁人相聚從觀，歡動一城。郡錄事駭之，馳白府，府佐快其所爲，陰縱之不問。

日暮，至豪民第門，捽使跪。數之曰：「若爲民不自謹，冒使君；杖汝，法也，敢用是爲怨望，又投間蟣汙使君使罷，汝罪宜死！今姑貸汝，後不善自改，且復妄言，我當焚汝廬，戕汝家矣。」豪民氣盡，以額叩地謝不敢，乃釋之。博雞者因告衆曰：「是足以報使君未耶？」

衆曰：「若所爲誠快，然使君寃未白，猶無益也！」博雞者曰：「然。」卽連楮爲巨幅，廣二丈，大書一「屈」字，以兩竿夾揭之，走訴行御史臺。臺臣弗爲理，乃與其徒日張「屈」字遊金陵市中。臺臣慚，追受其牒，爲復守官而黜臧使者。

方是時，博雞者以義聞東南。高子曰：余在史館，聞翰林天台陶先生言博雞者之事，觀袁守雖得民，然自喜輕上，其禍非外至也；臧使者枉用三尺以讎一言之憾，固賊盭之士哉！第爲上者不能察，使匹夫攘袂羣起以伸其憤，識者固知元政紊弛，而變興自下之漸矣！

楊孟汲字說

梁溪楊氏子名長孺，因從余遊，請有以字之。余曰：兩漢之士字長孺者二人焉，韓大夫安國、汲內史黯也。昔司馬長卿慕藺相如之爲人，故自名相如；今子以是名，其爲慕安國耶？慕黯耶？雖然，二人者皆名臣，吾將言其行事之得失，而子擇之，可乎？史傳安國之事，說梁孝王與諫馬邑之計，亦可謂賢矣！然以行金而得爲大司農，論魏其、武安之事而無所別白，吾於是有慊哉！若黯之忠直好諫，責武帝不能效唐、虞，罵張湯不可爲公卿，使天子憚而禮之；淮南王謀逆數年，畏黯一人而不敢發，有古社稷臣之風。子欲取於二人，則舍黯其可哉？且子之性直而行潔，學黯爲近易，宜字曰孟汲，則皆知子之爲慕黯而非慕安國者矣。夫今之人好美名自侈，吾嘗病之。子欲以古人爲師，若願學而不可及者，庶乎得命名之義矣。苟於黯如射者之於的，行者之於家，不至不已，則可謂善學古人者矣。嗚呼！子誠善學，雖聖賢不難至，而况於黯乎？

澄江懶漁説

暨陽之江有隱君子，嘗漁其上，朝不緡，夕不罛，汎景逐波，漫漫以嬉。人見其不事其業，因名曰懶漁。衆漁每得魚而返，集於浦溆之間，炊鮮漉淸，飲唱爲樂。視彼獨楞然，則相與笑之，且讓之曰：「夫農不勤則飢，商不勤則匱，百工不勤則無以成其器；今我皆自力，爾獨于逸，我皆率常，爾獨用荒，不勞爾躬，不勗爾志，則何以厚爾利乎？」懶漁曰：「吾終日漁而子以爲未嘗漁，惑哉！詩、書，吾漁之具也，羣聖人之學，吾漁之地也，義理之潛、道德之腴，吾漁之所得也。吾漁視子亦大矣，何名爲懶乎？」衆漁慚而退。

高子聞之曰：此善漁者也。世之習常務得，而不知大人之事者，其衆漁之徒哉！

修忠佑祠疏

磅礴扶輿，靈氣特鍾於章貢；昭明烜赫，神蹤實兆於嬴秦。號雖著於江東，祀已傳於吳下。累朝褒顯，每加典册之崇；萬姓祈占，必協蓍龜之應。自兵戎之充斥，致祠宇之摧傾。思將斲木而庀工，須假揮金而相役。美哉輪，美哉奐，事固待於人爲；俾爾熾，俾爾昌，福必膺於神貺。勝緣可集，盛事毋隳！

城南草堂疏

心遠道人何彥文，年老未有居室，將築草堂練圻城南，求好事者捐己金以相其役。疏曰：郗參軍能爲安道買山，史嘗見美；王錄事不資少陵築室，詩已遭嗔。非逢有力之人，曷濟無家之客。何彥文者，伎通聲律，名著江湖。蚤嘗爲落魄之遊，晚未得棲遲之所。漂流屢徙，歎一枝夜月之烏；跧伏深藏，愧三窟秋風之兔。今必用縛茅作屋，奈未能指石爲金。欲令此老之婆娑，須藉諸君之慷慨。略加舉手，便可容身。心遠地自偏，已擬成茲小隱；曲高和總寡，倘當爲爾長歌。幸得安居，敢忘廣庇。

薦亡將齋牓

人鬼之常，猶一晝而一夜；聖凡之隔，乃九天而九泉。故大道開起幽拔滯之門，使羣迷得出妄歸眞之路。發金籙瓊書之祕，降羽幢玉節之光。欲薦爾忠魂，必資吾法力。虎頭有相，雖稱介胄之雄；馬革無蹤，未返衣冠之葬。恐墮重陰之苦趣，故推太上之慈恩。照以破闇之燈，濟以度迷之筏。使爾聞妙音而頓解，憑浩氣以高昇。雨濕天陰，不復煩寃於曠野；雲舒霞卷，佇看極樂於崇霄。永離黑海之波，即往朱陵之府。

墓誌

元故婺州路蘭溪州判官致仕胡君墓誌銘

君諱松，字松巖，姓胡氏，常之晉陵人，宋樞密副使贈太師秦國公謚文恭九世孫也。曾祖諱柔，國子司業；祖諱聰，直顯謨閣淮南節度計議官；考諱應炎，直祕閣常州節度判官。君生甫期，元兵渡江隳常，祕閣君死之；兵且屠城，祖母陳夫人先襁君出避吳中以免。既長，歸鄉里，以推擇爲吏；歷宜興、崑山、常熟三州。

在常熟時，民有爲富人曹氏養子者，嘗被譴潛歸，其父因匿之，得腐死人溝中，佯哭曰：「吾兒也。」即詣曹曰：「爾何殺吾兒？」賄謝弗厭，訟於州。君從州判官往視屍，計未嘗壞而壞，知非是，即置弗檢，而以不見屍報。錄囚使者下車詰君稽違狀，君曰：「吾寧稽，不敢枉也。」移讞旁邑，曹不任楚掠，遂誣服。君等亦以見屍不檢受劾，獄具，曹之族咸寃之，重購偵獲養子，始白。泰定主崩，文宗自金陵入繼位，殺故相回回倒剌沙，命平章曹立巡東南，糾其黨，授尙方劍得專誅。按行至常熟，君從長史逆諸境，民有告回回百餘人匿海渚殺豬會飲，謀爲亂；平章亟遣卒捕之，君當承行，輒請曰：「是詐也，願毋煩兵。」平章怒曰：「吏何用知之？」君曰：「回回不食豬，今言殺豬，詐可知也。」不聽，果往無獲。〔校記〕獲下當更有一「獲」字，屬下文。一船，賈胡數人，訊之，蓋訟者嘗與互市，負其貲不能償，欲投間陷之也。遂抵訟者罪。君之明察類此。

陞平江路吏。庚午歲，吳中大饑，官作飦食餓者，命君與他吏一人董之；君收濟甚周，且以私錢及餅餌囊負馬後施於塗，旦浙米入釜，他吏伺君間，輒私接其半。俄晝見殍鬼羣捽之，遂死，君則無恙。

繼遷集慶，當護上供物至京，禮部尙書隆安魯公見君謂曰：「名家裔，乃久從吏役邪？」欲與一二朝士知君者共薦留之，不果。會公拜江浙行省參知政事，遂與俱南，以省銓爲寧國路涇縣典史。時有制，蒙古、色目毆漢人、南人者不得復，西域流戶數百人因恃以爲暴，所過掠財畜，辱婦女，民束手不敢拒，相驚若寇至。及涇，邑僚悉引避，民愈恐。君語衆曰：「吾在，若無憂也。」卽出勞之于郊，誘閉佛寺中，呼其酋諭曰：「制言不得復，毆者民爾；今我天子吏也，所行者法。若善去，勿妄犯吾民，當牽酒米相餉。否則，知有法爾。」酋愕，遂戢其衆亟去，無一人敢譁，君親送出疆以歸，民羅拜馬首曰：「微公，縣幾殘矣！」轉衢之龍游縣，婺之錄事司二典史，皆有聲。累資勅授將仕佐郎，信州路提控案牘，兼照磨承發架閣，請老不赴。遂以從仕郎婺州路蘭溪州判官致其仕。君子黼，仕杭，因留就養；以至正十七年十月卒，年八十四。元配陳氏、繼配陳氏，並先君歿，贈宜人。二子：長卽黼，浙江鄉貢進士，汀州路儒學教授；次黻，以平盜功授福州路羅源縣南灣寨巡檢。

君性孝友，少喪母，哀毀。叔父嘗欲奪其田，盡畀無靳色；後叔父廢業，君資奉之甚至，邦閭稱焉。爲吏絕賕請，守正不阿，明習法律，而論決多傅以經義，所至長官皆敬憚之。君之歿，以兵阻不克歸葬，權厝吳山萬松嶺。後十五年，國朝平四方，道通，黼始以某月某日遷祔晉陵先塋之次，乃來乞銘，實洪武四年也。

惟胡氏自太師以儒貴，爲宋名臣，其後子孫登侍從、方伯，焜燿史册者以十數，可謂盛矣！至君懷抱利器，宜光大其先業，而困鬱下僚，卒老以死，非命也夫！然君不以位卑自屈，能盡心所職，使表著如此，足以貽示永久，是不可以無銘。銘曰：

君仕弗昌，君材則良，緊君名之長。

陳夫人許氏墓誌銘

夫人世爲金陵溧陽人，姓許氏，諱清密，歸爲同邑陳君諱德輝之妻。陳君以醫名，爲元御診太醫，年三十五卒于燕，夫人迎其喪，還葬邑之舉福鄉大石山之原。即自勤苦持家，以育幼孤，視娣姒之女與己女均，皆躬爲櫛沐，及教以女事不懈，鄉里稱賢焉。子世能吏吳，奉夫人來居，年七十五以疾卒，實元至正十七年也。遭時多故，未克歸葬，國朝洪武六年，世能方主邳州睢寧簿，始謁告啓其殯于吳。以是年三月某日，合葬于御醫君之墓。有女三人：淑安，適李某；淑寧，適趙某；淑貞，適李某；皆溧陽士族。男一人，主簿也。銘曰：

猗夫人，著淑德，中嫠居，動守則。子成名，維敎力，卒有年，葬始克。從良人，合兆域，期永貽，志斯刻。

陳希文墓誌銘

吳有良醫師曰陳希文，其治業甚精，其起疾甚衆，其中心甚樂易，其待物甚恕而恭，其事親甚孝，其撫宗姓寡弱甚有恩。其爲人如此，故其卒，鄉里耄稚莫不歎悼焉！其葬也，齊人高啓爲之序而系以銘。

陳氏先爲溧陽人，君祖諱桂發，元授平江路官醫提領；仕已，吳人利其醫，不欲使去，遂留家焉。考諱德華，君諱世成，號淸遠處士，希文字也。年六十七，以洪武六年十二月丙辰卒，以是月辛酉葬吳縣太平鄉梅灣之原。配宗氏。子男三人：長祖義，先卒，次祖善，次統。女三人：長適郎潛，次適顧遵禮，次幼。孫男四人：蒙、豫、觀、泰。銘曰：

以醫惠物澤已久，用善禔躬德彌厚。年幾七十非不壽，有子世業紹厥後。歸全斯丘尙奚咎？

葛仲正墓誌銘

葛君諱正蒙，字仲正，爲人厚重有長者風。其先自汴徙吳，世以醫名，至君而令聞益著。每旦迎療者塡戶外，至不能容屨。君肩輿歷視唯謹，不問能報否，率與善藥。其子姪甥壻，與弟子從君爲醫者，人輒曰：是葛君所傳也。爭致之。年七十二，以洪武六年十二月癸亥卒。曾祖諱從豫，祖諱暘辰，皆弗仕；考諱應澤，元授平江路官醫提領。室周氏。子男二人：曰復、曰泰。女二人：適郁潛、金權。孫男二人：旭、繼。明年正月己巳，復奉君柩葬于長洲縣武丘鄉洞涇之原，請銘于齊人高啓。銘曰：

彼阜斯崇，窾乎其中。有君葛翁，壽樂以終。維拯疾之功，後人尙豐。

明故高均彰墓誌銘

吳郡高均彰，以洪武五年八月丁亥卒，以九月丙午卜吳縣太平鄉梅灣村之原以葬。其從弟前史官啓既哭之，復爲銘納壙中。

君諱彰，簡率寡嗜，於聲利得喪不戚戚計慮，日從昆弟親友酣飲以爲娛。性復好直，人有過，輒面攻之，衆知其無他腸，弗怨也。年五十有九。祖諱鑑、考諱震，皆有潛德。配姚氏，無子。一女寧，適郡人陳彥夫。以君之賢，生雖不能致豐榮，然亦未嘗有一毫困辱，不可謂不幸也！銘曰：

惟寡求，故不憂。卒全而歸在斯丘。嗚呼！吾兄又何尤？

故韓仲逵墓誌銘

君蘇州吳縣人，姓韓氏，諱敏道，仲逵字也。生元世，嘗得推擇爲吏，歷常之無錫、蘇之吳江二州提控案牘，性寬厚，不挾計數。時吏相習爲文深，君議曹事獨平恕，有長者風。家無厚藏，客至，輒擊牲命酤以相驩，視罄匱弗計。晚得足疾，有以酒爲壽者，亦杖而從之，談噱酣暢不少衰，其樂易蓋如此。年六十而卒，實國朝洪武五年二月某日也。祖諱某，考諱某，皆不仕。配陳氏，先十四年卒；繼配連氏。一子焯，爲西安都指揮使司經歷。七女，長而嫁者五人，餘幼。孫男倜。君卒之六月，經歷始聞訃歸，卜是年九月某日葬君于某鄉某地之原，乃來乞銘。余向爲史屬，時經歷方在宥府幕，數相遇焉。蓋知其才器能大韓宗者，豈非君爲吏之善，天之報施不於其躬，而將於其子邪？銘曰：

文不刻深吏之賢，胡仕弗崇壽靡延？厥報在嗣天罔愆，將俾昌熾燿爾先。我庸作銘慰九泉。

魏夫人宋氏墓誌銘

蘇州守江夏魏公，以其先太夫人行述，授渤海高啓曰：「吾妣棄吾二十有二年矣，遭時多故，權厝先塋之左，今始得地於吾里黄岡湖東某山之原，將以某年某月某日而葬，子爲我誌而銘之。」公昔掌國史，啓嘗爲其屬，今又居公之野，辱以先銘是屬，不敢當然亦不敢辭也。

按夫人姓宋氏，武昌蒲圻人，宋彈壓官諱時懋之孫女，諱某號俊齋之女，同邑隱君子碧崖魏先生諱雲瑞之妻也。夫人生而穎異，七歲能誦曲禮、内則、曹大家女訓，十歲共女事無闕。既長，歸先生，先生故名家世儒，履行高潔，夫人相之，稱賢配焉。居母姑之喪皆過哀，疏食終三年，待内外親族無異意。先生嘗遊齊安，遇疾卒于邸，有子三人：法孫、杞孫、虎孫。初聞訃，將遣法孫迎喪，或曰：「江多蛟龍，性惡屍，以柩渡，虞有變，宜焚骨歸也。」夫人哭喻法孫曰：「是將陷吾母子於大戾也，爾忍而父爲灰燼乎？亟往，毋有憚！而父善人，神必相之矣。」迄渡，風浪帖然；喪既還，或又曰：「柩入家弗利。」夫人曰：「此固吾夫宅也，舍之使何適哉？苟有弗利，當萃未亡人之身，未亡人得從夫於地下足矣！」卽帷正堂奉安，旦夕哭臨；逮葬，毁瘁幾不能爲生。嘗謂諸子曰：「不幸門戶凋落，汝父汝伯相繼歿，若曹尙誰賴哉？宜力學，善自立，大汝家，以慰老人之望，毋從里中兒嬉也。」子皆承教惟謹。先生庶母羅氏，性素嚴，號難事，夫人始終奉承，有順無忤；疾則侍粥藥，歿則營喪葬，皆必誠焉。杞孫旣娶，久未有胤，夫人曰：「吾老矣，獨不得一抱孫也？」禱於先，夢紫衣人種栗舍垣下，告曰：「此萌也，爲他日興植汝門之本。」覺，且語杞孫曰：「汝有子祥也。」旣而果生男。夫人喜曰：「神不我誣。」遂以栗名。嘗得眩疾，旣間，曰：「吾度不能久處世間矣！」命舁柩堂下沐之，曰：「吾藏身此中，無隙則佳耳。」又命新婦取衣衾當斂者縣之椸，餘悉散諸親愛。除夕，家人進椒酒，夫人起居尙無恙，元旦坐堂上，親戚爲壽畢，曰：「吾明日逝矣，爲我謝某、謝某。」翌日，沐浴更衣坐，呼杞孫等謂曰：「吾年七十六，壽亦足矣！死自吾順，汝曹勿號慟亂我聽，使我得好去也。」語已，遂殂，實元至正十年正月二十日也。法孫早世，虎孫仕元爲岳州路儒學正，平江州楊柳灣茶司提領，亦先卒；杞孫今名觀，卽公也，仕國朝歷太常卿、翰林學士、國子祭酒至今官。

嗚呼！夫人貞孝慈睦，其賢卓著如此，固非凡婦人所及；至於聽言不惑，臨終不亂，則又士君子識義理者或有所未能，而夫人能之，豈非難哉！雖生不及見子之貴，以享其榮養，然死而子能以儒學際聖朝爵三品，當得褒贈之命，象首錦囊，以光賁于窀穸，又能追述懿行以圖不朽，則夫人何憾焉？銘曰：

維君子嬪，貞以禔身。能教其孤，爲今名臣。卒既有年，始歸斯阡。時虞未遑，豈曰緩焉？乃刻銘章，載揚幽光。永固以安，夫人之藏。

丁志恭墓誌銘

洪武六年四月，余聞志恭得暴疾臥江上，扁舟往視之，志恭握余手欷歔不自勝，仰曰：「先生自天而下邪？」明日疾革。余撫慰之曰：「子嘗求贈詩，吾未暇爲，今如有不可諱，當爲悼詩，葬且當爲銘。」志恭已昏不知人，復張目舉手作謝且別狀；時其母及家人親舊環牀立，見之莫不掩面泣下。又明日乃卒。余旣賦五言一章哭之，將葬，其兄志剛來以請銘。余曰：「吾忍銘志恭邪？然言不可食也。」乃序而銘之。

志恭吳人，諱儼，姓丁氏，風度清美，學書有楷法；嘗遊吳、越、汴、洛之都，名卿碩士，咸賞愛之。年雖少，不喜聲利芬華事，歸處郊墅，以賦詩彈琴自娛；與人交，悃款有情義，而於余尤相親敬者也。年三十一，以是月六日卒，以十二月六日葬吳縣太平鄉梅灣之原。其先世爲吳人，曾祖諱震，祖諱有慶，皆弗耀；考諱讓，主河南永寧簿。妻袁氏。男二人：原顯，八歲，原亨，志恭歿五月而生。嗚呼！余觀志恭平居兢慎，不敢妄有所爲，惟恐禍之及己，所以自愛其身何如也！然竟以疾夭；使世之肆者得共非笑，謂徒謹無益也，不知志恭之死者命也，不幸也。命，故無悔；不幸，故君子哀之。夫人之死能無所悔，而又有君子哀之，則亦庶矣乎！是不可以無銘。銘曰：

孌彼婦兮與兒，矧昆賢兮母之慈。子忍舍兮去茲，又返顧我兮友私。駟方騖兮倏止斯，非夫天兮孰使之？哀哉奈何兮慰以銘詩。

哀辭

王仲廉哀辭 并序

仲廉少習春秋經，欲舉進士，負其氣，不肯就尺度，將棄去北遊燕、趙之間，會兵變，且嬰疾，遂家居治田業，不復言仕。事有所感，則發爲歌詩，辭抗音激，讀者知其有志，非甘遂泯泯者。性簡曠無矯飾，與人交，不易爲疎密。余居鄉里，初識之，不甚覺其賢。後出接時輩，見中險外夷，朝合夕叛者不可勝數；而仲廉泊然，十載如一日，然後深歎其賢，知世之不多有也。

至正二十六年六月三日，仲廉舊疾作，卒於家，壽止三十五。余初聞其病革，馳視之，尚有微息，就榻撫呼，不復應，乃絶。余既哭而退，爲訃於嘗所來往者，相與賻祭如禮。其所親有謂余者曰：「仲廉於昆弟最少而孝，母恃以爲安，嘗曰：是兒在，吾後事無憂者，不意其先亡也。」又曰：「仲廉有兒幼，方易簀，傅母招侍側，顧麾使去，若不忍見者。」余聞之，不復爲之出涕。夫士有鬱而不耀，又招篤廢之疾，罹夭札之禍，親老而不能終其養，子生而不能待其長，此古今之凶極甚可哀者，而吾仲廉丁之，豈非命哉！然獨念仲廉無子時則以爲憂，既有子而喜，喜未幾而身歿；咸謂禍福倚伏不可知，天初皆無意，人之所值適然耳。余則以爲不然。仲廉後顧孑立者久，嘗自分其胤絶矣，然忽有是兒，豈天哀其將亡而遺之嗣，所謂善人之報，恒不於其躬而於其後耶！余嘗見其眉目秀發非凡兒，長必有成者，而謂茫茫然者，果無意乎？

仲廉之鄉里行事，太原王君行已爲識于墓，乃復爲之辭以寓吾哀。其辭曰：「嗟嗟仲廉！愼其儀兮。早翔藝林，弁峨巍兮。晳將遐觀，抉奧奇兮。洪河洶前，喪楫維兮。迺盤舊丘，以自怡兮。匪時逸收，弗賈知兮。羣鶩以爭，途嶮巇兮！子獨正軌，坦而馳兮。胡淑且嘉，不受禔兮。窮病短折，具任之兮。母哀嗷嗷，老莫支兮。衆涕助流，若綆縻兮。畢嬰在哺，詎識悲兮？褫其文褓，被素縗兮。芳華未敷，忽槁萎兮。修翰未騫，竟離披兮！志長運窮，天實爲兮。我失友生，將尤誰兮？方覯倏背，歡戚移兮。冥漠無垠，逝難追兮。埋蒿委塵，罔之垂兮。已乎已乎，歸何期兮。」

書簡 從至正庚辛唱和詩補

與水西賁聖寺雪廬新公

見師後遂大病，至旬日不問盥櫛。適接書問，意是楊孟載向師言耳！便欲以無言奉答，恐有愧維摩，更作數字。白苧一端奉送。高啓和南。

高靑丘扣舷集

念奴嬌　自述

策勳萬里，笑書生、骨相有誰曾許？壯志平生還自負，羞比紛紛兒女。酒發雄談，劍增奇氣，詩吐驚人語。風雲無便，未容黃鵠輕舉。　何事西馬塵埃，東西南北，十載猶羈旅！只恐陳登容易笑，負却故園雞黍。笛裏關山，樽前日月，回首空凝佇。吾今未老，不須清淚如雨。

疎簾淡月　秋柳

殘絲恨結，是弱舞初闌，困眠纔歇。綠少黃多，錯認早春時節。西風也送誰離別？斷長條、似人攀折。謾思曾見，燕邊分翠，馬頭吹雪。　君莫問、隋宮漢闕。總寒煙細雨，曉風殘月。不帶流鶯，却帶斷蟬悲咽。老來腸緒應愁絕，江南橫管吹切。莫欺憔悴，明年依舊，萬陰成列。

石州慢　春思

落了辛夷，風雨頓催，庭院瀟灑。春來長恁，樂章懶按，酒籌慵把。辭鶯謝燕，十年夢斷青樓，情隨柳絮猶縈惹。難覓舊知音，把琴心重寫。妖冶。憶曾攜手，鬭草闌邊，買花簾下。看鹿盧低轉，秋千高打。如今何處，總有團扇輕衫，與誰更走章臺馬？回首暮山青，又離愁來也。

眉嫵　夫差女瓊姬墓

悵紅蘭採罷，白紵歌殘，魂斷舊宮路。長夜泉臺冷，再誰把、雲屏月帳遮護。鈿車不度，正館娃、荊棘多露。想還有、舊日吹簫侶，共來往煙霧。城郭江山如故。自國亡家破，今幾朝暮？水邊花下，黃昏後、誰逢環珮微步？恨多莫訴，任玉釵、雙燕埋土。待相約吳娃，寒食到此澆墓。

水龍吟　畫紅竹

淇園丹鳳飛來，幾時留得參差翼？簫聲吹斷，彩雲忽墮，碧雲猶隔。想是湘靈，淚彈多處，血痕都積。看蕭疎瘦影，隔簾欲動，應似落花狠藉。莫道清高也俗。再相逢，子猷還惜。此君未老，歲寒猶有，少年顏色。誰把珊瑚，和煙換去，琅玕千尺？細看來，不是天工，却是那春風筆。

天仙子　懷舊

憶共當年遊冶伴，愛聽秦娥青玉案。瑣窗春曉酒初醒，鶯也喚、人也喚，不問誰家花惜看。舊事那知回首換，畫舫空閒楊柳岸。相思日暮隔梁園，山一半、水一半，望眼別腸齊欲斷。

一剪梅　閒居

竹門茅屋槿籬笆。道似田家，又似山家。氅披鶴袖岸烏紗。看過黃花，待看梅花。晚時飲酒早時茶。風也由他，雨也由他。從來不會治生涯。誰與些些，天與些些。

玉漏遲

夕陽無限好，凭闌却怨昏鴉歸早。一片寒煙，鎖定幾家臺沼。料想青山笑我，自亂後遊驄不到。憔悴了，將軍故柳，王孫芳草。　寂寞楚舞吳歌，歎轉眼前歡，水空雲杳。試問天涯，故人近來應老。只爲微知世故，比別箇倍添煩惱。須信道，人生稱心時少。

多麗　弔七姬

倩姮娥，呼天試問如何？向人間、生成尤物，等閒又把消磨。揉羣花、亂飄塵土，毀聯璧、碎擲煙波。謾說無雙，傾城曾數，八人少箇六人多。一般樣、細腰裊裊，高髻峨峨。奈干戈，筵上豔曲，忽翻做帳中歌。忍教受、項纏素帛，渾忘記、臂結紅羅。翠被都閒，玉鈿盡落，魂遊應去馬嵬坡。誰能發、香裀解看，怕肉尚温和。堪腸斷、空樓月落，廢院春過。

〔校記〕案此詞上闋「一般樣」上少二句。各本俱缺。

謁金門　渡江

風帖帖，江與暮天相接。欲鬭白鷗飛得捷，兩童搖兩楫。　試解袷羅香褶，秋似綠荷先怯。收拾詩愁都在篋，比山多幾疊。

倦尋芳　曉雞

喚回好夢，呼起閒愁，何處咿喔？叫得霜飛，早似戍樓海角。征鐸車前都已動，朝衣燈下應初著。最匆匆，念帳中驚聽，送郎行却。問何事、不能緘口，催得人間，許多離索。我厭功名，怕候曉關開鑰。但戀五更衾枕暖，不知千里程途惡。且高眠、任窗月，被他啼落。

太常引 丁校理邀觀妓失期不赴

幾時相約畫樓中，同賞小枝紅。尊酒太匆匆。剛少箇，風流醉翁。歌聲已遠，夢魂初斷，無分見春風。不見尚愁濃。若見後，愁添萬重。

賀新郎 喜徐卿遠訪

人事浮雲變。爲如何、忽然而別，偶然而見。今古這些離合夢，多少酒愁詩怨。君共我、任隨蓬轉。嘗憶望窮天際眼，却今宵、看熟燈前面。談笑處，兩忘倦。淮鄉楚澤知遊遍。問江南、歸時誰有，故家庭院？拂了征衫舊塵土，再整賞笻吟卷。隨處裏，山留水戀。作箇東坡來往友，算平生、富貴非吾願。舉此酒，祝長健。

昭君怨　催梅

試問南枝何故？未肯將春全露。意欲吐些香，且商量。　雖是花中最早，更放早開尤好。火急報花知，要題詩。

沁園春　寄內兄周思誼

憶昔初逢，意氣相期，一何壯哉！擬獻三千牘，叫開漢闕；躡一雙屩，走上燕臺。我勸君酬，君歌我舞，天地疎狂兩秀才。驚回首，漫十年風月，四海塵埃。　摩挲舊劍生苔。歎同掩、衡門盡草萊。視黃金百鎰，已隨手去；素絲幾縷，欲上頭來。莫厭栖栖，但存耿耿，得失區區何足哀。心惟願，長對尊中酒滿，樹上花開。

木蘭花慢　過城東廢第

正春來夢好，春忽去，怎留將？早月墜箏樓，塵生戟戶，草滿毬場。美人盡爲黃壤！恨温柔，難把作家鄉。桃李一番狼藉，燕鶯幾許淒涼。　虛言地久天長，回首已斜陽。算只爲當年，多些歡樂，少箇思量。不見門前繫馬，有栖鴉、獨占垂楊。試問朝來過客，誰人肯爲悲傷？

清平樂　夜坐

新詩吟罷，兀坐寒窗下。寂寞家中如客舍，風雨江南今夜。　侍兒勸我深杯，好懷恰待舒開。叵奈燈前過雁，一聲又送秋來。

憶秦娥　感歎

功名驟，時人笑我眞迂謬。眞迂謬，不能進取，幾年落後。　一場翻覆難收救，布衣惟我還如舊。還如舊，思量前事，是天成就。

酹江月　遣愁

問愁何似？似掃除不斷，無根狂絮。應是羈懷難著盡，散入江雲江樹。夜雨心頭，秋風鬢脚，總是相尋處。重門雖掩，幾曾障得他住。　難學盧女情腸，江淹庾信，空賦淒涼句。偏要相欺閒裏客，端的此情難恕。見月還悲，逢花也惱，對酒方無慮。他來休怕，但教能遣他去。

沁園春　雁

木落時來，花發時歸，一年又年。記南樓望信，夕陽簾外；西窗驚夢，夜雨燈前。寫月書斜，戰霜陣整，横破瀟湘萬里天。風吹斷，見兩三低去，似落箏絃。　相呼共宿寒煙，想只在、蘆花淺水邊。恨嗚嗚戍角，忽催飛起；悠悠漁火，長照愁眠。隴塞間關，江湖冷落，莫戀遺糧猶在田。須高舉，教弋人空慕，雲海茫然。

行香子　芙蓉

如此紅妝，不見春光。向菊前、蓮後纔芳。雁來時節，寒沁羅裳。正一番風，一番雨，一番霜。　蘭舟不採，寂寞横塘。强相依、暮柳成行。湘江路遠，吳苑池荒。恨月濛濛，人杳杳，水茫茫。

滿江紅　客館對雪

古硯生冰，衾潑水，酒醒寒切。窗竹裏，似風非雨，蕭颼騷屑。攲枕夜聽孤館静，開門曉看千山潔。問人間何處是乾坤？無分别。　茅店外，青旗折。畫閣上，朱簾揭。憶年少疎狂，偏在探梅時節。深帳酒巵歌宛轉，小爐茶椀詩清絕。歎如今，歲晚客天涯，人離別。

如夢令　寒夜

蕙火紅銷金鼎。鴉樹不驚風靜。多事月明來，照出小窗孤影。宵永，宵永，鐵做梅花愁冷。

酹江月　送金吾右將軍赴鄧州守

虎頭猿臂，問立功何處，風塵邊障？身帶寶刀歸宿衞，人識金吾名將。鐃吹聲中，旌旗影裏，警蹕翠輿行仗。周廬直罷，建章幾度雞唱。君恩特念勳勞，鳳銜新詔，忽墮丹霄上。官在臥龍人隱處，看繞郡白雲青嶂。莫射雙雕，好乘五馬，試問野人無恙。梅花江路，送行何用惆悵。

卜算子　京師早起

窗燈漸漸昏，樓鼓頻頻打。不是寒宵不肯明，想是鄰雞啞。冰生半井泉，霜散千家瓦。強起披衣逐早朝，門外聞珂馬。

前調　有懷

帶得片情來，留下多愁去。不繫羅裙帶上詩，知向誰家住？　離程渺渺山，別意重重樹。須信江東日暮雲，自古相思處。

江城子　江上偶見

芙蓉裙衩最宜秋。柳邊頭，自撐舟。一道眼波，斜共晚波流。驀地逢人回首笑，不識恨，却知羞。　夕陽猶在水西樓。慢歸休，欲相留。教唱彎彎，月子照湖州。不怕鴛鴦驚起了，怕江上，有人愁。

天仙子　秋夜客中

炙了青燈初掩帳。四壁蛩鳴催旅況。瀟瀟索索雨兒來，梧葉上，柳葉上，兩處秋聲愁一樣。　此夜江雲迷疊嶂。好夢欲歸難倚仗。已涼未冷惱人天，眠一餉，坐一餉，白髮明朝應幾丈。

清平樂　春晚

看花過了，剩得春多少。新綠滿園庭院悄，鳥啄櫻桃紅小。　夢隨蝴蝶東家，覺來空掩琵琶。不見侍兒纖手，自籠紗帽煎茶。

摸魚兒　自適

近年稍諳時事，傍人休笑頭縮。賭棋幾局輸贏注，正似世情翻覆。思算熟。向前去不如，退後無羞辱。三般檢束。莫恃微才，莫誇高論，莫趁閑追逐。　雖都道，富貴人之所欲。天曾付幾多福。倘來入手還須做，底用看人眉目。聊自足。見放著有田可種有書堪讀。村醪且漉。這後段行藏，從天發付，何須問龜卜。

水調歌頭　謝惠酒

晝夢驚起，雞叫鬬喈喈。是誰扣我門戶？道是麯生來。今日江頭風雨，生怕詩人岑寂，特地到寒齋。一見卽傾倒，笑口爲頻開。　洗愁空，催句就，挽春回。不憂蓆帽衝寒冷，便欲去尋梅。却笑盧仝何苦，偶得酪奴相過，也擬上蓬萊。此味正不淺，看我玉山頹。

鷓鴣天 秋懷

鼓動江城一雁秋，夕陽山色滿長洲。十年舊事都成夢，半篋新詩總是愁！書咄咄，歎休休。文君笑典鷫鸘裘。不如俠少渾無賴，醉殺東家燕子樓。

附錄

四庫全書提要

大全集十八卷，明高啓撰。啓字季迪，長洲人，元末避張士誠之亂，遁居松江之青丘，自號青丘子。洪武初，召修元史，授翰林院國史編修，官至戶部侍郎。後坐撰魏觀上梁文被誅，年僅三十九，事蹟具明史文苑傳。所著有吹臺集、江館集、鳳臺集、婁江吟稾、姑蘇雜咏，凡二千餘首，自選定爲缶鳴集十二卷，凡九百餘首。啓沒無子，其姪立，於永樂元年鏤板行之；至景泰初，徐庸掇拾遺佚，合爲一編，題曰大全集，劉昌爲之序，即此本也。啓天才高逸，實據明一代詩人之上。其於詩，擬漢魏似漢魏，擬六朝似六朝，擬唐似唐，擬宋似宋，凡古人之所長，無不兼之。振元末纖穠縟麗之習，而返之於古，啓實爲有力。然行世太早，殞折太速，未能鎔鑄變化自爲一家，故備有古人之格，而反不能名啓爲何格，此則天實限之，非啓過也。特其摹仿古調之中，自有精神意象存乎其間，譬之褚臨禊帖，究非硬黄雙鈎者比，故終不與北地、信陽、太倉、歷下同爲後人詬病焉。

鳧藻集五卷，明高啓撰。唐時爲古文者主於矯俗體，故成家者蔚爲鉅製，不成家者則流於僻澀。

宋時爲古文者主於宗先正，故歐、蘇、王、曾而後，沿及於元，成家者不能盡闢門戶，不成家者亦具有典型。啓詩才富健，工於摹古，爲一代巨擘，而古文則不甚著名。然生於元末，距宋未遠，猶有前輩軌度，非洪、宣以後漸流爲膚廓冗沓號「臺閣體」者所及。是集不知誰所編，以其詩集例之，殆亦啓自定。末有魏夫人宋氏墓誌銘。魏夫人者，蘇州知府魏觀母也。按明史本傳，啓坐爲觀作上梁文見法，則爲其末年之作。蓋平生古文，盡於此集矣。初無刻本，周忱爲蘇州巡撫時，始得鈔本於郡人周立，立之姑，卽啓婦也。正統九年，監察御史錢塘鄭士昂，又得本於忱，因命教授張素校刊之，而忱爲之序，此本爲雍正戊申桐鄉金檀所刻，卽因鄭本而正其譌，多所校正。檀卽注啓詩集者，故併刻是集，成一家完書云。

〔校記〕按編集之周立，爲高啓妻周氏之姪，提要後篇云：「立之姑，卽啓婦」是也。前篇云「啓沒無子，其姪立」云云，誤。

舊序

余自己亥春，重訂貝清江、程巽隱二先生集，洎博覽明初諸家，輒以高青丘先生詩，允爲一代之冠。按先生諸集，曾手自詮次，逮沒後，周公禮氏從缶鳴一編增訂，再經徐用理氏彙爲大全集以傳。自是重鐫不一，先生所手定，早同廣陵散矣。加以時地之鈎稽或略，字句之讎勘多疎，作者之旨，間被晦蒙。沿至於今，苟非參校特詳，考證無遺，于以識天然之振藻，迥不侔於凡響，曷足稱善讀者焉。竊嘗以先生論詩，曰格、曰意、曰趣，三者得而變化隨之，如萬物之有洪纖，四時之有榮悴，而詩之道備。故其所自喜，乃在兼全衆長，有淵明之曠，而又可以頌朝廷；有長吉之奇，而又可以詠丘園。實爲有大方而無偏執。劉氏欽謨序之，至謂「天道惡盈，取之不可以全」，要豈先生之有意于取其全哉！生同韓、蘇之星舍，自同韓、蘇之詩筆，其差不同者竄逐，卒視潮州、惠州益難言之，先生槩有所不得辭焉矣。論者嘗謂四傑詩名，先生視楊、張、徐三家實爲獨絕。苟天假之年，所得猶未止是。夫南渡尤、蕭、范、陸四家，當時亦謂蕭不早夭，不止誠齋敵手。然此皆深服其所造，深惜其不永，非以詩猶未詣其極。況蕭詩幾湮晦，而先生詩，人奉拱璧，所由使名齊者實出其下，是其才力豈易至歟！余雅喜先生詩，又自惟詩學荒蕪，不足深味其妙。屢購諸本，校其訛字，因以次注釋，發一難，得一解，古人所謂注詩誠難，常心識之，終媿見聞寡陋，鮮就正以決擇。凡四易寒暑，始獲告竣，不惜較清江、巽隱之訂，遲之久而始出者也。夫青丘與清江，先後被命史局，同教胄，以清江集之藏弆者少，新之當亟，青丘集之流傳久遠，亦釐正之不容已。此又余向來臆見，今幸無偏廢，可并書之，爲同好質焉爾！時雍正六年，歲在戊申，孟秋月七夕前一日，桐鄉金檀序。

吾吳高青丘先生詩，流傳三百餘年，冠於明，勝於元，高於宋，兼乎晉、唐，追乎漢、魏，此其古今體之大概也。序青丘詩者，則有胡、王、謝、周、劉、吳諸賢；評青丘詩者，皆一時名流鉅手，靡不揚其聲律，證其宗派，想其才情，窺其理致，洋洋千百言，已盡作詩之妙矣。竊讀先生自序三篇，於婁江吟稾云：「凡可以感心而動目者一見於詩。遣憂憤於兩忘，置得喪於一笑。」於缶鳴集云：「十載之間，可喜可悲者，皆在而可考。」於姑蘇雜詠云：「采其著者，各賦詩詠之。俯仰千載，有或足以存勸戒而考得失。」然則先生之詩，可以經、可以史、可以子，包含萬有，淩轢百家，其自道倍親切有味，又爲諸敍論之所不逮。矧余未能言詩，烏能更綴一詞於青丘詩後哉？桐鄉金子星軺，好學之士也，以青丘集歷年久遠，易本不一，寖失先生手定之旨；因詳訂舛訛，廣增注釋，殫精竭思，浹四旬歲而後成。於是青丘全集重新而世益珍之。嗚呼！可謂青丘之知己也已。夫人之知詩者蓋鮮，知之而好之者抑又難。凡天地間聲色玩弄之物，能令人好，故人之好之雖至梏其形、溺其志，以曾不少衰；若昔人所爲詩，亦止自適其所好，匪如聲色玩弄之能令人好也。其幸而傳者，當世移代遷之後，梨棗已朽，魚豕相沿，斯人不作，孰爲一一釐正之？其不幸而不傳者，姓氏雖存，而篇什多散，又孰肯出其蒐羅表章之力？則欲俾昔人之詩，不傳者傳其蹟，而已傳者傳其眞，固有賴於好學深思之士爲之後也。先是，金子搜輯貝清江、程巽隱兩先生集，刊以行世，茲復校青丘詩，次第付之梓，此蓋能好人之所不好，爲人之所不爲者，則其過人不亦遠乎！金子屬余序青丘詩，余弗敢以弇鄙之詞辱青丘，而第述金子之於昔人之詩，眞知篤好，且有功於詩學如此。雍正六年臘月既望，長洲舊史陳璋序。

人生而形具矣，形具而聲發矣，因其聲而名之則有言矣，因其言而名之則有文矣。故文者，言之精也，而詩又文之精者，以其取聲之韻，合言之文而爲之也，豈易也哉！近之於身，遠之於物，大之爲天地，變之爲鬼神，與凡古今政治民俗之不同，史氏之不及具載者，取而歌詠之、載賡之，不費辭說而極乎形容之妙，比興之微；若是者，豈非風雅之遺意哉！宜君子有以取之。吳郡高君季迪，少有俊才，始余得其詩于金華，見之未嘗不愛，及來京師，同在史局，又得其所謂缶鳴集者閱之，累日不倦；合古今體數百首，其事雖微，可以考得失，備史氏之所懲勸，其辭則余之所欲摹擬而莫之工者，鏗鏗振發而曲折窅如也，果何自而得之？方吳郡未入版籍，不幸爲僭竊者據之，擅其利者十年矣。士於是時，孰不苟升斗之祿以自活鬻釜間，季迪日與之處，曾不涴焉，顧乃率其儔類，倡和乎山之厓水之澨，取世俗之所不好者而好之，含毫伸牘，嗚聲咿咿，及其得意，又自以爲天下之樂舉不足以易其樂焉，此其所得爲何如哉？吾聞鐘聲鏗而立號，石聲磬而立辨，絲聲哀而立廉，竹聲濫而立會，鼓鼙之聲讙而立動，若缶鳴之聲，果何音也？其西音乎？南音乎？抑太古之遺音乎？不然，則天下將治，正始之音將作，而此其兆乎？何爲一旦而及吾耳也！得乎天者不求知於人，求知於人者不得乎天。季迪不求知於余而余知之者，商聲之歌不必出於己也，而曾子歌之，燄氏之頌不必費辭也，而後世稱之，則季迪之樂亦余樂也。嗟夫！憧憧往來，朋從爾思，孰能爲余發其吟風弄月之趣乎？季迪由是求之，其於道也幾幾矣。洪武二年秋七月，長山病叟胡翰序。

高季迪詩十二卷，凡爲樂府、五七言近古體九百三十七首。余爲序而評之曰：季迪之詩，雋逸而清麗。如秋空飛隼，盤旋百折，招之不肯下；又如碧水芙蕖，不假雕飾，翛然塵外，有君子之風焉。以余之所言，而余之所不言，從可知已。然則季迪之詩，其不可傳也歟？〔校記〕其字，商務印書館影印明徐庸編景泰刊本高太史大全集作集字，屬上句。季迪中吳人。余嘗論吳中之詩，唐有陸魯望，宋有范致能。魯望之詩，寄興悠遠，而其音響則駸駸已迫於晚唐。致能之詩，措辭溫縟，然其格調特宋焉而已耳。在勝國時，余適吳，得陳子平詩，其爲言平實〔校記〕大全集作「率實」。而流麗，揆之陸、范，吾不知其孰先孰後也？吳之詩在元惟子平，而知者蓋鮮，今吾於是復得季迪之詩焉。季迪年方壯，志氣偉然，其所自見，殆不止於詩。而其於詩則已能自成家，與唐、宋以來作者，又不知孰先孰後也？嗟乎！詩之道微矣！世之有志於斯者，莫不鞠明究曛，疲心思於簡牘間而後爲言，乃或有可傳，其不可傳者，固不可勝數，是不可不謂之難也。以詩之難能如此，而季迪乃以此自成家，追古之作者以爲並，豈非其才之過人也歟？序而傳之，世必有因其詩而知其才者矣。季迪名啓，季迪其字也。頃承詔與余同修元史，尋入內府敎胄子，授翰林國史編修云。洪武庚戌三月，翰林侍講待制金華王禕序。

高季迪詩集凡若干卷，鄭郡徐賁所編次，而稽岳王彝題其帙曰高季迪詩集而爲之序焉。季迪嘗仕而顯矣。當未仕時，卽以詩鳴，世有稱其作者，特以季迪而不以官。季迪之詩，不以仕而顯也。蓋季迪之言詩，必曰漢、魏、晉、唐之作者，而尤患詩道傾靡，自晚唐以極，於宋而復振起，然元之詩人，亦頗沉酣於沙陲弓馬之風，而詩之情益泯。自返而求之古作者，獨以情而爲詩，今漢、魏、晉、唐之作，其詩具在，以季迪之作比而觀焉，有不知其孰爲先後者矣！嗟夫！人之有喜怒愛惡哀懼之發者，情也。言而成章，以宣其喜怒愛惡哀懼之情者，詩也。故情與詩一也。何也？情者，詩之欲言而未言；而詩者，能言之情也。然皆必有其節。蓋喜而無節則淫，怒而無節則懥，哀而無節則傷，懼而無節則沮，愛而無節則溺，惡而無節則亂。古之聖賢君子知之，其於喜怒愛惡哀懼之節，所以求之其本初者至矣！故不言則已，言而出焉。喜也而明良之歌作，哀也而五子之歌作，愛也而甘棠作，惡也而巷伯作，懼也而鴟鴞作，皇矣之赫然又因其怒也而作。蓋方是時，天下有聞而鼓舞之者，或瞿焉以俱喜，或勃焉以俱怒，或悚焉以俱懼，或惻焉以俱哀，或慊焉以同其所愛惡，若有使之然者；此無他，己與人同其情亦同其節，則所以爲之詩者，非詩也，天下之情之有節者爲之也。夫以其有節者之情以爲之詩，而詩之節如此其至也。匪聖賢君子其孰能與於斯哉？故言詩而至於虞、周之間，君子以爲後來者之無詩也，然而甚矣！孟子曰：「詩亡。」非詩亡也，人之情不亡，詩其可以亡乎？蓋詩云亡者，情與詩無節，則猶無情猶無詩也。於是有得詩之情而復有其節者，世雖漢、魏也而猶有古作者之遺意焉。世日遠而情日漓，詩亦日以趨下，則斷自漢、魏而後，謂之古作者可也。夫斷自漢、魏而可謂之古作者，則晉、宋及唐，苟有得夫漢、魏之情者焉，謂之漢、魏亦可也。而世之作者，乃欲卽其無節之情以爲之詩，至併與其情而遺之，而曰詩固如是。然而漢、魏、晉、唐之作者不爾也。吾固觀夫季迪之詩，而不敢以爲季迪之詩，且以爲漢、魏、晉、唐作者之詩也。季迪名啓，季迪其字也，其先渤海，今爲蘇州人。生元末，不仕。國朝以儒士與修元史，尋入內府敎胄子，授翰林國史院編修官，已而擢爲戶部侍郎，辭不拜，有旨賜歸其鄉云。（王彝）

言之精者謂之文，詩又文之最精者。何以知其然耶？二氣爲之槖籥而鼓之以風霆，然後天之聲出焉。衆竅爲之呼吸而盪之以江湖，然後地之聲出焉。受形於兩間，而靈於物者，厖然氣至，渾然天成，發宣鴻鬱，然後人之聲出焉。凡人有聲，斯有言，有言，斯有文。文至於詩，包括品彙，陶冶化工，根乎性情之正，達於音響之妙，宮商間作，金石並鳴，由是而聲之用極矣！世皆知以詩而觀詩，或未知以文而觀詩，因謂詩特文章之末技，庸詎知聲成文謂之音，而詩之中文已具焉。韓退之之言曰：「李杜文章在，光燄萬丈長。」斯言也，其善論詩者已。然非天機悟入，識見超詣，亦何足以語此哉！渤海高君季迪，疎爽雋邁，警敏絕人，無書不讀，而尤邃於羣史。與余友二十年，余知季迪之能言也久，然未嘗不以其詩而得之也。始季迪之爲詩，不務同流俗，直欲趨漢、魏以還及唐諸家作者之林，每一篇出，見者傳誦，名隱隱起諸公間。及遊四方，不懈益勤，刮磨漱滌，日新月異，薦紳諸老，咸自以爲不及。季迪之於詩誠精矣！然其意則自謂古風人之辭不如是也。三百篇之傳，豈皆出於一人之手？或著其一二，皆可以遺之後來，尙奚以多爲哉？吾非欲成一家言，亦性焉而嗜之之篤，殆與人之耽悅世好者同一肆志留情，而其樂蓋未能以此而易彼也。聞者以爲然。當其一室燕坐，圖書左右離列，拂拭塵埃几案間，冥默覯思，神與趣融，景與心會，魚龍出沒巨海中，殆難以測度。或花間月下，引觴獨酌，酒酣氣豪，放歌作楚調，已而吟思俊發，湧若源泉，捷如風雨，頃刻數百言，落筆弗能休。故季迪之詩，緣情隨事，因物賦形，縱横百出，開闔變化，而不拘拘乎一體之長。其體製雅醇，則冠冕委蛇，佩玉而長裾也。其思致淸遠，則秋空素鶴，迴翔欲下，而輕雲霽月之連娟也。至其文采縟麗，如春花翹英，蜀錦新濯。其才氣俊逸，如泰華秋隼之孤騫，崑崙八駿追風躡電而馳也。季迪之於詩，可謂能盡其心焉爾！季迪之詩甚多，有吹臺集、缶鳴集、江館集、鳳臺集，凡爲詩幾二千首，皆當世之儒先君子序其端。今年冬，予訪之吳淞江上，季迪出其詩示予，蓋取舊所集諸詩，益加删改，彙稡爲一，總名曰缶鳴集。自古樂府、歌行而下，至五七言諸體，得詩九百餘篇，皆其精選，富矣哉！亦可謂不易矣！然是編也，特以今年庚戌冬而止，後有作，當別自爲集。季迪不以余不肖，屬余序之，庸敢序諸篇端一作末。以俟。季迪家姑蘇，嘗應召修元史，教西學弟子員，入翰林爲編修，擢戶部侍郎，賜歸鄉里云。洪武三年十二月既望，史官吳郡謝徽序。

〔校記〕四部備要依雍正本校刊本此處有注云：「舊板缶鳴集作後序。」

先姑夫槎軒高先生，平生著述甚富，其詩則有鳳臺、吹臺、江館、青丘、缶鳴、南樓、姑蘇、勝壬等集，文則有鳧藻集，詞則有扣舷集也，幾二千餘篇。天資穎悟，志行卓越，當元季，挈家累侍吾先祖仲達父隱居吳淞江上，閉戶讀書，混跡於耕夫釣叟之間；而與吾父思敬，諸父思齊、思義、思恭、思忠日相親好，酣暢歌詠，以適其趣，所賦者江館、青丘等集，皆在是也。獨鳳臺一集，入我聖朝洪武初爲史官時作也。後選諸集中詩九百餘篇，總而名之曰缶鳴。時多好事者，欲爲板行，先姑夫恐其致聲益隆，乃止之。立記髫年進侍几席，辱顧愛之，見其氣貌充碩，衣冠偉然，言論誦讀，音韻如鐘。靜處一室，圖書左右，日事乎著作，餘不暇顧也。時與嘉陵楊基孟載、潯陽張羽來儀、郯郡徐賁幼文，名重當世，人稱爲高、楊、張、徐，比唐之四傑也。於乎！先姑夫迨今歿且二十餘年，不幸無後以傳，四方之士，莫不仰慕風裁，爭錄其藁而傳誦之。然而傳寫之訛，不得眞者多矣。幸吾姑尙無恙，藏其手澤親藁在焉。因不揆庸陋，益加考訂校正，重編足一千首，俾學子李盛繕寫成帙，用繡諸梓，貽於不朽。非惟以成吾先姑夫之志，抑且與夫學者共之矣！至其詩之平易流麗，才之富贍俊逸，大篇短章，備乎衆體，而自成家。則有太史公胡仲申、翰林待制王子充、國史編修謝元懿諸公序而評之矣，愚不敢贅也。及鏤是編，同志之士，或有喜助之者，太原王震則贈以板云。永樂元年秋七月初吉，後學周立謹識。

故嘉議大夫戶部侍郎前翰林國史院編修官授諸王經青丘先生高啓文集一十八卷，一作二十四卷。舊一千若干篇，今二千若干篇，儒士徐庸字用理之所廣也。用理旣以類廣先生文集，乃以示昌。昌謹爲序之曰：夫將以所學明先王之道，救當世之弊，則必著於言焉。庶幾見者之用，聞者之有考也。六經更聖人之手，其言粹然一出於正，要之所以存鑒戒者亦多。聖人既沒，縱橫捭闔之說興，大道幾微。漢廣游學之路，董生、賈誼，始各以其學自見，著書數千萬言，沉雄簡奥，其明先王之道，陳當世之務略備矣。唐韓愈起，力變八代之衰習，故其言惟醇。而杜甫、李白，又各以其學自見，明王道，具時政，謂之「詩史」。宋歐陽修，博學力行，本論之言，有益於治。至朱元晦則根據六經之旨，攘斥百氏之非，巋然爲世儒宗。其大要使人審王伯之略，致義利之辨而已。今諸家之言具存，考之可知，用之猶尚可行也。蓋三代而下，漢、唐、宋之所以聳德著業而繼焉以稱治者，有賴於是焉。先生生元丙子，少稟神慧，長讀六經諸家之書，融而通之，會而成之，又取而力行之。其發之於言，則浩乎如大川之決防也，鏘乎如洞庭之張樂也，儵乎如幽壑之舞蛟也。致之於用，如〔校記〕大全集本如上有則字。射者之於的，準乎其無疑也。然值國步之既促，不苟於用，隱于青丘，登高望遠，撫時懷古，其言多激烈慷慨，若將於世無足爲者。及我太祖高皇帝定鼎建業，肆詔徵賢，先生起與元史之修，錄善醜惡，儒者之功，庶幾彰施。史成，授諸王經，進戶部侍郎，尊顯極至。先生感之，力頌先王之道，以匡濟世務，言多雄偉奇古，足以聳張德業，裨益治化，時甚賴之。未久，即辭去，去後亦蹇連以死。嗚呼！殆天所以厄斯文也！嘗竊論焉，天道惡滿，取之不可以全，然詘其身則必信其聲，時以董、賈貶逐而名長，甫、白窮放而詩傳，韓愈、歐陽修、朱元晦、雖號通顯，而未免罷斥，然其言至於今，誦習而師承者不衰。正柳宗元所云：「生而不遇，死則垂聲者來也。」先生死始三十有九，使少優游而待之，則得將止於是乎？言將止於是乎？行將止於是乎？嗚呼！天實爲之，謂之何哉！用理師學於先生之言，得之旣深，遂勒圖傳之，亦使聞者考之而可知，見者用之而可行，以明其言之果有賴於世也。嗚呼！厚矣！景泰元年庚午冬十二月望日，賜進士出身吳劉昌序。

洪武史官高啓季迪，有詩千篇號缶鳴集。其夫人之兄子周立公禮，嘗刻板於所居之甫里，正統末，燬於火，郡人徐用理復取刻之，增多倍於舊，而姑蘇雜詠在焉。按缶鳴公自爲序云：「自戊戌至丁未之作得七百三十二篇。」及公歸田後，又益以戊申至庚戌之作，蓋得二百二十八篇，乃合十三年之詩而成此編。序又云：「自此而後著者，當別自爲集。」蓋明年辛亥作雜詠，甲寅，公死于法矣！今考雜詠統百二十三篇，而用理所增僅三年之詩也，幾九百篇，一何多哉！嘗觀謝翰林元懿序，謂公初爲四集，删改會稡，始成缶鳴，則今所增入，豈多昔所棄去者，猶存於世，錯置其間歟？不然，作於三年者，悉取而未及删歟？讀者頗以爲病，則欲侈其詩，適所以累其才歟！周噹仲英者，甫里人也。老而好文，謂缶鳴爲里中故物，而公之手選也，慨然重刻。又以舊板缺公自序，更補之，汲汲走予請一言。予憶爲童子，公之詩往往成誦，稍長棄去，遂忘其詞。仲英雖有請，安能知太史之所至哉？惟蘇文忠公有言：「詩至於杜子美。」故近代學詩者多以杜爲師，而尤得其三尺者，虞、楊、范三家而已。然文忠又謂：「子美以英偉絕世之資，淩跨百代，古今詩人盡廢；然魏、晉以來，高風絕塵，亦少衰矣。」世以爲確論。若季迪生值元季，非不知有子美者，獨其胸中蕭散閒遠，得山林江湖之趣，發之於言，雖雄不敢當乎子美，高不敢望乎魏、晉；然能變其格調，以彷彿乎韋、柳、王、岑於數百載之上，以成皇明一代之音，亦詩人之豪者哉！所恨蚤死，未見其所止何如，君子爲之慨歎！故廬陵楊文貞公評諸詩，獨誇其樂府擬古及五言律爲勝，其意亦可識矣！是集又聞嘗刻于建寧郡齋，未見行世，若雜詠備有諸體，知詩者以爲工，則有板在郡中云。鄉後學吳寬匏菴序。

吾蘇高太史先生以詩鳴於國初，故稱名能詩者，必以先生爲之首。先生之詩有缶鳴集、姑蘇雜詠，行世已百年矣。又有江館、鳳臺、槎軒三集，迨今未壽諸梓；吾友儀部員外郎張君企翱，自幼得之鄉長老所。茲於公暇，每誦而愛之，謂非他爲詩者可及。爰爲校錄，合古今體製，類成十卷，總名之曰槎軒集。量節俸資，圖欲與前二集並傳，授余爲之序。噫！詩刪於聖筆，爲終古不易之常經，良由人之有心則有思，有思則有言，以成夫詩，初若易能者。無何，下逮漢、魏、晉、宋，更數世，歷千有餘年，而特起以名家者，率不過三數人。抵唐，作者雖衆，以及宋、元，所謂名家而特起者，指皆不多屈。抑何其艱耶？先生天賦之厚，力學之博，造語工而用事當，才兼衆長，而每出人意表。故其爲詩，清新俊雅，沉着痛快，如春陽載煕，羣芳競秀，年穀薦登，萬室具充，可謂特起於世而名爲大家者。維時皆擬其居大任以展大制作，嘗徵修元史，甫畢而退，所施莫殫其所負，不幸年未始仕以沒。因是推之，特起一世，不爲不專；著之簡編，不爲不多；傲倪千古，不爲不久；名爲大家，不爲不盛。彼處富貴，享安榮，以竭身心之樂者，未嘗一日而無其人，亦多澌滅無傳，或播其醜於後。先生克立於不朽，雖罹不幸，亦奚憾乎？殆未可與淺近者道也。余初入詞林，院長南陽李公、永新劉公謂余言：爾蘇之詩，在當朝惟高太史爲然，猶言文必舉金華宋學士也。比修一統志，已疏其爲郡之第一人矣。夫豈但一郡之詩，天下之詩也，數千百載之詩也。余服膺二公確論，後莫有能易此。或疑先生之詩，其粹已在前二集，玆特其魄耳，殆不然。李、杜二大家，無一之不載，莫不有意味存焉。譬之多藏之家，消歇之餘，尚足以副中家之假貸，蓋所從來者遠也。企翱編行之意，不爲無謂，觀者自有得焉。成化十四年歲戊戌如月朔，賜進士翰林國史檢討徵仕郎婁東張泰序。

〔校記〕案別本無張泰序。

例言

一、先生所著詩爲吹臺集、缶鳴集、江館集、鳳臺集、婁江吟稾、姑蘇雜詠等編。詞曰扣舷。文曰鳧藻。按缶鳴一集，先生自序云：「自戊戌至丁未，得七百三十二篇。」洪武三年謝徽序云：「季迪取舊所集諸詩，益加刪改，彙稡爲一，凡九百餘篇，特以今年庚戌冬而止。」是又益以三年詩矣。初僅十載之作，後萃諸集之秀，篇帙多寡已異。永樂初，周立公禮氏訂定千首鏤板，又非原本，嗣益失其舊。今通行本爲景泰改元徐庸用理氏以類分彙，曰大全集，後率因之，各種集均不復見原本久矣。故編次仍依大全集。

一、姑蘇雜詠，間有舊刻單行，中多脫謬處。國朝康熙己卯周氏本，鋟板亦潦草。若槎軒一集，鈔自呂勉功懋氏，成化中，張習企翶氏編行，云卽江館等集。昨借得東巖顧君崧齡藏本，按係缶鳴集外更益以庚戌後四年詩。凡大全集所不載，今補列諸體後。

一、書之有注，漢、唐注經，依經析義必詳。史家推裴松之注，多聚羣書同異。他若李善輩，俱不專主檃括。今以字義之訂譌斥僞，未免爬羅剔抉。繁蕪之翦，自媿未盡。惟古人事或先後合轍，列其切近者，他不多及。語或先後同源，亦止錄其醒豁者，或全或節，俱摭拾前人，不參己意。

一、事實多有重出，已注於前者，後必云見某卷某詩，以便查閱。或史傳全見於前，後有重者，必云見某處。或全傳見於後，而先有事實在前者，必節取以釋本詩之義，而後復詳注之。蓋取詳略得宜，並非重注。又題注見前，有復見於後者，止云見卷某。卽詩中辭義，有已見於前題注者，亦止云見卷某，總以便繙閱之時，一覽題而已得。

一、詩中有用古事暗切時事者，必拈古事、按時事以並注。此比賦之有根柢，時恐牴牾，不敢少略。或時事未詳者，竊不自揆，纂有年譜，幷佐考證。

一、全本注釋合計之，覺前詳後略，蓋由再見則更節，事熟或全省也。苟次第全覽，詳密之外，以漸而及可節、可省處，前非瑣雜，後非割裂，自是井然。

一、詩或有散佚，今査姑蘇志、虎丘志及諸書所載題詠，凡大全集所無，一一補入。仍恐見聞不廣，倘有遺珠，惟祈博覽者毋靳惠補。

一、刻本字樣，互有不同，意義相近者，以某一作某，兩存之。譌謬者必改正。

一、此注爲陶陰亥豕，務盡讎校。積字成注，積注成書。蓋先生詩，非崑體之撏撦，注或可省，刊誤實所難已。淺學識力，非自附注家也。坊本所謂竹素園、拂雲居士等，或亦以未經校正，無庸挂名。顧自大全集行後，不爲不久，舊刻亦不少，何猶使作者眞面目晦昧於行間字裏？略舉一二，足爲深慨！如卷四約同宿鶴瓢山房詩，「阿咸」作「何臧」。卷五驅瘧詩，「笑嗤」作「爽塏」。其餘字音相似：「金」作「經」、「音」作「陰」、「市」作「恃」之類；字形相似：「雲」作「露」、「誰」作「惟」、「賤」作「錢」之類，乍難枚舉，雖明悟其能會意乎？茲購書賈本靡遺，借收藏家不一，始克參校釐正。祇爲刊誤之竣，不足言注，識者鑒之。

一、刻本多稱高太史某集，按先生早隱吳淞之青丘，自號青丘子。後召修元史，以詞職被擢辭歸，復居青丘，始終以「青丘」著，合稱青丘高季迪先生詩文集。

一、鳧藻集五卷，購得周文襄公舊刻原本校正授梓。扣舷一集附於詩後。

一、舊序、本傳，應列卷端。前後評論，奚啻鍾嶸之推上品，自當以次采列。書後間佐考正，並哀悼篇章，及諸論、記，均附卷末。

詩評

季迪志學不倦，苦耽于吟，芳譽流英，吴士之秀。劉昺彦昺。

嘗讀高啓季迪姑蘇雜詠，凡一百二十三篇，古今諸體咸備。命意騁辭，如健鶻横空，如快馬歷塊，如春園桃李，如秋汀蘋蓼。超逸不羣而俊麗可喜，深得詩人之妙。周南老正道。

會稽楊維禎、吴中高季迪，皆鳴於詩。其過高者，凌厲險怪。痛快者，巧中物情。讀之如入寶藏之中，綺羅之筵，駭目適口。視古作概淡如也，亦其邁逸豪放爾！黄容。

季迪詩，得唐人體裁，語精而意圓，句穩而情暢，雖前輩有所不及焉。王達聽雨樓諸賢記。

季迪一變元風，首開大雅。楊慎用修。

國初稱高、楊、張、徐，高才力聲調，過三人遠甚，百餘年來，亦未見卓然有過之者。李東陽賓之。

洪武初，沿襲元體，頗存纖詞，時則季迪爲之冠。陳束約之。

季迪岱峯雄秀，瀚海渾涵，海内詩宗，豈惟吴下。徐霖子仁。

太史弘博凌厲，殆駸駸正始。一時宿將選鋒，莫敢横陣。快若迅鶻乘飈，良驥躡景；麗若太陽朝霞，秋水芙蕖，詞家射鵰手也。王世貞元美。

明興，立赤幟者二家而已。才情之美，無過季迪，聲容之壯，次及伯溫。仝上。

高詩奇拔爽朗，可並唐之燕、許。穆文熙敬甫。

季迪才情有餘，楊、張、徐故是草昧之雄。勝國餘業，不中與高爲僕。王世懋敬美。

侍郎詩，佳在實境得句，足以嗣響盛唐。宛如秋隼摩空，風翮健捷。王兆雲元禎。

洪武間，高侍郎先鳴，文成次之；固已咀其精華，窺其堂奧。陳彝仲。

國初稱高、楊、張、徐，季迪風華穎邁，特過諸人。同時若劉誠意之清新，汪忠勤之開爽，袁海叟之峭拔，皆自成一家，足相羽翼。劉崧、貝瓊、林鴻、孫蕡，抑其次也。又云：高太史格調體裁，不甚逾勝國，而才具瀾翻，風骨穎利，則遠過元人。昭代初，雅堪禰爾。胡應麟元瑞。

高侍郎始變元季之體，首倡明初之音；發端沉鬱，入趣幽遠，得風人激刺微旨，足以嗣響盛唐。顧玄言。

季迪詩穠麗而無粉澤，清新而復高古，優入盛唐。李時遠。

季迪矩矱全唐，獨運胸臆。何白無咎。

季迪詩如渥洼生駒，神駿可愛。陳子龍臥子。

季迪如春池黃鳥，游目可念。李雯舒章。

季迪詩自「古樂府」、「文選」、「玉臺」、「金樓」諸體，下至李、杜、王、孟、高、岑、錢、郎、劉、白、韋、柳、韓、張以及蘇、黃、范、陸、虞、揭，靡所不合，此之謂大家。誦青丘子歌，其自負亦不淺矣！繆泳謀天自。

季迪妙有才情，翩翩矯逸，明初詩人，允宜首推。宋徵輿轅文。

侍郎趺宕風華，鳳觀虎視，造邦巨擘，所不待言。而何仲默別推袁景文第一，試合諸體觀之，袁自非高敵也。又曰：季迪之才，始於兼，故其體備。朱彝尊竹垞。

高啓爲文雅澹，爲詩雄健。缶鳴諸集，至今人膾炙之。戴璟屏石。

季迪長歌磊落嶔岑，極其生動。周賓青士。

〔校記〕「王達」下聽雨樓諸賢記依別本補。又按所採諸家詩話多刪節原文，如王世懋藝圃擷餘一條「才情有餘」下，原文有「使生弘、正李、何之間，絕塵破的，未知鹿死誰手」三句，「何白」條下尚有「近體不無中晚纖弱之調，尚沿元季餘風」一句。「陳子龍」條下尚有「特未合和鸞之度耳」一句。其餘或無關宏旨，不必補入。

鳧藻集本傳

高啓，字季迪，吳郡人。生元丙子。少警敏力學，遂工於詩，上窺建安，下逮開元，大曆以後則藐之。天資秀敏，故其發越特超詣，擬鮑、謝則似之，法李、杜則似之。庖丁解牛，肯綮迎刃，千彙萬類，規模同一軌。山龍華蟲，如其貴也；象犀珠玉，如其富也；秋月冰壺，如其淸也；夏姬、王嬙，如其麗也；田文、趙勝，如其豪也；鳴鶴翔雲，如其逸也。仍和陶、韋大羹元酒之味，不閑二宋粟布之征；所謂前齒古人於曠代，後冠來學於當時者矣。東吳騷雅士，悉推之無慊。爲文尙氣，多辯難攻擊之體，讀之亹亹忘倦，大抵以先聲掩其兼美。張士誠有浙右時，羣彥多從仕者，啓獨挈家依外舅周仲達居吳淞江上，歌詠終日以自適焉。陪臣饒介之、丁仲容輩，以詩自豪，及見啓爲歎服。啓尤好權略，論事聳人聽，故與饒如投左契；定交者若王彝、楊基、杜寅、張憲、張羽、周砥、王行、宋克、徐賁之徒，胥不羈瞻才，爽邁有文，談辯華給，憪然以爲天下無人，一時武勇多下之。明興，以某臣薦，偕謝徽等聞於朝，與修元史，授翰林國史編修官，復命教授諸王；久之，推任喉舌之司，待以不次，與徽等懇辭，乞歸田里。制可。仍賜金以還，復居江上，遨遊靑丘、甫里之墟。始號槎軒，又號靑丘子，銳志亦不少衰矣。居幾何，忽從故時一二俠入遊于郛，適江夏魏觀爲郡，老而好士，延見王彝輩，啓嘗會于京，尤禮遇之。不得已，亦廁爲客，復强辭之歸故里，殊悒悒不樂，遂蹇連以歿，年甫三十九。嗟乎！使啓少延，則駸駸入曹、劉、李、杜之壇，奚止此哉！其詩類橐藏於家，未卽顯；初富商陳寶生欲爲壽諸梓，啓不許，乃止。凡傳錄而誦之者，無不歆羨，必不泯焉。余與啓同里，知其人爲詳，故特爲傳，庶貽不朽云。洪武乙卯二月，隴西李志光書。

槎軒集本傳

先生諱啓，字季迪，世吳人。居城東北陬。考順翁以上俱裕饒。有田百餘畝，在沙湖東，迤南切吳淞江，遂僑江滸之大樹村，以便課耕。先生生元丙子，稍長，兄咨戍淮右，繼失怙恃，即綜理家政，往來江城以居。性警敏，書一目即成誦，久而不忘，尤粹羣史。嗜爲詩，出語無塵俗氣，清新俊逸，若天授之然者。年十六，淮南行省參知政事臨川饒介之分守吳中，雖位隆望尊，然禮賢下士，聞先生名，使使召之再，先生畏避久之，强而後往。座上皆鉅儒碩卿，以倪雲林竹木圖命題，實試之也。且用次原詩木、綠、曲韻。時先生一愿穉耳，衆易之，侍立少頃，答曰：「主人原非段干木，一瓢倒瀉瀟湘綠。逾垣爲惜酒在尊，飲餘自鼓無絃曲。」饒大驚異，以其含蓄深遠，非穉作可及，延之上座，特爲書於圖。諸老爲之掣肘，自是名重搢紳間，縱前輩靡弗畏之。年可十八，頎而未冠，嘗聘青丘鉅室周翁仲達女，因家落，弗克備六禮。一旦翁病，所交戲之曰：「若婦翁有不安，盍往問之，可乎？」先生曰：「諾，顧偕往焉。」遂同抵其第。翁謂所交曰：「吾疾近稍愈，未可率爾與新客見。聞其善吟，客位間有蘆雁圖，脫一題足矣。」先生走筆一絶云：「西風吹折荻花枝，好鳥飛來羽翼垂。沙闊水寒魚不見，滿身霜露立多時。」翁笑曰：「若欲偶之意亟矣。」語所交請其回，當擇日妻之也。逾弱冠，日課詩五首，久而恐不精，日二首，後一首，皆工緻沉著，不經人道語，然有以當乎人心，而不知手足之舞蹈也。元季俶擾，張士誠據浙右，時彥皆從之，先生獨弗與處，挈家依外氏，以詠歌自適，故有青丘子歌幷江館一集寓志焉。先生尤好權略，論事稠人中，言不繁而切中肯綮，人莫不聳動交聽而厭服其心。故饒及方鎮丁仲容締交如驗左契。所與王彝、楊基、張憲、張羽、周砥、王行、杜寅、徐賁、宋克、余堯臣、釋道衍輩，皆豪宕不羈，談辯精確，惘然以爲天下事可就。一時武勇多下之。明興二年正月，蒙召入京，與同里謝徽修元史。二月開局，總裁宋公，以曆自黃帝以來，聖君所重，徽遠難明，特委之先生，爲考據運氣、度數、歲餘、歲差、授時、步氣之屬，徵古驗今，必求脗合乎天道，非苟焉而已。及他志、傳，節有詳明，文實事核，深爲公獎賞。八月，書成上進，有白金文綺之賜。已而命教諸功臣子弟。次年二月，官翰林編修，至七月，特擢戶部侍郎。以年少未諳理財之任，懇辭致政，實洪武庚戌也。仍賜白金，與徽同歸，復居青丘。時盧熊修郡志初成，爲之考據，幷躬探覽於風俗、古蹟、祠廟、冢墓、山水、泉石、園亭、寺宇、橋梁雜賦，每系一詩，衆體兼備，共如干首，名姑蘇雜詠，傳於世。移居虎丘西麓訓蒙，未幾，遷城南。歲壬子、國子祭酒江夏魏觀來知府事，與先生嘗會于京，敦舊好，爲徙居城中夏侯橋，以便朝夕親與。蓋觀爲勝國遺才，頗自矜詡，嫺解青烏經術，到任，第欲更張，以吳城無蛇門，則自東南水陸來之生氣間沮，故百年之富，極品之貴，甚有所妨，圖欲闢之。先是，在城諸委港久淤，舟艇往來不便，役民挑濬甚急，已多斂怨；又以府治乃前元都水屯田司，偏於西，則出武衞之下，卽城中央舊治而新之。吳帥慮其居左，且觀由內出，諸帥俯見，弗爲禮，銜而密疏之。詩有張度御史來，徽行廉其跡，以先生嘗爲撰上梁文，王彝因浚河獲佳硯爲作頌，併目爲黨，俱攣赴京。衆汹懼喪魄，先生獨不亂，臨行在途，吟哦不絶，有「楓橋北望草斑斑，十去行人九不還」、「自知清澈原無愧，盍倩長江鑑此心」之句。歿於甲寅之九月也。年甫三十九。人無貴賤賢否老少，咸痛惜之。先生所著有缶鳴、吹臺、鳳臺、槎軒，詞則扣舷，文則鳧藻等集。議論精鑿，敍事典贍，賈誼、班固之流乎！詩之高古類魏、晉，沖澹如韋、柳，和暢如高、岑，放適如王、孟，質直如元、白；樂府多傚漢制，其新聲雖張籍、王建所不逮。數千萬言，兼乎衆長，出人意表；不啻良金美玉，取重於時，布帛菽粟，可用於世。老杜所謂道眼前句，先正所謂隨事命意，遇景得情，自唐以來，爲世詩豪，而自成一大家者也。天何靳其才，年止於斯！設使登下壽，所就又可量耶？太史公傳賈生云：「每詔令議下，諸老先生不能言，生盡爲之對，人人各如其意所欲出。諸生於是乃以爲能而不及也。」先生之才，不下於生，出處亦不相遠，雖年稍過之，而終值首極。夫名者，古今美器，造化深忌之，故兩間無完名。范母云：「既有令名，而欲壽考，可得兼乎？」茲亦若此。悲夫！門人呂勉撰。〔校記〕備要本此處有注云：「字功懋，長洲隱士。」按先生本傳不一，茲祗列鳧藻集李氏及槎軒集呂氏作，以本集所有並錄，亦以見後有名篇，當以椎輪歸功二作也。且他書所見吳匏菴、王守溪姑蘇志傳相同。洎周氏復俊、王氏兆雲、劉氏鳳、過氏庭訓等，著撰紛如，最後牧齋列朝詩集傳亦不免語含疑信，均未鈔入，非敢簡略，特志敬慎云。

高青丘年譜 小引

論其世，足以知其人，其人之吟詠具在，歲月無考，亦一恨事。婁堅之傳王常宗云：「予既求得先生之集，校而藏之，欲得墓誌行狀以考其生平，而問之故老，莫有見及者，豈世遠而莫之傳耶？抑當時法嚴，莫敢爲之辭者耶？嗚呼！常宗以硯銘，青丘以梁文，同焉被禍，其無墓誌行狀之可考則一也。」然余讀青丘詩，按其時事，則先生之生平，歷歷可考見之者。據志傳，先生世居北郭，年二十餘，或薦於饒介，介見詩驚異，以爲上客。先生以張氏故，不屑就，因外舅居青丘，自北郭往來寄跡。缶鳴集自序云：「自戊戌至丁未十年，得詩七百三十二篇，名之曰缶鳴集。」則先生自二十三歲至三十二歲詩也。遷婁江寓館詩云：「我生甫三九，東西宜未闌。」是先生二十七歲以前，仍居北郭，二十七歲以後，寓居婁江也。觀婁江吟稾序，疑卽在此。明年戊申，先生年三十有三，爲洪武元年。二年二月，修元史，八月，史成，鳳臺集皆在京師所詠。自京師歸，退居江上，有姑蘇雜詠。自序云：「合古今諸體，凡一百二十三篇，洪武四年十二月序。」是年，先生年三十有六矣。洪武五年，魏觀出知蘇州府，與先生敦舊好，六年，先生自城南徙居夏侯里，見槎軒記。由是思之，則詩中之野墅江村，如見其隱青丘也；懷人訪友，如見其居北郭也；望闕趨朝，如見其應詔金陵也；南城西澗，如見其遷徙郡邑也。而且處勝國則悲歌慷慨，際興朝則鼓舞歡欣。三十九年之間，先生之生平，歷歷如或見之也。爰溯其世系，次其時事出處著作，並考正列爲年譜如左：

先生系出渤海，集中詩云「我祖舊都鄴，神武爲世雄」是也。世爲汴人，南渡隨蹕家臨安，所謂「我家本出渤海王，子孫散落來錢塘」是也。後越吳，居郡之北郭，遂爲吳人。送唐處敬序云：「余世居吳之北郭。」祖本凝。父一元，見錢塘高氏家譜。字順翁。見呂勉傳。兄咨，並見呂傳。先生其次也。少孤，本集詩：「嗟予少已失庭闈。」配周氏仲達之女，見李、呂二傳及本集詩。亦能詩。集中有答内詩。子曰祖授，集有子祖授生詩。張子宜哀詞序云：「中年始得子，喜若不能容。」殤。僅二女。周立缶鳴集序云：「先姑夫不幸無後。」方彝哀詞云：「寢祀蒸嘗，要乏主嗣，遺二弱息，悲啼深幌。」姪曰庸、曰常。見詩集。

元順帝至元二年，丙子，先生生。鳧藻集贈錢文則序，有「與蘇文忠同丙子」之語，今考諸傳皆同。

至元三年，丁丑，二歲。

至元四年，戊寅，三歲。

至元五年，己卯，四歲。

至元六年，庚辰，五歲。

至正元年，辛巳，六歲。

〔時事〕春正月，己酉朔，改元。

至正二年，壬午，七歲。

至正三年，癸未，八歲。

至正四年，甲申，　九歲。

至正五年，乙酉，　十歲。

至正六年，丙戌，　十一歲。

至正七年，丁亥，　十二歲。

至正八年，戊子，　十三歲。

〔時事〕十一月台州方谷珍〔校記〕明史作方國珍。兵起。

至正九年，己丑，　十四歲。

至正十年，庚寅，　十五歲。

至正十一年，辛卯，天完主徐壽輝治平元年。　十六歲。

〔時事〕夏四月，詔修河防，以賈魯爲總治河防使。　五月，潁州劉福通兵起，奉韓山童之子韓林兒爲主。　九月，徐壽輝陷蘄水爲都，國號天完，僭稱帝，改元治平。　〔出處〕李傳云：「少警敏力學，遂工詩。」張適哀詞序云：「未冠以穎敏聞，尤嗜爲詩。　老生宿儒，以爲弗及。」按先生未喬甫里，家北郭，與王行比鄰。　其後徐賁、高遜志、唐肅、宋克、余堯臣、張羽、呂敏、陳則，皆卜居相近，號「北郭十友」，極一時詩酒之樂。　十子之名，肇此數年。　〔考正〕呂傳云「年十六，淮南行省參知政事饒介之聞先生名，使召之，強而後往」云云。　按饒介以翰林應奉出爲浙江廉訪，士誠入吳，矯制授行省參政。　士誠以至正丙申據姑蘇，先生年已二十一矣，呂云年十六，誤。

至正十二年，壬辰，　十七歲。

〔時事〕二月，徐壽輝陷江州，總管李黼死之。　定遠人郭子興起兵據濠州，明祖入濠附之。　三月，台州路達魯花赤泰不華帥兵與方谷珍戰于澄江，死之。　九月，以余闕爲淮西宣慰副使，守安慶。

至正十三年，癸巳，　十八歲。

〔時事〕五月，泰州張士誠兵起，據高郵，知府李齊死之。　明祖破義兵營，入滁陽守之，遣人迎郭子興入滁，稱滁陽王。　〔出處〕據呂傳：是年先生外舅仲達語所交，擇日成婚。則知未婚以前，仍居北郭，既婚以後，往來北郭、青丘間矣。

至正十四年，甲午，　十九歲。

〔時事〕六月，張士誠攻揚州，達識帖睦邇兵敗，尋陷盱眙及泗州。

至正十五年，乙未，宋主韓林兒龍鳳元年。　二十歲。

〔時事〕二月，劉福通等迎韓林兒至，立以爲帝，又號小明王，建都亳州，國號宋，改元龍鳳。　三月，滁陽王卒。　六月，明祖起兵自和陽渡江取太平路。

至正十六年，丙申，　二十一歲。

〔時事〕正月，天完主徐壽輝據漢陽。　二月，張士誠入平江據之。　三月，明祖帥師克金陵，改集慶路爲應天府。張士誠陷湖州、松江、常州諸路，矯制以饒介爲淮南行省參政，蔡彥文爲參軍。七月，張士誠破杭州。以余闕爲淮南行省參知政事，仍守安慶。十月，淮安城破，江東廉訪使褚不華死之。〔出處〕按錢傳：先生二十餘，饒介覽其詩驚異，以爲上客。〔考正〕集中遊天池五古一作，編入姑蘇雜詠者非。〔著作〕凡與饒介之、蔡彥文輩酬答者，皆在是年以後。梅節婦傳、送人戍梁溪、燕客次蔡參軍韻、退思齋、陪臨川公遊天池。

至正十七年，丁酉，二十二歲。

〔時事〕三月，徐達攻常州，張士誠遣其弟士德來援，徐達伏兵擒之。五月，明祖取寧國等路，八月，取揚州路。張士誠寇嘉興，屢爲楊完者所敗，降元。元以士誠爲太尉，官其將吏有差。九月，天完將陳友諒襲殺倪文俊，并其軍，自稱平章。十二月，天完將明玉珍據成都。

至正十八年，戊戌，二十三歲。

〔時事〕正月，陳友諒陷安慶，守將淮南行省右丞余闕死之。五月，宋劉福通破汴梁，奉其主韓林兒居之。七月，苗帥楊完者兵敗自殺，張士誠據杭州、嘉興。十月，拜住哥誘殺邁里古思。張士誠遣兵守紹興。十二月，明祖取婺州路。〔出處〕先生是年往來饒介幕，與北郭諸友互相酬唱，既而依外舅居吳淞江之青丘，自號青丘子。至冬，出遊吳、越。〔著作〕青丘子歌、甫里即事、送張貢士會試、謁甫里祠、次韻春日漫興、爲外舅題畫、吳越紀遊。按：先生自戊戌至庚子，嘗遊吳、越，因有紀遊詩一十五首，其餘凡在越州、錢塘、檇李作者皆在此三年。附補吳越紀遊詩序：「至正戊戌、庚子間，余嘗遊東南諸郡，顧覽山川，所賦甚夥，久而散失。暇日理篋中，得數紙，而壞爛破闕，多非完章，因擇其可存者，追賦當日之意以足成之，凡一十五首。雖未能北遡大河，西涉嵩、華，以賦其險逕絶特之狀，然此所以寫行役之情，紀遊歷之蹟，與夫懷賢弔古之意，亦往往而在，固不得而棄也，因錄以自覽焉。」此序從朱紹舊刻三先生詩補入。

至正十九年，己亥，　二十四歲。

〔時事〕七月，張士誠大發浙西諸郡民築杭城。　九月，明祖取衢、處等州，有薦青田劉基、龍泉章溢、麗水葉琛及宋濂者，即遣使以書幣聘之。　時朱文忠守金華，復薦王禕、王天錫，至皆用之。　詔遣使以御酒龍衣賜張士誠，徵海運糧，自是士誠每歲運米十萬餘石至京師。　十二月，陳友諒徙其主徐壽輝都江州，自稱漢王。　〔出處〕先生時遊吳、越。　〔著作〕郭芳卿弟子陳氏歌、築城詞。

至正二十年，庚子，　二十五歲。

〔時事〕五月，陳友諒弒其主徐壽輝，遂自稱帝，國號漢。　〔出處〕先生遊吳、越，歸青丘。　〔著作〕送王稹赴大都。

至正二十一年，辛丑，　二十六歲。

〔時事〕明祖帥師伐漢，拔江州，漢主友諒走武昌。　〔出處〕先生寓青丘。　〔著作〕贈薛相士。

至正二十二年，壬寅，　二十七歲

〔時事〕正月，明祖取江西諸路。　二月，金華苗軍作亂，殺胡大海。　四月，徐達復定南昌，命朱文正守之。　張士誠以其屬饒介爲咨議參軍，秋罷之。　〔出處〕遷婁江寓館詩云：「我生甫三九，東西宜未闌。」是年先生年二十有七，寓居婁江，作婁江吟稾。　〔著作〕九月九日遊天平山記、遊天平山、別城中故居。

至正二十三年，癸卯，夏主明玉珍天統元年。吳王張士誠元年。　二十八歲。

〔時事〕正月，明玉珍稱帝于成都，建國號曰夏。　詔遣使江南求樂工。　七月，漢主友諒圍洪都，明祖帥諸將討之，大戰于鄱陽湖，友諒敗死，子理立。　張士誠自稱吳王。　詔遣使徵糧，不與。〔出處〕先生寓婁江，往來城邑。〔著作〕送錢塘施輝序、送劉侯序、癸卯九日。

至正二十四年，甲辰，　二十九歲。

〔時事〕正月，明祖建國號曰吳。　二月，自將伐漢，漢王陳理降，湖廣、江西悉平。　七月，太子愛猷識理達臘出奔冀寧，依擴廓帖木兒。　九月，明祖設起居注二員，以宋濂、魏觀爲之。　〔出處〕先生往來城邑。

至正二十五年，乙巳，　三十歲。

〔時事〕三月，太子大發兵討孛羅帖木兒。　五月，孛羅帖木兒伏誅，召太子還京師。　〔出處〕先生居郡中。〔著作〕送二賈君序、荅衍師見贈、練圻老人農隱。

至正二十六年，丙午，　三十一歲。

〔時事〕三月，夏主明玉珍卒，子昇立。　四月，明祖取淮安諸路。　八月，遣兵伐張士誠。　九月，取湖州諸路。　十一月，兵至平江圍之。　十二月，宋主韓林兒卒。〔出處〕時先生在圍中。〔著作〕送顧倅序、早蛩賦。

至正二十七年，丁未，　三十二歲。

〔時事〕明祖建元。　九月，明祖克平江，執吳王張士誠以歸，自縊。其將潘元紹等降。徙其官屬饒介等及家屬流寓之人二十餘萬于金陵，改平江路爲蘇州府。〔出處〕亂後先生復移居江上，見答余新鄭詩。缶鳴集自序云：「近客江東之渚。」又云：「自戊戌至丁未，得詩七百三十二篇，題之曰缶鳴集。」按先生是年亡女。〔著作〕答余左司元夕會飲、雨中春望、重午書事、弔七姬、送家兄西還、哭臨川公、聞家兄謫壽州、夢鍾離兩兄、兵後出郭、城西廢塢、秋日江居七首。

至正二十八年，明太祖洪武元年戊申，　三十三歲。

〔時事〕正月，明祖卽皇帝位於金陵。改元洪武。　五月，幸汴，窺元都。　王褘出爲漳州判。　七月，自汴還金陵。　閏月，兵至通州。　乙丑夜，元帝北去。　八月庚申，師入大都。　命學士詹同等十人分行十道，訪求賢哲隱逸之士。　九月，下詔求賢。　十一月，遣夏元吉等分行天下，訪求賢才。建大本堂，以起居注魏觀爲太子說書。　十二月，詔修元史。〔出處〕先生寓江上，次韻周誼秀才詩云「去年園中在北郭，今年旅寓向江渚」是也。詩內又有「弟兄離隔關山迥」句，則知先生送兄還謫，亦在斯時。〔著作〕亂後經婁江舊館、愛竹軒、幻住精舍、袁憲史由湖廣調福建、兵後逢張孝廉醇、次韻周誼秀才、江鄉吹簫、范園看杏花。

洪武二年己酉，三十四歲。

〔時事〕命都督孫遇仙等十八人，祭天下五嶽、四瀆、四海之神。二月，詔修元史，以左丞相李善長監修。召前起居注宋濂、漳州府判王禕爲總裁。徵山林遺逸之士汪克寬、胡翰、宋禧、陶凱、陳基、曾魯、趙汸、張文海、徐尊生、黄篪、傅恕、王錡、傅著、謝徽、趙壎及先生共一十六人，同纂修。開局天界寺。一作十八人，逸其二。今於姓譜中得鮑頫，字尙絅，歙人。洪武初薦修元史，陞翰林修撰，出爲耀州同知。集中五律并排律有送鮑翰林者，即此。又陳鎰甘白先生詩集序：「張適字子宜，洪武初，與渤海高季迪諸公，同徵修元史。」又王彝傳：「王彝以布衣召修元史，賜金幣遣還。當時初修元史被徵者三十二人。」天界玩月詩，有作一十八人者，今據明史稾趙壎傳作一十六人。安南王陳日煃一作熞、一作煡。遣使朝貢。琉球國遣使朝貢。高麗王顓遣使朝貢。帝耕藉田。四月，徐達克隴州，元將李思齊降。移師圍慶陽，元將以城降。命博士孔克仁等授諸子經，功臣子弟，咸令就學。六月，以宋濂爲翰林學士。八月，元史成。九月，定朝燕饗舞之數。十月，甘露降乾清宮。遣楊璟使夏招諭。冬至，祀昊天上帝于圜丘。奉仁祖配。〔出處〕先生是年以薦修元史赴金陵，寓天界寺。〔著作〕元史曆志序、列女傳序、會宿鶴瓢山房將赴召不預、别內、將赴金陵泊閶門、赴京道中逢鄉友、赴京留別、發土橋、過八岡、白鶴溪、次丹陽、寓天界寺、登天界寺鐘樓、至京師觀燈、聞雨聲憶故園、早至闕候朝、夢歸、寒食逢杜賢良飲、見花憶故園、己酉初度、雨中登天界西閣、親舊寄酒、送葛省郎、寄張祠部、左掖作、送陳秀才、送聯書記、送傅侍郎、得二女消息、夜坐天界、嘗吳粳、送金判官、賦得烏衣巷、登雨花臺、答內寄、眞氏女、送李架閣、送王哲、望茅山、贈楊滎陽、天界玩月、對辛夷懷徐七、送許先生、送證上人、送王孝廉、奉游西園、會宿成均、送錢判官、送劉省郎、胡普二博士同宿、至日夜坐送舒徵士、聖壽節、甘露降後庭、冬至車駕南郊、禁中雪、雪夜呈危宋二院長、奉天殿進元史、九日賜糕、送王錡赴北平、送哲明府、寄丁二侃、寄徐記室、得故人書因寄、晚過清溪、晚晴、送朱謝二博士還吳、送內兄周誼還江上、晚登南岡、晚晴遠眺。

洪武三年，庚戌，　三十五歲。

〔時事〕二月，王褘教大本堂。　四月，詔設科取士。大事記云：「中式者十日後試以五事，曰騎、射、書、算、律。」　詔封子棪等十人爲王，禮成告太廟。　五月，親祀地示于方丘，詔百僚習射。　六月，命訪故宋理宗頂骨歸葬故陵。　七月，宋濂、王褘等進續修元史。　九月，禮書成。　以魏觀爲太常卿，改侍讀學士，尋遷祭酒。　〔出處〕是歲先生移家至金陵，去天界遷寓鍾山里第。　正月，開平王二子侍學東宮，奉命授之經。　二月，授翰林院編修。　七月，帝御闕樓召對，擢戶部侍郎，辭；給金幣放歸。既旋里，復居江上之青丘，作姑蘇雜詠，至四年十二月告成。　〔考正〕集中有大駕祀方丘作諸書，惟載二年夏至。考劉青田誠意伯文集祀方丘頌序云：「洪武三年五月二十日戊申北至，皇帝將祀地示于方丘，乃先期九日潔齋于舊宮，詔百僚習射西苑。」今詩題有「選射齋宮」語，則知爲三年所作。〔著作〕志夢、喻設、送樊參議赴江西參政序、送徐先生歸嚴陵序、安晚堂記、歸養堂記、封建賀東宮牋、客中述懷、京師寓廨、家人至京、早春侍皇太子遊東苑、送高麗使張子溫、清明呈館中諸公、喜逢董卿、衍師見訪鍾山里第、送賈文學試畢歸吳、四月朔日休沐、題王翰林畫蘭、奉迎車駕享廟還宮、風雨早朝、謝賜衣、西清對雨、宿太廟、春日遇直、曉出趨朝、送顧式、觀鵝、夢姊、同謝國史遊鍾山、追挽恭孝先生、封建親王賜宴、楊滎陽赴召至京、早出鍾山門未開、京師午日、京師秋興、辭戶部東還出都門、酬謝翰林、重過甘露寺、過白鶴溪、歸吳至楓橋、送徐山人還蜀山、至吳淞江、歸田園、南寺尋悟公、睡覺、訪李鍊師、效樂天、至蓮村、題高彥敬畫、天平山、始歸江上、嬀蜼子歌、臘月二十四日。

洪武四年，辛亥，　三十六歲。

〔時事〕親策進士，賜吳伯宗等及第出身有差。　六月，王師平蜀。　貶魏觀爲龍南令，復召爲禮部主事。　使編修王褘諭吐蕃。　〔出處〕是年先生自江上移居城南。據呂傳移居虎丘，未幾還城南。　〔著作〕送丁至恭省親序、胡君墓誌銘、姑蘇雜詠序、雨中曉臥、江上看花、贈沈蒙泉、贈治冠梁生、喜聞王師下蜀、丁孝廉惠冠巾、答胡博士二十韻、端陽寫懷。

洪武五年，壬子，　三十七歲。

〔時事〕十月，以禮部主事魏觀爲蘇州府知府。遣王褘諭雲南故元梁王。〔出處〕先生居城南，時魏觀爲郡，有舊，相與往還。〔著作〕從兄彰墓誌、陳希文墓誌、陳夫人許氏誌、跋呂魏詩後、勸農文、兜羅被、江上晚歸、南州野人、雨後讀待制詩、九日。

洪武六年，癸丑，　三十八歲。

〔時事〕二月，陞蘇州府知府魏觀爲四川行省參政，尋以蘇爲大郡，難其代，命觀復知蘇州。十二月，故元梁王殺使臣王褘、吳雲等。〔出處〕是年春，先生自城南徙居夏侯里。〔著作〕槎軒記、郡治上梁、出郊抵東屯五首、嫣雌太史自海上入郭、會宿城西、春草軒懷王太史、雨中不寐、陪張水部過西橋、五禽言。

洪武七年甲寅、　三十九歲。

〔時事〕蘇州知府魏觀，以復舊治被劾死。〔出處〕先生等爲魏觀闢文學，誣者目以黨觀得罪，先生與王彝皆與其難。〔考正〕先生之卒，因爲魏觀撰上梁文。顧黔國沐公、楊璽卿、彭少保、廖春坊序觀遺集曰蒲山牧唱，俱言觀陷于誣，詔以禮葬祭，諸王爲哀賻。是觀寃旋雪，先生死非其罪，益可見。因憶故友吳揚曾太顛書傳後有云：「按張羽靜居集，有槎史赴臺一詩。注爲高季迪而作。有『遊者固云樂，子去不復還。平生五千卷，寧救此日艱？天網詎恢恢，康莊徧榛菅』之語。是先生赴命金陵無疑。」而李志光傳暨聽雨樓記云「蹇連以沒」，云「歸卒于家」，祇憐而諱之之辭。第上梁一文，世卒未之見。自呂勉傳及吳中故語、泳化類編、七修類稾、東吳名賢記、續吳先賢傳、詞林人物考、傳信錄諸書，雖相沿無異詞，惜其文不載鳧藻集中，僅大全集留郡治上梁詩；其爲諱而不存，逸而莫考，終未可知，不免撫卷茫然。若錢牧齋先生據吳中野史，又謂「因詩觸怒，假手魏守之獄」，致後人或援入傳稾，或疑好事者附會。而牧齋注中所謂昭示諸錄，其載李韓公善長子姪諸小侯，及豫章侯胡美罪狀。豫章侯事發爲洪武十七年，距先生沒已幾及十載，李氏諸小侯之案，因胡惟庸事敗後再爲人續告，既而一并發露，事在洪武二十三年，去豫章侯又七八年，安有預知詩之爲諷乎？知之將根究之，而豫章父子、韓國諸雛之難免，又豈待十年以後及胡案之發哉！故謂詩之有爲而作與因詩而死，尤文人不幸，耳食難辭，非特爲賢守著文之招忌，令人信而疑，疑而信，曠代而感喟也！因附記于此。〔校記〕「錢牧齋先生」五字原缺，依原刻本墨華池館本補。

書後

姑蘇雜詠一百三十六首，鄉先生高太史季迪所作也。蘇爲江南名郡，自周泰伯封地爲吳，至壽夢而始大，歷漢、唐、宋以迄於元，其間人物之盛衰，風俗之厚薄，學者所當知也；山川之淸古，宮室之廢興，學者所當考也。然欲知之者，不但知其粗，必欲知其精；欲考之者，不但考其事，必欲驗其迹。因其迹以究其精，此雜詠所以作也。傳嘗考閱郡志，雖知其概，然以未得弔古追覽爲恨。間得休暇，從畸人逸士，徜徉山澤，詢於故老，皆曰：「昔之巍宮而峻宇者，鞠爲草莽之墟矣！昔之崇臺而茂苑者，更爲麋鹿之所矣！」我聖明受命，涵煦生民，三十餘年，雖昔宮室之有廢興，然山高而水清者，固自若也；人物之有古今，然風淳而俗美者，猶自如也。弔古追覽之際，能無所感乎？此雜詠所以人傳誦而不已也。錫山蔡伯庸氏，得其全集，謀鍥諸梓，慮其傳寫之訛，屬傅編次而校正之，復需言識於簡末。傅媿庸陋，不足以序其後，然以晚生是邦，雖不獲從先生杖屨以遊，幸得覩其全集，與二三故老，更唱迭詠，以助升高望遠之懷，亦太平之一樂也，尙何以庸陋辭哉？若其詩之妙絶，足以鳴盛世之音者，已有大方之論，茲不敢贅，覽者必自得焉。洪武三十一年，歲戊寅五月朔，郡人周傅識。

右高季迪缶鳴集，建寧知府芮麟刻之郡齋，惜其繆誤頗多，未嘗校正。金華胡仲子，嘗爲作序，又不知以冠篇首，蓋出一時率爾之爲。芮來京時，以此冊見遺；芮聞余言甚喜，將歸成之，未行而遽卒，亦可惜也。

右高季迪近體詩，余舊錄於陸伯陽。季迪近體，五言律勝；其古體，則樂府及擬古勝；爲文長於敍事。洪武初，預修元史，除戶部侍郎，遂罷歸。後坐事，卒于京師。

右姑蘇雜詠一冊，前史官高啓季迪譔，刻板在毘陵，王達善學士以見贈者。其詩備諸體，每一披誦，恍然如親游闔閭故墟，歷覽陳迹，興懷古人，可感可慕，不自知其慨歎之至矣！以上三則，俱楊文貞公士奇題。

先生寓江滸時，有呂勉功懋者，實從之學，痛先生死非其辜，矧已抱王裒之戚，乃徙城西之南濠，依族人以居，絶不道詩書，所謂謹於保身也。至永樂中，世尚彌文，禮重賢士，始謂人曰：「吾高槎軒之徒也。」先贈承德府君，時年弱冠，卽以詩求益，爲改數語，甚當。談及先生履歷甚詳，出示先生手藁曰江館等集，幷其所作傳，洎諸公贊祭哀悼衆作，曰：「此吾師之蹟也，後生其領之。」先君謹受而藏之篋笥，垂三十年。迨不肖稍有知，將請質，先君已棄背矣。玆又四十年，幷錄梓之，不惟不忘乎先德，於前輩事師之誠，詎弗少禆哉！成化丁酉蜡月望，吳晚生張習拜手謹書。習字企翱。

姑蘇高太史，平生所爲詩若干篇，郡人徐用理類而編之，名曰大全集。觀其辭氣舂容、音律渾雅而光彩自著，如清風徐來於修篁古松之間，鏘然成韻，略無矯飾。豈彼粗疏不實、固滯不通有若秋螢夜燐可同日語哉！誠吳下之詩宗也。吳草廬嘗言：詩者，譬如釀花之蜂，必渣滓盡化，芳潤融液，而後貯於脾者。皆成蜜；又如食葉之蠶，必內養既熟，通身明瑩，而後吐於口者皆成絲。非可強而爲，非可襲而取，太史之詩是已。然是集也，吾邑澧溪思學劉公宗文，昔既助刊，歷歲滋久，字畫漫滅，厥胤以則慮久而湮沒，又恐傳之不廣，而四方學之者鮮能觀習，重行補刻，以廣其傳；來屬序於予，故不敢以鄙陋辭，謹書此於末簡，俾世之人知劉氏世德之相紹，而不沒人善如此，則太史是集亦賴以傳之永久而不朽焉。成化五年屠維赤奮若之歲，嘉平月朔，修職郎南京國子助教前鄉貢進士海虞高德書。

缶鳴集，乃永樂初周公禮始刻詩一千首。至景泰初，徐用理重刻詩二千首，印行久矣。今用禮以板付鋟藏之，乃增太史公并周君序于前，李志光傳于後，庶知此集權輿于公禮，盡美于用理也。姑書此記始末，俾讀詩者鑒之！戴溪王鋟謹識。

哀誄

哀辭 有序

同邑張適子宜，水部郎中。

高君諱啓，字季迪，號青丘子，又號槎軒，世爲吳城人。父祖皆弗耀，而豐於財。迨君家落而雄於才。未冠，以穎敏聞。所交以千言貽之曰：「子能記憶否？」君一目即成誦，衆皆驚服。君辞礪於學，尤嗜詩。詩人之優柔、騷人之淒清、漢、魏之古雅、晉、唐之和醇新逸，類而選成一集，名曰傚古，日咀詠之。由是爲詩，投之所向，罔不如意；一時老生宿儒，咸器重之，以爲弗及。張氏據中吳，仕而才若西江饒介輩，深加敬禮。勸之仕，君笑而不答，然惜其才，延之使敎諸子，而名日益振，遠邇得其詩以爲貴。大明維新，有薦以史事者，入史館。未幾，書成，官以國史院編修，俾分敎功臣子弟；未逾年，特授戶部侍郎。自以不能理天下財賦，力辭忤旨，仍賜白金一鎰，以酬訓誨之功。歸吳，益放於詩，自類其平生所作千五百首曰缶鳴集、曰姑蘇雜詠，共若干卷，傳於時，學者宗之，詠歌之以自適。洪武甲寅，緣事連坐以歿，士大夫靡不爲之痛惜。於虖！君事親與兄，盡孝友，處族黨交游，盡恭而義。其容和煦，其言閭閻，於燕私善謔，酒酣長歌。中年始得子，喜若不能容。每與論詩，亹亹終日忘倦，或繼以夜。所居去予不遠，故與予未嘗一日而離，其有所離，或授館於外，亦或以詩見寄。及去京師，睽離未幾，予亦以聘至，不久復合。比君歸鄉，既離予，偶亦得以不才辭秩還，復胥會。故君與予周旋久，而相知爲深。君平居自愛，唯恐一毫不慎，獲戾於時；今若此，其非命也夫！雖然，君生不得伸其志，而獨能雄其才，而昌其名，是歿有不歿者存也。唯恐君之心無以暴於世，故爲之友者，哀之以辭，以解世之疑，以慰君於冥冥者爾！

緊斯人之生兮，何質美而才豐！既化俗以爲雅兮，仍拔萃而超庸。强記誦而括劘兮，彪乎外而溯其中。遂大放厥詞兮，誠意足而理充。短章寂寥兮噩噩，大篇春容兮渢渢。引物連類兮，諧乎金石。窮情盡變兮，宣乎祉宫。取材資乎楚騷兮，和聲逼乎唐風。名日暢乎邇遐兮，忽上徹乎九重。俾載筆乎翰苑兮，復分教乎辟雍。何峻擢之弗拜兮，遂放逐而歸農。承錫賚之薦加兮，足以表撰廸之成功。返夫鄉而自如兮，雖益修乎篇翰；式省愆兮兢惕，恐罵禍兮逮躬。何出乎不測兮，罹此大咎？迺偕二陸以爲伍兮，抱終痛而無窮！爰葺詞以致哀兮，足見人心之不泯；希英魂之克慰兮，庶以表知識之微悰。

祭文

同郡王　行　止仲，府庠訓導。

於乎！塊而蠢然兮，或顯以終身，而爲天下之所哂。睿而粹然兮，雖菑及其身，而爲後世之所愍。

孰主宰是兮，有不可而致詰。惟公論之攸在兮，不可得而泯也！噫，夫人之好修兮，內外並稱而無間。致學之博贍兮，通乎萬類而弗窘。詞之縟兮，粲海天旦晚之綺霞。文之典兮，列宗廟夏商之彝鼎。表章逢之才兮，居位與衆而同轍。抱危惕之憂兮，端分亟還乎小隱。何速讒有不免兮，竟罹禍之慘烈。咎聲譽之不祥兮，所以取造物之顛隕。若螢爝之微光兮，嘅軀命之卑！有常存於天地間兮，不可得而少損。稽盛衰禍福之隱伏兮，雖聖賢所不違。惟既死猶不死兮，以見君子所以異於人而莫之能盡也哉！於乎！吾儕締契以道兮，式相好而靡離，背膺胖以交痛兮，心鬱結而紆軫。諒修短之有數兮，茲有何懲？第獨居而寡知兮，耿中懷之叵忍！陳菲殽與清醑兮，奠於廣漠。魂其來歆兮，涕淚於焉而偷技。

又

吳興方　彝以常，比部員外郎。

生爲死流，福爲禍門。孰如聖人，克探其源？衆之得失，盍視所爲。苟非其辜，禍至焉辭？無愧於天，委命而已！恢恢兩間，適值於子。況多異才，美其文辭。蛟翔虎躍，玉佩瓊琚。萋斐貝錦，光耀簡冊。修已純雅，處有順逆。順逆攸在，賢哲靡改。宰予之夷，仲由之醢。以至淮陰，大梁殊勳，末路如何？更有機雲！麗詞飽學，同歸冥漠。張華嵇康，周顗郭璞，絕倫智藝，俱弗獲壽。泛觀慨慷，今復何有？嗟子室人，惸無依倚。寢祠烝嘗，要乏主嗣。遺二弱息，悲啼深幌。聞者酸淒，矧我交往。英魄之遊，溷世莫知。想驂文螭，上騎尾箕。敬望原野，奠告以言。庶獲享格，用表寸悁。

哀悼

同郡徐　賁幼文，左布政使。

昔別會有期，茲別渺無跡。茫茫堪輿間，飄然竟何適？音容啓遐想，恍忽猶在側。眼底乏異香，疇能致魂魄。旦暮悽以深，形影弔單隻。惟餘瑤華言，和諧重金石。寄示者歷歷，滿紙雲烟墨。一讀一愴情，老淚屢揮滴。有名齊李杜，泉下奚太息？

又

鄱陽劉　昺彥昺，行軍參謀。

闤闠門前樹，烏啼華月圓。詩吟綺樓上，午鼓未成眠。翠袖添琱鴨，烏絲寫粉牋。每懷經濟念，鸞鏡感芳年！

又

同郡楊　基孟載，山西副憲。

鸚鵡才高竟殞身！思君別我愈傷神。每憐四海無知己，頓覺中年少故人！祀託友生香稻糈，魂歸丘隴杜鵑春。文章穹壤成何用？哽咽東風淚滿巾。

又

潯陽張　羽來儀，太常司丞。

燈前把卷淚雙垂，妻子驚看那得知？江上故人身已歿，篋中尋得寄來詩。
消息初傳信又疑，君亡誰復可言詩！中郎幼女今癡小，遺稿千篇付與誰？
生平意氣竟何爲？無祿無田最可悲！賴有聲名消不得，漢家樂府盛唐詩。

又　　錫山浦　源長源，引禮舍人。

鼓罷瑤琴遂解形，蕭蕭日影下寒城。薄田供祭遺妻子，新冢題名望友生。地下未應消俠氣，人間誰肯沒詩名！舊廬重過悲聞笛，欲賦招魂竟不成！

又　　郡人梁　時用行，翰林典籍。

犖犖才華迥出奇，清名早向四方馳。文雄勝國圖閈日，史就當朝進獻時。一代風騷何可擬？百年英俊信無遺。歌殘楚些魂歸未，泣向西郊淚暗垂。

又　　邑人秦　衡思尹，長庠訓導。

嗟君死別若爲情！幾見階前春草生。斜日半簾歌舊詠，悲風滿樹起秋聲。百年富貴空流水，千古才華有盛名。我託舊遊心不忘，相思何處哭孤塋？

又　　同邑錢　復彥周，湖庠教授。

吟魂飄泊竟何之？欲奠椒漿曷忍悲！有限歲華雙鬢雪，無窮心事一編詩。長材狎世當誰惜？遺骨銜寃許自知。舊業荒蕪親友散，青燈夜雨泣孤嫠。

又　　同里金　珉德進，國子助教。

西望淚盈襟，詩盟竟陸沈！清談徒入夢，長別每驚心。舊業寒江遠，荒丘宿草深。幸留名不朽，妙句逼唐音。

又　　郡人偶　桓武孟，桂林經歷。

雲霞組織鬼神驚，剜剔元精狀物情。詩句工來天却慽，難延軀命只留名。

又　　郡人吳　泰文度，涿州同知。

鳴世文章出類才，少年多譽衆驚猜。杜陵野老生今世，又爲傷情賦一哀！

槎史赴臺

潯陽張　羽見前

高臺闕江山，梯航輳成闤。佳麗煥夙昔，而獨慘我顔。遊者固云樂，子去不復還！平生五千卷，寧救此日艱？天網豈恢恢，康莊徧榛菅。所恃莫可滅，才名穹壤間。

無寐　時聞吹臺故

前　人

戚戚多憂思，悠悠悲夜長。攝衣坐窗間，仰睇明月光。明月有盈虧，軌度豈無常？南箕與北斗，萬古不更張。人事有大謬，天道信茫茫！

觀高吹臺遺藁以詩哀之

前　人

聖朝重英彥，草澤無遺逸。若人抱奇才，獨爲泉下客。華亭委空篋，一覽動餘戚。妙詠長傳世，精靈已歸寂。幸茲墨澤存，零落篇翰迹。當時攜手地，事往成今昔！永乖盍簪好，緬懷同心益。惻愴結長悲，音容難再覿！

遊天界寺見亡友高啓題壁詩有感二首

前　人

香臺空想舊遊踪，化鶴俄成踏雪鴻。賸有好詩留壁上，老僧恨欠碧紗籠。

詩題敗壁墨猶存，苔色微侵屋漏痕。十五年餘舊知己，來看一度一消魂。

雪夜讀高啓詩　僧道衍斯道，少師。

吹臺長別最傷情！詩句留傳到遠林。此夜雲窗開帙看，宛同北郭對牀吟。

〔校記〕按本書所據底本文瑞樓本係翻刻版，中脫「哀誄」類（總目有存目），係裝訂時遺漏，今依照别本補入。

羣書雜記

昔吾友高季迪作吳中雜詠，嘗以示余，且曰：「子該洽好古，試爲我評之。聞子纂吳記，有古迹可命題者，幸幷示我，續爲賦詠。」余因復季迪云：「舊志如吳郊臺、丁令威、祿里村、黃姑廟等題，皆無其實。破虜將軍孫堅及其夫人，其子桓王等墓，今人因郡記之譌，但以爲桓王，不知堅、策皆葬于此。朱翁子妻死郡舍後園郭門，有死亭灣之名。烏夜村在海鹽，而誤云在崑山。石季倫死洛陽，黃幡綽仕長安，固不當在此。乘魚非琴高，乃列僊傳吳子英事。諸如此類，及浮屠道家之說，多涉不經；其它『古題』云云，尤可補雜詠之缺。」季迪躍然以喜曰：「非子之言，吾幾踵其謬矣！幸詳述其故。」余暇日錄吳事若干條，置篋衍中，將以遺季迪，而季迪死矣。嗚呼！惜哉！崑山盧熊題周南老吳中雜詠後。

國初以高、楊、張、徐比唐之四傑。故老言：不惟文之似，而其依終亦不相遠。眉菴、盈川，令終如一；太史之斃，同乎賓王。北郭雖不溺海，僅全要領，而非首丘。司丞投龍江，又與照鄰無異。噫，亦異矣！張習。

蘇州郡治本在城之中心，僭周稱國，遂以爲宮。元有都水行司在胥門內，乃遷治焉。及士誠被俘，悉縱煨焰爲荒墟。知府魏觀，學道愛人，臨治大得民和，因署隘，按舊地徙之，正當僞宮廢址；初城中有港曰錦帆涇，久已湮塞，亦通之。時右列方張，乃爲飛言上聞云：「觀復宮開涇，心有異圖也。」上使御史張度覘焉。度一狡獪人，至郡則僞爲役人，執搬運之勞，雜事其中，斧斤工畢，擇吉構架，觀以親勞其下，人與一杯，御史獨謝不飲。是日，高啓爲上梁文。初啓以侍郎引歸，夜宿龍灣，夢父書其掌作一「魏」字云：「愼與相見！」啓由是避匿甫里，絕不入城。然觀賢守，愛被殷勤，啓遂忽夢告。至是，御史還奏觀與啓並得罪，前工盡輟，郡治猶仍都水司之舊。楊循吉吳中故語。陸釴病逸漫記及府志皆同。

國初，高啓季迪侍郎，與袁海叟皆以詩名。而雲間與姑蘇近，殊不聞其還往唱酬，若不相識然，何也？玄敬嘗道：季迪有贈景文詩曰：「清新還似我，雄健不如他！」今其集不載是詩，玄敬得之史鑑明古，史得之朱應祥岐鳳。岐鳳，吾松人，以詩自豪於一時，爲序在野集者。其事雖無考，然兩言者蓋實錄云。陸深金臺紀聞雜鈔。

勝國時，法網寬大，人不必仕宦。浙中每歲有詩社，聘一二名宿，如楊廉夫輩主之，宴賞最厚。饒介之分守吳中，自號醉樵，延諸文士作歌；張仲簡詩擅場，居首坐，贈黃金一餅；高季迪白金三斤；楊孟載一鎰。後承平久，張洪修撰爲人作一文，得五百錢。王世貞。

或曰：楊文定公嘗云：「范文正、高季迪，皆出姑蘇。兩人氣象甚不同，蓋於其所賦卓筆峯見之。」今按高詩見姑蘇雜詠，范詩則不見於集，不知何所據也？附記之。范云：「笠澤研池小，穹窿架石峩。仰憑天作紙，寫出太平歌。」高云：「雲來初似墨，雁過還成字。千載只書空，山靈恨何事？」葉盛水東日記。

國初高季迪，蘇人也，詩文爲一時所宗。其文集載志夢一篇，乃其遷官授命歸鄉之事，無一不驗；自敍得於恍惚晻曖之間，而可徵未至者無少忒焉！又聞其致仕後，夢一人執其手，書一「蘇」字囑之，後凡蘇姓者，皆不接見。及本府太守魏觀，嫌府治反居衞之右，不稱文東武西之位，遷於張士誠故址；衞官誣奏太守欲復吳王之業，觀得罪，高連坐。予考其傳，亦曰：「不得已爲魏觀客，辭歸悒悒淹蹇死。」文集又曰：「不幸爲故人得罪，沒於京。」似皆憐而爲諱之之辭。且同時浦長源挽高之詩，有「鼓罷瑤琴遂解形，蕭蕭日影下寒城」之句，是所聞之夢不誣，神矣哉！王圻稗史夢徵。又郎瑛七修類稿同。

國初詩家高、楊、張、徐，稱吳中四傑。惟啓才具瀾翻，風骨利穎，遠過宋、元，雅堪禘禰昭代。啓，原汴人，南渡隨蹕，家于臨安、山陰，因元亂趨吳，依其外舅周仲達居于淞江之青丘，遂號青丘居士云。故其詩曰：「我家本出渤海王，子孫散落來錢塘。」則爲浙人無疑矣。此係一代開國詩宗，故詳記之。吳禎。

陸粲子餘書高太史姑蘇雜詠後云：「公既卒，同時有周正道者，亦作雜詠，於公頗肆詆訾。又摘龍門一詩，謂其身貽黨禍，所行非所言。」方公之在朝也，與魏守同事史局；及魏來治蘇，因與往還，豈有意爲龍門之客哉？士之處世，其所遇禍福，有幸有不幸，如太史者，君子哀而不議也。正道所云亦少恕哉！若其詞視公孰爲工拙？知詩者必能辨之。錢謙益。

明洪武初，詔修史，天下預徵聘者三十二人，而蘇則高啓、謝元懿、傅則明、杜彥正、王常宗五人。府志雜記。

凫藻集序一

余既校訂高青丘先生詩，爲之注而序之，凡一十八卷；嗣又得先生凫藻集文五卷，乃復訂而爲之序。夫文自唐、宋以來，昌黎起八代之衰。當時識高志偉，以韓氏爲宗者，有李習之。廬陵變五季之失，當時心慕手追，爲歐陽氏揚其波者，有曾氏、王氏、蘇氏父子。及乎元代，虞、揭、黄、柳而外，吳淵潁、歐陽圭齋諸家，流風派别，明初猶宣此質實，洗此精華。覺百餘年中，其盛殆不可紀極，青丘先生固其一也。夫以先生夙負異才，豈必步趨某代某集；然即五卷之文，紆迴中復極峻潔，時與至大後諸家同而異，異而同。竊意先生早偕北郭諸子，以文行相善，自謂久而優游有得；凡耳濡目染，其淵源于前賢遺老可知。逮後應徵入史局，以宋文憲、王忠文爲總裁，汪環谷、胡仲申、趙東山輩爲同列，相與上下其論議，醇而後肆，一時之集思廣益、考獻徵文，更何可量？欲不目先生爲虞、揭而下、希風託響之一人不得也。至其沉思鬱結，常似幽憂失志之爲，以婁江之東望煙雲爲自適，以江渚之山巔水涯爲所好。及幸爲退吏，思鼓枻以長歌，引浮槎以自況，視古所謂無宦情者，奚啻過之。蓋坐磨蝎而生丙子，先生固自分文人，賦命衹與韓、蘇千百年若合。而文章留天地間，當自有呵護之而使之先後並傳，此皆有默信于中者在也。既與韓、蘇合焉，並傳焉，先生亦不可謂不幸矣！若是集爲周公禮氏手鈔，人方以未見其文爲憾。賴周文襄、鄭侍御亟謀與詩並傳。且集中有誌魏夫人篇，似距其没時不遠，亦不爲存什一于千百。原刻舛譌實甚，今悉正其校之疎。觀者合詩集讀之，如雙環、如兩劍，庶以知先生文之必傳于後，亦以知明初文之盛，殆虞、揭諸公之遺也夫！時雍正六年，歲在戊申季秋月，重陽前三日，桐鄉金檀序。

鳧藻集序二

自有天地以來，遂有文人，不知其幾千也？幾千文人中，其可傳於後世者，僅百耳！且此僅傳之百文人，豈皆際時盛明、致身通顯、一生晏然無患以壽考終哉？其間幸者半，不幸者或過半，才與命固難強而齊也！青丘子生於吳，當元、明易代之會，兵革亂離，伏處江上，不就幣聘，惟潛心於六經百家諸書，日夜含咀之，奮雄筆於藝林。嗚呼！其志介、其才奇矣！按先生年譜：自十六歲輒名聞，隱於至正間者十有八載。年三十四，應明詔入史局，歷位侍郎，旋乞歸。則仕於洪武朝止二載，俄坐以黨罪死，年未滿四十也！先生所著史要類鈔序有曰：「天若欲成其志，使得有饘粥之養，以自返於大山長谷之中，一肆其力於所未知，則亦將無事於是編也。」論者因先生之言，遂謂先生若不死而天假之年，其所得當不止於是，余竊以爲非篤論也。夫文章之道，視乎才力。人之才力不同，大抵盛於壯而衰於晚。先生之詩與文，自少已工，洎中年而學識具足，著作大成；一時詞人學士，罕有及者。天亦若惡其滿而遽覆之，又何疑其猶未至歟！今觀周氏手鈔之文，氣體醇茂，何必不兩漢？詞章淸麗，何必不六朝？文瀾壯闊，思理精邃，何必不三唐兩宋？洵可以爲元、明之一人，而獨有千古矣！即起先生於今日，而請之操觚，當不過是；獨惜先生早爲退吏，嘯傲江湖，誠非如戀戀於利祿者，其意殆將餟藜被褐，老死牖下，以遂其初。乃文人遭厄，幷不獲比於三閭之汨羅，長沙之鵩鳥，此則先生夢中所不到者也，豈非命乎！夫有才而幸者，幸而有才也，命也。有才而不幸者，不幸而有才也，亦命也。余歎先生之才，而不能無感於先生之命，故因金子重訂鳬藻集而發一言云。雍正六年臘月中浣，同里東冶陳璋序。

〔校記〕按本書所據底本文瑞樓本，中脫此序，乃裝訂時遺漏，今照別本補入。

鳬藻集原序

文以理爲主，而氣以發之。理明矣，而氣或不充，則意雖精，辭雖達，而萎薾不振之病有所不免。

蘇文定公曰：文者，氣之所形。文不可以學而能，氣可以養而至。善觀文者，觀其氣之所養何如耳。唐虞三代之文尙矣。自秦而下，文莫盛於漢、唐、宋。漢之賈、董、班、馬、劉、揚，唐之李、杜、韓、柳，宋之歐、蘇、曾、王，之數公者，各以文章名家，其初豈必追琢絺繪，學爲如是之言乎？其所以寬厚宏博，汪洋放肆而不可掩者，則其浩然之氣所養可知也。我太祖高皇帝龍飛之初，鑒近世華靡之弊，制誥典冊之文，一尙淳朴。當時在兩制居史館者，皆極天下之選，而高先生季迪其一人也。先生名啓，姑蘇人，自少警敏力學，弱冠卽以詩文鳴於鄉郡。張士誠據有浙右，屢以禮招之不就，避地居吳淞江上，以詩文自娛樂。洪武初，以廷臣薦，與修元史，授翰林國史院編修官，復命教授諸王。久之，拜戶部侍郎。以年少不敢驟膺重任，辭歸故鄉，益肆力於詩文。居數載，不幸以故人得罪，沒于京師，年甫三十九。其詩有缶鳴集、有婁江吟稾、有姑蘇雜詠，皆已久傳於世。四方之人，莫不知其詩名，而獨未見其文也。予來姑蘇，訪求於先生之內姪周立，得其手鈔先生之文曰鳧藻集，凡五卷；因取而讀之，愛其意精而深，辭達而暢，有溫純典則之風，而不流於疎略；有謹嚴峻潔之度，而不涉於險僻；該洽而非綴緝，明白而非淺近，不粉飾而華采自呈，不追琢而光輝自著。蓋由其理明氣昌，不求其工而自無不工也。讀之不忍釋手，自是其集留予所者十有餘載。今年春，監察御史錢唐鄭公士昂，過予公館中，論及先生之詩而亦以未見其文爲慊。予因出是編相示，鄭公讀之既卷而歎曰：「古人論文章，謂一代不數人，一人不數篇；先生沒已七十年，是數篇者幸而尙存，豈易得哉！是不可以無傳。」乃屬司訓張素，略加校正，命長洲縣丞邵昕，以公錢刻置郡學，且徵予爲之序。嗟乎！方張士誠據浙右時，士大夫之欲苟且貴富者，莫不從仕以就陪臣之列；先生獨脫然去之，而以詩文自娛樂，此其浩然之氣所養爲何如哉？觀於是集，不從可知矣。序而傳之，使世之讀是集者，非惟知先生於詩文有兼至之長，抑使知浩然之氣在天地間，不以貴賤壽夭而有所增損也。正統九年六月望日，正議大夫資治尹工部左侍郎雙崖周忱序。

書鳧藻集後

予在京師，嘗得高先生季迪所著詩曰缶鳴集、姑蘇雜詠者讀之，愛其清淳典雅，得詩人之旨趣，意其文當稱是。既而奉命出按吳中，暇日因過巡撫亞卿周公寓所，又得先生之文曰鳧藻集觀之，反復再四見其能闡造化之祕，發義理之微，窮人事之變，引物連喻，導歟規諷，貫穿經史百氏之言，一本諸至理，而氣以昌之。可以明人事吉凶禍福之幾，監古今成敗得失之迹，視彼絺繪藻琢，不明乎至道，無關乎世教者，烏在其爲文哉！爰命鋟梓，欲其與詩而並傳也。若夫先生之出處志節、名位履歷之詳，則有隴西志光李公與今亞卿周公爲之紀述矣，玆不復贅。正統九年六月既望，監察御史錢塘鄭顒書。

明史文苑傳高啓傳

高啓，字季迪，長洲人，博學工詩。張士誠據吳，啓依外家居吳淞江之青丘。洪武初，被薦，偕同縣謝徽召修元史，授翰林院國史編修官，復命教授諸王。三年秋，帝御闕樓，啓、徽俱入對，擢啓戶部右侍郎，徽吏部郎中。啓自陳年少，不敢當重任，徽亦固辭，乃見許。已並賜白金放歸。啓嘗賦詩有所諷刺，帝嗛之未發也。及歸，居青丘，授書自給。知府魏觀爲移其家郡中，旦夕延見甚歡。觀以改修府治獲譴，帝見啓所作上梁文，因發怒，腰斬於市，年三十有九。明初吳下多詩人，啓與楊基、張羽、徐賁稱四傑，以配唐王、楊、盧、駱云。

按：「啓嘗賦詩有所諷刺，帝嗛之未發也。」疑卽用錢謙益列朝詩集說，似不可據，汪端辯之甚詳，詳下汪端評語條。

錢謙益列朝詩集高啓小傳

高啓，字季迪，長洲人。至正丁酉，張氏開藩平江，承制以淮南行省參政饒介爲諮議參軍事。季迪年二十餘，介覽其詩驚異，以爲上客。季迪謝去，隱吳淞江之青丘，自號青丘子。洪武初，召入纂修元史，尋入內府教功臣子弟，授翰林院國史編修官。三年七月廿八日，與史官謝徽俱對，上御闕樓，時已薄暮，擢戶部侍郎，徽吏部郎中。自陳年少，不習國計，且孤遠，不敢驟膺重任，徽亦固辭。並賜內帑白金，放還，退居青丘。

先是季迪以史事爲祭酒魏觀屬官，雅相知契；觀奉命守蘇，爲季迪徙居城中夏侯里，接見甚密。觀改修府治，季迪作上梁文連坐腰斬，洪武七年也，年三十有九。

季迪身長七尺，有文武才，無書不讀，而尤邃於羣史。其詩有鳳臺、吹臺、江館、青丘、南樓、槎軒、姑蘇雜詠諸集，文曰鳧藻，詞曰扣舷。鳳臺集則洪武初爲史官時作也。詩凡二千餘篇，自選得缶鳴集十二卷，九百餘首。季迪沒無後，其妻周氏弆藏其遺藁，授其姪立，永樂元年鏤版行世，景泰中，徐庸用理會梓爲大全集。

汪端明三十家詩選高啓小傳

啓，字季迪，長洲人。少孤力學，有文武才。家北郭，與張羽、徐賁、王行、高遜志、宋克、唐肅、余堯臣、呂敏，陳則卜居皆鄰近，以詩文相砥礪，號「北郭十友」。又與楊基及羽、賁稱「吳中四傑」。張士誠據吳，屢以禮招之，季迪策其必敗，堅不往；挈家依婦翁周仲達居吳淞江之青丘，授徒自給。洪武初，徵修元史，尋入內府教功臣子弟，授翰林院國史編修。三年秋，太祖御闕樓召對，擢戶部侍郎，以孤遠不敢驟膺重寄辭，乞放還於鄉，復居青丘。

初季迪以國史事爲祭酒魏觀屬員，觀重其才行，與締忘年交。及觀守蘇，爲季迪徙居城中夏侯里，接見甚密。洪武七年，觀以張氏據府舊治爲宮，今治湫隘，因按故址徙之。吳地多水患，復浚錦帆涇以資民利。指揮蔡本與觀有隙，爲飛語上聞，帝使御史張度覘之。度憸人也，誣觀與旣滅之基，有異圖，遂被誅。季迪嘗爲觀撰府治上梁文，度目以黨，帝怒，併逮至京論死，年三十九。

季迪癖於詩，日課一章，當元至正時，會稽楊維楨稱詩東南，尙險怪靡麗之習，門人以千數；惟季迪與王彝不屑附和。其論詩曰：「詩之要有三：曰格、曰意、曰趣，……而免夫偏執之弊。」(校者按：詳見鳧藻集、獨菴集序，此從略。)此蓋自道其所得也。其詩有江館、青丘、吹臺、鳳臺、南樓、槎軒、姑蘇雜詠等集，罷官後，自選爲缶鳴集，凡九百餘首。旣歿，無後，夫人周氏藏其手稿，以授內姪立，永樂元年，立爲梓行千首，仍以缶鳴爲名，而非原本。門人呂勉痛其寃酷，韜晦避禍，絕口不談詩文，將歿，出季迪詩十卷及所撰小傳，授成化進士張習之父，習編次爲槎軒集。景泰中，吳郡徐庸彙而刻之，凡二千餘首，名大全集，然字句多舛誤。國朝雍正二年，桐鄉金檀爲校正之，復加箋注，並其文曰鳧藻，詞曰扣舷，合二十四卷，重鋟行世云。

諸家評語

都穆曰：韓文公詩曰：「我生之初，月宿南斗。」東坡謂「公身生磨蝎宮，而己命亦居是宮」。蓋磨蝎卽星紀之次，而斗宿所躔也。星家言身命舍是者，多以文顯。以二公觀之，名雖重於當世，而遭逢排謗，幾不自容，蓋誠有相類者。吾鄉高季迪爲一代詩宗，命亦舍磨蝎，又與坡翁同生丙子。洪武初，以作文竟坐腰斬，受禍之慘，又二公之所無者。吁，亦異矣！南濠詩話。

吳原博曰：季迪雄不敢當子美，高不敢望魏、晉，然能變其格調，足以仿佛韓、柳、王、岑。

王世貞曰：季迪如射雕兒，伉健急利，往往命中；又如燕姬靚妝，巧笑便僻。以上兩條朱彝尊明詩綜引。

朱彝尊曰：世傳侍郎賈禍，因題宮女圖，其詩云：「女奴扶醉踏蒼苔，明月西園侍宴回。小犬隔花空吠影，夜深宮禁有誰來？」孝陵猜忌，情或有之。然集中又有題畫犬一詩云：「獨兒初長尾茸茸，行響金鈴細草中。莫向瑤階吠人影，羊車夜半出深宮。」此則不類明初掖庭事，二詩或是刺庚申君而作，好事因之傅會也。又曰：季迪楚宮詞云：「細腰無限空相妒，不覺瑤姬夢裏逢。」秦宮詞云：「掖庭無用恩難報，願上蓬萊采藥船。」魏宮詞云：「至尊莫信陳王賦，那得人間有洛神？」非不深，第傷於巧。不若吳宮云：「芙蓉水殿屧廊東，白苧秋來不耐風。教得君王長夜醉，月明歌舞在舟中。」殊近雅也。靜志居詩話二則。

陳田曰：季迪諸體並工，天才絕特，允爲明三百年詩人稱首，不止冠絕一時也。青田作二鬼詩，自負與潛溪並峙天壤，豈知江上有青丘子哉！季迪青丘子歌云……其自負亦復不淺。入史館後，驟擢戶部侍郎，以不能理天下財賦力辭，蓋亦有所託而逃。觀其京師寓廨詩，云「拙官危機遠」，其志可見矣。迨夫魏守獄興，牽連以死，舊遊素交，同聲哀悼。明詩紀事。

沈德潛曰：侍郎詩上自漢、魏、盛唐，下至宋、元諸家，靡不出入其間，一時推大作手。特才調有餘，蹊徑未化，故一變元風，未能直追大雅。明詩別裁高啓詩小序。

高得曰：太史辭氣春容，音律渾雅，而光彩自著，如清風徐來於修篁古松之間，鏘然成韻，略無矯飾。元吳草廬嘗言：「詩者譬如釀花之蜂，必渣滓盡化，芳潤融液，而後貯於脾者皆成蜜。又如食葉之蠶，必內養既熟，通身明瑩，而後吐於口者皆成絲。非可強而爲，非可襲而取。」太史之詩是也。

王士禛曰：明五言古，西涯之流，源本宋賢；李、何以來，具體漢、魏，互有得失，未造古人。獨高季迪、徐昌穀、皇甫子安兄弟、薛君采、高子業、華子潛、歸季思寥寥數公，窺六代三唐作者之意。

袁枚曰：詩有音節清脆，如雪竹冰絲，自然動聽者，此皆由天分，非學力可到也，在明惟青丘一人而已。

趙翼曰：青丘才氣超邁，音節響亮，宗法唐人，而自運胸臆。一出筆即有博大昌明氣象，亦關有明一代文運，論者推爲明初詩人第一，信不虛也。要其英爽絕人，學唐而不爲唐所囿，後來學唐者攀附前、後七子，襲其面貌，摹其聲調，神理索然，則優孟衣冠矣。鍾、譚輩又從一句一字標舉冷僻以爲得味外味，則幽獨君之鬼語矣。獨青丘如天半朱霞，照映下界，至今猶光景常新，則其天分不可及也。又曰：青丘金陵諸詩，清華瑰麗，雖王維、岑參等早朝大明宮之作莫能遠過。又曰：歷觀宋、金、元、明諸家詩，有力厚而太過者，有氣弱而不及者，惟青丘適得詩境中恰好地步，蓋其用力全在使事典切，琢句渾成，而神韻又極高秀。看是平易，實則洗鍊功深，此正是細膩風光，固不必石破天驚以奇傑取勝也。

趙璞函曰：青丘七古，變化超妙則宗太白，排奡沈雄則法杜、韓，伉健如幽、并少年，俊邁如王、謝子弟，洵屬神品。以上五條均清汪端明三十家詩選中高啓詩選卷中所引。

汪端曰：青丘詩，衆長咸備，學無常師。才氣豪健而不劍拔弩張。辭采秀逸而不字雕句繪。俊亮之節，醇雅之音，施於山林、江湖、臺閣、邊塞，無所不宜，有明一代學古而化、不泥其跡者惟此一人。而沈歸愚明詩別裁譏其「才調有餘，蹊徑未化，故一變元風，未能直追大雅」，然則必如空同古詩，滄溟樂府，摹擬餖飣，局促轅下，乃可謂直追大雅耶？若青丘大全集，本非手定，中有自加删潤之作，編詩者兩存其稿，故多複句，未可執是謂之蹊徑未化也。歸愚欲以復古之說盛推李、何，故於明初諸家概加貶抑，而於青丘尤多微詞，此與鍾嶸論詩置陶潛、謝朓於中品，同爲藝苑不平之事，正不容不辯也。又曰：歸愚每詆青丘樂府，以爲近文昌、仲初，不知張、王樂府，微言婉諷，眞至簡樸，可繼香山秦中吟，遠出長吉、飛卿之上，固未可厚非也；而況青丘之深思逸氣，遒麗雅潔，又遠出張、王上耶！又曰：明人近體，有先得佳聯，後續首尾者，往往全篇不能完善。青丘則格律森嚴，一氣鎔鑄，句中有意，句外有神，足徵其功力之深，今人嘗以日課一詩之說疑其滑易少鍊，持論亦過刻哉！又曰：青丘當元季，不仕張氏，屏居江村，其品固邁於楊基、張憲諸人；入明後力辭戶曹，亦不失明哲保身之義。惟爲魏守撰文召禍，論者或議其不自檢束。然按明史魏觀傳：洪武初建大本堂，命觀侍太子說書，及授諸王經，又命偕夏原吉等分行天下，訪求賢才，所舉多擢用。出知蘇州府，盡改舊守陳寧苛政，以明教化、正風俗爲治；建黌舍，聘周南老、王行、徐用誠定學儀，王彝、高啓、張羽訂經史，耆民周壽誼等行鄉飲酒禮，政化大行，課績爲天下最。擢四川參政，未行，以部民乞留還任。則觀固儒臣而兼循吏。青丘素與文學相契，不幸爲酷吏所讒，並罹於禍，既非盧仝宿王涯第之比，尤與死於胡、藍之黨者有異也。後太祖悟觀冤，詔以禮葬，青丘之枉縱未昭雪，其冤已可見已。至虞山謂以宮女圖詩觸太祖怒，假手魏守之獄，因引昭示諸錄及豫章侯胡美罪狀爲證；尤西堂作明史樂府，有上梁文一首詠青丘事，以爲文人輕薄，自取殺身。然按明史胡美傳，洪武十七年坐法死，二十三年李善長敗，帝手詔條列奸黨，言「美因長女爲貴妃，偕其子壻入亂宮禁，事覺，並伏誅」。考其時，距青丘歿已十餘載，則因詩而死之說，尤爲無稽。竹垞嘗有辯而未甚詳，爰爲擴其說焉。明三十家詩選高啓詩評。

汪端曰：樂府，高青丘清華朗潤，秀骨天成，唐人之勝境也。五言古得柴桑之眞樸，輞川之雅澹。七言古沈鬱宕遠，兼太白、杜、韓之長。五言律，上法右丞，下參大曆十子。七言律超妙清華。五言絕得王、韋之髓。七言絶有唐人風度。明三十家詩選凡例。

按：諸家評語，選取有研究價值者，無關緊要及散見於現代文學史中者，概從略。

提要

丁丙：善本書室藏書志高集提要三則

高太史大全集十八卷景泰刊本。吳郡高啓季迪著，南州徐庸用理編

啓，字季迪，長洲人。至正丁酉，張氏開藩平江，諮議參軍饒介覽啓詩，禮爲上客。遂隱吳淞江之青丘，自號青丘子。洪武初，召入纂修元史，尋敎功臣子弟，授翰林院國史編修官。三年，擢戶部侍郎，自陳年少，不習國計，賜內帑放還，退居青丘。啓先以史事爲祭酒魏觀屬官，雅相知契。觀守蘇，爲啓徙居城中夏侯里，接見甚密。觀改修府治，啓作上梁文，連坐腰斬，洪武七年也，年三十九。有鳳臺、吹臺、江館、青丘、南樓、槎軒、姑蘇雜詠諸集。沒後無子，其妻周氏藏弆諸稿授其姪立，永樂元年鏤版行世，景泰間，徐庸會梓爲大全集，有景泰元年吳劉昌序，並列洪武二年胡翰、王禕洪武三年謝徽缶鳴集舊序。（按：此卽四部叢刊之底本。）

高太史鳧藻集五卷附扣舷集一卷正統刊本。後學周立編輯

啓，詩才富健，爲一代詞宗，而古文則不甚著名，然生於元末，去宋未遠，猶具前輩典型。集末有魏夫人宋氏墓誌銘，實觀之母也。啓爲觀作蘇州府治上梁文坐法，則末年所作已盡於此。仍題「周立編輯」，當亦其姑周氏所授，或即啓所自編。正統九年，工部侍郎周忱撫蘇州，得其鈔集於周公禮家，藏且十年，適監察御史錢塘鄭士昂過而見之，乃屬司訓張素校正，命長洲縣丞邵昕以公錢刻置郡學，忱爲之序，並列洪武乙卯同里李志光所撰高太史傳於前，而附扣舷集於後。尚有鄭禹一跋，已缺。桐鄉文瑞樓所刻者即據此本也。（按：今附大全集及金注青丘詩集後。）

缶鳴集十二卷　永樂刊本，五硯樓藏書。

明高啓撰。是集乃先生存日手自訂定之詩，目錄下注「卷一之十二」。詩凡一千首，殆明詩綜所稱「侍郎坐法死，所爲詩幾千首，自薈萃爲集凡四冊，號缶鳴集」；列朝詩集所稱「詩凡二千餘篇，自選得缶鳴集十二卷」。歿後無子，其妻周氏藏其遺稿，授姪立，於永樂元年鏤版，有洪武庚戌王禕、洪武二年胡翰序、洪武三年謝徽後序、周立跋。此本王、胡、謝三序鈔補，周跋已佚。有「五硯樓廷檮之印」、「袁氏又愷五硯樓收藏金石圖書印」。此先生刻本之最先者也。（按缶鳴集十二卷本今已罕見，其詩則散入大全集及金注諸書中。）

按：各家書目，有提要及題識者不多。莫友芝郘亭知見傳本書目及莫伯驥五十萬卷樓藏書目錄，祇談版本，其餘多僅列書名者，即有題識，亦多相重複，茲不採取。

版本書目

高太史大全集　明徐庸編　景泰本又萬曆本又清竹素軒本(共三種)

高太史鳧藻集附扣舷集　明周立編　正統本

高太史大全集及鳧藻集附扣舷集　商務印書館四部叢刊合上兩種影印本

高青丘詩集注附扣舷集又鳧藻集　清金檀輯注　雍正六年文瑞樓本又墨華池館本又嘉慶間文瑞樓重刻本又中華書局四部備要據原刻本排印本(共四種)

青丘詩集殘存　文瑞樓本

缶鳴集　高啓自編　明永樂本

姑蘇雜詠　高啓自編　清康熙周氏濂溪書院重刻本

高侍郎詩　清黃昌衢選　康熙間原刻本

高季迪詩選　清汪端選　同治間蘊蘭吟館刊本

高青丘文選　清石韞玉選　道光八年本

以上專集類

明初四家集高楊張徐　明萬曆本

皇明詩選　明陳子龍輯　原刻本
盛明百家集　明俞憲輯　清初重刻本
明三十家詩選　清汪端輯　同治間蘊蘭吟館刊本
列朝詩集　清錢謙益輯　清初刻本
明詩綜　清朱彝尊輯　原刻本　通行本
明詩別裁集　清沈德潛周準同輯　通行本
明詩紀事　清陳田編　通行本

以上總集類

歷代詩話　明何文煥輯　上海醫學書局影印本
續歷代詩話　近人丁福保輯　醫學書局排印本
清詩話　丁福保輯　醫學書局排印本
靜志居詩話　清朱彝尊撰　清初刻本

以上詩話類

龔自珍詩集編年校注	［清］龔自珍著	劉逸生、周錫韜校注
水雲樓詩詞箋注	［清］蔣春霖著	劉勇剛箋注
人境廬詩草箋注	［清］黄遵憲著	錢仲聯箋注
嶺雲海日樓詩鈔	［清］丘逢甲著	丘鑄昌標點

龔鼎孳詞校注	[清]龔鼎孳著　孫克强、鄧妙慈校注
吴嘉紀詩箋校	[清]吴嘉紀著　楊積慶箋校
陳維崧集	[清]陳維崧著　陳振鵬標點 李學穎校補
屈大均詩詞編年校箋	[清]屈大均著　陳永正等校箋
秋笳集	[清]吴兆騫撰　麻守中校點
漁洋精華録集釋	[清]王士禛著 李毓芙、牟通、李茂肅整理
聊齋志異會校會注會評本	[清]蒲松齡著　張友鶴輯校
敬業堂詩集	[清]查慎行著　周劭標點
納蘭詞箋注	[清]納蘭性德著　張草紉箋注
方苞集	[清]方苞著　劉季高校點
樊榭山房集	[清]厲鶚著　[清]董兆熊注 陳九思標校
劉大櫆集	[清]劉大櫆著　吴孟復標點
儒林外史彙校彙評(增訂版)	[清]吴敬梓著　李漢秋輯校
小倉山房詩文集	[清]袁枚著　周本淳標校
忠雅堂集校箋	[清]蔣士銓著　邵海清校 李夢生箋
甌北集	[清]趙翼著　李學穎、曹光甫校點
惜抱軒詩文集	[清]姚鼐著　劉季高標校
兩當軒集	[清]黄景仁著　李國章校點
惲敬集	[清]惲敬著　萬陸、謝珊珊、林振岳 標校　林振岳集評
茗柯文編	[清]張惠言著　黄立新校點
瓶水齋詩集	[清]舒位著　曹光甫點校
龔自珍全集	[清]龔自珍著　王佩諍校點

白蘇齋類集	[明]袁宗道著　錢伯城校點
袁宏道集箋校	[明]袁宏道著　錢伯城箋校
珂雪齋集	[明]袁中道著　錢伯城點校
喻世明言會校本	[明]馮夢龍編著　李金泉點校
警世通言會校本	[明]馮夢龍編著　李金泉點校
醒世恒言會校本	[明]馮夢龍編著　李金泉點校
隱秀軒集	[明]鍾惺著　李先耕、崔重慶標校
譚元春集	[明]譚元春著　陳杏珍標校
張岱詩文集(增訂本)	[明]張岱著　夏咸淳輯校
陳子龍詩集	[明]陳子龍著　施蟄存、馬祖熙標校
夏完淳集箋校(修訂本)	[明]夏完淳著　白堅箋校
牧齋初學集	[清]錢謙益著　[清]錢曾箋注　錢仲聯標校
牧齋有學集	[清]錢謙益著　[清]錢曾箋注　錢仲聯標校
牧齋雜著	[清]錢謙益著　[清]錢曾箋注　錢仲聯標校
牧齋初學集詩注彙校	[清]錢謙益著　[清]錢曾箋注　卿朝暉輯校
李玉戲曲集	[清]李玉著　陳古虞、陳多、馬聖貴點校
吴梅村全集	[清]吴偉業著　李學穎集評標校
歸莊集	[清]歸莊著
顧亭林詩集彙注	[清]顧炎武著　王蘧常輯注　吴丕績標校
安雅堂全集	[清]宋琬著　馬祖熙標校

放翁詞編年箋注（增訂本）　［宋］陸游著　夏承燾、吴熊和箋注
陶然訂補
渭南文集箋校　［宋］陸游著　朱迎平箋校
范石湖集　［宋］范成大撰　富壽蓀標校
范成大集校箋　［宋］范成大撰　吴企明校箋
于湖居士文集　［宋］張孝祥著　徐鵬校點
稼軒詞編年箋注（定本）　［宋］辛棄疾撰　鄧廣銘箋注
辛棄疾詞校箋　［宋］辛棄疾著　吴企明校箋
姜白石詞編年箋校　［宋］姜夔著　夏承燾箋校
後村詞箋注　［宋］劉克莊著　錢仲聯箋注
劉辰翁詞校注　［宋］劉辰翁著　吴企明校注
瀛奎律髓彙評　［元］方回選評　李慶甲集評校點
雁門集　［元］薩都拉著
殷孟倫、朱廣祁校點
揭傒斯全集　［元］揭傒斯著　李夢生標校
高青丘集　［明］高啓著　［清］金檀注
徐澄宇、沈北宗校點
唐寅集　［明］唐寅著　周道振、張月尊輯校
文徵明集（增訂本）　［明］文徵明著　周道振輯校
震川先生集　［明］歸有光著　周本淳校點
海浮山堂詞稿　［明］馮惟敏著
凌景埏、謝伯陽標校
滄溟先生集　［明］李攀龍著　包敬第標校
梁辰魚集　［明］梁辰魚著　吴書蔭編集校點
沈璟集　［明］沈璟著　徐朔方輯校
湯顯祖詩文集　［明］湯顯祖著　徐朔方箋校
湯顯祖戲曲集　［明］湯顯祖著　錢南揚校點

歐陽修詞校注	[宋]歐陽修著　胡可先、徐邁校注
蘇舜欽集	[宋]蘇舜欽著　沈文倬校點
嘉祐集箋注	[宋]蘇洵著　曾棗莊、金成禮箋注
王荆文公詩箋注(修訂版)	[宋]王安石著　[宋]李壁箋注　高克勤點校
王令集	[宋]王令著　沈文倬校點
蘇軾詩集合注	[宋]蘇軾著　[清]馮應榴注　黄任軻、朱懷春校點
東坡樂府箋	[宋]蘇軾著　[清]朱孝臧編年　龍榆生校箋
東坡詞傅幹注校證	[宋]蘇軾著　[宋]傅幹注　劉尚榮校證
欒城集	[宋]蘇轍著　曾棗莊、馬德富校點
山谷詩集注	[宋]黄庭堅著　[宋]任淵、史容、史季温注　黄寶華點校
山谷詩注續補	[宋]黄庭堅著　陳永正、何澤棠注
山谷詞校注	[宋]黄庭堅著　馬興榮、祝振玉校注
淮海集箋注(修訂本)	[宋]秦觀撰　徐培均箋注
淮海居士長短句箋注	[宋]秦觀著　徐培均箋注
清真集箋注	[宋]周邦彦著　羅忼烈箋注
石門文字禪校注	[宋]釋惠洪撰　周裕鍇校注
石林詞箋注	[宋]葉夢得著　蔣哲倫箋注
樵歌校注	[宋]朱敦儒著　鄧子勉校注
李清照集箋注(修訂本)	[宋]李清照著　徐培均箋注
吕本中詩集箋注	[宋]吕本中著　祝尚書箋注
陳與義集校箋	[宋]陳與義著　白敦仁校箋
蘆川詞箋注	[宋]張元幹著　曹濟平箋注
劍南詩稿校注	[宋]陸游著　錢仲聯校注

韓昌黎文集校注	[唐]韓愈著　馬其昶校注 馬茂元整理
劉禹錫集箋證	[唐]劉禹錫著　瞿蜕園箋證
白居易集箋校	[唐]白居易著　朱金城箋校
柳宗元詩箋釋	[唐]柳宗元著　王國安箋釋
柳河東集	[唐]柳宗元著　[宋]廖瑩中輯注
元稹集校注	[唐]元稹著　周相録校注
長江集新校	[唐]賈島著　李嘉言新校
張祜詩集校注	[唐]張祜著　尹占華校注
三家評注李長吉歌詩	[唐]李賀著　[清]王琦等評注 蔣凡校點
樊川文集	[唐]杜牧著　陳允吉校點
樊川詩集注	[唐]杜牧著　[清]馮集梧注
温飛卿詩集箋注	[唐]温庭筠著　[清]曾益等箋注
玉谿生詩集箋注	[唐]李商隱著　[清]馮浩箋注 蔣凡校點
樊南文集	[唐]李商隱著　[清]馮浩詳注 錢振倫、錢振常箋注
皮子文藪	[唐]皮日休著　蕭滌非、鄭慶篤整理
鄭谷詩集箋注	[唐]鄭谷著 嚴壽澂、黄明、趙昌平箋注
韋莊集箋注	[五代]韋莊著　聶安福箋注
李璟李煜詞校注	[南唐]李璟、李煜著　詹安泰校注
張先集編年校注	[宋]張先著　吴熊和、沈松勤校注
二晏詞箋注	[宋]晏殊、晏幾道著　張草紉箋注
樂章集校箋	[宋]柳永著　陶然、姚逸超校箋
梅堯臣集編年校注	[宋]梅堯臣著　朱東潤編年校注
歐陽修詩文集校箋	[宋]歐陽修著　洪本健校箋

蕭繹集校注	［南朝梁］蕭繹著　陳志平、熊清元校注
玉臺新咏彙校	吴冠文、談蓓芳、章培恒彙校
王績集會校	［唐］王績著　韓理洲校點
王梵志詩校注（增訂本）	［唐］王梵志著　項楚校注
盧照鄰集箋注	［唐］盧照鄰著　祝尚書箋注
駱臨海集箋注	［唐］駱賓王著　［清］陳熙晉箋注
王子安集注	［唐］王勃著　［清］蔣清翊注
陳子昂集（修訂本）	［唐］陳子昂撰　徐鵬校點
孟浩然詩集箋注（增訂本）	［唐］孟浩然著　佟培基箋注
王右丞集箋注	［唐］王維著　［清］趙殿成箋注
李白集校注	［唐］李白著　瞿蜕園、朱金城校注
高適集校注（修訂本）	［唐］高適著　孫欽善校注
杜詩趙次公先後解輯校	［唐］杜甫著　［宋］趙次公注　林繼中輯校
新刊校定集注杜詩	［唐］杜甫著　［宋］郭知達輯注　聶巧平點校
新定杜工部草堂詩箋斠證	［唐］杜甫著　［宋］魯訔編　［宋］蔡夢弼會箋　曾祥波新定斠證
杜詩鏡銓	［唐］杜甫著　［清］楊倫箋注
錢注杜詩	［唐］杜甫著　［清］錢謙益箋注
杜甫集校注	［唐］杜甫著　謝思煒校注
岑參集校注	［唐］岑參著　陳鐵民、侯忠義校注
戴叔倫詩集校注	［唐］戴叔倫著　蔣寅校注
韋應物集校注（增訂本）	［唐］韋應物著　陶敏、王友勝校注
權德輿詩文集	［唐］權德輿撰　郭廣偉校點
王建詩集校注	［唐］王建著　尹占華校注
韓昌黎詩繫年集釋	［唐］韓愈著　錢仲聯集釋

《中國古典文學叢書》已出書目

詩經今注	高亨注
楚辭集注	[宋]朱熹撰　黄靈庚點校
楚辭今注	湯炳正、李大明、李誠、熊良智注
司馬相如集校注	[漢]司馬相如著　金國永校注
揚雄集校注	[漢]揚雄著　張震澤校注
張衡詩文集校注	[漢]張衡著　張震澤校注
阮籍集	[魏]阮籍著　李志鈞等校點
陸機集校箋	[晉]陸機著　楊明校箋
陶淵明集校箋(修訂本)	[晉]陶潛著　龔斌校箋
世説新語箋疏(修訂本)	[南朝宋]劉義慶撰　余嘉錫箋疏　周祖謨等整理
世説新語校釋(增訂本)	[南朝宋]劉義慶撰　[南朝梁]劉孝標注　龔斌校釋
鮑參軍集注	[南朝宋]鮑照著　錢仲聯增補集説校
謝宣城集校注	[南朝齊]謝朓著　曹融南校注集説
江文通集校注	[南朝梁]江淹著　丁福林、楊勝朋校注
文心雕龍義證	[南朝梁]劉勰著　詹鍈義證
詩品集注(增訂本)	[梁]鍾嶸著　曹旭集注
文選	[梁]蕭統編　[唐]李善注